Marc Bourgault

L'oiseau dans le filet

(roman)

La réalisation de cet ouvrage a été rendue possible grâce à des subventions du ministère de la Culture du Québec et du Conseil des Arts du Canada.

Mise en pages : Constance Havard
Maquette de la couverture : Raymond Martin
Illustration de la couverture : Frédérique Robert-Paul, Céline Robert
Distribution : Diffusion Prologue

Dépôt légal : B.N.Q. et B.N.C., 4e trimestre 1995
ISBN : 2-89031-204-6
Imprimé au Canada

Les Éditions Triptyque
2200, rue Marie-Anne Est
Montréal (Québec)
H2H 1N1
Tél. et téléc. : (514) 597-1666

Marc Bourgault

L'oiseau dans le filet

(roman)

Triptyque

À Jeanne et Robert.

Pour Alexandra. Plus tard...

«... tous les romans mènent à Rome!»

PHILIPPE SOLLERS

Chapitre 1

«*Ta-bak-ki, djor-na-a-li, tchi-né.*» Pour tromper la solitude de ses promenades, Gabriel mime l'accent. Publicités, annonces: «*Bibite, panini, bar, musica, girls... Autonoleggio!*» Pour ce qui est de l'italien, Berlitz peut aller se rhabiller! Très vite, il se prend à ce jeu avec les mots et il est trop tard quand il s'aperçoit du danger, le piège s'est refermé. Depuis, les mots ne cessent de se jouer de lui. Ces lettres promenées comme dans un kaléidoscope le long des artères forcément commerciales des grandes villes l'hypnotisent. Il n'y échappe pas, même dans les villages les plus reculés de la montagne calabraise, où il se promène seul parfois, heureux, furieusement insatisfait sans trop savoir pourquoi.

Somnambule refusant de se réveiller de son cauchemar alphabétique, subjugué par la couleur et la brillance des slogans publicitaires, il déambule tel un Stephen Dedalus qui aurait quitté son Dublin adoré. Au hasard des rues et des places où son pas le mène, il s'immobilise devant chaque vitrine, chaque mur tapissé d'affiches: «*Flli Zampini, zapatero*», avec la faute d'accord, «*Beba Coca Cola*», «*Regia di Mario M...*»; traduisant à longueur de journée les mots, les bouts de phrases qu'il rencontre, sans compter les anglicismes omniprésents comme partout ailleurs en Europe: «*Il look giovanni..., La baby colazione, Big gelati!*» Les murs sont couverts d'interdictions et de graffitis plus ou moins obscènes qui semblent se faire la guerre et attirent tout autant son attention. Le petit exercice est devenu une manie. Il ne sait plus quand ni comment il arrivera à s'en débarrasser!

Et à cet instant où, prenant le train, il s'en va d'ici et pense enfin en avoir fini avec ce chapelet de publicités et d'invectives décolorées par le soleil et la poussière, voilà que le tableau indicateur affiche cet avis dont il fait tout de suite la traduction mentale: «*I sig. viaggiatori*... sont priés de noter que ce train est à réservation obligatoire.» Qu'est-ce que ça veut dire, «à réservation obligatoire»? N'a-t-il pas payé sa place? Et pourquoi ne suffirait-il pas de traduire pour comprendre?

À qui cette mise en garde pourrait-elle être destinée sinon aux inévitables resquilleurs, prêts à tout pour voyager à l'œil ou au moins ne pas avoir à payer le supplément? Un sous-chef de gare embarrassé de son drapeau de signalisation, se dirigeant vers la voie pour siffler un départ, pourrait lui confirmer la chose, ou même un simple voyageur. À la rigueur, il pourrait rappeler Maria qui s'éloigne sur le quai à une vitesse qui lui paraît de plus en plus vertigineuse. Mais autant il ne peut s'empêcher de dévorer le moindre écrit qui s'offre à sa lecture, autant il est démuni quand il s'agit de demander un renseignement *à quelqu'un*. Et surtout pas à Maria! Alors, il s'abstient.

Interdit de se plaindre donc! Il n'avait qu'à ne pas se laisser aller à cette ivresse du départ, qui, chaque fois, lui fait penser que forcément tout va bien puisqu'il part. Il est au bout de sa course. Là où il est impossible de reculer. Où il rage de devoir se battre pour occuper une place qu'il a déjà payée plusieurs fois. Les resquilleurs sont partout. Dans sa tête. Et son cœur aussi. S'il les laissait agir à leur guise, ils occuperaient toutes les places. Mais ça, il ne le tolérera pas. Il ne le tolérera plus.

À moins de traverser de l'autre côté du détroit, mais qu'aurait-il été faire en Sicile? Sept heures encore à rester sous la botte avant d'arriver à Termini! Mais de qui? Estelle? Maria? Sur le quai de la gare à Reggio-di-Calabria, s'en retournant vers Rome et au-delà, Gabriel se sent un oiseau pris au piège d'un filet tendu en travers du vent. Et quant aux voyageurs qui continuent de monter à bord du train archibondé, ce dilemme ne les concerne pas. Depuis longtemps, ce trajet n'a d'autre sens pour eux que celui d'un itinéraire, c'est-à-dire qu'il est vidé de tout sens, initiation traversée sans encombre ni décombres.

Ce cirque ne cesse pas une fois que le train se met en marche.

Chaque fois qu'il revient des toilettes ou du wagon-restaurant, Gabriel trouve sa place précaire occupée par un envahisseur pas du tout décidé à la céder bien que le billet ait été dûment estampé, composté, troué d'un poinçon, et plutôt deux fois qu'une. Mais qu'importe, il est de retour à Rome! Enfin, plus que quelques minutes à attendre avant l'arrivée. Le train ralentit doucement et, du fond du paysage urbain, c'est la gare qui semble avancer vers lui plutôt que le contraire.

Terminé, le supplice! Après sept heures à se faire brasser le derrière sur ces sièges défoncés, ce n'est pas trop tôt. À chaque arrêt, les occupants avaient dû se liguer pour faire front contre les passagers qui s'ajoutaient, désespérant de trouver un endroit, n'importe quel espace où ils pourraient se caler. Bloqués dans le couloir, ils auraient forcé la porte s'ils l'avaient pu, pour se réfugier dans ce havre de paix relative, troublée seulement par un bébé qui protestait à sa manière, ce qui n'empêchait nullement le vieillard en face de ronfler. En trois quarts de siècle, il en avait vu d'autres, Mussolini compris, alors un bambin qui hurle! À quoi il fallait ajouter les goûters improvisés de la dame à côté qui, imperturbable, tendait à la ronde son couteau avec un morceau de fromage ou une tranche de fruit!

Mais voilà que la manœuvre prématurée de cette voisine fait monter l'exaspération d'un cran. Retenue depuis Reggio, la marmite bout dangereusement! Au lieu de faire comme tout le monde et d'attendre l'immobilisation du train, la madone endimanchée s'est levée, s'excusant à peine de la bousculade inévitable, comme si ça allait de soi cette corrida à l'arrivée. Comme si ça aurait pu lui faire gagner une seule seconde sur les autres qui restent sur leur banquette, prenant leur mal en patience! Debout sur la pointe des pieds, le corps étiré à sa limite de souplesse, elle s'obstine à vouloir descendre sa grosse valise du filet par-dessus les corps, ce qui a pour effet d'écraser Gabriel contre la fenêtre. Il ne proteste pas. Son italien n'est pas assez bon pour une vraie engueulade.

Et puis l'ordre ferroviaire, cet enchevêtrement de rails, de wagons abandonnés à eux-mêmes sur une voie de triage, ont sur lui un effet calmant. Sa hâte et sa rage sont contenues, canalisées par cette matière inerte organisée par la volonté des hommes. Il aime ces moments presque magiques où quelque chose se passe en lui, le traverse. Parfois, sans qu'il s'en rende compte, en un instant les images et les souvenirs qui avaient soutenu son être jusque-là se réorganisent dans un arrangement totalement inattendu. À son grand étonnement, ce qu'il avait cru être le sens de sa vie tout entière est bouleversé par le léger changement de perspective qui s'est produit.

«Patience! se dit-il, bientôt ce sera fini.» Une demi-heure qu'il est penché à la fenêtre du compartiment à attendre cet instant précis de l'arrivée, à s'emplir les yeux d'images comme pour mettre ses rêves à jour! Pas question de se laisser distraire et de rater la manœuvre! Chaque fois qu'il prend le train, il redevient ainsi l'enfant qu'il n'est plus. Mais au lieu de *jouer au* train électrique, il est *dedans*. C'est plus difficile mais aussi plus amusant!

Il s'était promis de revenir à Rome une autre fois, la dernière peut-être. C'est encore une victoire sur le temps, et sur la mort et le froid glacial des matins de janvier. Après? «Pardon mon Père, je ne pécherai plus.» Il le jure, ce sera fini, il passe à autre chose pour les dix prochaines années. «Encore une minute et ça y est!» Comme s'il pouvait subsister le moindre doute! Quant à lui, il étirerait bien le mince suspense de l'arrivée et c'est la gare qui semble le tirer vers elle plutôt que le contraire tandis que les wagons enfilent les aiguillages, n'allant à gauche que pour être rejetés de l'autre côté sans avertissement, comme engloutis de manière irréversible dans cet entonnoir gigantesque qui les fera disparaître le long d'un quai semé d'ombre.

Chaque année, Gabriel refaisait à Estelle la même promesse à moitié sincère: «Cette fois, c'est la dernière.» Et cette ivresse de partir et d'aller là où le soleil lui était assuré lui paraissait une juste revanche sur lui-même et sur l'hiver par moins trente, victoire sans prix sur les envies qu'il aurait d'aller voir ailleurs, les trahisons qu'il se promet de faire et qu'il remet à plus tard. On ne peut tout connaître, un jour ou l'autre il faut choisir ce qu'on aime.

Quant à Estelle, elle avait fini par se rebeller, il fallait s'y attendre, dès sa première allusion à l'Italie, le premier jour du printemps où le soleil s'était montré le bout du nez:

— Pas cette année! l'avait-elle coupé, comme un avertissement solennel devant les amis rassemblés, si peu habitués à ce genre de saute d'humeur de sa part. Est-ce qu'on ne pourrait pas aller ailleurs, juste une fois? avait-elle ajouté dans un véritable cri du cœur.

Hélas, c'était possible et après tous ces étés où il avait prévalu, il lui devait bien ce compromis. Estelle rêvait de vacances studieuses. Chaque pays comme une page d'almanach ou d'encyclopédie, une carte routière à parcourir dans tous les sens. Et même, on n'aurait pas assez de toute une vie pour les parcourir toutes, les deux cents entrées du catalogue des Nations unies, il faudrait en abandonner quelques-unes en cours de route. Donc, pour une fois, il irait où elle voudrait: la Grèce, l'Indonésie qu'il ne connaissait pas, le Brésil, l'Argentine qui étaient un moindre mal. Qu'elle décide, il suivrait! Quand même, il devait bien exister un autre endroit sur terre où on pouvait passer quelques semaines sans trop s'ennuyer? Les vacances, ça ne dure jamais bien longtemps, on n'est pas aussitôt parti que c'est déjà fini. Pourquoi y sacrifier alors? Avant Estelle, il n'y avait jamais vraiment fait attention. Comme Noël et les anniversaires, ce n'était qu'un autre mauvais moment à passer et l'Italie avait d'abord été une concession qu'il lui faisait. Sauf, qu'il y avait eu un déclic. Il y avait donc quelque chose au-delà de l'habitude, la promesse d'un ailleurs et d'un bonheur possible. Idiot! Comment avait-il pu l'ignorer? À croire que les immigrants qui avaient quitté ce paradis dans la première moitié du siècle étaient tous fous ou en fuite à cause de quelque faute inexpiable? Et quel bonheur plus grand pouvaient-ils espérer à Montréal ou Minneapolis?

Bien sûr, à l'époque, la terre ne pouvait les nourrir tous. Ou alors, c'est qu'eux aussi rêvaient d'un ailleurs... Mais aujourd'hui? D'accord, cette année, c'était son tour et il irait où elle voudrait. Seulement il ne fallait pas lui en demander trop et elle dépassait la mesure en exigeant qu'il manifeste le même enthousiasme pour la Papouasie que pour l'Italie!

— Et ton enthousiasme à toi? avait-il demandé.

Le sien était contagieux. Rien ne l'arrêtait, il avait réponse à toutes ses objections. Sauf que la réciproque n'était pas vraie. Ce n'était pas sa faute, elle doutait trop d'elle-même et de ses choix pour emporter l'adhésion. Maintenant, c'était lui qui élevait des objections auxquelles elle ne savait que répondre.

— Tu te souviens du Mexique? dit-il.

Argument irréfutable, mais qui ne suffisait plus pour lui clouer le bec!

C'est elle qui avait cédé, insistant même pour l'Italie juste comme il commençait enfin à s'intéresser aux dépliants d'agences qu'elle laissait traîner sur la petite table du salon. Puis elle s'était ravisée au dernier moment et l'avait planté là brusquement à quelques jours du départ. Pas question d'annuler le voyage, il était trop tard, d'autant que cette série radiophonique qu'il avait proposée du bout des lèvres, l'air de ne pas y tenir, sur *Freud, cinquante ans après la guerre,* avait été acceptée par sa direction à sa grande stupeur. Fin d'année fiscale, petites sommes à dépenser de toute urgence sinon elles risquaient d'être coupées ad vitam æternam par quelque comptable obsédé de déficit. Quoi qu'il en soit, le vase avait débordé pour elle.

— Tu es rocambolesque! Tu t'arranges toujours pour travailler pendant les vacances. Tu le fais exprès pour ne jamais te trouver seul avec moi pendant plus de quelques minutes. Avoue, tu as de la misère à me supporter! Nous n'avons plus d'intimité depuis des années, t'en rends-tu compte?

Le chantage était grossier, mais que répondre? Lancée comme elle l'était, elle ne se laisserait pas arrêter par des scrupules. Et puis, la série était trop avancée maintenant. Plusieurs contacts avaient été pris, des frais, engagés. La direction lui faisait une faveur en acceptant ce projet, récompense tacite à accepter sans mot dire pour des services indéfinissables qu'il aurait rendus sans s'en rendre compte. Depuis quelques années, il était dans leurs bonnes grâces sans trop savoir pourquoi. Alors, aussi bien en profiter quand la manne passait, il était bien placé pour savoir que ça ne durerait pas toujours.

Il avait donc eu l'idée de téléphoner à la délégation du Québec à Rome pour s'informer si, en passant par eux, «il ne pourrait pas bénéficier de prix préférentiels dans un hôtel ou l'autre pas trop loin du *Centro Storico*». Mais voilà que la secrétaire le met en attente et il se retrouve illico en ligne avec le délégué général en personne.

— Vous arrivez quand? demande-t-il.

— Quelques semaines.

— Ça laisse amplement le temps. Ne vous inquiétez de rien, nous allons vous concocter un programme!

Un programme? Mais il n'avait jamais demandé qu'on lui fasse un programme! Le délégué n'avait-il rien de mieux à faire?

Mais ses protestations n'avaient pu rien y changer: appels téléphoniques, fax, courrier électronique; pendant des semaines, entre Rome et Montréal, il y eut une véritable ligne rouge. Et même, un modeste pont aérien. Un paquet fut livré, en provenance de Rome, par messager gouvernemental, par «la valise», comme l'appelait Corbo, c'était le nom du délégué, qui avait pris l'affaire en main personnellement. Il contenait des documents d'information sur «la mission des délégations générales» en plus d'un horaire détaillé des personnes qu'il devait rencontrer. Une enveloppe aurait suffi pour tout mettre; le reste, horaires de lignes de chemin de fer, catalogues de chaînes hôtelières, tarifs exorbitants de location d'auto, était bon pour le panier.

Comme si Corbo s'était mis dans la tête de lui faire rencontrer tous ceux qui comptent dans le circuit romain de la délégation! Malheureusement, son carnet d'adresses renfermait un nombre disproportionné d'ecclésiastiques, en instance d'audience papale peut-être, avec rien d'autre à faire en attendant sauf se prélasser dans les jardins protocolaires d'ambassades putatives autant qu'amies! S'il laissait Corbo agir à sa guise, Gabriel se perdrait en conversations oiseuses, qui n'étaient qu'autant de confessions déguisées, et n'aurait plus une minute à lui. «M. le délégué était bien placé pourtant pour savoir qu'il n'est qu'un petit, tout petit pion sur un carré d'information minuscule par rapport à l'échiquier planétaire, CNN et les autres grands réseaux américains d'abord, puis les Anglais, les Français, sans oublier le réseau anglais de Radio-Canada. Quant à la radio? Et le réseau FM en plus! Qu'est-ce que ça représente sur l'échiquier mondial de l'information, ce cadavre froid qu'on appelle *affaires publiques*? Et la culture qui est cotée encore bien moins cher!»

Quel était l'intérêt de Corbo dans tout ça? Indulgence plénière? Faire l'important aux yeux des Italiens? Jeter de la poudre aux yeux de son ministre? Malheureusement, ce n'était pas la culture qui intéressait le délégué, mais les mondanités, le bruit qu'on peut faire autour.

— J'ai contacté la RAI, dit-il. Ils sont très intéressés à vous rencontrer.

— La RAI?

— Oui. La télévision italienne. Soit dit en passant, ils ont trouvé excellent votre *timing* pour cette série sur la psychanalyse. Quant à eux, ils allaient oublier l'anniversaire! Grâce à vous, ils ont pu mettre une équipe là-dessus avant qu'il soit trop tard. La série passera cet automne, en même temps que la vôtre passera chez vous et, en attendant, ils tiennent absolument à vous rencontrer. Ils sont particulièrement curieux de savoir qui vous avez vu à Paris.

Paris! Toujours Paris! Comme si Paris était le centre du monde. Alors que les Parisiens savent bien, eux, que le centre se situe quelque part entre New York et Los Angeles.

L'obsession de Corbo, c'est de «nouer le contact». Il n'a que cette expression à la bouche. Quand il lui parle, Gabriel doit toujours s'efforcer de rattraper au vol quelque discussion amorcée ailleurs et Corbo poursuit son soliloque sans se soucier davantage s'il suit ou non. Chaque fois, il s'est entiché d'un nouveau personnage, occupant des fonctions toujours plus importantes dans l'appareil d'un État en pleine décomposition, mais dont il essaye de persuader Gabriel qu'il pourrait être d'intérêt de le rencontrer pour son projet d'émission. Son dernier «contact» lui semble à ce moment la personne la plus importante au monde. Il trouverait bien une raison pour «renouer» quand on en aurait besoin. En fait,

Gabriel finit par comprendre que le réseau de contacts de Corbo est une manière de se rendre indispensable. «Oui, Untel? Corbo, vous vous souvenez de moi? Nous nous sommes rencontrés quand Giguère est venu? Vous vous souvenez de Giguère? Gabriélé Djigouèrré, le journaliste?»

Pour lui, ce voyage avait perdu beaucoup de son intérêt à partir du moment où Estelle l'avait planté là et qu'il avait dû se résoudre à faire le voyage seul. Fallait-il pour autant qu'il se paye cette aventure avec Maria? Ça reste à voir. Sans compter les Frufrullone! La lecture de leurs livres avait été un éblouissement. Mais en fait, il trouve très difficile de traiter avec eux dans la réalité. D'autant que ces psychanalystes à la noix le harcèlent depuis le début avec leurs exigences toutes plus déraisonnables les unes que les autres, depuis le moment où, poussé par L., il a sollicité d'eux cette interview sans trop y croire.

À sa grande surprise, les Frufrullone avaient accepté! Grâce à L., bien sûr, qui les adule, et depuis, ces stars incontestables, incontestées d'une intelligentsia européenne en sérieuse perte de vitesse, n'ont pas cessé d'alterner les menaces subtiles avec les promesses les plus folles. D'abord, il leur faut connaître à l'avance les questions et les réponses. Ensuite, ils exigent un droit de regard sur le montage! Et Corbo, complètement obnubilé, qui multiplie les pressions. «C'est un honneur pour le Québec de pouvoir mettre à l'antenne une interview avec les Frufrullone. On n'entend plus que des chanteurs et des humoristes, maintenant. Ça va faire remonter le niveau un peu! Quand même, ils auraient pu vous donner un cameraman. Qui écoute encore la radio aujourd'hui? Frufrullone est vieux et fragile. S'il mourait? Vous imaginez l'importance de votre document? Sa dernière interview. Toutes les télévisions la reprendraient. À partir de là, votre carrière est assurée!»

Sa carrière! Gabriel s'en foutait un peu de sa carrière. Quant aux Frufrullone, ils n'avaient accepté l'interview que parce qu'il était entendu qu'il n'y aurait *pas* de caméra. L'éternelle querelle du *professore* avec l'establishment parisien dure depuis trente ans au moins et le combat pour la possession de la vérité devient de plus en plus féroce, alors il leur faut être particulièrement prudents dans leurs interventions! Surtout, il ne sert à rien d'attiser inutilement les rancœurs. Gianfranco est sûr de sa victoire puisque le premier qui meurt gagne et que c'est lui qui mourra le premier. Ça fait quelques années maintenant qu'il ne lutte plus. Il attend. Lui mort, la partie sera terminée. Mais la mort ne se présente pas au rendez-vous. Une fois qu'elle sera venue, ses adversaires ne pourront plus que se morfondre en attendant leur propre mort, leur vie désormais derrière eux, inutile sans la querelle qui a soutenu leurs années de jeunesse.

«Une fois de plus, il faudra que je téléphone à L.», soupire Gabriel. De celui-là non plus, on n'arrivera pas à se passer. Dommage, mais cette dernière interview lui paraît essentielle pour compléter son topo. Sinon, il laisserait tomber. Estelle avait raison, il n'aurait jamais dû se lancer dans ce travail qui ne lui rapporte rien. Et Corbo aussi: sans la télévision, cette interview est un coup pour rien. Estelle vaut bien tous les topos du monde, cent, mille reportages, mais il est trop tard pour les regrets. L'échéance tant redoutée, l'inéluctable remontée vers le nord, approche. L'avion et l'automne, et le reste s'ensuit. Au diable Corbo! Mieux vaut profiter des quelques jours qui restent pendant qu'il en est encore temps!

Chaque fois au moment d'entrer dans une grande gare, comme ici à Roma-Termini, et c'était la même chose à Central Station à New York ou même la gare centrale à Montréal, à d'autres gares modernes et anciennes qui ne sont pas moins belles partout ailleurs, Gabriel guette le moment de l'arrivée comme une cérémonie grandiose qu'il ne voudrait manquer à aucun prix.

— *Roma-Termini: here I am!* s'écrie-t-il cette fois, malgré le ridicule qui guette toujours, incapable de ne pas défier le monde de son bonheur.

Quel que soit le prix qu'il avait dû payer, il était là où il avait choisi d'être. Et dans la vie, il ne connaissait pas d'autres réussites que celle-là, être là où l'on a choisi d'être. Le reste, la santé, l'amour, sont choses trop aléatoires pour s'en préoccuper. Dans la langue et le ton de Mickey Mouse, son adresse était une jolie variante du «Montréal, voici ton prince!» du regretté cardinal, destinée à un auditoire qu'il pouvait encore seulement deviner, penché à la fenêtre du compartiment et faisant de grands signes comme si la mince foule sur le quai n'était là que pour lui. Mais, à part les gens de la délégation du Québec, personne ne le connaît ici, et certainement, personne ne sera venu à sa rencontre. Il n'y avait rien en lui qui soit susceptible d'impressionner un cardinal ou un délégué général, fût-il de mœurs un peu princières, sinon légères.

Encore quelques secondes et le train va s'arrêter. Au-dessus du quai, le tableau indicateur bascule tandis que la motrice, mise hors tension, crachote encore deux ou trois coups après avoir heurté le butoir. C'est fini, il faut descendre maintenant. Déjà, bagagistes et marchands ambulants se bousculent parmi les chariots de la poste, abandonnés en travers du quai, tandis qu'un haut-parleur confirme d'une voix caverneuse que le train en provenance de Reggio-di-Calabria-Napoli-Centrale est entré en gare. Au-dessus, trônant au milieu du quai, les palettes noires de l'horloge moderne indiquent 14:59. Elles roulent sur elles-mêmes et marquent quinze heures. Le moteur s'essouffle et s'éteint dans un sursaut rageur. Pour une fois, le train est à l'heure.

«If it's Tuesday, this must be Belgium.»

La faute aux plaines d'Abraham peut-être, ce goût de l'anglais dans les grandes occasions? Pourquoi, après tout, ne pourrait-on pas échanger cette défaite contre une reddition sans condition sur le Janicule? Ou est-ce le Capitole? L'Aventin? Le problème avec l'anglais, c'est qu'on n'est jamais libre de choisir, on finit toujours par rencontrer son Waterloo quelque part. Et puis, qu'importe si c'est Rome, rien de tel que l'anglais, croit-il, pour exprimer le dépit, la défaite. SPQR partout. Bilinguisme latin-italien sur tous les véhicules et les panneaux officiels. Sauf que le moindre achat, la moindre dépense deviennent des luxes inabordables, le simple fait d'être ici, de devoir prendre une chambre à l'hôtel, s'asseoir à une table dans une trattoria pour manger, à une terrasse pour prendre un verre. Sauf à boire debout! Heureusement, il ne pleut jamais. Et puis, c'est cher, mais par rapport à quoi? Qui vient à Rome pour faire le raisonnable? Les râleurs n'ont qu'à aller ailleurs. SPQR-CQFD.

Pressés, les habitués du train se bousculent aux extrémités des wagons pour être les premiers à descendre. «L'autre solution, se dit Gabriel, ce serait de sortir en dernier, quand il ne restera plus personne.» Comme lui, les inévitables touristes, nombreux à bord de ce train exceptionnellement allongé de plusieurs wagons compte tenu de la saison, sont restés assis bien sagement à attendre, comme pour ne rien manquer, jusqu'à l'arrêt complet de la motrice et même au-delà. Un à un, ils étirent maintenant leurs têtes blondes ou brunes, têtes chercheuses à travers les fenêtres de compartiments épars d'un bout à l'autre du train jusqu'à ce qu'ils aient le corps à moitié sorti. La différence, c'est qu'ils se donnent le temps de humer le spectacle. Leur fascination devant cette scène de gare banale, comme pour un tableau de maître aux Offices, étonne toujours Gabriel.

— Vous avez raison de ne pas vous joindre à cette bousculade, l'approuve son vieillard de voisin, s'apprêtant à sortir à son tour et méconnaissant la raison de cet étonnement, la prenant pour de la crainte peut-être. Faites bien attention d'éviter ces cafouillages indécents! Ces corps qui se heurtent et s'embrassent bruyamment au milieu de valises entremêlées ouvrent la porte aux filouteries de toutes espèces!

D'autres voyageurs encore attendent toujours pour descendre. Peut-être tiennent-ils à vérifier s'ils ont bien atteint la destination élue et non une autre? Ça arrive parfois. Heureusement!

Au-dessus du quai, un panneau suspendu rassure le voyageur qu'il est bien rendu à destination: ROMA, annonce-t-il en blanc sur fond bleu. Gabriel hésite puis finit par se résoudre à descendre tout de suite, encore sous le coup de cette entrée en gare. Quinze heures précises, à la seconde exacte. Et pourquoi pas quatorze heures cinquante-neuf ou quinze heures une? Influence allemande, décret mussolinien? Il aurait des raisons d'être content pourtant: plus de 700 kilomètres entre Reggio et Rome! Il les avait comptés borne par borne, ne pouvant décoller son nez de la fenêtre et du paysage des champs et des gares qui fuyaient derrière!

Sans compter l'arrêt inutile à NAPOLI. Naples, Népells, comme disent les Anglais et les Américains toujours, d'après les Français, mais ce n'est pas pour améliorer les choses. Et Népells ou Naples, c'est du pareil au même. Personne ne connaît ces noms-là à Naples. C'est même plutôt Na-a-a-poli qu'on aurait tendance à dire, à l'exclusion de toute autre orthographe ou prononciation. Tout au long du trajet, les gares étaient régies par un alphabet strictement rythmé par certaines voyelles qu'il prononçait pour lui-même en silence en les traversant. Que des A, des É, pas de E... I, O, OU, pas de U non plus.

Puis il avait cessé.

Toujours si pressé d'arriver et pourtant pour rien au monde il n'aurait perdu le moindre bout de ce travelling!

Une fois sur le quai, Gabriel n'a d'autre choix que d'avancer, bousculé à son tour par cette foule en état de choc permanent. Rien d'autre à faire que de prendre son courage à deux mains! Une valise dans chacune, il fonce à contre-courant des voyageurs qui arrivent.

À peine le portique franchi, la chaleur moite frappe Gabriel, succédant à la relative fraîcheur qui régnait à l'intérieur de la gare. Il s'arrête de nouveau, posant ses valises par terre sans se soucier du flot humain qui continue de s'écouler et, l'apercevant au dernier moment, les banlieusards anxieux d'échapper à cette canicule doivent faire un pas de côté pour éviter de venir s'écraser contre lui.

Formidable obstacle en effet, cet innocent avec ses deux valises posées à ses pieds comme au milieu d'une aérogare déserte! Ça ne va pas sans quelques coups sur les valises qui dépassent, question de bien lui faire sentir que ça ne se fait pas de bloquer ainsi le passage. Heureusement, il a déjà joué au hockey à Montréal. Jeune, c'était un spécialiste des coins de patinoire.

— Hé! *Ta-ssi Signor. Sir. Mein Herr...* Monsieur!

Si Gabriel le laissait faire, le chauffeur s'empresserait de décharger ce trop rare client du fardeau de ses valises. Après tout, celui-là en vaut bien un autre en attendant les Romains partis en masse dans leurs propres terres plus caniculaires, Tunisie et même plus bas sur la carte, 40 degrés à l'ombre! Pour certains, il ne fera jamais assez chaud même en été. Ne comptez pas le pape parmi eux, qui préfère la montagne, ce fou. Mais il n'est pas italien, lui. Cette idée de choisir un Polonais! Quant aux Romains, il ne faut pas compter sur eux avant un mois! En attendant il faut faire vite et attraper le touriste qui se pointe. Mais Gabriel fait signe que non, pas tout de suite. Il veut réfléchir, prenant le temps d'admirer la pierre grise de la gare, la vitre dans laquelle le soleil couchant se reflète et qui confère à l'ensemble une teinte sublime et indéfinissable.

— Et puis, arrêtez de tourner autour de moi comme si j'étais un paquet, dit-il. Sinon je prends l'autobus.

L'autobus! Avec des valises! Vraiment, y a de plus en plus de paumés qui voyagent! Pire que les Africains avec leurs ballots sur la place devant !

Et pourquoi ne jouirait-il pas, lui, ce client qui en a le temps, de cette chaleur de fin d'après-midi? Car il fait beau à Rome, ah oui!

— Surtout à cette saison! ajoutait toujours Estelle qui mettait des degrés partout.

Et que cache cette beauté à part l'inévitable farniente qui menace toujours de s'emparer de lui aussi, de lui surtout? À Rome, l'oisiveté est une louve aux dents acérées, mère de tous les vices, ce serait sans importance, mais surtout génitrice de vicissitudes, d'un tas d'imbroglios indéchiffrables. Quant au chauffeur, le voilà occupé enfin! Et ce n'est pas trop tôt.

Occupation égale fric! Déduction logique: le client n'a pas de temps à perdre. S'il a les moyens d'être là, faut bien qu'il y ait une raison! C'est un homme d'action, d'affaires, un envoyé spécial, pas de doute là-dessus! Et à quoi ça lui servirait de payer si ce n'est pour montrer qu'il est un homme occupé, un «décideur» comme disent les yuppies américains et même français. C'est un homme toujours trop occupé, comme en général les hommes le sont. Les femmes et les enfants après! Le secret du bon chauffeur de taxi, c'est de toujours se mettre à la place du client, penser *rapidissimo*. La pensée est l'arme du chauffeur de taxi. Il n'y a pas de temps à perdre. Vite un autre client. Il y a la traite à payer sur la voiture, l'appartement à chaque fin de mois. Et puis il faut bien sortir un peu aussi, elle ne vous le pardonnerait pas.

Gabriel fait signe au chauffeur d'attendre. Son regard se porte à gauche. Il cherche. Il est là. Le mur. Ce qui en reste. Ces vestiges remontent à Hadrien, blocs brunâtres en pierre tendre, usés par le vent et la poussière de millénaires. Sa mémoire ne l'avait pas trompé. Portrait hallucinant de l'empereur mourant par Marguerite Yourcenar. Palmiers, pins parasols. Juste derrière: «la» Stazione, Termini-l'unique prolonge la ligne de crête ondulée, semblant s'appuyer dessus dans une fantaisie grandiose d'architecte!

Pas le temps d'admirer, hélas! Même la beauté pure. Surtout la beauté. Parce qu'elle n'est jamais un obstacle. Tout de même, il s'écarte un peu pour jeter un coup d'œil d'un autre angle à travers la ligne des pins parasols.

Le chauffeur profite du moment d'hésitation pour s'emparer des valises.

— *Momento!* l'arrête Gabriel, revenant brusquement sur ses pas. Il pointe du doigt l'intérieur de la voiture, le compteur. Prudence d'abord! De l'autre côté de la piazza, les autobus en double file sont sur le point de partir. Les chauffeurs impatients font piaffer les moteurs comme s'il s'agissait de motos. Vroum! Vrouuuuuum! On se croirait à Rio. Botafogo. Rua Humanitas. Cette course entre autobus à l'approche de l'arrêt. Service privé. Privatisé plutôt. Concurrence effrénée pour les clients. Le premier arrivé emporte le tout. Et les éclopés et les cadavres quelquefois. Là-bas la vie ne vaut pas cher. Balade pour un cadavre!

— *Via delle Quattro Fontane*, se décide-t-il enfin.

Le chauffeur acquiesce. Sourire entendu de celui qui a tout compris. Mais compris quoi?

— *Quattro Fontane, quaranta mila lire!* plaisante-t-il avec le sourire. Il s'empresse, fait encore une fois le tour de Gabriel, s'empare des valises, les pose sur le siège avant, ouvre la porte arrière et l'invite finalement à entrer dans un ballet sans une seule fausse note!

— Quarante dollars, tu peux toujours courir! menace Gabriel.

En même temps, il fait mine de rouvrir la porte pour sortir, juste comme la voiture commence à avancer. Le chauffeur n'a d'autre choix que de ralentir. Deux heures qu'il attendait son tour! Il a tout perdu. Mais Gabriel suspend son geste. Après tout, ça ne lui coûte rien de prendre le temps. Tant que le compteur n'est pas en marche, ce temps n'est pas le sien! Et du temps à perdre, il en a justement à revendre. Assez, en tout cas, pour s'assurer que le chauffeur comprenne bien que c'est lui qui dicte les conditions et que pour une fois il n'a pas du tout l'intention qu'il se paye sa tête.

— *Vabbê!* consent finalement le chauffeur avec une grâce qui pourrait bien être feinte elle aussi.

Retour à la case départ, donc. Le taxi fait le tour de la piazza comme pour aller prendre Via Nazionale. Vieille rue dans une vieille ville, vieux immeubles. Pas si vieille que ça même si sous ces façades tout s'écroule, tout est faux. Ville entretenue, mal entretenue, soutenue tant bien que mal, plutôt mal que bien. Trop de politiciens véreux. Ville antique, capitale de la chrétienté aussi, ne jamais oublier cette donnée fondamentale pour comprendre la ville, la fascination qu'elle exerce!

L'image toujours. Jeans américains, parfums français, surplis romains, c'est toujours le même qui, voulant retrouver son identité, s'altère, Walter! Trop pesant, le vrai! Le visage de l'Autre lui renvoie une image qui lui ressemble trop, d'étranger, de métèque. On est toujours un autre pour l'Autre: le bicot, le cul-terreux, le nègre, le pédé. Guère mieux de l'autre côté du miroir: vu de Dakar, ça donnerait le toubab! Et puis il y a l'Autre mort. Toutes ces peintures, ces sculptures inutiles qui respirent la poussière de siècles et de siècles. Vérités passées. Le sens, c'est ce qui tue la vérité. Ces monuments grisâtres, ces vieux ecclésiastiques, sénateurs véreux. Tous faux, tous morts, potentats statufiés, reliques-caca! Et que penser de l'indulgence feinte des gardiens des Musées du Vatican? Des cumulards qui font semblant de travailler au ministère comme à l'église! Les maffiosi déguisés en patrons de restaurants? Les faux Rubens et les Picasso plus vrais que nature? Ne pas oublier les faux taxis! Des limousines de pauvres qui joueraient aux riches. Bordels ambulants qui vous coûteront la peau des fesses! En cette occurrence, comme disent les linguistes, le prix ne pourrait être plus juste! Le chauffeur offre de vous «régaler» d'un tour de

Rome, promesse d'une soirée éternelle confortablement assis dans une américaine grand format. Pour vous rappeler Minneapolis, sans doute! Rideaux tirés, obscénité tamisée. Tout a été étudié, le trajet, l'allure de corbillard, pour que vous ayez l'impression d'y voir clair enfin. Mais en fait, la ville n'est qu'un décor.

Tandis que le taxi s'éloigne, Gabriel se penche à la fenêtre. La continuité entre le dessin de la gare modernissime et les murs vieux de quelques milliers d'années le fascine. Est-ce pour cela qu'il apprécie Rome à ce point? Heureusement, il reste cette lumière qui continue d'éblouir jusqu'à la fin dans le soir qui tombe. Cette enfilade sublime du mur qui prolonge la gare à Termini. Les trompe-l'œil dans les églises baroques.

«Le contraire de ce qu'a fait Pei au Louvre!» Et ça marche! Entre le vieux Louvre et la pyramide, il préférerait encore le vieillard et l'enfant, ce mur lourd autant qu'usé par le temps, comme corrigé par la légèreté du bâtiment altier.

«Il faudrait voir ce mur sous tous ses angles, derrière aussi et puis du haut des airs. Il y aurait des heures à perdre rien que devant cette façade!»

La faute de Maria, tout ça!

Quelques semaines qu'il avait fait sa connaissance! Ça lui paraissait déjà une éternité. Ici même à Rome, en descendant du train qui l'amenait depuis Paris après de multiples détours en France et en Suisse. C'était avant la réception chez le délégué, au moment où il commençait à en avoir assez de cette errance forcée, depuis Paris jusqu'au milieu de l'Italie, imposée par Estelle comme une sorte de punition. Quel refus de payer, quelle dette imaginaire lui valaient ce traitement qui se méprenait? Jusque-là, il avait eu cette impression vaguement coupable d'être suivi par une ombre dans ses moindres déplacements. L'ombre était là pour l'empêcher de faire quoi que ce soit d'autre que ce qu'ils auraient fait si elle l'avait accompagné comme prévu dans ce voyage. Absurdement, étant toujours seul, il avait l'impression de faire le voyage à deux. Et même une fois, se retournant sur une place, il avait eu le sentiment bizarre qu'elle l'observait et s'était promis qu'il finirait par la surprendre. Puis il s'était dit: «Bah! je dois devenir un peu parano.»

Il comptait sur Maria pour briser tout ça, cet exil et cette prison. Toutes ces petites choses qu'il se refusait de faire avec Estelle, il avait éprouvé un plaisir secret à les faire avec Maria: après-midi au musée, magasinage, promenades au parc, rien ne le lassait de ce genre d'activités qui, d'ordinaire, lui pesaient plus que tout. Il se contentait d'être là et d'écouter Maria. Elle ne lui demandait rien d'autre. Quant à lui, comme d'habitude, il ne tenait pas plus qu'il faut à parler de lui. Et surtout pas d'Estelle. Elle n'avait rien à faire dans cette histoire. Quelques jours plus tard, Maria lui faisait cette proposition ahurissante:

— Et si tu venais avec moi à Tropea?

Tropea, c'était chez elle. Elle lui avait assez raconté sa hâte de retourner dans ce gros village, cette petite ville où elle avait passé son enfance! Mais qu'elle lui propose de venir avec elle! Il en était resté bouche bée. Elle aurait décidé de passer quelques jours de plus avec lui à Rome, ça ne l'aurait pas étonné, mais qu'elle lui demande à brûle-pourpoint de l'accompagner dans sa famille, dans un coin perdu de Reggio-di-Calabria, cette proposition le soufflait!

Pourtant, ça ne lui avait pris que quelques secondes avant de se décider. Il acceptait. Le Sud profond, la Calabre, presque la Sicile, une telle chance ne se représenterait pas de sitôt. Il en rêvait depuis toujours, comme de quelques autres pays. Buenos Aires, Tbilissi, Abidjan, Hué remontaient à sa mémoire. Une autre figure du destin frappe à la porte, un destin possible parmi d'autres, trop tard, au moment où la vie est déjà jouée. Il ne s'y attendait pas. En acceptant la proposition de Maria, une autre vie s'ouvrait devant lui, un autre chemin. Quoi qu'il arrive, après il ne serait plus le même. Il ne savait même pas si c'était Maria qu'il voulait. Mais ce qui aurait été impardonnable, ç'aurait été de ne pas saisir ce rêve possible, quel qu'en soit le prix, de pouvoir sortir enfin de cette prison sans issue de lui-même.

La réflexion était venue plus tard. Il s'était dit que l'issue probable, c'était qu'il se retrouve encore une fois les mains vides. Il ne les avait jamais eu assez grandes pour saisir ce qui s'offrait à lui ni n'avait eu la poigne assez forte pour retenir ce qu'il tenait déjà. Il y avait un trou quelque part dans sa façon d'être. Maria, Estelle: un homme n'est-il pas toujours mieux à sa place entre deux femmes, deux aventures, deux histoires possibles? Interloqué, muet. Ces mondes à part disparaîtront avec lui. Deux ou trois générations tout au plus, dans les cas de progéniture abondante et puis après, fini, oublié. La pierre s'use. Je veux dire la tombe. Les noms, les dates, tout ça disparaît. Personne ne se rappelle quel prénom grand-père avait. Réduit à une fonction dans une chaîne qui s'use de se renouveler. Il n'est point de repère qui soit plus inutile. Qui signale l'origine. Un point à l'horizon, seule existence possible.

Alors qu'elles ne pensent qu'à ça. Plus que nous. Même qu'elles ne pensent qu'à y penser. Elles s'arrangent toujours pour vous mettre, mine de rien, devant un choix. Rome et la Calabre. Estelle et Maria? Si important pour elles d'être choisies, élues, «reconnues» avant même d'être connues. Comme si pour elles, il n'y avait que le «re», la répétition, qui comptait, à défaut de quoi il n'y aurait que «connes nues». Lui n'en était pas à sa première trahison non plus, il faut bien vivre après tout. Et pourquoi s'en serait-il excusé? On ne devrait pas avoir à justifier ces choses-là. On prend acte et on choisit de rester ou de s'en aller.

Il aurait aussi aimé rester à Rome et peut-être Maria ne lui avait-elle proposé de partir à Tropea, ville natale, ville mère, que parce qu'elle voulait triompher de Rome et ne pas l'avoir pour rivale. Dommage pour Rome, louve aux maigres seins pour bouches trop nombreuses! Jamais il n'en aura assez de cette ville! Maria l'avait bien senti. Il risquait de ne pas revenir en Italie de sitôt. Ni, surtout, à Rome, trop loin de Paris et de la France. Quelle idée ils avaient eue, Estelle et lui, de passer par Paris pour venir à Rome!

Ne renoncer à rien de ce qu'il avait aimé. Jamais. Revenir toujours au même endroit pour revoir inlassablement ce qui l'avait ému à force d'en rêver. La mémoire n'est qu'une condition du fantasme. Sinon, tout s'efface. Il tenait à ces quelques images. Elles lui facilitaient la vie, lui rappelant qu'il y avait au moins un lieu où il avait été heureux. Ses souvenirs, il lui fallait les rafraîchir une fois de temps en temps, à intervalles plus ou moins réguliers. Pour éviter qu'ils ne s'affadissent, jaunissent peut-être, cessent d'être vivants pour se changer en cartes postales plus ou moins banales, comme idolâtrant quelque fantasme faussement innocent, d'une perversion soigneusement dissimulée.

Il n'arrivait à trouver aucune vraie raison qui aurait justifié qu'il refuse l'offre de Maria. Il en avait plusieurs pour accepter ce voyage à l'aveugle dans les entrailles de l'Italie avec cette femme-guide à travers tous les dangers, femme-piège. Il rêve d'une vie qui aurait pu être autre. Elle continue forcément, elle recommence toujours.

— Rome, tu es déjà venu si souvent! Tu me l'as dit, proteste Maria comme s'il s'agissait d'un aveu.

Avec son bras, elle balaye d'avance toutes les objections qu'il pourrait faire, disqualifiant ce qui les entoure de la nuit romaine, ces hommes besogneux qui s'agitent sous les réverbères, toutes ces urines déversées plus ou moins discrètement dans les pissotières aux alentours des ponts qui traversent le Tibre, la sienne comprise, ces palmiers solitaires trop à l'étroit dans leurs cours qui déploient leurs ailes au-delà des murs des maisons.

— Quand même, la Calabre! Tu verras, plaide-t-elle, sachant que la partie est gagnée pour de bon cette fois.

Cette peur qui le prend tout à coup. Qu'est-ce qui pourrait justifier le coup de force ? Comme si d'aller en Calabre avec elle pouvait n'engager à rien pour aucun des deux. Ni aux yeux des autres. Familles si haïssables aux secrets effrayants. Il n'y avait rien à ajouter à cette fascination pour l'inceste.

Quelques jours plus tard, ils partaient. Estelle n'avait qu'à ne pas le laisser en «vacance». Vacant, pour tout dire. Mais où avait-elle la tête en le laissant en plan comme ça? Où avait-il la tête en acceptant? De quoi se demander sérieusement si quelque chose ne va pas chez lui. «Je deviens fou», pense-t-il. Mais la famille n'est-elle pas toujours la racine d'une certaine folie, une folie certaine assurément? La seule manière de devenir fou, tout simplement il n'y en a pas d'autre. Quoique cette petite virée venait à point pour mettre enfin un peu de piquant dans ce voyage qui n'avait plus vraiment d'objet. À certains moments, c'était à ce point que, s'il avait pu, il aurait repris l'avion et serait retourné à la maison s'occuper d'autre chose de bien moins urgent. Mais il ne pouvait pas, alors il avait rencontré Maria et était venu avec elle à Tropea! Jamais il n'aurait cru qu'un jour il arriverait à ce degré d'ennui et de désespoir mêlés. Ni qu'une fois rendu au fond de cet abîme, il finirait par se calmer et même par apprécier, mais très modérément, les avantages qu'il découvrait à cette solitude errante! Qu'Estelle l'ait balancé au dernier moment le rendait fou de rage. Qu'elle exige sans avertissement, et à quelques jours à peine du départ, qu'ils fassent le voyage chacun de leur côté, jamais il ne se serait attendu à un tel coup fourré de sa part.

— Qu'est-ce qui te fait décider ça maintenant? avait-il demandé.

Il y avait bien eu quelques escarmouches entre eux, mais rien de si grave qui puisse justifier qu'elle aille à une telle extrémité. Non, vraiment, il ne reconnaissait pas son Estelle!

Agitateur étranger? Révolution permanente?

— Je n'ai pas de raison à donner, je n'en sais rien de toute façon, avait-elle répondu quand il lui avait demandé. Seulement que, pour une raison que j'ignore, il faut absolument que je parte seule. Tu ne dois pas m'en empêcher!

Chacun est libre de faire ce qu'il croit, il n'avait pas à lui en vouloir. Mais pourquoi l'avait-elle fait exprès pour attendre au dernier moment avant de le prévenir? Elle devait bien savoir qu'il serait trop tard pour changer quoi que ce soit à leurs plans?

Pour se venger de lui? Et qu'avait-il fait qui aurait mérité ça?

Presque deux mois qu'il promenait sa carcasse d'un ennui à l'autre dans toutes les villes de France et d'Italie, sans compter l'arrêt en Suisse, et il restait encore des jours et des jours à attendre le moment du retour. Si seulement elle l'avait prévenu un peu d'avance, il aurait pu réagir, s'organiser! Il serait allé quelque part sur une plage. La Virginie, la Floride, le Club Med, que sais-je encore? Les choix sont innombrables. Même balconville lui paraissait préférable à ce voyeurisme solitaire auquel il était condamné dans cette Europe inventée pour les familles et les couples. Pourquoi ne lui avait-elle laissé le choix qu'au moment où il était trop tard pour tout annuler et qu'il était impossible de faire d'autres plans entièrement différents?

«Contente de m'avoir coincé enfin?» Et si c'était elle? Ah! Il ne la laisserait pas s'en tirer comme ça! Sa présence timide, ses reproches muets, ses demandes informulées, informulables. Son insistance atroce pour qu'il s'occupe d'elle toujours. Ce n'est jamais assez!

Les villes de la province française où il s'était arrêté lui paraissaient ennuyeuses: Moulins, Le Puy. Petit tour en Suisse et retour à Lyon, il tournait en rond en s'ennuyant mortellement. Les seules conversations qu'il avait consistaient à demander le plateau de fromages! Seule solution: descendre en Italie le plus vite possible. Vue d'un certain angle, la botte italienne, c'est ce qui se rapproche le plus du cauchemar américain. Même ambiance péninsulaire qu'en Floride, mêmes petites îles au large, même maffia tant qu'à y être! Alors Venise d'abord pour quelques jours, puis encore un peu de Toscane, du côté de Monteriggioni. Campagne, vignes, chianti en toute occasion. S'aperçoit bien vite qu'il n'aime pas la campagne quand il est seul. Ne reste plus qu'à descendre encore plus bas jusqu'à Rome, un peu en avance pour cette réception chez le délégué. Curieux personnage quand même ce bien nommé Corbo avec ses manières onctueuses d'ecclésiastique! Parfait pour Rome! Ce diplomate, vieille Union nationale, Parti conservateur, serait ministre peut-être, mais en a-t-il seulement l'ambition? À part cette attitude trop «correcte» qui l'agaçait, il n'y avait rien que Gabriel aurait pu lui reprocher.

Encore trois jours à tuer en attendant cette réception diplomatique à laquelle le délégué l'avait invité et qui, dans sa solitude forcée, lui paraissait maintenant un événement d'un grand intérêt. En attendant: rien. La seule idée de se faire encore une fois la chapelle Sixtine le rendait malade. Surtout que, de sa propre initiative, il n'y serait jamais allé. Il détestait le «tourisme d'art» et tout ce qui lui rappelait ce genre de bénévolat artistique. Il préférait les livres d'images. On y voit mieux, de beaucoup plus près en tout cas, que dans un «tour». Un autre compromis parmi tous ceux qu'il faisait pour se concilier Estelle. De toute évidence, ça n'avait pas été assez. Qu'importe, cette fois-ci il pourrait toujours aller à l'opéra aux Thermes de Caracalla. «Spectacle grandiose!» l'avait assuré L. quand, à bout de ressources dans ses tractations avec les Frufrullone, il s'était enfin résolu à lui téléphoner. Malgré l'intérêt des deux personnages, malgré tout le mal qu'il s'était donné pour obtenir cette interview, il en était rendu à vouloir tout abandonner. Il se débrouillerait sans eux. Tout pour ne plus avoir à affronter leurs demandes déraisonnables. D'abord, L. avait poussé les hauts cris:

— Vous ne pouvez pas me faire ça! Pas à moi! Après tout le mal que je me suis donné pour vous! Si vous ne faites pas l'interview promise, je vous le ferai payer cher, soyez-en sûr. Et puis, comment pouvez-vous prétendre faire un reportage sur l'état, je dis bien l'état, de la psychanalyse et non un recueil d'opinions, à la fin de ce siècle, sans aller recueillir les paroles de ceux qui en savent un bout là-dessus? Croyez-moi, ils sont d'une autre trempe que ces parvenus et ces profiteurs que vous avez rencontrés à Paris! Et puis, sans eux, votre topo est sans intérêt. Vous n'avez pas le choix, ils sont in-con-tour-na-bles, martela-t-il.

À l'autre bout du fil, L. paraissait au bord de la panique. Ne serait-ce que par amitié pour lui, Gabriel irait les voir. Il n'avait pas le choix. Il ne saurait plus se passer de L. pour gérer ses «relations interpersonnelles», domaine dans lequel il était particulièrement inapte. Il ne s'agissait surtout pas de se le mettre à dos en ce moment.

— Toi et ton gourou, disait Estelle pour se moquer de lui quand il avait le malheur de mentionner L. Le ton sarcastique qu'elle prenait avait le don de l'agacer prodigieusement.

— Allez les voir, c'est tout ce que je demande, lui dit L. qui le trouvait bien silencieux à l'autre bout du fil. Je me suis beaucoup avancé en leur parlant de vous et il n'est pas du tout question que je les déçoive en aucune manière. Ça s'appelle avoir du tact! Est-ce que vous savez seulement ce que c'est qu'avoir du tact? Quant au délégué, contentez-vous de faire une figuration intelligente. J'ai moi-même été le bénéficiaire de ses petites faveurs. Croyez-moi, il vous traitera aux petits oignons. C'est qu'il y tient à sa petite fête! Le lendemain il passera à autre chose, s'étonnant de votre outrecuidance si vous avez le malheur de venir à la délégation pour lui demander un service, même mineur. Autant votre présence lui paraît à ce moment-ci nécessaire pour la réussite de sa petite soirée, autant il vous congédiera sitôt la fête terminée. Mais en attendant, profitez-en! Pourquoi il le fait? Que voulez-vous que fassent des diplomates québécois dans une ville comme Rome? Pas même un pays à représenter, ça lui laisse tout son temps «à gérer», comme on dit. Je connais Corbo. Il est adroit, ah ça oui! Mais il doit quand même déployer toutes les ruses de la diplomatie pour réussir à aligner quelques notables de deuxième rang, une fois par semaine, à la délégation. Imaginez tout le parti qu'il tirera de la présence du journaliste «en mission» que vous êtes. C'est bien comme ça qu'il a décrit la chose? Ça vous amuse? C'est seulement pour rehausser un peu votre importance aux yeux des indigènes. Nul n'est prophète en son pays, et l'ayant compris, ces gens adorent faire parler d'eux à l'extérieur, être cités dans un journal, interviewés par une télé étrangère. Surtout, n'allez pas vous enfler la tête, le délégué sait parfaitement à quel petit journaliste de merde il a affaire! Donnant, donnant. Il vous gonfle l'importance, à vous d'en profiter pour nouer des liens, vous faire inviter dans des colloques, tout ce sur quoi vous pouvez mettre la main. Quant à lui, ça justifie les dépenses somptuaires qu'il doit faire par ailleurs. N'oubliez pas qu'il est noté sur sa performance! Et que celle-ci s'évalue au degré de réussite de ces petites sauteries. Qui était là? Qui a dit quoi? Amusez-vous! Ce genre d'occasion ne se présente pas si souvent, ça vous fera du bien! Gabriel qui rit, c'est si rare!

Jusqu'à cette scène stupéfiante où Estelle lui annonce qu'elle en a marre, leur entente avait été presque parfaite, réglée comme du papier à musique. Ils habitent un troisième étage sur le Plateau, un appartement bien bourgeois avec une terrasse sur le toit. Ils s'arrangent pour passer un mois à l'étranger tous les étés, ou même plus les bonnes années. Les dépenses sont partagées en deux, ce qui reste, ils le dépensent au restaurant! La voiture idem. Ils avaient «fait» ainsi la France, l'Italie, l'Italie encore. Sans oublier la Suisse! Pas la Grèce, Gabriel refuse obstinément d'y aller sans donner de raison.

C'est toujours lui qui propose, finalement. Elle prétend qu'elle n'a pas d'idées. En fait elle en a trop, ne sait que choisir ou proposer. Donner la raison d'un désir, c'est toujours trop de travail quand l'autre en a pour deux. Après une brève discussion, elle finit par s'aligner sur le sien. Adopté à l'unanimité dans l'enthousiasme. Puis un jour, coup de tonnerre. Plus rien à faire désormais. Même plus possible d'arriver à lui parler. Il n'avait jamais été sûr de rien avec elle. Son côté zen très fort la faisait toujours renâcler. Elle préfère s'en passer, refuse de payer. Elle doit bien savoir pourtant que la question n'est pas là et qu'on finit toujours par payer pour quelque chose de toute façon. Alors aussi bien désirer ce qu'on payera. CQFD.

La démonstration ne vous convainc pas? L'inattendu finit toujours par frapper à la porte tôt ou tard! Conte de fées, conte pour tous, le moment de réparer les pots cassés est arrivé. Brusquement, c'est l'aventure... Tournant décisif, enfin. Coup du sort. Changement de cap. La quarantaine qui arrive sans crier gare? Peut-être! Mais on met beaucoup trop de choses sur le compte de l'âge. Quelle importance si on tient toujours la forme? Et puis, quelques années plus tard, quarante ans, ça apparaît bien jeune soudain!

Curieux pourtant qu'il n'ait rien remarqué ces dernières semaines avant le grand départ. Mêmes habitudes. Baisers tendres. Une tendresse légèrement plus accentuée que d'habitude. Parfum, chuchotements. Complicité forgée au fil des années de vie commune.

On ne peut jamais savoir. Mais ce soir, il compte bien se rattraper et régler ses comptes avec elle à la réception chez le délégué. Elle est à Rome, il en est sûr. Elle sera là pour le narguer. Lui montrer qu'elle est capable d'exister sans lui. Sans ses connaissances encyclopédiques qu'elle lui reproche de traîner partout et qui l'écrasent.

— Ce type, il sait tout! se moque-t-elle, l'apercevant qui s'avance vers elle, prenant les autres à témoin.

Voulait-elle le vanter ou le dénigrer? Avec elle, on ne peut être sûr de rien. L'air particulièrement enjoué, elle l'embrasse sur la joue, faisant très couple, comme si elle venait de le quitter.

La soirée avance. Gabriel est nerveux. Il y a déjà un moment qu'il n'a pas aperçu Maria. Il ne lui avait rien dit, seulement qu'il devrait parler avec plusieurs personnes pendant la soirée et qu'elle ne devrait pas s'en formaliser. Petit jeu dangereux, mais s'il le fallait, il est prêt à lui expliquer la situation. Mais il préférerait que non; «la situation», c'est-à-dire Estelle, ça ne concerne encore que lui. Alors, il avait tout de suite perdu Maria de vue près du buffet au début de la soirée, au moment où il était tombé sur Estelle. Étonnant quand même qu'elle soit venue en Italie après toutes les misères qu'elle lui avait faites à ce sujet!

Et si elle le traquait? Elle en serait bien capable, après tout. Il ne perdait rien pour attendre.

— On ne peut aller nulle part sans qu'il ait quelque chose à dire sur tout et sur rien, lui jette-t-elle encore littéralement à la figure. Un héros local, un incident mineur de la dernière guerre ou encore quelque obscur écrivain mort dans la dèche comme tous les autres. Quelqu'un aura écrit quelques lignes immortelles sur ce lieu précis, et il sera tombé dessus. À l'entendre, il faudrait avoir tout lu pour seulement commencer à avoir voix au chapitre!

Depuis quelque temps, il avait remarqué qu'elle ne s'adressait plus jamais à lui directement. Elle choisissait toujours quelqu'un, qu'elle prenait à témoin pour lui faire des reproches:

— J'en ai assez de ton érudition! dit-elle, se tournant enfin vers lui.

Elle se penche vers un autre interlocuteur.

— Et en plus, il insiste toujours, dès qu'on met le pied en Italie, pour faire les choses, même les plus compliquées, uniquement en italien. Demander une chambre à un employé qui serait parfaitement en mesure de le comprendre tant en français qu'en anglais, se faire expliquer un plat au menu dans un restaurant. Que je comprenne ou non, il s'en fiche, comme si moi, je n'avais aucune importance. C'est exaspérant à la fin d'être toujours la potiche au service de ce vaniteux dans ce spectacle qu'il perfectionne sans cesse !

Là, elle exagère!

«Bien logé, le délégué.» L'immense appartement occupe un étage d'un ancien palais cardinalice, rénové avec goût. Une petite bonne espagnole ou portugaise, avec coiffe et uniforme comme dans les films de Sacha Guitry, ouvre la porte aux invités qui se présentent. On ne s'est pas trompé d'adresse en venant ici, c'est une vraie résidence d'ambassadeur! Son épouse un peu solennelle a l'air d'être aux anges dans le rôle de maîtresse de maison. J'oubliais la jeune fille de famille bien élevée, c'est tout ce qu'on peut en dire. La meilleure société romaine et québécoise tourne autour des petits fours. Beaucoup de curés. Ça parle tout bas. Ah oui! On chuchote que le délégué serait un ami intime d'un président du

Conseil des ministres. Lequel? Qui d'autre qu'Andreotti encore, malgré tous ses ennuis. Le bruit court qu'il viendra faire son tour un peu plus tard. Il n'y a pas de risque à l'affirmer, son tour vient souvent. Tôt ou tard, ce sera encore lui.

— Malgré les scandales?

— Il s'amuse à les susciter pour faire parler de lui.

— En quel honneur ce rassemblement?

— Je profite seulement de votre passage ici pour vous faire rencontrer un peu les gens, répond le délégué.

— Allez! Pas de cachette entre nous!

Le délégué bafouille. Il lui vient un soupçon que le véritable sujet de reportage du journaliste, ce pourrait bien être le train de vie de la délégation! Les gens de l'ambassade, la vraie, la canadienne, passeraient leur temps à gloser sur les fastes illusoires de la délégation. Et si ce type avait un autre but pour sa visite? La surprise serait au moment où il recevrait son quotidien préféré de Montréal ou de Québec d'ici quelques jours...

— Notre petite fête était déjà prévue, atténue le délégué, prudent. Non, ne cherchez pas de raison particulière, il n'y en a pas. Plusieurs petites choses mises ensemble, un heureux concours de circonstances en fait. Et pourquoi ne viendriez-vous pas manger à la maison demain avec votre amie? demande-t-il.

Sait-il seulement laquelle? Corbo lui confie à voix basse qu'il ne peut supporter de passer une soirée seul quand sa femme et sa fille sont là toutes les deux.

— Elles sont tellement snobs! Et les deux ensemble, c'est pire. Je suis d'origine plutôt campagnarde, vous savez, s'excuse-t-il presque.

Le délégué préfère encore la vie en société à ce face-à-face à trois où il risque toujours de perdre la sienne.

— Malheureusement, nous devons partir, s'excuse Gabriel, prudent.

Dans l'esprit du délégué, ce «nous» inclut Estelle alors qu'en fait il s'agit de Maria, mais pour le moment, ça n'a aucune importance.

— Quant à la petite réception, c'est pour ça que je suis payé! ajoute le délégué, timide, désignant le buffet vers lequel personne ne se presse plus.

Heureusement, dans ce chassé-croisé entre Estelle et Maria où Gabriel doit se montrer encore plus diplomate que le délégué, personne ne semble noter quoi que ce soit, et peut-être ni Estelle ni

Maria non plus. Et pourquoi avait-il demandé à Maria de l'accompagner? Pour remettre la monnaie de sa pièce à Estelle? La narguer à son tour? C'est un risque à courir. La vie ne finit pas avec elle, il sortirait vivant de cette épreuve de force.

— Vous l'aimez tout de même? avait objecté L. quand il avait évoqué le sujet avec lui au téléphone. Si oui, c'est un jeu dangereux, vous risquez de tout perdre, non? Ou n'est-ce pas plutôt le moment de tout oser, au contraire. Le tout pour le tout! Le plus dur, c'est de décider que la partie n'est pas jouée. Il vous faut agir avec une indifférence intéressée, si vous me pardonnez le contresens.

Oui, c'est cela qui décrirait le mieux ce qu'il ressent, pense Gabriel. Estelle, après la conversation en début de soirée, le fuit. Tout juste s'il l'aperçoit qui s'éloigne furtivement dans le jardin. Elle a déjà disparu avant même qu'il ait le temps de lui demander de ses nouvelles, ce qu'elle a eu le temps de voir, qui elle a rencontré. Il aurait fallu se précipiter vers elle, lui dire d'oublier ce qui s'était passé, qu'il n'avait jamais eu l'intention de lui faire du mal. Et elle? Quand même, il finit par la rattraper.

— Non. C'est à toi de t'excuser! proteste-t-elle, le repoussant sans ménagement.

S'excuser? Surtout, ne jamais faire ça avec elle. Elle l'avait averti. Les excuses, elle n'en a que faire.

— Qu'est-ce qui ne va pas? demande-t-il.

— Mais je vais très bien! répond-elle.

Avant qu'il ait pu enchaîner sur autre chose, elle s'est déjà tournée vers quelqu'un d'autre pour le saluer et a tôt fait de disparaître. Définitivement, cette fois.

Le lendemain de la réception chez le délégué, au moment du départ, Gabriel exige de Maria qu'elle l'attende tandis qu'il va jeter sa pièce de 50 lires dans la fontaine de Trevi.

Protestations véhémentes de celle-ci.

— Tu ne vas pas te comporter comme un vulgaire touriste.

— Je tiens à revenir à Rome.

— Je crois à la science. Je ne supporte pas ces superstitions de bonne femme!

— Je suis un homme libre!

— Je ne pensais jamais voir ça! dit-elle avec dépit.

— S'il te plaît, une minute!

— D'autant que, tu le sais, on ne peut pas entrer *nel centro* avec la voiture si on n'est pas résidant et, comme tu le sais aussi maintenant, je suis de partout en Italie, sauf de Rome!

L'argument est fallacieux. Tout le monde se faufile sans arrêt *nel centro* et Maria est experte à ce jeu comme il l'avait constaté en allant chez le délégué dans sa voiture.

— Qu'importe d'où tu viens, arrête-toi, je reviens dans cinq minutes!

Décidé à mettre pour une fois toutes les chances de son côté, il ouvre la portière et s'élance sur le Corso. Non pas qu'il soit superstitieux. Plutôt pour marquer sa décision de revenir à Rome un jour, coûte que coûte. Malgré Estelle. Et Maria. Il ne se pose jamais de questions, pas assez peut-être, sur le prix de son désir. Ni en temps ni en argent ni en efforts. Estelle n'avait pas tout à fait tort, la vie est beaucoup moins compliquée que ça et la plupart du temps, c'est trop cher pour ce que c'est.

— Tu ne pourrais pas prendre le temps de profiter de ce que tu as quelquefois? avait-elle demandé.

Ça la rendait folle, qu'il fasse toujours plus d'efforts insensés pour arriver à des résultats minuscules. Et lui savait que les risques les plus grands qu'il avait pris n'avaient pas toujours un rapport avec une femme. Les autres femmes. LA femme. Cette obsession qu'ils ont tous. Quoi d'autre encore?

Estelle?

Chaque homme a son prix, dit-on. Il avait besoin qu'elle lui dise qu'il avait payé ce prix, et plutôt cher que moins. Qu'il n'y avait plus d'efforts à faire pour convaincre ou prouver. Quoi? Qu'il existerait une preuve. Mais sitôt qu'il se croit lui-même rassuré, il s'engage dans les entreprises les plus invraisemblables. Et tous les efforts qu'il avait faits finalement étaient pour une femme ou l'autre à jamais insatisfaite, comme toujours, et qui ne lui demandait rien. Ce serait lui qui exigerait de donner une preuve. Une preuve d'amour. Ou beaucoup plus, c'était la même chose finalement. Cauchemar d'une femme insatiable qui l'épuiserait. Oscillation permanente. Femmes, méfiez-vous de l'homme plein de bonne volonté quand il s'efforce d'en faire encore un petit peu plus. Une autre déjà est encore et toujours en train d'attirer son attention qui ne se fixera jamais sur rien.

La Fontana di Trevi lui rappelle Monica Vitti sous sa robe mouillée. Avec Fellini, Dieu ait son âme puisqu'il fréquentait lui aussi les cardinaux de la curie, toute une génération a pu renouveler à peu de frais un stock de fantasmes éculés. Celui-là devrait contenter plusieurs générations. Polaroïds rapides. Image impérissable encore. Infestation permanente par les touristes. Pickpockets.

Il jette sa pièce dans la fontaine et reprend sa course en sens inverse. Bonds erratiques entre les corps. Il n'a jamais appris à courir. Fuyard, mais de quoi? Périodiquement, la police arrête deux ou trois de ces Roumains. Ils opèrent en bande. Pas de papiers sur eux. Quand ils se voient pris, ils s'enfuient à toutes jambes, abandonnant l'argent pour ralentir les poursuivants, préférant essuyer des coups de feu, en l'air de toute manière, que d'être renvoyés en enfer chez Ceausescu et successeurs.

Bang! Bang! Cette pétarade, ce ne sont que des motos. Son expédition à la fontaine de Bernini, brossée, rafraîchie comme une neuve par rapport à la dernière fois qu'il est passé ici, ne lui coûte finalement que le prix d'une pièce. Après les excès de cette soirée chez le délégué, un peu d'exercice ne pourra lui faire que du bien. Quelle idée aussi d'aller jeter 50 lires dans une fontaine? 50 lires. Aussi bien dire rien. Prétexte tout ça, encore une fois. «Je devais avoir besoin d'un bol d'air.» C'est ça, il se rend compte qu'il lui fallait s'éloigner un peu avant le grand départ vers le Sud. Mieux vaut que Maria n'ait pas saisi exactement ce qui l'avait poussé à venir ici. Quant à Estelle, pour le moment ils voyagent sur des voies parallèles et dans des directions opposées.

«On verra bien si nos routes se recroiseront!» pense-t-il furieux en revenant vers l'auto.

«Si je courais comme ça un peu plus souvent, je ferais un petit vieux saprement en forme!»

Quand elle l'aperçoit à son retour, Maria est folle furieuse elle aussi:

— Vingt minutes, lui reproche-t-elle avec quelque raison en regardant sa montre! Par ta faute, on va être pris dans un embouteillage gigantesque.

C'est vrai, il n'y avait pas pensé.

Quand même, ils réussissent à sortir de la ville sans trop de mal.

Puis, Mezzogiorno. Milieu de l'Empire (romain), empire du milieu. Emprise. Il sent le changement dès Naples sur l'autoroute: vendeur de cigarettes de contrebande au libre-service, flâneurs suspects de tous âges et de tout acabit. Le pompiste s'inquiète pour la voiture:

— Elle a une drôle d'odeur d'huile, vous devriez entrer qu'on vérifie le moteur un peu.

— Elle est presque neuve! dit Gabriel sceptique mais avec quand même un peu d'appréhension dans la voix.

— Laisse! dit Maria évasivement.

Plus tard:

— Si on était entré, sûr qu'ils auraient trouvé quelque chose. Une fois le capot ouvert, il y aurait toujours eu quelqu'un pour tirer un fil quelque part, on en avait au moins pour un million!

De lires. Mais quand même, ça fait mille dollars!

Après une semaine à Tropea, c'était prévisible, elle en a eu ras le bol de lui, comme elle le dit en français. C'était probablement tout ce qu'elle savait dire, cette expression passe-partout:

— Râ-le-boll!

— Tu dis?

— Je dois toujours tout décider!

— C'est toi qui connais le pays.

— Tu es passif!

— Si tu venais chez moi, je voudrais te montrer tout ce que j'aime.

— Je voudrais aussi décider de voir ce que j'ai envie.

— Pour désirer, il faut avoir une idée, que là il y a quelque chose et que ce quelque chose, quelqu'un d'autre pourrait vouloir le posséder.

— La jalousie, maintenant!

Elle hausse les épaules et se met à bouder dans son coin. Silence retenu de sa part. Prévisible tout ça, finalement, il le savait depuis Rome avant même de partir que ça se gâterait entre eux. Et plus tôt que tard. C'est bien trop fou cette aventure! Elle aime ne rien faire et lui rage d'aller explorer les alentours. Mais elle exige qu'il reste près d'elle.

Un silence pesant s'installe. Elle le soupçonne d'être invivable, finit par lui redemander les raisons qu'il a de voyager seul comme ça. Un homme seul, ça fait peur. C'était un taré peut-être, en tout cas quelqu'un qui aurait des pratiques sexuelles douteuses, voire un assassin! Un pédophile? D'autant qu'il ne parle presque jamais de lui. C'est bien une tare, aujourd'hui, que la solitude. Surtout quand elle est choisie, comme chez les moines, ermites, célibataires revêches qui n'ont jamais paru si marginaux. Ce n'est pas encore son cas, heureusement! Ère du soupçon encore. Il aurait préféré ne pas parler d'Estelle mais à partir du moment où Maria l'a aperçue chez le délégué, c'est tout ce qui l'intéresse. Qu'il y ait une autre femme. Elle aurait presque regretté cet éloignement dans le temps et dans l'espace. Réponses évasives de sa part à des questions qui le sont autant. Il tient à rester le plus discret possible à propos d'Estelle. Comme si le mauvais sort pouvait le poursuivre jusqu'en Calabre, étendant son emprise sur Maria. Le côté enfant de Maria. Elle revient sans cesse sur le sujet pour qu'il lui raconte ce qu'il y avait «avant».

— Avant quoi?

Mais avant elle, voyons! N'est-ce pas tout ce que les enfants veulent savoir? Et Maria triomphe déjà de s'être trouvé une femme contre qui lutter. Lui se rend vite compte qu'il n'est qu'un pion dans une lutte bien plus terrible entre femmes. Mais fatalement, à tant tenir que ce soit elle qui gagne dans cette éternelle bataille, Maria l'a déjà perdue. «Elle aura commencé par croire que c'est moi qui ai quitté Estelle. Je n'ai pas l'air bien malheureux, après tout. Elle aura conclu que c'est Estelle qui m'a largué! Et ça, elle ne le supporte pas.» Elle ne supporte déjà plus d'être celle qui «hérite» d'un homme dont une autre ne veut plus!

Et voilà pourquoi il est de retour à Rome! Pour l'instant, il prend beaucoup de plaisir à l'effet de loterie que produit son retour imprévu. Le plaisir immédiat en anticipe plusieurs autres. Il s'installe dans une jouissance de l'attente! Attendre! Il n'a fait que ça depuis son arrivée ici. Ce seront des vacances patientes autant que pesantes. Encore quelques jours. «S'ennuyer à Rome, quel luxe quand même!» Revenant ici, il éprouve cette impression bizarre et erronée de rentrer à la maison. Rome représente un espace mythique, une vie rêvée à emporter avec lui pour le retour en Amérique. En attendant, il s'agit de donner au rêve un maximum de réalité.

Après Rome, ce sera vraiment la fin du voyage! Ne restera plus qu'à rattraper le temps qui court le long de la voie électrifiée jusqu'à la frontière française et au-delà. Cette ligne, il la connaît bien. Chaque fois qu'il la passe en remontant ce triste courant, il éprouve le plaisir amer de la perte. D'un côté, la mer, de l'autre, ce chemin de fer qui le ramène dans le droit fil de ses pensées. Ce train lui va comme un gant qui se serre étroitement contre la via Aurelia qui elle-même serpente entre montagnes et falaises. Ses déboires lui apparaissent comme emboîtés les uns dans les autres, sans que rien ne puisse venir défaire cet édifice pourtant précaire.

Au moins, pour la vue, il aura le choix. Scènes de la vie quotidienne des ports, villes, villages, villégiatures traversés. Femmes étendues sur des transatlantiques rayés, serviettes bariolées étendues côte à côte sur le roc, sable trop blanc, bleu de l'eau tout en bas enfin, au point qu'il a l'impression parfois de voguer directement au-dessus, bleu si pur, mer noire et si proche qu'il lui est arrivé d'avoir envie de plonger du train pour se jeter dedans. Histoires à jamais perdues, intrigues pour téléséries. Mélos assortis.

Puis, une fois ses petites affaires réglées à Gênes, les Frufrullone, enfin, dernière interview qui ne saurait être bien longue. Lui resteront trois ou quatre bonnes journées pour profiter, encore une fois, la dernière avant longtemps peut-être, du beau temps, de la chaleur et de la Méditerranée avant de repartir.

Après, il rentrera, essayant de ne pas avoir l'air trop penaud. D'un autre côté, que de temps perdu! Ce voyage était un échec sur toute la ligne par absence de témoin, d'écho. Faute de temps, il n'y avait plus de plaisir à perdre. Cette agitation l'épuise. «Mieux vaudrait trancher dans le vif et rentrer directement sur Paris, si c'était possible.» Malheureusement, ça ne l'est pas, ça ne l'est plus. Alors il pense qu'il serait préférable d'aller directement à l'aéroport de manière à arriver à la toute dernière minute, juste à temps pour attraper son vol. Puis... Charter au-dessus de l'océan. America express, classe sardines, icebergs au large de Terre-Neuve. Était-ce bien la saison encore? Frissons déjà. Il ne faut pas laisser le temps installer le regret!

— Si vous voulez bien attacher vos ceintures, nous allons bientôt atterrir à l'aéroport de Montréal-Mirabel!

— Nous espérons que vous avez fait un bon voyage sur les ailes d'Air Canada.

Ou Air France ou air du temps, que sais-je encore?

Après, la fête est finie, le moment est venu de passer à la caisse! Impression, aussitôt le pied dans le transbordeur, d'être l'enfant prodigue qui revient au bercail. Il n'aurait jamais dû partir de Montréal, il le sait. Fuyard, il serait toujours repris avec ses deux bouteilles de vin enfouies dans les bagages, une de trop. Et le foie gras qui risquait d'être détecté par le beagle de service! Pourtant, on l'avait assuré à Charles-de-Gaulle que cette marque était la seule qui soit permise par la douane canadienne. Et si ce n'était pas vrai? Pas de risque à prendre, la GRC se fera baiser un tout petit peu, il n'y a qu'un pas à ne pas franchir. Tromperie que tout cela encore une fois, mais malheur aux imbéciles. Heureusement, les livres ne sont pas taxés!

Le transbordeur oscille légèrement sous le poids des passagers:

— Dis-moi, Roger, es-tu «loadé» complètement?

— Attends une minute, *my friend*, je vas te dire ça tout de suite.

Et la douane tout à l'heure?

— Trois cents dollars! C'est tout? La petite feuille est-elle bien remplie?

— Je déclare que je n'ai rien à déclarer!

Ouf! Retour à la case départ, on repart en neuf pour quelques jours. Pour le moment, Rome n'est pas un paradis perdu... «Les mauvais rêves, ce n'est pas encore pour demain», pense Gabriel. Une fois sorti du quartier de la gare, sur Quattro Fontane, la voie est libre. Il paye le taxi et pousse la porte de la *pensione*. Ce retour aux vieilles habitudes, ce n'est pas trop tôt! De retour à Rome après Tropea, y aurait-il une chambre qui soit libre? C'est risqué, surtout qu'il n'a pas prévenu de son arrivée. Mais au moins court-il la chance de retrouver la trace d'Estelle, peut-être est-elle encore ici, à Rome, pour faire changement?

— Il n'y avait pas deux heures que vous aviez quitté l'hôtel, l'autre semaine, la dame est venue s'installer ici. Elle est repartie il y a deux jours. Elle a laissé ça pour vous.

Elle lui tend la lettre.

— Merci, dit-il. Il monte dans la chambre qu'on lui a donnée, jette sa valise sur le lit puis s'enferme dans la douche. Il passe des vêtements propres en ébouriffant ses cheveux. Avant d'aller dîner, il déchire l'enveloppe:

Bonjour mon ange,

Si tu lis cette lettre, c'est que tu es revenu au Quattro Fontane. Dommage qu'on se soit ratés, on aurait pu aller manger ensemble chez Beltrame. Je veux dire tous les trois, bien sûr, avec ton amie italienne. Tu croyais peut-être que je ne l'avais pas vue. Désolée. C'est qu'elle ne passe pas inaperçue. Je suis sûre qu'on serait devenues des amies toutes les deux.

Au Quattro Fontane, on m'a dit que tu étais parti précipitamment sans laisser d'adresse. Avec une dame! Est-ce la même? J'ai décidé de venir m'installer ici. Mon hôtel était beaucoup moins agréable. Crois-moi, je t'avais laissé la meilleure part!

En même temps, je me disais: quelle chance pour toi! Tu dois être heureux, enfin des vacances comme tu les aimes. Quelqu'un qui pourra t'apprendre quelque chose peut-être? Tu ne penses qu'à ça, apprendre quelque chose de plus, toujours plus de quelque chose qui ne te servira jamais à rien. Moi, ça m'exaspère quand tu me forces à faire l'éponge. Dans les années cinquante, un anthropologue a demandé à un Dogon ce qu'il pensait des Blancs. «Ils pensent trop!» a-t-il seulement répondu.

Je n'ai aucune crainte pour toi à ce sujet: tu trouveras quelque chose à lui dire. Quant à moi, face à toi je me sens comme une Dogon!

Ta capacité de t'intéresser à tout et à rien, même les choses les moins intéressantes comme lire un carton d'allumettes ou l'endos d'une boîte de céréales plutôt que de me parler, ça m'étonnera toujours. Tu ne sembles pas trop t'ennuyer. Moi non plus. Je trouve ce jeu de cache-cache passionnant. N'est-ce pas ce que tu as toujours désiré? Et puis tu avais raison: seule, je vois les choses différemment. Je suis allée à l'opéra l'autre soir aux Thermes de Caracalla. *Madame Butterfly*. Splendide! Je vais au musée tous les jours, je flâne, je rêve, enfin je ne m'ennuie pas.

Je n'ai pas voulu rester à Rome à t'attendre. (Je sais que tu repasseras ici avant de remonter. Je sais aussi que tu auras ma lettre.) Il y a des chances pour qu'on se croise quelque part en chemin, sinon certainement dans l'avion du retour. Tu n'as pas décidé de t'installer en Italie pour de bon, au moins? Te marier? Avoir des enfants?

Pas encore?

Ciao amour, je t'embrasse!

E.

«Elle ne donne aucune indication. Devinette: où va-t-elle maintenant? Florence sûrement. Les Offices toujours. L'odeur du soufre exerce toujours un attrait irrésistible sur elle. Elle aime les musées. Curieux comme c'est là où c'est mort que c'est le plus vivant. Sauf exception, je ne supporte pas de passer des heures devant ces galettes studieuses. Ça ne me dit rien du tout. Nos goûts sont tellement différents! Peu de chances qu'on se croise alors. Je me tape bien une exposition une fois de temps en temps comme tout le monde, ça me suffit. Même que je ferais commencer la peinture avec les impressionnistes, bien que le baroque, l'influence turque! Mais on ne peut pas tout connaître! Tous les peintres, toutes les époques. Sinon, ce ne serait qu'une sorte de *sightseeing* culturel détestable. Au moins, il faut avoir lu quelque chose sur le sujet avant d'entrer. Non, après. Ne serait-ce que pour susciter le désir de revenir.»

Qu'est-ce que ça représente, une peinture, pour elle? «L'émotion pure», disait-elle. Comme si l'émotion, ça n'avait pas de rapport avec ce qu'on peut en dire! Pour lui au contraire, ça consistait précisément dans ce qui ne peut se dire *encore*. Elle y aura vu un griffonnage quelconque, des à-plats de couleurs, incompréhensibles en eux-mêmes, qui s'ajoutent à d'autres œuvres vues dans des musées étrangers dans un flot infini d'images qui la *remue*. Allez savoir de quel paysage intérieur il s'agit! Quand il lui arrivait de lui en parler, elle lui interdisait d'avance qu'il fasse quelque commentaire que ce soit. Comme si une parole pouvait la déposséder.

— Que tu en penses quelque chose, ça m'exaspérerait, tranchait-elle, péremptoire.

Elle serait devinée. Mais qu'est-ce que cette sincérité intéressée? Évidemment, elle ne serait pas dupe! Elle se l'interdit comme une transgression, un péché, une jouissance. Par principe, elle se refuse à trahir l'autre. Ce pourrait être une vengeance. Une manière de lui faire encore plus mal en lui montrant l'image de son martyre. Elle ne veut pas comprendre, elle veut *voir ça* plutôt que savoir ce qu'il en est de sa jouissance. Au lieu du livre, l'image. C'est pourquoi elle va tellement dans les musées. Et quelle autre signification pourrait-il y avoir à leurs trajets parallèles?

Quant à Maria, en ce moment elle a sûrement déjà quitté Reggio. Et pour aller où?

Piste brisée...

Naples?

Quand il lui avait demandé la veille, elle avait seulement répondu qu'elle avait décidé qu'il valait mieux poursuivre leur chemin séparément. Comme une erreur dont elle seule serait responsable. Aussitôt qu'elle lui avait eu montré Tropea, elle avait été pressée qu'ils retournent ensemble à Naples où ils avaient été presque heureux. Il se sentait comme dans un mauvais téléroman, s'il est vrai que les bonnes histoires s'achèvent par la mort, sinon ce n'est pas une fin. À Tropea, il y avait sa mère et ça la gênait finalement après avoir tellement tenu à ce qu'il rencontre sa famille. Ou plutôt, maintenant qu'il y pensait, c'était plutôt qu'elle tenait à ce que sa famille le rencontre.

Tout le contraire d'Estelle!

— Tu préfères ma famille à moi! s'était-elle plaint, sans raison aucune.

Le reproche l'avait estomaqué. Le malentendu ne pouvait être plus grand. En fait, en étant aimable, il en mettait un peu, pensant lui faire plaisir. Et par la suite, ce soupçon absurde ne l'avait jamais abandonnée complètement.

Mais à Rome, cette pensée de la présence d'Estelle, si près d'eux, excitait Maria. Il s'en était aperçu:

— Je n'aurais pas cru, admit Maria, tout de suite.

Il admirait sa franchise, mais n'en était pas moins troublé.

— Naples, ville du Sud, conviendrait mieux pour un amour naissant, dit-elle, rêveuse.

Elle voulait s'y sentir plus forte. Plus forte que lui, ça elle l'a su tout de suite. Le code de Naples, il y a longtemps qu'elle l'a déchiffré! Pour une fois, il était complètement à découvert! Découverte ô combien importante! Cette vulnérabilité qu'il laisse transparaître de guerre lasse est loin de la laisser indifférente et elle aura pris pour de l'amour un geste d'abandon, une hésitation dans le regard. Elle tient mordicus à ce que personne de sa famille n'ignore que cet homme l'aimera peut-être. C'est un secret entre eux auquel il ne tient pas. Pour le reste, *of course* il avait appris à s'en méfier comme de toutes les familles du monde. Contrairement à Estelle, Maria trouve son compte à cette faiblesse. Mais entre elles, si elles se rencontraient, ce qui est impossible, elles s'entendraient qu'être le plus fort n'a aucun intérêt. Sauf trouver la faille par où s'insérer. Je veux dire par rapport à eux. À lui aussi, tant qu'à y être, Gabriel sorti d'on ne sait où, d'un pays où personne ne saurait vivre, sauf les phoques et les fous, les parias et les poètes inadaptés. À ce niveau-là, l'exotisme se passerait plutôt entre elles.

— Naples? avait-elle demandé encore.

Il avait acquiescé mollement. Quant à revenir sur leurs pas, il aurait préféré aller directement à Rome. Mais Naples, non, il ne s'y était jamais senti vraiment bien. Et cet incident sur l'autoroute y avait encore ajouté. Il y a des villes comme ça qui le feront toujours se sentir inadapté. Cigarettes de contrebande, jeux de hasard à toutes les intersections, faces patibulaires ou méprisantes des clients au café-bar, cris et cordes à linge tendues entre les maisons, tout ça a un côté sympathique. La ville le fascine et il voudrait bien y retourner un jour, mais c'est une autre affaire. Il préférerait y être seul, comme une revanche à prendre. Adolescent, il rêvait de voyages. Il n'aurait jamais osé imaginer qu'il mettrait les pieds à Naples un jour.

Pour le moment, mieux valait se taire sur cet inconfort comme sur tout le reste. Surtout que là-bas, le fait de parler italien ne lui sert à rien. Sourires condescendants des garçons de café. Français, Anglais, Deutsche, Amérikan! À Naples, pour quelque raison, il se sentirait toujours le touriste qu'il est. Sentiment indépassable, insupportable. Un Romain s'y sent touriste!

Allait-il se mettre à se plaindre à la manière d'Estelle, maintenant? Cette pensée l'agace. Mais Estelle ne proteste jamais, n'a jamais rien à dire sur rien. Et pourquoi aurait-elle protesté? Le silence, le secret, elle n'aime que ça. Le reste, elle réussit toujours à s'arranger avec. Air entendu. Sérieux. Garder pour soi sa parole comme un trésor, c'est bien mieux. Ne rien écrire surtout! On risque toujours de trahir une certaine sensualité malgré soi, voilà pourquoi il est si difficile d'écrire. Tabous, les mots. Masculin scotomisé, émasculé. Pense-t-elle parfois à ce genre de choses elle aussi?

Sans doute, Maria n'a pas encore quitté Reggio. Elle refera la route jusqu'à Naples en auto. Lui à Rome, elle à Naples, Estelle quelque part ailleurs... Tout est dans un ordre acceptable pour une fois, maintenant qu'il se retrouve seul. Il aurait tendance à trouver cet état agréable. Son côté monacal encore. Elles? Elles pensent à elles. Elles sont toujours entre elles de toute manière. Ou bien est-ce que ça se passe seulement dans sa tête à lui? À une place qui ne serait pas que virtuelle entre ces deux femmes qui s'éloignent. Y a-t-il véritablement place pour autre chose dans la tête d'un homme. Seule manière de sortir de ce dilemme, l'écrire évidemment!

Naples! Quelle caricature... Grotte bleue, bel canto fatigué et pizzas, beaucoup de pizzas quatre-saisons de Vivaldi. Tout le monde il est si gai ici, si vivant! La main sur le cœur pour le baiser de la mort du gigolo heureux. Cris et klaxons.

— *Accidenti!*

Aucune envie de mourir en ce moment. Pas de quoi rire avec ça. Le suicide et la folie sont une constante dans la famille depuis cinquante générations. Haine des familles encore! Rien de plus important que de briser ce cordon infernal qui s'allonge toujours, génération après génération. Le seul devoir, la seule chose qui compte: être dans la chaîne ce maillon qui se rompt. Voir Naples et mourir, d'accord. Mais surtout ne pas mourir à Naples!

Milan? Maria vit à Milan. Une fois les vacances finies, qu'est-ce qu'il ferait là-bas avec Maria? Essayons d'imaginer. Garçon de café? Pas assez débrouillard pour ça. Et même s'il parlait italien parfaitement, ce qui était loin d'être encore le cas. Dans un grand café peut-être? Un café pour étrangers. Fréquenté par des Français ou des Suisses au portefeuille bien garni en plus des courtiers de la Bourse locale? Non. Mieux vaudrait l'allemand à ce moment-là. Les États-Unis d'Europe, le beau rêve que c'est, que c'était avant la Bosnie! Ça ne pourra être qu'une nation à l'heure allemande, de toute façon. Un jour, toute l'Europe sera allemande. Ou russe. Mais certainement pas américaine. Et après quels soubresauts! Les Anglais partis, les souris vert-de-gris dansent. Et les Français fournissent le fromage comme toujours. Et le vin. À moins que les Suisses ne viennent encore une fois saboter tous leurs efforts?

Malgré tous les siens, Gabriel ne parvient pas à imaginer Maria dans la neige de Montréal. Disons en janvier! Rêve caressé un instant. Elle lui demande comment c'est «là-bas». N'arrive que difficilement à se l'imaginer même après qu'il lui eut donné tous les détails. Le degré de température qu'il fait, l'épaisseur de la couche de neige. En centimètres. Elle demande une précision supplémentaire, une autre. Toujours plus de détails. Ne le croit pas quand il dit «froid».

— Si froid? Ce serait Moscou.

— Parfois pire. Un jour sur deux à peu près. Dans le journal, je compare toujours avec le temps qu'il fait à Moscou.

Elle est persuadée qu'il la fait marcher, qu'il exagère. Si elle venait un jour, ce serait pour s'assurer qu'il ne ment pas. Elle lui en voudrait à mort de l'avoir entraînée là-bas. Elle déteste la neige et l'hiver. Même Milan lui paraît trop froide! Rome, ville ouverte, à la fois froide et chaude. Tiède comme une viande corrompue. On ne peut jamais se fier au temps qu'il fait. Tempêtes politiques, ecclésiastiques, temporisations.

Il se dit que «quand même pour une fois il aurait pu s'expliquer avec elle», ne serait-ce que pour lui-même. Pourquoi s'était-il engagé, un bien grand mot, laissé entraîner plutôt, à son corps indéfendable, dans cette histoire irréelle avec elle. Un «imbroglio», comme elle dit en hésitant. Prononcé à l'italienne, c'est tellement plus parlant. Littéralement: une embrouille. Une autre histoire qui n'en a pas d'histoire; ni d'avenir. Aurait fallu prévoir! Sinon, c'est toujours à recommencer. Il n'apprendrait donc jamais la nécessité? Et elle? Est-ce qu'elle sait en quoi consiste ce dans quoi elle les avait entraînés? No man's land. Et Estelle? En train de faire des «expériences» comme elle dit. Combien de connaissances il faut pour devenir une femme? Les deux font la paire, cette dureté sans concession, ce silence...

— Si tu continues à bouder, je préfère m'en aller.

— C'est ça. Préfère! (Elle prononce ces mots dans son français d'école rocailleux.) Dépêche-toi de partir. Tu n'as que le temps de prendre tes affaires, il y a un train qui part tout de suite.

Et lui assez indifférent pour une fois à cette dureté.

Et Estelle? Il allait oublier Estelle. Où était-elle, Estelle? Surpris, il s'aperçoit qu'il n'a plus du tout pensé à elle depuis quelques instants. Malgré la lettre.

Dix ans ensemble et puis un jour, ces paroles indifférentes. Brusquement, ce vide. Qu'est-ce qui reste de ces vies partagées? Le plus durable serait ces souvenirs de voyages et de vacances. Leur jeunesse, après tout, avait été belle. Elle leur restait. Dans une sorte de foi juvénile, ils avaient cru que d'aller toujours plus loin les sauverait, comme si aller en vacances, c'était aller quelque part. Eh non, nigaud! On est tenu en laisse, on revient toujours! Et tout ça s'évanouit dans une brume épaisse de mauvaise foi? «Il n'est pas question qu'on parte ensemble cette fois», avait-elle décrété. Pour une fois, elle protestait. Vigoureusement. Dès le début, les premières fois qu'ils en avaient parlé, elle avait déjà décidé qu'elle se passerait de lui cette année.

— Ce n'est pas ça le problème, avait-il rétorqué. Si tu veux aller ailleurs, vas-y! Mais ne me force pas à aller à Lhassa si je n'en ai pas envie. On pourrait trouver un terrain d'entente!

Puis, plus tard, après qu'elle se fut déjà butée dans son idée qu'ils feraient le voyage chacun de leur côté, elle lui avait assené le coup décisif:

— C'est ta faute! C'est toi qui as voulu me forcer à aller en Europe encore une fois.

— Sans toi, je ne veux aller nulle part, avait-il avoué d'une voix un peu tremblante.

— On verra ce qu'on verra, avait-elle rétorqué.

Elle ne le croyait pas.

— Alors, poursuit-elle, j'ai décidé de faire un voyage comme j'en ai envie. Et ce dont j'ai envie, c'est surtout de ne pas être avec toi!

Trop tard pour décommander les billets d'avion, de train, sans une grosse retenue. Et l'idée de passer les vacances seul à Montréal était encore pire. Rues fermées pour le marathon. Festival de jazz. De l'humour débile. «Elle en a assez et veut me montrer qui, de nous deux, est le maître maintenant.» À tous les deux ou trois ans à peu près, il y avait eu entre eux cet état de guerre avec toutes sortes de revirements inattendus, comme une sorte de jeu cruel où l'aimant devenait l'aimé. Ça leur était nécessaire. Mais les choses finissaient par se tasser et un nouvel équilibre s'installait. Seulement, cette fois, elle poussait un peu plus loin que d'habitude. Elle tentait un grand coup pour s'assurer une victoire décisive. Comme Estelle est tenace et qu'elle lâche rarement prise, Gabriel voyait devant lui une éternité de misères toujours sur le point d'advenir, une véritable épée de Damoclès suspendue au-dessus de ses moindres intentions. Entre eux, il n'y a jamais eu la moindre marge pour l'erreur et encore moins cette fois.

Et puis forcément, le jour du départ ils se rencontrent à Mirabel. Chacun sait que l'autre a son billet et il n'y a pas moyen pour elle d'éviter cette rencontre qu'elle souhaite peut-être. Il a déjà pris place dans la file des passagers devant le comptoir de la compagnie aérienne quand il l'aperçoit. Trois jours qu'elle était disparue en lui laissant une note pour lui dire qu'elle le reverrait au départ. Tandis qu'il s'approche, elle le salue de manière distante. D'un signe de tête, il lui offre de passer devant lui dans la file. Fébrilement, elle agite un peu la main, ne désirant pas s'engager plus loin avec lui. Il s'arrête et elle lui sourit. Elle se ravise et semble lui faire signe qu'elle lui souhaite bon voyage. Et la distance entre eux se met soudain à grandir de manière télescopique sans que rien n'ait été dit après dix ans de vie commune, comme si toutes ces années ne comptaient plus!

Il tente une dernière manœuvre d'approche discrète, laissant, mine de rien, les gens passer devant lui dans la file. Elle n'est pas dupe. Elle se dit seulement que c'est curieux comme dans une rupture la dernière rencontre ressemble souvent à la première... Mais on n'en est pas encore là heureusement; une préposée ouvre un autre comptoir et il se forme une ligne tout à côté. Elle se laisse glisser, sourire navré. La manœuvre d'approche échoue et il perd sa place dans l'autre file.

Si seulement elle n'avait pas cet air qu'il ne lui avait encore jamais vu. Le vrai motif devait être caché, plus profond. Obscur à elle-même. Un jour, il saurait. On sait toujours ces choses-là trop tard. Sentiment de déjà vu que cet éloignement. Mais cette fois, il tient à s'expliquer. Cette cassure. Elle agite sa carte d'embarquement. Elle a son siège. Le plus loin possible. La place assignée la laisse indifférente.

Dans l'avion, ils se disent quelques mots dans l'allée. Puis de nouveau à l'arrivée.

Ils prennent le RER ensemble depuis Charles-de-Gaulle. Elle lui dit de ne pas s'inquiéter, qu'elle retournera à l'aéroport dans quelques jours pour prendre l'auto de location. Lui descend à la station Luxembourg, elle dit continuer jusqu'à Saint-Michel ou Châtelet. Mais peut-être n'est-ce pas vrai, ce sont des quartiers qu'elle n'a jamais aimés. Pourquoi alors aller se fourrer là-bas? Il n'ose lui demander si elle a toujours l'intention d'aller en Italie. Peut-être bien que non. Toujours elle lui reproche de vouloir retourner au même endroit... Estelle rêve de pays mystérieux. L'Est. Tchécoslovaquie. Pologne, Ukraine sans doute. Pouah! Pays détestables. À fréquenter seulement en cas de nécessité absolue. Reportages divers, commerces en tout genre, famille improbable. Une fois, pour lui faire plaisir, ils y étaient allés.

À peine arrivé à Prague, il s'était mis à bouder. Le soleil lui manquait. Au bout de quelques jours de froid et de mauvais hôtels, de chiens policiers aux frontières et des visages tristes de ceux qui ne pouvaient pas s'évader, il n'avait plus tenu. Elle non plus, le même air buté déjà, le menton enfoncé dans son chandail. Ils avaient repris l'autoroute, avaient fait un détour par Vienne où ils avaient passé quelques jours agréables. Mais il faisait tout aussi froid et ils étaient vite repartis, prenant la route de Klagenfurt et Villach. Il ne se souvenait plus s'ils étaient entrés dans Villach ou s'ils avaient bifurqué avant. Passage du col dans la neige. La douane. Descente dans des vallées. Chaleur, enfin. Une femme en petite tenue à l'entrée de la ville qui faisait le trottoir. Mais il ne semblait même pas y avoir de trottoir sur cette route. Lumière dans le noir. Udine. Hôtel. Pâtes, charcuteries diverses, salade assaisonnée à l'huile d'olive, fraises. Hédonisme triomphant, une fois n'est pas coutume.

Tandis qu'il marche sur le quai de la station Luxembourg, il a la certitude qu'il la reverra bientôt, c'est-à-dire avant le retour à Montréal. Pouvait-elle résister à l'envie de descendre en Italie alors qu'il y a quelques jours elle était tout excitée à l'idée de cette réception à Rome chez le délégué général? Riche idée, convient-il finalement, d'avoir un «délégué du Québec à Rome». Qui coûte cher, mais Rome n'est-elle pas un des centres du monde? Et ça peut rapporter gros d'y être représenté. Béatifications, canonisations en tout genre, prélatures. Vatican et démocratie chrétienne, politique et religion réunies comme au bon vieux temps des années 50. Nostalgie encore du néoréalisme italien. Avec cette récession qui s'éternise, le Québec n'a pas les moyens de faire dans les détails. Pas le moment. Pas encore. Le délégué a l'air de tenir beaucoup à sa présence, à «leur» présence plutôt.

À Rome, il en profitera pour voir quelques amis avec qui il avait gardé contact. En fait, plutôt des connaissances. Une lettre de temps à autre, depuis des années. Comme une traînée laissée dans le ciel de Montréal où ils étaient venus pour une vague conférence. Gabriel se rappelle la série d'interviews qu'il en avait tirée. Après que l'émission eut passé en ondes, il leur avait fait parvenir une cassette. Un petit mot par le retour du courrier lui avait raconté comment ils avaient été heureux de pouvoir «s'écouter en français». Comme si cette bande magnétique reproduite d'une émission de radio représentait pour eux un diplôme de langue. Cette satisfaction prenait valeur de pacte et un échange de lettres avait suivi.

Elle n'était pas trop mal foutue cette émission, finalement! Contents? Oui, ils avaient raison de l'être! Mais pour eux, ce qui était le plus important probablement, c'est que personne ne les avait interviewés en français avant. Le lacanisme génois, quoique d'essence florentine, n'avait pas encore fleuri et le *professore* Frufrullone, dont ils étaient les disciples fidèles depuis toujours, n'était pas encore l'immense personnage qu'il est devenu dans l'Europe d'aujourd'hui. Postmodernisme? Et puis après. Laurent de médécisme plus que médecine de l'esprit, Wittgenstein autant que Freud et Lacan! Ça n'intéresse plus personne aujourd'hui, ou pas encore.

Avec Estelle, il les avait invités à la maison pour un «souper», en fait un dîner, lors de ce fameux séjour du groupe à Montréal. On peut dater de ce jour le début de cette étrange amitié. Mais étrange surtout par la distance géographique et culturelle qu'elle implique.

Le soir même, tout de suite après la fin de la conférence, ils étaient venus à la maison. À leur arrivée, tout était déjà prêt. Très réussi pour une fois. Surtout le saumon, servi entier, trônant majestueusement, seul sur son plateau de service au milieu de la table, sauvage autant que frais. Braconnage? Quand on sait ce que coûte le moindre poisson en Italie! Vendu «à l'*etto*», uniquement. Comme d'habitude, Estelle avait fait merveille avec la disposition de la table tandis qu'il s'était chargé de la cuisine.

«Quand vous passerez, venez nous voir.» Qui avait lancé cette invitation en post-scriptum d'une lettre envoyée pour les remercier une fois que le groupe avait été de retour en Italie? Les initiales étaient illisibles mais Estelle et Gabriel s'étaient fait une sorte d'obligation ludique de se rendre à leur invitation et, chaque fois qu'ils venaient à Rome, ils s'arrangeaient pour manger au moins une fois avec le groupe. Ils passaient donc la soirée ensemble à cinq ou six, «ceux de Montréal», comme ils disaient en parlant d'un passé qui s'éloignait, leur jeunesse en fait, alors que pour Estelle et lui ils étaient plutôt «ceux de Rome». Mais qu'importe, pour tous cette rencontre à Montréal avait été une sorte de tournant dans leur vie, mais aussi une simple bizarrerie de leur itinéraire qui les aurait plutôt portés vers New York et Chicago et même au-delà vers l'Ouest. Les «Romains» leur en avaient toujours été reconnaissants et les recevaient avec un faste gênant chaque fois qu'ils venaient les visiter, ce qui arrivait beaucoup plus souvent que personne aurait pu le deviner à l'origine.

Mais cette fois, Estelle était arrivée seule à Rome un peu avant lui. Elle avait mangé avec eux la veille.

— Dommage pour vous deux! n'avait pu que regretter Franco, sincèrement désolé.

C'était quand même grâce à lui qu'il avait connu Maria qui, faisant vaguement partie du groupe, était de Milan. Elle était passée par hasard devant la terrasse où ils dînaient, Campo di Fiori. La reconnaissant, Franco ou un autre l'avait interpellée, l'invitant sur-le-champ à se joindre au groupe. À la fin de la soirée, ils étaient tous partis. Sauf elle.

— Non, je n'ai rien de précis à faire à Rome, avait-elle répondu en réponse à la question de Gabriel. Je suis de passage. L'été, il faut bien prendre des vacances.

— Et est-ce que ce serait indiscret de demander où tu les prends, ces vacances?

— Je pense descendre à Naples quelques jours avant de remonter. J'aime beaucoup Naples.

La seconde d'avant, il n'avait aucune intention d'aller à Naples et, soudain, rien ne lui paraissait plus désirable. Maria lui plaisait. Il lui restait encore beaucoup trop de temps à perdre avant le moment du retour. Comment n'y avait-il pas pensé avant? Après tout, Naples n'est qu'à deux heures et demie de train!

— Je pensais justement aller y passer quelques jours, dit-il.

— Je dois m'y arrêter au retour. Peut-être qu'on s'y verra, dit-elle énigmatique. Avant, je dois aller chez moi à Reggio. (Elle dit Redg-dgio. Comme c'est joli!)

— Chez toi? Je croyais que c'était Milan.

— Disons chez ma mère, alors.

— Vous n'habitez pas chez vos parents? se moque-t-il.

Sa seule obligation est d'aller y passer deux ou trois jours, chaque année, dit-elle. Et elle s'ennuie un peu aussi.

— Mais je peux y aller avant ou après, précise-t-elle dans un souffle sans qu'il lui demande, invitation très claire soudain, qui lui échappe peut-être avant qu'elle se rende compte de ce qu'elle est en train de faire.

À ce moment, il s'aperçoit que, pour la première fois depuis longtemps, il ne pense plus à Estelle. L'obsession d'elle a complètement disparu. Estelle partie de ses pensées? Scotomisée. La place à prendre déjà? Maria qu'il ne connaît ni d'Ève ni d'Adam? D'abord il insiste pour la revoir le lendemain. Et puis il y a cette réception chez le délégué général dans quelques jours. Peut-être pourrait-elle l'accompagner?

— Le quoi?

— Un délégué général. C'est une sorte d'ambassadeur sans le titre. Et sans le pays, ne peut-il s'empêcher d'ajouter comme si ça pouvait y faire quelque chose.

— On arrêtera à Naples en passant! dit-elle.

Chapitre 2

Comme elle lui paraissait loin, sa petite virée à Tropea avec Maria. Il l'avait échappé belle avec cette erreur de parcours! Mais qu'aurait-il pu lui arriver? Il était de retour à Rome, content d'y être, voilà le plus important.

Il ralentit sa descente, quatre marches à la fois, de la Trinita dei Monti pour enjamber les corps avachis. «Est-ce qu'ils n'ont rien de mieux à faire, ces enfoirés de jeunes, que de rester assis ici comme ça à ne rien faire?» Il reprend sa descente, sautillant entre les corps d'une marche à l'autre, tout à son plaisir d'être resté agile malgré un embonpoint naissant qu'il avait bien l'intention de faire disparaître un jour ou l'autre. Mais peut-être que ce n'était qu'un autre vœu pieux? Brusquement, ses jambes semblent se briser sous lui tandis qu'il se prend la tête à deux mains:

— Mê-ê-ê-ê-rde, les Frufrullone!

L'entendant crier, quelques-uns parmi les jeunes se lèvent pour applaudir au spectacle. Encore un peu et il les oubliait ces deux-là, lapsus ô combien significatif sur lequel il était un peu tard pour s'interroger. Le hic: il leur avait promis qu'il leur téléphonerait dès son retour à Rome. Entre Estelle et Maria, pas une minute il n'avait cessé de se rappeler sa promesse ridicule, obligation fastidieuse, comme une arrière-pensée qui ne le quittait pas.

— *Scusi!* fait-il, enjambant les corps étendus au soleil.

— Téléphonez dès que vous mettrez le pied en Italie! avait pourtant martelé Laura, prenant soin de détacher chacune des syllabes. Nous vous accordons une priorité absolue, soyez à la hauteur de l'estime que nous vous portons!

Elle avait toujours l'air de porter un peu le flambeau. Réminiscence d'un militantisme quelconque, sans doute. Le mari avait pris l'appareil à son tour:

— Nous avons déjà eu de mauvaises expériences avec certains journalistes, avait-il tenu à préciser. Dans tous les cas, nous attendons de vous le respect des engagements pris.

— Ça va de soi, avait rétorqué Gabriel, vaguement ennuyé, même si, par principe, les journalistes n'aiment pas les engagements.

— Nous y comptons, avait alors conclu le professeur, ajoutant, perfide: à défaut de quoi, nous ne nous contenterions pas d'excuses! Nous réclamerons des explications sérieuses. À vous et à vos patrons: tenez-vous-le pour dit! Il y a déjà un certain temps que nous songeons à admonester la presse. Le comportement cavalier de certains journalistes à l'égard des intellectuels doit cesser. S'il le faut, nous vous écraserons, nous servant de vos propres armes pour le faire, en dénonçant publiquement le traitement que vous nous faites subir dans vos journaux et vos émissions! La presse n'est pas au-dessus des lois. Il est plus que temps qu'elle s'amende.

Cette paranoïa toujours présente agaçait Gabriel. Déformation professionnelle des deux spécialistes du cerveau en activité? Qui faisait pendant à la désinformation dont ils s'estimaient toujours victimes? Affaire d'État? De grâce, aussi. Drame de la conscience. Ou de l'inconscient. Deux légitimités se croisent. Impératif de l'événement contre subversion de l'inconscient, mélange détonnant. Mais il n'allait quand même pas les laisser surveiller ses allées et venues en Italie? Avec ce genre d'hurluberlus, il valait mieux prendre le maximum de précautions. Aucun pépin ne devait survenir. Sinon, c'était l'analyse immédiate. Il n'y a pas d'erreur qui soit tout à fait innocente. Il décelait une hostilité larvée qu'il fallait débusquer le plus tôt possible. Le contraire exact de ce qui se passe dans la vraie vie. En cas d'aveu, on conclut à une disparition de la résistance. Pas la peine d'émettre de sanction. Très catholique tout ça, finalement. Un test peut-être. Lui posant cette obligation, ils lui tendent un piège à ours. L'oubli comme lapsus fatal. «Quelle embrouille, mais bon, on est en Italie. Ça finira par s'arranger tôt ou tard d'une manière ou d'une autre.»

— Oui, oui, avait-il promis. Sans faute. Ne vous inquiétez pas, je serai là.

L'imbécile! Les Frufrullone lui font la faveur rarissime de lui accorder cette interview où ils lui révéleraient tout ce qu'il faut savoir sur l'identité et le monde. Qui il était et qui était l'autre. Pas cette confusion américaine qui tente de «guérir»! Comme s'il était malade. Pouah! Et lui-même, en ce moment, n'a-t-il pas absolument besoin des Frufrullone? De leur coopération. Pour une bonne part, la suite de sa carrière dépend de la réussite de cette interview! Et maintenant, ce trou noir.

Les Frufrullone!

«Parmi les plus grands penseurs de notre temps», disait le titre du *Monde*, repris par *Le Devoir*. L'article tentait de vulgariser la pensée complexe des Frufrullone, les décrivant comme des voix exemplaires «d'une actualité brûlante». «On est en train d'assister à la naissance d'une autre manière postmoderne de penser, radicalement différente de tout ce qui aura précédé...» poursuivait l'auteur, se gardant bien de trop dévoiler, voulant au contraire inciter le lecteur à aller voir pour approfondir lui-même ces conceptions novatrices d'une pensée trop complexe pour être résumée. Ceux qui sont vraiment intéressés pourront toujours se référer aux textes. Une suite d'intuitions, un patchwork d'éclairs... de génie! Eux-mêmes, interviewés pour l'article, avouent qu'ils sont encore loin de savoir où tout ça va mener.

Pas surprenant que chaque interview revête une importance extrême à leurs yeux! Chaque fois que l'un des deux ouvre la bouche, on attend que sorte «la» formule. Le moment définissant toute une pensée pour la suite du monde. Ils ont tous deux gardé quelque chose de l'obsession sartrienne: «L'enfer, c'est les autres.»

— Des phrases comme celle-là déforment plus qu'elles ne définissent une pensée finalement! insiste Laura. Et vous n'en aurez pas assez du reste de votre existence pour en corriger les interprétations les plus éloignées par rapport au sens que vous aurez voulu donner à ce qui n'est plus qu'un misérable slogan qui reviendra vous hanter au-delà même de la mort.

Quand même, se méfier des journalistes. Tous plus ou moins suppôts du grand Satan américain. Consommation. Réduction d'une pensée jusqu'à ce qu'il n'en reste plus que deux ou trois formules commodes. À peine quelques informations par bribes éparses seront publiées. À la radio? Et le montage! Pas question, on leur ferait dire n'importe quoi. Impossible après de revenir en arrière. Sauf pour corriger évidemment. Éviter à tout prix la correction! Ça finit toujours par ressembler à une rétractation.

Les Frufrullone disent travailler tous deux pour la science, l'humanité. L'ironie, c'est que beaucoup de scientifiques s'empresseraient de les rejeter comme des charlatans de la pire espèce.

Charlatanisme socialement accepté, soit, mais charlatanisme quand même. Théories boiteuses. Infalsifiables, comme on dit. C'est-à-dire que leur fausseté ne pourrait être démontrée, donc leur vérité non plus. Alors elles ne servent que pour des discussions de salon, ou de divan, des querelles d'école entre intellectuels à la pensée nébuleuse, dans des laboratoires d'une pensée trop fortement subventionnée, selon certains.

Psychanalyse, sémiologie, ça ne fait plus vraiment recette. Ça prend du solide aujourd'hui!

— Attendez cinquante ans, répliquent-ils avec superbe.

Et s'ils avaient raison?

L'histoire! Les intellos font tous plus ou moins appel à l'histoire. Elle leur donnera raison, sûrement. Et cet autre qui prétend que nous sommes arrivés à la fin de l'histoire. Grâce à la médecine, l'homme vivra éternellement. Grâce à la culture, il connaîtra le meilleur de toutes les époques. Mais pour combien de temps? Dix ans? Cent? Dix mille? La science ne peut répondre à toutes les questions, ne le pourra jamais. Quant à l'explication ultime du monde...

Les Frufrullone craignent que, dans les siècles prochains, la chronique n'ait retenu que cette malheureuse interview qu'ils auront donnée par inadvertance à ce journaliste de passage. Quelques petites phrases jetées en pâture à cet ignare dans la hâte du moment. Qu'il aura évidemment comprises tout de travers. Pire, il écrira le contraire de ce qui aura été dit. Tout sera à recommencer encore une fois! Les milliers de pages écrites. Les raisonnements novateurs. Changement de paradigme après des millénaires de civilisation judéo-chrétienne. Âge de l'information. Découplage. Oublié tout ça. Et je ne parle pas des conférences, des séminaires, des débats avec les plus éminents spécialistes des disciplines connexes.

Le paradoxe freudo-wittgensteinien enfin résolu. Après cinquante et quelques années. Logique et inconscient! Ils auront été les premiers à faire passer dans la pensée courante les idées du grand logicien-philosophe. Pensée psychotique selon certains qui ne lui en ont pas moins piqué quelques bribes. À essayer de mettre un peu d'ordre, aussi, dans la pensée de Freud. Trente ans après Kuhn, le mot «paradigme» est partout. Quelquefois ce sont les mots qui font fortune!

Évidemment, il s'en fout complètement de cette soupe indigeste, le journaliste! Ignare, je vous dis! Ne le sont-ils pas tous? Sinon, pourquoi choisir ce métier? Ça mène où, journaliste? Vous en connaissez des journalistes heureux, vous? Tous hargneux, fouilleurs de merde. Réducteurs de cerveaux électroniques !

— Comment, vous ne connaissez pas les Frufrullone! s'étonne L. Vous voulez savoir qui ils sont?

— On ne peut vivre en l'ignorant, concède Gabriel.

— Dépêchez-vous de lire leur somme philosophique avant qu'on ne vous pose la question lors du premier dîner en ville à Paris ou à Rome, poursuit L. Au programme du secondaire d'ici quelques années, je vous le prédis. Ce qu'on appelle la culture. Ce dont précisément les gens, vous savez le fameux honnête homme, se réclament tous sans le SAVOIR. Un savoir-exister, quelque chose qui collerait à la difficulté de survivre que rencontrent les JEU-EU-NES surtout, dans cette fin de siècle. Comme toujours, ils voudraient toujours tout avoir tout cuit dans le bec, ceux-là. Certains d'entre eux. Ne craignez rien, l'ordinateur les dressera mieux que n'importe quel professeur de français nationaliste. La moindre erreur est sanctionnée, parfois même fatale. Tout est à recommencer sans appel. Rien à voir avec les «générations montantes». Oui, oui, suffit de regarder la publicité patronale, gouvernementale. S'entendent entre eux là-dessus comme larrons en foire. Inquiétant quand même cette insistance à les montrer comme toujours sur le point de monter à l'assaut. Attitude guerrière à tout le moins. Nouveaux performants. Éthique du coup de force qui s'affirme encore une fois.

Non. Dans le cas des Frufrullone, il s'agit de quelque chose de quasi grammatical. Rien de bien dangereux cette fois. Une éthique de l'inconscient, plutôt. Le langage tel qu'il n'est pas donné. Je veux dire gratuitement. La religion et tout ça qui seraient de retour. Enfin, une forme quelconque. Ça fait déjà quelques années qu'on en parle. Quelques écrivains. Vous connaissez Pynchon? Vous devriez le lire, c'est très instructif. Sollers, Calvino aussi. *Si par une nuit d'hiver un voyageur*? Pas le temps! Quel magnifique temps perdu pourtant. Imaginez que le voyageur ce soit vous! Et Thomas Bernhard surtout, si vous aimez l'Italie et détestez le monde germanique et la famille. Quel écrivain merveilleux! Comment, vous ne le connaissez pas lui non plus? Il serait temps que vous vous remettiez sérieusement à l'ouvrage, mon vieux!

Quant aux Frufrullone, «l'éthique monastique est de retour», diront les plus perspicaces à la lecture de leurs œuvres. La règle, la discipline personnelle enfin redécouvertes. Et après tout, qu'ont-ils à perdre, ces jeunes? Que leurs chaînes, chantent les gourous de diverses obédiences! Alors pourquoi pas ce Wittgenstein dont les Frufrullone sont les spécialistes incontestables autant qu'incontestés? Freudo-logicisme? Servi à la sauce ascétique pour une fois. Et puis, qu'on ne s'inquiète pas, on n'en est pas à la dernière variante non plus. Auréole mystique autour d'eux! Évangélisme laïque. Un peu déplaisant quand même cet aspect. Quoique eux-mêmes soient évidemment athées!

Grands-prêtres d'une psychanalyse formaliste et italienne évidemment. Rien à voir avec ce fou de Lacan. S'ils sont influencés par lui? Probable. Tendance linguistico-neuronale d'avant-garde. Pensée rébarbative, mais pour d'autres c'est ce qui fait tout leur intérêt.

Quoi? Vous en doutez? Une jeunesse un peu trop studieuse attend, prête à se précipiter à leur suite. Suffirait qu'ils se décident à indiquer une cause possible, une fin plausible. Quelque chose qui vaille la peine. Plus aussi facile de trouver, n'est-ce pas. Les Africains qui crèvent de faim. Est-ce si différent d'Auschwitz, ces cadavres ambulants au Soudan, ces charniers du Rwanda? Avec la télévision, est-ce qu'on peut les ignorer comme ces villageois allemands autour des crématoires qui disaient ne pas avoir su? Oui, oui! Ceux qui nous scandalisaient tant et qu'on a forcés à venir constater de visu ce qui s'était passé là-bas. Est-ce qu'il ne faudrait pas fournir des billets d'avion gratuits à tout le monde pour aller constater de visu en Afrique? Dans ce cas au moins, l'image devrait suffire? Mais non. Pour une fois qu'il servirait à quelque chose de voir. Si au moins la télévision servait à ça, à faire condamner l'humanité entière pour crimes de guerre, non-assistance à personnes en danger, complicité de génocide.

Problème d'intendance seulement. Pas de Club Med pour cette année. Destination São Paulo pour voir les enfants assassinés. La boucherie du Rwanda. Qu'est-ce que les Africains, ou même les gouvernements, feraient d'une pensée sur l'Être? Les Frufrullone n'ont que ça à offrir évidemment. Comment faire pour penser autrement? C'est toujours ça le drame. En attendant, la jeunesse guette. Un signe, une parole. D'ailleurs elle est déjà toute disposée à les sacraliser maintenant que le militantisme étudiant n'a plus aucun avenir. Définitivement, cette fois, après la place T'ien an Men. Et même en Chine il n'en a jamais eu. Mieux vaut que ce soit eux après tout. Je veux dire les Frufrullone. Sinon, pauvres étudiants! Oui, appelons ça un nouveau message de Fatima si vous voulez! La Vierge se serait exclamée: «Pauvre Canada!» Comment l'oublier?

Surtout avec ce chômage et ce désespoir. On ne sait plus quel Sentier lumineux pourrait entraîner les nouvelles générations et vers quelles aventures! Quel nouvel Eldorado? Quels lendemains qui chantent? Pour quel avenir brillant dans une contrée toute de lait et de miel?

Qui? Une frange marginale évidemment, européenne, française et italienne. Ils connaissent les œuvres du couple par cœur, pourraient vous les réciter par chapitres entiers. Des passages, des versets en quelque sorte. Si vous voulez comprendre, n'avez qu'à penser à des Michael Jackson de l'inconscient! Si attardés pourtant ces Européens, encore ces vieilles pierres qu'ils vendent depuis soixante-quinze ans à ces ignorants d'Américains. Toute l'astuce est là. Définir la culture. Et puis s'enfuir.

Tous des ignorants, je vous répète! Suffit de leur raconter n'importe quoi.

Les Frufrullone?

Ah oui! Les Frufrullone! Ils trouvent toujours le temps de faire un petit discours, se prononcent sur tout et sur rien. Impossible d'éviter ça avec les médias qui les poursuivent. Yougoslavie, Somalie, émigrés. Et alors? Faut bien que quelqu'un ouvre la bouche. Gianfranco, le mari, surtout, tout le monde l'appelle «*il professore*», comme s'il n'y avait plus que lui pour enseigner. Et il trouve même le temps d'être député, celui-là. Député! Vous imaginez un député-psychanalyste? Ça ne fait pas sérieux, vous ne trouvez pas? Le Dr Laurin? Pas la même chose du tout. Prenez la fameuse loi 101. Toute une société mise en analyse malgré elle. Le coup de génie, c'est d'avoir forcé toute cette haine et cette culpabilité à s'afficher des deux côtés. Le problème maintenant, c'est de trouver le moyen de sortir de cette fascination. À quel parti appartient le *professore* Frufrullone? Vous connaissez ces obscurs groupuscules comme il y en a beaucoup en Italie? Il trouverait place sur n'importe quelle liste. On ne s'oppose pas à lui. Au pire, on le considère comme une sorte de nuisance nécessaire. À partir de là, son influence est assurée. À quelques reprises, il s'est fait devant le parlement européen le champion de quelques grandes causes, devenues «causes célèbres», justement. L'écologie, les réfugiés, grands principes et miettes jetées de la table des riches.

On l'a accusé de faire ça pour la galerie! Le discours habituel. Noble attitude tout de même et qui mène au Nobel, le professeur est un éternel candidat à tout. À ça aussi ! Pas étonnant qu'on ne lui ait même pas laissé le bénéfice du doute. Mais pensez-y un peu. S'il y avait la moindre possibilité qu'il le fasse par esprit de sacrifice, l'humanité ne serait pas irrémédiablement foutue, après tout.

Quant à Laura! Quel âge peut-elle avoir? À coup sûr, quinze ans de moins que le *professore*. Une ancienne étudiante qui a épousé sa cause et réussi à se faire épouser en retour. Destin banal, vous ne trouvez pas? Mais elle a réussi à «transcender», comme on dit, ses origines douteuses, pour arriver à son immense pouvoir actuel, pouvoir d'influence évidemment sur le *professore* mais aussi sur une certaine fraction de l'opinion qui n'est pas encore tout à fait publique. Et maintenant elle est inséparable de lui sur le plan intellectuel. Une réussite rare et remarquable d'appropriation culturelle pour employer un terme qui sera un jour, bientôt je l'espère, à la mode pour quelque temps. Au moins, ça fera quelque chose de neuf sur quoi discuter. Après tout, ce sont des questions fondamentales! Il s'agit de décider si on peut continuer de parler sans «autorisation», par exemple de l'Italie sans être italien, des rapports entre une mère et sa fille sans être femme, des Abénaquis sans être amérindien. Et qui peut donner cette autorisation? La censure préalable est-elle plus acceptable que sa variété postérieure? Peut-on continuer d'être écrivain? Celui-ci est-il condamné à disparaître par le changement des conditions sociales comme le prétendait Marx en parlant d'autre chose?

— Passionnants, leurs livres, dit Gabriel, interrompant L. qui avait eu l'imprudence de vouloir reprendre son souffle. Ceux qu'ils ont écrits ensemble ou même ceux qu'elle a écrits toute seule. Ceux du *professore* aussi, qui sont encore plus obscurs, évidemment. Ses *Commentaires psychanalytiques sur le* Tractatus particulièrement. J'en ai relu plusieurs passages avant de venir ici. À cause de toutes ces lectures, ne vous étonnez pas si je finis un jour par devenir une sorte d'expert ès Frufrullone dans une obscure université du Midwest américain! Une vie qui a ses côtés intéressants avec toutes ces fausses dévotes baptistes et évangéliques, Lolitas de sacristie qui s'ignorent. Disparaître enfin et pouvoir observer tout ça à mon aise sans personne pour me déranger! C'est mon rêve et je serais même prêt à me faire baptiste sans le mouton québécois si ça suffisait à me faire engager dans une quelconque université de Géorgie ou d'Alabama. Ce qui m'intéresse chez eux? Mes raisons ne sont pas uniquement professionnelles, vous vous en doutez bien. Certains, d'ailleurs, ne se sont pas gênés pour me le reprocher. Les camarades ne sont pas tendres avec ce genre de choses. Vous connaissez l'a b c du métier après tout? Le journaliste doit éviter de s'impliquer émotivement dans son sujet, et surtout, surtout, éviter tout intellectualisme. Imaginez le côté snob qu'il y a à lire les ouvrages des Frufrullone ou pire, le *Tractatus* lui-même! Aussi, ne jamais employer des mots comme «paradigme», ça risque d'effrayer l'ouvrier, le comptable. Après tout, ces gens ont bien droit à la paix du foyer après une honnête journée de travail, non? Mais qui sait si c'est de paix qu'ils ont vraiment besoin? Ou simplement envie?

— Nous sommes des invités dans leur salon! ne cessent de nous prêcher les patrons. Des étrangers à peine tolérés à la merci d'un zap! comme on écrase une mouche imprudente autant que trop bruyante. Alors, il faut bien se tenir, que voulez-vous. Ce sont eux qui payent les taxes après tout, pour ne pas avoir à entendre ces bavardages livresques qui auraient mieux fait de ne jamais quitter les pages poussiéreuses où de telles inepties sont consignées uniquement pour mémoire! Vous savez, on risque de se faire expulser des ondes à tout moment et il ne se trouvera personne dans la boîte pour vous en expliquer la raison. Surtout, ne jamais avoir l'air d'en savoir trop sur n'importe quel sujet. Paraît-il qu'on risque de devenir obsédé. Obsession bénigne, rassurez-vous.

Pourtant, ces derniers mois, ma fascination pour tout ce qui touche au célèbre couple a encore augmenté. Et voilà que moi, journaliste à l'emploi d'une radio d'État, devinez laquelle, je me suis mis à écrire en cachette aux journaux. Pseudonyme, évidemment. Camouflage impeccable. Impossible qu'ils arrivent à me démasquer, rassurez-vous. Je protestais avec véhémence que les Frufrullone étaient victimes de censure de la part des médias. Surtout la télévision. Il s'agirait d'une réédition sur une plus grande échelle de l'affaire Chomsky. *Fabrique du consentement* et tutti quanti. Mais on n'en est plus à la grammaire depuis longtemps. Il s'agit du codage de l'humanité. Le sens même de la vie, le génome. Quand biodiversité rime avec humanité. Brésil, Mengele et les autres, ce qui échappera toujours à ce genre de charcutier. Vous comprendrez que les Américains ne pouvaient pas rester indifférents! Imaginez: à peine se sont-ils débarrassés des Russes que la menace resurgit où ils s'y attendent le moins. À Rome. Enfin, quelque part en Italie. Et c'est une pensée autrement dangereuse qui revient en force après des siècles d'existence souterraine. Dans cette affaire, le pape n'est qu'un personnage de second plan, croyez-moi. L'opposition à l'avortement, au mariage des prêtres. Tactiques de diversion, tout ça. L'important est ailleurs. Vous verrez, un jour on s'apercevra que c'est le *professore* qui tire les ficelles du symbolique. Qu'est-ce que le symbolique? Ce qui finira par empêcher les gens de fonctionner en rond un de ces jours prochains.

L'une de mes lettres a fini par être publiée dans la page des lecteurs. J'étais bien le seul à écrire ce genre de lettres et *Le Devoir*, le seul journal à publier sur ce sujet obtus et donc tabou. La plupart des lecteurs ne peuvent comprendre les théories des Frufrullone que très approximativement d'ailleurs. Vous vous rappelez l'histoire du type de Padoue? Ce n'est pas sans avoir eu des conséquences, vous le savez! Je rappelle quand même les faits. Depuis que le *professore* a pris prétexte d'une réponse à une humble lettre de lecteur publiée dans un grand journal italien (était-ce dans *La Repubblica* ou *Le Corriere*?) pour écrire *Le sortilège et le credo,* un de ses ouvrages les plus célèbres, les journaux du monde entier sont inondés de lettres du même genre. L'auteur de la lettre inaugurale, un humble gardien de prison autodidacte, a d'ailleurs par la suite été engagé comme professeur dans une université du Nord, Venise ou Padoue, connue pour les idées de gauche de son corps professoral et cela, bien que le pauvre gardien n'ait pas le moindre diplôme universitaire, comme vous vous en doutez! Pas le moindre, comprenez-vous!

À partir de ce moment, des intellectuels, disons mineurs, se sont mis de la partie eux aussi, certains écrivant à leur tour, non pas des lettres mais des opinions, dans l'espoir d'engager une polémique avec le *professore*. Mais il ne s'engage jamais dans ce genre de controverse stérile et n'a jusqu'à maintenant répondu à aucune opinion ni à aucune lettre. Tout comme il n'a pas, non plus, l'habitude d'employer deux fois la même stratégie. Anti-pédagogique, selon lui. Si ça devient nécessaire, il trouvera bien un autre moyen de frapper l'imagination en temps et lieu. Alors d'avoir obtenu cette interview, c'était comme gagner à la loto. Pourquoi moi plutôt qu'un autre? Je me suis évidemment posé la question. J'étais si surpris que le *professore* acquiesce à ma demande. Et si rapidement. Immédiatement, en fait. Encore un peu et je me croyais engagé pour enseigner à l'université à mon tour. Que mon italien ne soit pas tout à fait au point ne change rien à l'affaire. Impossible aux autorités de passer outre aux décrets du *professore*! C'est à ce moment-là que je vous ai téléphoné pour que vous m'expliquiez certains concepts psychanalytico-philosophiques que je ne comprenais pas encore tout à fait assez bien. Et puis il y avait votre amitié de longue date avec eux, je savais pouvoir vous faire confiance!

— Vous savez, au moyen âge, c'était le bûcher pour bien moins, l'interrompt L. Mais aujourd'hui, on se contente de murmurer et en fait le pouvoir n'y peut plus rien. Comment ça se passe depuis qu'ils ont commencé à diffuser ce genre d'idées sulfureuses? Bien sûr, il y a la meute habituelle des paparazzi qui tentent de vous griller. Toujours à l'affût d'une photo, ceux-là.

— Disons qu'une bonne photo de ces deux-là vaudrait dans les mille dollars au cours actuel, l'interrompt Gabriel. Je vous paye la commission si je réussis à la faire. Laura studieuse, derrière son bureau. Au tableau devant une classe. Quelques étudiants à l'avant-plan ont pris un air concentré. Ne sont-ils pas penchés sur des questions de vie *et* de mort? Laura encore. Sur son balcon, un fichu sur la tête. À la plage. Derrière le divan, cigarillo à la bouche. Avec ou sans le *professore*, n'importe quelle photo ferait l'affaire. Pour la légende, on s'arrangera toujours! Le bas de vignette pourrait être en forme de question: «Le pape, menteur pathologique?» D'ailleurs, tous les papes sont-ils fous par définition ou faut-il dire que seulement certains papes le sont? Et sur quelle base? «Les films de Fred Astaire sont-ils immortels?» «La nouvelle cuisine française est-elle encore d'actualité?» Et le rock soviéto-bulgare?

Une vraie folie. Depuis la sortie de leur dernier livre surtout, la discrétion devient impossible. Ils doivent se cacher, vivant reclus pendant des mois. Hélas, ils ne réussissent pas à empêcher les éditeurs de magazines de faire leur page couverture avec de vieilles photos! Propos prêtés, fidélité douteuse. Les journaux et les magazines pullulent de commentaires perfides sur la différence d'âge entre les deux. Le font-ils ou pas? Laura presse-t-elle le pantalon du *professore*, ou est-ce l'inverse? Il y a même eu cette photo de la marraine de Laura en robe noire. On rappelait son enfance banale dans le Sud. Son école primaire. La voici en première communiante. Pire, étudiante modèle à l'université! Un peu plus tard, elle a dû mal tourner, vers vingt ans à peu près. Une des photos qui l'a rendue célèbre la montre avec ce béret à la Che dans la jungle d'Amérique latine. Aujourd'hui, ce sont surtout des photos de femme mûre. Tous les deux mois, un magazine ou l'autre publie la photo du nouvel amant de Laura. Jeune évidemment. Dix-huit, vingt ans tout au plus. Dans ce cas, on pourrait presque parler de pédophilie. Évidemment, il s'agit chaque fois d'un montage ignoble.

Ne leur trouvez-vous pas vous aussi un air mystique. Lui chauve, sa grande cape absolument démodée. Ce châle sur ses épaules à elle. Curieux comme elles s'arrangent toutes pour avoir l'air de nonnes encanaillées. Quoique on ne peut le leur reprocher. Ils s'en vont tous les deux suivant leur chemin et ça fait envie. Leur «devise»: originalité absolue. Et ils s'en vantent. Peut-être se prennent-ils pour une noblesse d'un nouveau genre?

Mais tous les intellectuels ne sont-ils pas des sortes de Rosenkranz et Guildenstein s'en allant à la mort sans le savoir en trahissant joyeusement tous les maîtres qu'ils se sont donnés? On voit déjà tout ce qu'on pourrait en tirer comme personnages de théâtre. Ah! si Shakespeare revenait. Une pièce a d'ailleurs déjà été écrite sur eux par un admirateur qui les montre aux prises avec leurs propres idées. La pièce ne pouvait qu'être mauvaise. Quand même, une troupe catholique de la banlieue turinoise l'a montée malgré l'opposition de la hiérarchie. Don Bosco et compagnie, un truc vaguement œcuménique. Paraît-il que le *professore* aurait été très touché.

— C'est justement à cause de petits gestes comme celui-là qu'il faut les admirer, dit L. Malgré leur silence de plus en plus obstiné, leur popularité grandit malgré eux. Au point que les rares apparitions publiques qu'ils se permettent encore se terminent par des rixes la plupart du temps entre les diverses factions qui se réclament d'eux. Jusqu'à leurs sorties quotidiennes pour aller ne serait-ce qu'au marché, qui sont attendues par toute une foule de chroniqueurs et scribouilleurs. Beaucoup d'Allemands aussi. La petite troupe se met aussitôt à leurs trousses. Ces paparazzi sont insatiables. Certains ne les ont pas lâchés d'une semelle depuis au moins six mois. Alors vous imaginez la chance que vous avez qu'ils acceptent de vous recevoir!

De ce côté-ci de l'Atlantique, les Américains ont dû finir par bouger eux aussi. Leur position était intenable à partir du moment où les Frufrullone sont devenus un véritable phénomène médiatique. Et à l'échelle planétaire. Ils ne pouvaient risquer d'être en dehors du coup. Déjà le soccer! Les Chinois, les Japonais les ont déjà invités. Sans compter les Burkinabés. À mon avis, les Américains les ont ignorés beaucoup trop longtemps. Ce n'est plus possible maintenant. La curiosité des étudiants est immense. Ils ne peuvent se permettre de se couper d'une avant-garde si prometteuse. C'est le nouveau mouvement contemporain. Quelques professeurs se sont mis dans leur sillage. Les vieux bonzes qui tiennent les départements ont dû finir par céder, leur concéder le droit à l'existence. À partir de ce moment, les invitations des universités se sont multipliées pour des cycles de conférences, des débats ponctuels mais très courus. Les Frufrullone ont répondu par ce silence obstiné qui est leur marque de commerce. Alors on leur a envoyé des émissaires. Ça n'a rien changé à leur indifférence polie.

Quand c'est vraiment intéressant, ils se font représenter. Une fois même, ils ont envoyé le gardien de prison. Vous savez, celui qui est devenu professeur d'université. Ça n'a fait qu'enrager davantage les Américains. Ils ont failli le refuser à la frontière. Ils ont insisté pour qu'il subisse un test de sida sur-le-champ. À partir de là, vous pouvez imaginer par vous-même les insinuations qui se sont mises à circuler sur leur compte. La photo de Laura en guérillera publiée par le *Time Magazine*. «La maîtresse du Che dans la jungle bolivienne.» D'autant qu'en sortant de chez les Américains, ce con de gardien de prison s'est précipité chez Escobar en Colombie. Il tenait absolument à voir à quoi ressemble une prison de luxe.

Quand même, un des premiers ouvrages du couple a finalement été traduit en anglais. Il y a eu des articles de fond dans le *Village Voice*, le *Rolling Stones*. Le couple a eu droit à un entrefilet dans la section «Living» du *New York Times*. Au Québec aussi, on a mis leur photo dans la grosse *Presse*. C'était une vieille photo prise lors d'un colloque consacré à ses travaux, il y a une vingtaine d'années. Oui, oui, la jeune fille au fond, c'est bien Laura. Elle l'avait accompagné comme secrétaire. N'était pas si mal lui non plus à ce moment-là. Sémiologie? L'UQAM ne faisait que commencer.

— Comment j'ai fait pour obtenir cette interview inespérée? La simplicité même. Je leur ai téléphoné et me suis réclamé de vous qui êtes en quelque sorte le représentant local de la confrérie.

— Allô!

— *Da Montréal! Si.*

— Laura!

— ...?

— Ah! La femme de ménage. Dites-moi, êtes-vous d'origine portugaise comme dans les bandes dessinées? Pourquoi je demande ça? Simple curiosité.

— *Momento!* je vous la passe, dit-elle.

Les salutations ont été interminables, les deux se relayant au téléphone dans un flot de paroles ininterrompues.

— Au point où je ne savais jamais si c'était lui ou elle qui parlait! Quoi qu'il en soit, ils se déclarent enchantés de parler à l'Amérique et acceptent de rencontrer «le paparazzo canadien» quand il viendra. Oui, oui!

— Comment, vous en doutez encore? Bien sûr qu'on vous l'accordera cette interview «pour la radio canadienne»! L. nous a déjà dit beaucoup de bien de vous.

S'il pouvait avoir l'amabilité de leur dire pour quelle émission? *Culture et science*. Ah! Très bonne idée de coupler les deux. On ne devrait jamais faire autrement. Personne n'écoute? Ça ne fait rien, moins il y a d'auditeurs, plus ceux-ci risquent d'être de qualité.

— Vous nous en enverrez une copie, hein? L'émission est importante sûrement. Une radio qui n'hésite pas à faire traverser l'Atlantique à un de ses reporters spécialement pour venir nous interviewer. Ah! Vous faites une série d'interviews partout en Europe. Vous prenez vos vacances en même temps. Ça ne fait rien, on aura plus de temps pour parler.

Quelle gentillesse! Et quelle chance surtout, de pouvoir faire cette émission avec eux. Un peu plus de chance encore, et clac! le professeur fait une crise cardiaque et meurt comme l'avait prédit cet oiseau de malheur de Corbo. Sa dernière interview. Testament intellectuel. On s'arrache le reporter. Gloire médiatique. On rediffuse l'enregistrement, on l'appelle de New Delhi pour le faire parler des derniers moments du *professore*.

— Vous l'avez bien connu, n'est-ce pas.

— Il est mort dans mes bras, le pauvre.

Quel journaliste perspicace!

— On organise un colloque, cet automne, dit l'Indien. Ne pourriez-vous pas venir nous exposer les théories du *professore*. En termes simples, bien entendu. Non, non. Nous ne voulons personne d'autre que vous! Vous saurez bien vous débrouiller, il ne s'agit que d'un public universitaire moyennement cultivé. Nous vous envoyons le billet d'avion tout de suite.

Pour le moment, succès d'estime assuré parmi les collègues. Mais le succès populaire importe si peu, de toute façon.

— Ces temps-ci, j'en aurais bien besoin pourtant!

— Juifs, les Frufrullone?

— Ça va de soi. Sinon, comment faire pour être aussi intelligents? demande L. Non, non, il ne s'agit pas de racisme du tout. À l'envers? Qu'est-ce que vous faites de Marx, de Freud, d'Einstein. Même Proust était juif! Dommage pour Joyce. Vous pouvez toujours rapporter ça à la race si vous voulez, ou à l'orientation sexuelle dans le cas de Proust. Moi je préfère m'en tenir à l'influence du milieu.

— Elle aussi?

— Je ne sais pas. Elle est encore plus féroce que lui! Je dirais même que c'est elle la plus forte des deux maintenant.

— Vous le suivez depuis si longtemps, vous ne vous sentez pas un peu floué?

— Un peu, mais que voulez-vous? Freud aurait-il un peu négligé le rôle des veuves dans la transmission de l'héritage, je ne sais pas. Vous les avez vus comme moi à la télé française. En comparaison, les autres invités à l'émission avaient tous l'air un peu figés. Des faire-valoir tout au plus! On aurait dit qu'ils étaient effrayés par quelque chose qui les dépassait. La peur d'être confrontés, ou simplement de faire un faux pas. Ça s'est déjà vu. Une fois, l'animateur avait fait l'erreur d'inviter un apologiste de la pédophilie en même temps que la Bombardoche, vous savez cette Québécoise, il faut bien en inviter un de temps en temps, une sorte de Robin des Bois en épinette qui enfonce le clou toujours plus profond dans le bois mou. Celle-là n'en était pas à son coup d'essai et tant pis pour le pauvre mec, il lui aura servi de book émissaire! Après tout, il en faut toujours un! Prenez Céline, qui le relit aujourd'hui? Bombarde a sa propre émission, *Raison Passion*, qui est diffusée de ce côté-ci de la mare aux canards. Cette fois, Pivot n'a pas fait l'erreur de l'inviter. Vous imaginez le crêpage de chignon avec Laura!

Évidemment, les Frufrullone sont d'une autre trempe que ce type sans intérêt! Ils ont une réputation terrible, vous savez. Vous dites que cette réputation leur vient de l'association du *professore* à Wittgenstein lui-même dans sa jeunesse? Cambridge, je vois. Ce n'était pas à la même époque que Burgess et Maclean, quand même? Il devait être très, très jeune, déjà un peu communisant. Je dois vous dire que je n'en sais absolument rien.

Mais lui ou Laura, qu'importe. L'un comme l'autre, ils sont absolument impossibles à arrêter une fois que la machine est lancée! Dès que l'un se tait, l'autre prend la relève. Uppercut sanglant. Nouvelle théorie, exposée pour la première fois. *Sexualité sans phare*. Non! Sans *fard*. Ce n'est pas du tout la même chose. Ça traite de la nécessité d'une pédophilie prophylactique. Les détails sont croustillants. Les allusions à des écrivains morts ou vivants, transparentes. Il est passé un souffle de libelle sur la libido des invités. Même Pivot ne savait plus où se mettre. Il régnait un silence de mort dans le studio. Tous interdits! À cause du côté choquant. Et qu'est-ce qu'ils pouvaient faire d'autre qu'écouter poliment? Ils croyaient qu'ils allaient parler de leur dernier livre. On ne les avait pas prévenus du côté scabreux des Frufrullone.

La sexualité. Ce n'est qu'un «jeu de langage» parmi d'autres, selon le *professore*. En disant cela, il était bien dans la ligne de ses deux mentors, Wittgenstein et Freud. Ça fait lacanien, vous dites? Pas forcément. Sentant le vent tourner, Laura s'est empressée de glisser «éducatif». La pauvre ne se rendait pas compte qu'en disant cela, elle en remettait.

Non, ça n'a pas marché du tout. Rien à voir avec Wittgenstein non plus. Lui ont simplement piqué quelques idées, ça se fait tout le temps, vous savez! Simple recyclage, si vous voulez. Oui, oui, totalement tiré par les cheveux, je suis d'accord avec vous. Même que ça ne me surprendrait pas qu'ils soient en train de devenir un peu gagas tous les deux. Toutes ces années à ne penser qu'à ça. Et cette célébrité qui leur tombe dessus à la fin de sa vie à lui. Encore une fois, c'est elle qui ramassera tout, quelle tristesse. Vous me trouvez misogyne? Enfin! Leur réputation en prend un sale coup! C'est peut-être pour ça qu'ils ont accepté de vous accorder cette entrevue. Vues d'outre-Atlantique, les choses peuvent s'en trouver un peu relativisées.

— Mais les Américains sont si puritains.

— Justement, vous n'êtes pas américain.

— L'interview passera inaperçue.

— Comptez sur eux pour que ce ne soit pas le cas. Ils ont toutes sortes de ressources. Vous risquez d'être étonné. Mais attention! Laura supporte de moins en moins que ce soit toujours son mari qui soit en vedette. Velléités d'écriture. Indépendance revendiquée.

— Divorce en vue?

— L'œuvre seulement, pour l'instant, le différend reste privé et on ne peut jurer des suites de l'affaire. Je vous conseille fermement de ne pas soulever la question. Sinon la porte se refermera inexorablement sur vous à tout jamais. Revenons à cette interview. Ça s'est gâté au moment où Laura a décidé de lâcher le morceau d'un seul coup:

— Il n'y a qu'une seule manière de définir l'éducation: c'est un viol!

— Parents et professeurs seraient tous des sadiques et des pervers? a insinué un invité. Faussement scandalisé, seulement, bien sûr. Seuls les gogos s'y seront laissés prendre. Ces gens-là sont tous allés prendre un verre ensemble après l'émission, vous savez.

— Vous dites non? Ah! un avion à prendre. Je ne savais pas.

— Mais à ce moment quelqu'un du public s'est levé dans la salle, s'est mis à gueuler, les a traités de tous les noms. Elle disait représenter «la mère de famille», qu'elle en avait marre de se faire faire la leçon par tous ces célibataires qui parlent d'«inscription du signifiant sur le corps de l'enfant», d'«effraction à l'intérieur», elle en avait assez de passer pour une violeuse. Il a fallu faire venir les gendarmes pour l'expulser. Ça a jeté un froid.

Il paraît qu'à la station ils ont reçu cinquante mille appels de protestation! Vous vous rendez compte? Cinquante mille! Et qu'est-ce que les Frufrullone avaient dit? Une série d'évidences banales. Vous pensez bien qu'on ne peut pas aller beaucoup plus loin dans une émission de télévision, même culturelle. Je ne vois vraiment pas pourquoi il aurait fallu se choquer. Le choix des mots, peut-être. Des images un peu fortes!

— Il faut voir l'enfant comme une surface vierge. Tout ce qui s'y inscrit laisse une trace.

— Sur le corps d'abord, dit madame.

— Vous voulez dire qu'il en reste marqué?

— Plus que ça, troué, déchiré, rompu.

— Corps rompu: corrompu, a dit l'animateur.

Jeu de mots facile, dont vous admettrez qu'il aurait pu s'abstenir. Le *professore* s'est esclaffé. Après il n'a plus été capable de s'arrêter. Encore un peu et il s'étouffait. Au point qu'il a fallu le faire sortir du studio. La provocation, ça marche toujours, mais c'est Laura qui a dû s'arranger avec les attaques de tous les autres participants pendant le reste de l'émission.

— Et que vient faire Wittgenstein là-dedans? a demandé quelqu'un à ce moment-là. On allait l'oublier celui-là dans tout ce brouhaha. Homosexualité. Conduite dissipée. Guerre, prison. Renonciation à la fortune familiale. Suicide, finalement. Est-ce qu'il y a un rapport entre sa pensée et ce qu'il était? Je veux dire comme homme? Sûrement. Mais dangereux, ça. À prendre avec des pincettes.

— Les règles doivent être transparentes, c'est tout, avait tranché la *professoressa*.

— Et les enfants, qu'est-ce que vous en faites? On ne va pas laisser les choses dans cet état et s'en aller?

— C'est un autre débat! a conclu l'animateur.

Il était déjà rendu au lendemain. Il ferait les manchettes encore une fois. Ça ferait monter la cote de la prochaine émission. L'arène électronique enfin inventée! On nage déjà en pleine virtualité et on ne le sait pas! Mais attention! Ça ne s'arrêtera pas là. Les choses sont déjà allées bien trop loin. Si vous faites attention, vous arriverez peut-être à leur soutirer quelque chose qui fera date dans votre carrière. Quoi? Vous connaissez votre travail mieux que moi, mon vieux! Allez fouiller du côté des chapelles concurrentes. Vous prenez le téléphone et vous faites la ronde. Il vous suggéreront quelles questions poser. Écrivains, professeurs, psychanalystes. Ils se détestent tous entre eux. La compétition pour l'attention des médias est féroce. N'ayez crainte, ils vous parleront! Il s'en trouvera bien pour vous suggérer une vacherie ou deux. Attention aux gouvernements, les autorités finissent toujours par s'en mêler discrètement. Postes à pourvoir, subventions, voire ambassade dans les cas extrêmes. Mais surtout, ne racontez pas aux Frufrullone que je vous ai dit ça. Ils pourraient s'effrayer que vous vous serviez d'eux au lieu du contraire.

— Ils auraient dû l'inviter en même temps, dit Estelle, parlant de Bombardier. (Cette remarque se situait évidemment avant la fameuse chicane qui avait bouleversé leurs plans de voyage.)

L'émission retransmise de la télévision française passait en différé alors que la polémique s'était déjà étendue au Canada depuis une semaine par la voie des journaux.

— Et pourquoi pas M. Bombardé aussi? avait demandé Gabriel. Comme si de redire ces évidences, finalement un peu naïves, mais toujours oubliées, avait une force explosive plus grande que les tragédies les plus vraies. Celles de Bosnie, des Kurdes d'Irak. Sans parler de ceux qui vivent en Turquie. Le scandale est encore plus grand évidemment. Chut! OTAN. Raison d'État. Interdit d'en parler. Sauf pour la forme. Mention discrète dans les grands journaux télévisés américains. Images de guerre, préoccupations humanitaires. Tout ça peut rester sans le moindre commentaire politique.

Tout allait bien jusque-là pour eux dans cette émission. Le fou rire incoercible du *professore* est venu tout jeter par terre. Curieux comme elle est restée absolument calme, maîtresse d'elle-même. Comme si ça ne la concernait d'aucune manière, absolument respectueuse, digne. Le *professore* pouvait se rouler par terre s'il le voulait, pour elle ça ne changerait absolument rien.

— Ce qu'il faudrait opposer à l'inconscient, dit L. quand il avait finalement réussi à lui faire parler de cette émission, ce n'est pas tellement le conscient que l'innocence. Le viol est toujours un viol de l'innocence. Ça laisse des traces. Conscientes ou inconscientes, c'est selon. Vous imaginez le refoulé des femmes bosniaques qui s'arrachent l'enfant du ventre, la frustration de l'homme musulman?

Quant à Gabriel, il n'allait tout de même pas expliquer Maria aux Frufrullone. Leur rencontre fortuite en arrivant à Rome. Le chassé-croisé amoureux qui a suivi. Voilà pourquoi il avait complètement oublié de leur téléphoner! Quoique l'amour, après tout, c'était leur business, leur fond de commerce.

À partir de Naples, la route avait été longue. Cent cinquante kilomètres plus bas, de l'autre côté du détroit, la Sicile, ce sera pour une autre fois. La bifurcation était là, à droite devant eux. Gabriel commençait justement à en avoir assez de rouler sur cette autoroute à quatre voies. La route secondaire dans laquelle ils s'engageaient maintenant était déjà tellement plus jolie! Elle serpentait pendant une autre trentaine de kilomètres dans des paysages secs, et si pauvres qu'on se sentait mal à l'aise de leur trouver de la noblesse et de la beauté. Elle finissait ici, dans un cul-de-sac en plein centre de la piazza. Au grand dam des commerçants locaux! Avec ce détour, on peut être assuré que la ville restera à l'écart des circuits touristiques pour l'éternité.

— Jamais il ne me serait venu à l'esprit de venir jusqu'ici, dit Gabriel, émerveillé par tant de beauté calme.

Dans la clarté éblouissante du midi, Maria regarde la ville blanche sans répondre. Tel un poste avancé qui garderait le détroit de Messine, elle brille sur une carte mythique bien plus que touristique.

— Si ce n'était de Charybde en Scylla, Tropea n'existerait pas, dit-elle, mystérieuse.

«Heureux village quand même», pense Gabriel.

Tropea est là, posée sur sa roche comme au bout du monde connu. Ce petit monde est un monde fermé qui s'achève dans le précipice qui soutient la ville et dont Gabriel trahit le secret par le seul fait d'en parler. En ce moment, Tropea se réveille à peine d'un sommeil qui aura duré des siècles où la ville serait restée cachée dans l'ombre des montagnes qui barrent de tous côtés l'accès terrestre au promontoire. Avec en face, la mer à perte de vue pour s'y perdre.

Maria peut se rassurer. Il s'écoulera sans doute des années, et même des dizaines d'années, avant que la ville risque d'être envahie par une nouvelle horde de barbares, le tourisme de masse, celui qui assomme justement. Et puis, ces 4 ou 500 kilomètres depuis Naples, il faut se les taper! Cette chaleur insoutenable qui dure tout l'été! Rideaux tirés sur les fenêtres pour garder la fraîcheur à l'intérieur. Évidemment, il n'y a personne dans les rues à ces heures de grande chaleur. Surtout ne pas compter sur les Napolitains. Plein sud! En plein été, il faut être fou! Vivement la montagne. Et puis Rome est tellement plus excitante. Politique, subventions gigantesques, dessous de table. L'argent vient de Milan de toute façon.

Cette promesse de tranquillité.

— Profitons-en pendant qu'il en est encore temps, glisse Maria avec un air de vague reproche. Elle craint un fast-food, MacDonald ou Wendy's.

«Pas très faste, en effet. Je ne suis pas fou de ça non plus!» pense-t-il. Toute la différence entre l'anglais et le français est contenue dans ce hiatus entre nourriture fastueuse et fast-food. Déjà les barbares sont aux portes de la ville.

— Tôt ou tard, je reviendrai vivre ici, dit-elle.

Elle dit craindre qu'il n'y ait plus rien à ce moment-là, que tout ait été envahi encore une fois. Quant au saccage toujours prévisible, elle croit fermement que Gabriel aura lui aussi sa part de responsabilité en tant qu'étranger, envahisseur lui-même.

— Mais je ne mange jamais dans ces endroits! finit-il par protester.

— Regarde ces pierres! Je suis née dans le sable..., insiste-t-elle, y mettant même un brin de poésie.

Déjà dans la voiture en descendant sur l'autoroute du Soleil, Maria tient à raconter les étés de son enfance à Tropea. Distraitement, Gabriel écoute ces histoires qu'il ne comprend qu'à moitié. Pourquoi lui, après tout? Il ne lui a rien demandé. Il s'intéresse beaucoup plus au terre-plein au milieu de la route. Ces plantes inconnues, cette floraison proliférante de toutes les formes et de toutes les couleurs, cette roche dénudée entre les bosquets, artistement disposée. Sur le côté, des panonceaux d'un bleu profond qui luit au soleil annoncent quelle ville ou village le voyageur pourra trouver à la prochaine sortie avec spécialités locales: vignes, olives, château.

Pendant ce temps, Maria multiplie les descriptions, anecdotes et racontars, lui livrant son enfance par morceaux entiers. Des bribes qui viennent s'ajouter les unes aux autres en désordre. Des flots de mots qu'il ne saurait éviter, une sorte de confession générale qu'elle se forcerait à lui faire dans un but inavouable, inavoué.

mêmes qui bâtissaient des abris antinucléaires qui attendent aujourd'hui la visite d'extraterrestres? Par contre ici, à Tropea, au milieu de ce «désert italien» comme on dit «désert français», désert culturel indifférent, à égale distance à peu près de Rome et des capitales de Grèce, d'Albanie et de Tunisie, assis à une de ces terrasses qu'on voit là-bas sous les palmiers protecteurs, les tempêtes ne peuvent pas être si terribles malgré Charybde et Scylla tout près! Voilà, dit-il, je n'aime pas trop la neige, comme tu vois. Pas plus que les *snowbirds*, comme ils se qualifient eux-mêmes. Au moins, ceux-là ont les moyens de fuir un peu plus chaque hiver vers la Floride torride. Ils y vont pour mourir, ayant renoncé à vivre au pays.

— Et les Français, donc?

— N'existent plus. Remplacés par des hybrides. Canadiens, Canadiens français, puis Québécois, bientôt Québécois francophones. C'est clair que nous avons l'identité qui rapetisse par tous les bouts. Mi-Français, mi-Américains, ni tout à fait l'un ni tout à fait l'autre. Qui ne pourraient vivre nulle part ailleurs finalement. C'est pour ça qu'il y en a partout de la Floride à la Californie et de Paris à Dakar ou Rio. L'homme est un autre pour lui-même qui se cherche un nouveau miroir en permanence pour constater les transformations du temps et de l'absence. Le destin de l'homme est une géographie de l'âme.

— Bien. Revenons aux Frufrullone maintenant, dit L.

— Vous m'avez assez prévenu là-dessus, dit Gabriel. Sans eux, cette série d'émissions n'aurait plus du tout le même impact, c'est certain.

— Ils sont très conscients du pouvoir qu'ils ont et, évidemment, ils adorent en user, interrompt L. à son tour.

— La première alerte, c'est au moment du départ! enchaîne Gabriel. Un simple coup de téléphone de courtoisie de ma part pour les remercier d'avoir accepté de participer. Au moins, on avait réussi à s'entendre là-dessus! Ce n'était pas donné d'avance! Il y avait de la friture sur la ligne. Déjà, on avait de la misère à se comprendre. Mes patrons avaient accepté de leur consacrer une émission complète! En leur annonçant la nouvelle, j'étais fou de joie. Quant à eux, ils l'accueillaient avec indifférence. Mais, pensez-y! On ne fait presque plus ce genre de choses. La culture maintenant, ça se résume à des chanteurs, cabotins divers, théâtre populaire ou non. Mais la *kultur*, avec un «k», personne ne veut plus en entendre parler. Ça empêcherait de vivre! *Out* l'interrogation. Remplacée par l'*entertainment*! Alors qu'en fait, le monde vit sur des acquis de culture! Les fondements sont fragiles! Il suffit pendant quelques années de réduire au silence quelques empêcheurs de tourner en rond et toutes les aberrations deviennent possibles et même probables. Voyez Hitler! Mais heureusement, pour l'instant on n'en est qu'à la bêtise ordinaire et le fond de sagesse collective est suffisamment grand pour corriger le tir en cas de dérapage. Non, ce qui m'inquiète, c'est le niveau de bêtise qu'une société est en mesure de tolérer à partir d'un certain niveau de développement! Bref, ils veulent que je fasse l'interview sur des thèmes choisis par eux pour pouvoir en insérer un dans chaque émission. Les Frufrullone sont bons vendeurs. La série repose sur eux!

— Ça ne marchera pas! dit L. Les Frufrullone sont au-dessus de ça et n'accepteront jamais d'être mis dans le même sac que tous ces minables toujours en train d'essayer de grappiller quelque fauteuil dans une académie, une subvention, un prix de bonne conduite dans un quelconque gala! Et encore une fois, ils auront raison! Ils sont toujours à la merci de la première interprétation venue. Plus c'est intelligent, plus c'est tortueux, long à expliquer; vous le savez aussi bien que moi, non? Le monde est en train de sombrer lentement dans la bêtise parce qu'il n'y a plus personne qui accepte de payer le prix de l'écoute et du silence. Les moines et les ermites, les saints et les illuminés ne font plus recette. Tous internés maintenant dans quelque asile, des schizophrènes sans malice dont on aimerait bien se débarrasser. Seuls quelques irréductibles résistent encore, enfermés dans leur tour d'ivoire. Heureusement qu'ils sont encore quelques-uns à en avoir les moyens!

«Quel poids les interventions de L. ont-elles pu avoir ?» se demande Gabriel. Le mépris des Frufrullone vis-à-vis des journalistes et des médias est légendaire et le fait pour le *professore* d'accorder une interview à ce journaliste inconnu, sans envergure, diraient certains, et sur la seule recommandation de L., n'était qu'une autre astuce diabolique du *professore* dans son combat contre la bêtise, combat perdu d'avance, mais il y avait quand même voué sa vie. Il ne se faisait pas d'illusions, mais c'était la seule chose à faire, il n'y avait pas d'autre «logique», comme il disait. Et l'exigence de cohérence du *professore* était infinie. Pour lui, le monde était quelque chose qui pouvait être compris. Toutes les œuvres humaines constituaient un langage susceptible d'être élucidé un jour ou l'autre, ambition démesurée, mais il n'y en avait pas d'autre qui en valait la peine.

Évidemment, le *professore* savait que l'interview serait reprise par les réseaux de tout ordre, et même par la presse écrite et ce n'était pour lui qu'une manière de jouer d'égal à égal. Impossible pour les grandes entreprises de presse de l'ignorer. Même s'il refusait d'en accepter les règles, il y aurait toujours quelqu'un pour jouer son jeu. Selon le *professore*: «Les médias appartiennent au règne de la mode (il y a le règne minéral, végétal, animal et puis, non le moindre, le règne modal). Il leur suffit d'attraper ce qui circule, c'est tout, le reste ne les concerne pas.»

Quant à ses rapports avec l'Amérique où il refusait toujours de mettre les pieds, le *professore* dénonçait la fascination morbide de ses pairs, tenant chaque fois à exprimer son refus du «sentimentalisme ambiant, l'absence totale de valeurs réelles, l'égoïsme généralisé vis-à-vis du reste du monde et de ses propres pauvres, l'abus de sa force économique et de son poids moral». Il y avait un peu de mauvaise foi là-dedans, mais ne fallait-il pas que quelqu'un se lève pour résister? La résistance n'était possible qu'à partir d'une opposition radicale, qui comprenait nécessairement une bonne dose de mauvaise foi. Mais l'Amérique ne perdait rien pour attendre et apprendrait à ses dépens qu'il est impossible d'étouffer les voix qui se lèvent un peu partout dans le monde malgré la cacophonie ambiante. Sa force, ce sont les images qu'elle impose au reste du monde, monologue sans fin de Narcisse avec lui-même. Le bruit de fond n'est qu'un autre écran qui sert à renforcer l'illusion d'un dialogue. Comme l'URSS avant elle, l'orgueil de l'Amérique la perdra, le travail de sape de ses propres erreurs était en train de miner les fondations mêmes sur lesquelles sa puissance était assise.

Selon L., le *professore* n'avait pas tout à fait tort:

— Pourquoi accepterait-il de s'adresser à des brutes pareilles? Les avez-vous vus, ces petits jeunes fanfarons qui règnent sur les plages et les terrains de football, avec leur air engraissé de bœufs de boucherie? Qu'est-ce qu'il irait faire là-bas?

Gabriel aurait aimé s'assurer que l'hostilité du *professore* ne s'étendait pas à L. ni, par extension, à lui. Mais L. biaisait comme d'habitude, se refusant à répondre à des questions spéculatives. Qu'importe! L'important, pour Gabriel, c'est qu'il avait son interview, chance inouïe si l'on pense à toutes les demandes qui parvenaient au célèbre couple des Russes, des Chinois même, sans compter les Sénégalais et les Argentins, toujours sur le coup de ce genre d'affaire. Le couple n'en accordait que deux ou trois par année. Quel motif avait poussé L. à intervenir en sa faveur? S'était-il trouvé pour une fois au bon endroit, au bon moment, ou L. n'était-il pas en train de l'utiliser à des fins qu'il ignorait pour des raisons plus ou moins avouables? Y aurait-il un prix à payer?

En tout cas, avec L., les Frufrullone comptaient sur un disciple de premier ordre, totalement dévoué à leur œuvre, fasciné à jamais par les voies ouvertes par le célèbre couple qu'il lisait dans le texte et enseignait à un petit groupe de disciples dans des séminaires très confidentiels. Les initiés se comptaient sur les doigts de la main. Mais eux-mêmes enseignaient dans les universités et les collèges et ainsi L. était un petit maître à l'échelle locale, ce qui lui suffisait largement. Il ne l'avait pas cherché et ne l'aurait pas fui non plus.

— Et qu'est-ce que j'aurais pu faire d'autre de plus intéressant? lui avait répondu L. quand il lui avait posé la question.

Le problème avec L., c'est qu'il était trop intelligent. Des êtres comme lui ont besoin d'une doctrine, une pensée qui leur permette d'aller le plus loin possible dans leur quête d'une explication du monde. Sinon, c'est le brouillard complet et leur intelligence, qui tourne désormais à vide, ne peut que se fourvoyer dans l'insignifiance. En même temps, cette soif de science et de vérité constituait la force et le talon d'Achille de L., pour qui il n'y avait que Wittgenstein et puis les Frufrullone. Ce n'était surtout pas ridicule. Et puis, ça fonctionnait pour lui, c'était le principal. Le seul inconvénient: ses chères études le coupaient du monde. Il n'avait personne, à part ce groupe de disciples dont Gabriel faisait vaguement partie, avec qui il pouvait parler des sujets qui le passionnaient. Et quant à trouver quelqu'un qui soit à son niveau dans la compréhension de la pensée du *professore*, ces personnes habitaient à l'autre bout du monde et la séparation lui était parfois pénible.

— Les philosophes m'auront au moins permis de faire l'économie de redécouvrir ce qu'on sait déjà depuis un siècle ou deux, dit-il. Le *professore* a tout simplement repris le flambeau et tout ce que j'essaie de faire, c'est de le suivre.

— Vous avez la foi alors?

— Qui vous dit en marchant dans la rue que le béton du trottoir n'est pas un piège et que vous ne vous retrouverez pas dans un puits sans fond en posant le pied dessus? Même pour marcher dans la rue, il faut avoir la foi. Ne serait-ce qu'on ne vous tirera pas dessus comme à Sarajevo. À vrai dire, on ne peut mettre un pied devant l'autre sans avoir la foi.

Alors L. avait décidé de suivre les Frufrullone et d'aller le plus loin possible dans l'exploration des propositions qu'ils avançaient, percées fulgurantes dans la compréhension des mécanismes de la psyché et de l'amour. Et avec le temps, L. était devenu un personnage influent dans le monde froufroutant, maillon essentiel pour que les Frufrullone puissent continuer sur cette piste qui part du début de l'humanité pour aller on ne sait où. Une sorte de compagnon de route qui s'assurait que certains chemins qui leur étaient moins familiers n'étaient pas minés! Et son utilité est grande. C'était surtout un formidable agent de relations publiques!

Les pistes, on ne pourra toutes les remonter. Certaines sont bien balisées. D'autres, nécessairement fausses. Quelques cailloux y auront été semés pour faire diversion. Brouillage efficace, que le travail de bruitage accompli par les médias! On ne sait plus qui doit quoi à qui. Toujours, la dette, le problème de l'échange. La conception qu'on en a règle les modalités. Pour quelqu'un comme L., le problème était de connaître l'état de la dette, dont on pourra ensuite déduire les rapports entre générations et le prix à payer pour l'échange. De quoi? Des femmes. Ne nous faisons pas d'illusions, malgré le féminisme, les femmes sont toujours échangées. Seules les modalités ont changé. Elles s'échangent toutes seules, c'est bien là le problème, enfin, un des problèmes. Les hommes une fois exclus du circuit de l'échange, elles ne peuvent que tourner en rond.

On assisterait actuellement à un recyclage. La reproduction encore, pour des siècles et des siècles. Et ne représentent-elles pas toujours l'enjeu de ce genre de partie, ces fameuses *lost generations*, toujours? La sono a beau être forte, la bande sonore est toujours tronquée, étant donné l'écho derrière, la friture, quelques mots qui manquent à un endroit stratégique. Sans compter ses propres questions, les choix de montage qui risquent d'engager sur autant de fausses pistes. Les spécialistes du discours des siècles prochains auront de quoi s'occuper pour pouvoir reconstituer une œuvre toujours en morceaux. Les artefacts deviennent trop nombreux. Personne ne semble se rendre compte que les réseaux signifient la fin de la piste et qu'il n'y a plus de bout du chemin. Sera-t-il encore possible de remonter la piste du passé ou s'effacera-t-elle nécessairement sous le magma des informations?

Mais L. avait raison: c'était trop risqué, finalement, de hacher menu cette interview du couple pour en resservir les bouts en salade, entrelardée avec d'autres. Plutôt mettre l'accent sur les «points de convergence». Un peu de flatterie ne fait jamais de tort. Le tout très vulgarisé, enveloppé.

— C'est ça, essayez d'alléger! dit L. C'est ce qu'ils attendent de quelqu'un comme vous qui vient du Canada, donc un peu de l'Amérique mais sans cet anglais qu'ils ne parlent pas et qui leur fait peur. Ils considèrent que c'est le diable lui-même qui a inventé cette langue qui simplifie tout, surtout ce qui doit absolument rester compliqué si on veut réussir à y comprendre un jour quelque chose! Penser la complexité, c'est le grand problème de la science d'aujourd'hui. Qu'elle fasse peur n'a rien pour surprendre. Heureusement, il reste les Frufrullone. Respectez leur pensée, prenez leurs mots et renvoyez-leur une image de ce qu'ils sont. Ils veulent être ravis. Visons «ravis», tiens, avec cette interview! Qu'ils voient ça un peu comme une re-création.

— Hé! Ce n'est qu'une émission de radio, vous savez!

— Justement, parlons-en de la radio. Entre nous, ça fait pas très sérieux, vous devriez changer! Les journaux. Les magazines. Ça fait quand même plus solide. La télé, on voit à qui on a affaire, mais la radio? Je veux dire, les écrits restent! Ce qu'il y a de bien dans la mode: on ne retrouve plus l'origine des idées une fois qu'elles ont transité dans un journal quelconque. C'est l'anonymat qui assure leur succès. Désormais, il suffit de se montrer le plus souvent possible. Les gens s'habituent vite. On peut leur faire oublier n'importe quoi! Par contre, le chemin pour qu'une idée réussisse à s'insinuer dans la *kultur* et finisse par appartenir au patrimoine de l'humanité, ce n'est déjà plus le livre, c'est le journal, ou encore mieux l'écran. La plupart des écrivains n'ont malheureusement pas encore compris que le petit écran est in-con-tour-na-ble, comme l'a si bien martelé un cinéaste considérable quoique encore un peu méconnu malheureusement. Nul besoin d'une autre reconnaissance.

— Revenons à cette conversation avec Laura, si tu veux, dit L.

— Je crois qu'il y a eu un malentendu et qu'elle a interprété mes paroles dans un sens assez fâcheux pour moi. J'avais l'air de ne m'intéresser qu'au *professore* alors qu'elle est très chatouilleuse sur son apport au «mouvement». Et lui aussi tient mordicus à ce qu'elle soit associée à tous ses travaux. La question de la transmission encore. L'héritage à venir. Pas étonnant qu'elle se soit rebiffée! C'est à ce moment-là que j'ai dû commencer à m'enfoncer. Je suis tombé exactement dans le piège de tenir Laura pour quantité négligeable, ses idées pour une fioriture, ce qu'elle refuse absolument. Et elle a raison. Sa contribution a été capitale depuis une dizaine d'années, mais, comme tous les autres, je suis tombé dans le panneau moi aussi de porter automatiquement tous les progrès réalisés au compte du *professore*. Pour me rattraper, j'ai dit n'importe quelle bêtise qui me passait par la tête, tombant dans le piège américain de la glorification de l'image contre lequel ils luttent justement de toutes leurs forces. Elle a dû croire que je voulais lui faire faire de la figuration. Quand même, je croyais m'en être sorti. Que non! Pendant la tirade, surprise!, le *professore* lui-même est venu à l'appareil.

— Je vous avais bien averti pourtant, l'interrompt L. Le *professore* ne tolère pas qu'on sous-estime l'apport capital de Laura! Ce n'est pas du tout ce que vous croyez, elle a vraiment sa part. Sans elle, il n'y aurait pas eu de renouvellement du tout et le *professore* donnerait encore le même obscur séminaire qu'il a fait pendant vingt ans devant quinze personnes dans cette pièce enfumée et beaucoup trop petite où je l'ai connu. Alors qu'aujourd'hui, on se bouscule! D'autant qu'il a insisté pour garder le même local et n'importe qui ne peut entrer dans ce cénacle! Il a des inscrits pour les dix prochaines années! Malheureusement, sa santé n'est plus si bonne, il y a bien des chances qu'il ne se rende pas jusque-là. Tout le monde en est réduit à attendre le prochain livre qu'ils écrivent ensemble. Une somme et un testament. On craint qu'elle doive le terminer seule. Une fois le *professore* mort, en tant qu'exécutrice testamentaire, elle sera libre d'interpréter l'héritage à sa guise. Il y en a plusieurs parmi nous qui sont littéralement terrifiés par cette possibilité qu'on puisse ne plus s'y retrouver entre la parole du *professore* et celle de Laura. Plusieurs vies entièrement consacrées à l'étude des travaux du *professore* risquent d'être compromises à partir du moment où on ne pourrait plus lui en attribuer la paternité avec certitude. Ou ce serait Laura qui en serait le «père».

— Bref! dit Gabriel. Tout comme vous, le professeur m'a coupé la parole.

— Vous avez raison de vous indigner, propose L. d'une voix sombre. Il a ses mauvais jours comme tout le monde. À ce moment-là, il devient absolument bête. Hélas! même lui a ses «états d'âne». Oui, oui, «états d'âne». Vous riez? Vous avez raison, je suis très fier de ce petit jeu de mots. Et pour revenir au *professore*, c'est dommage mais la bêtise est une des choses les mieux partagées du monde. Les jours où il est dans cet état, légèrement maniaque disons, il peut se mettre à interpréter tout ce que vous dites en le ramenant à la vulgate psychanalytique la plus primaire, débitant les pires âneries comme le premier des psychanalystes débutants!

— Sur ce, reprend Gabriel, profitant d'une pause dans le discours de L., le *professore* repasse l'appareil à sa femme. «La» Frufrullone, prenez-le comme un compliment, on dit bien la Callas, «la» Frufrullone donc, se cabre et décide tout à coup que je dois lui envoyer à l'avance toutes mes questions. C'est absolument inacceptable, évidemment! Quel journaliste je serais si j'acceptais de faire ça? Et puis, c'est à ce moment-là que la tuile m'est tombée dessus. Une simple question de sa part. Ça paraissait anodin, je ne me suis pas méfié:

— Je ne voudrais pas être indiscrète, mais... Avec qui avez-vous fait votre analyse personnelle? Avec L.?

— Une analyse? Moi? À vrai dire, je n'y ai jamais vraiment pensé. (Légèrement inquiet.) Vous croyez que j'en aurais besoin?

— ...

— Allô! Vous êtes encore là?

— C'est que... nous croyions que L. nous avait dit le contraire. Ça crée un petit problème, voyez-vous.

— Sa voix était complètement ahurie à l'autre bout du fil, dit-il, s'adressant à L.

— Il n'est pas analysé! chuchote-t-elle à l'oreille du *professore*.

Adressé par un confrère, ce journaliste devait, sinon faire partie de la confrérie, du moins connaître l'a b c du bizness? Le malentendu était total.

— Et tu lui as dit oui! a-t-il répondu. Veux-tu me dire ce qui a pris à cet imbécile de L. de nous envoyer cet hurluberlu sans nous prévenir! Et au diable s'il entend...

— Justement, j'entends.

Alors j'ajoute:

— Un peu avec L. tout de même. Il m'arrive de le consulter.

Cette remarque fit exploser L.

— Vous ne leur avez pas raconté ça! Que je faisais de l'analyse sauvage avec vous?

— Je n'ai pas eu le choix. À ce moment-là, j'étais certain qu'elle allait tout annuler et fermer la ligne sur-le-champ! Il fallait intervenir d'urgence avant que ça ne se gâte définitivement, alors j'ai essayé de lui réexpliquer encore une fois:

— Comprenez bien qu'il s'agit d'une émission scientifique! Exceptionnellement, une émission entière vous sera consacrée, une heure complète.

— Ça n'arrange pas les cotes d'écoute, mais enfin, on ne peut pas tout avoir, ajoute-t-il pour L. Mais au lieu de m'écouter, elle continuait de discuter avec le *professore*. Leurs tractations internes terminées, c'est elle qui a finalement repris l'appareil.

— Non. Vraiment, je suis désolée, nous venons d'en parler entre nous, mon mari et moi, ce n'est pas possible, nous regrettons! Et puis, vous n'avez aucune expérience concrète des patients, n'avez même jamais subi un transfert! Comment voulez-vous que nous nous prêtions à une entreprise pareille? Impossible que vous compreniez quelque chose dans ce que nous avons à dire.

«Et comment feront les auditeurs qui n'en ont pas subi non plus de, de transfert, comme vous dites.» (Heureusement pour eux, je pensais dans mon for intérieur. Et les auditeurs ne sont jamais très patients non plus contrairement à ceux des hôpitaux. Ils changent de poste plus vite que les allongés, croyez-moi.)

— Transfert? Oui, oui, le transfert. Bien sûr que je sais ce que c'est. Et si je ne comprends pas, moi, ce que vous dites, qui comprendra?

— Argument massue. Elle aurait dû céder, vous ne croyez pas mon cher L.?

— Ah! ce serait à vous de vous occuper de ça, a-t-elle seulement répliqué! Il suffira que vous collaboriez un peu. (Vous vous rendez compte, c'est moi le collaborateur maintenant!) Mais il faudrait que vous ayez quelques compétences d'abord! Ça s'acquiert, bien sûr, il faudrait seulement pouvoir vérifier avant.

— Vérification? Police politique, oui! Police secrète tant qu'à y être. Police psychanalytique, police *du* secret. Peut-on imaginer pire! Censure absolument inacceptable.

Je ne me laisse pas démonter et j'enchaîne aussitôt:

— Et pourquoi est-ce que je serais effrayé par quelque chose que je ne connais pas? C'est justement mon métier, ne rien connaître! De la physique des plasmas à la mécanique quantique, est-ce que je ne dois pas changer de sujet toutes les semaines pour faire l'émission? Si vous voulez, je vous envoie quelques cassettes. Alors qu'il s'agisse de psychanalyse ou de logique moderne à la Wittgenstein ou à la Russell, c'est du pareil au même pour moi.

— C'est justement là qu'est le problème, a-t-elle répliqué aussitôt.

— Hum, hum! dit L. Elle est bien trop forte pour vous.

— Vous aussi, mon cher L., vous avez ce travers extrêmement agaçant pour un auditeur de faire hum! hum! à tout moment. Ne niez pas, je vous ai entendu. Quand j'entends ce hum! hum! ça me donne envie de hurler! Bon, enfin, bref, pour essayer de reprendre l'avantage, je lui dis:

— Je m'intéresse à ce genre de choses depuis si longtemps. Vous verrez, ça marchera!

— Il faut reporter à plus tard, me coupe-t-elle.

— À plus tard?

À ce moment, elle a éclaté de rire:

— Trois, quatre ans. C'est le minimum. Et pour comprendre vraiment ce que nous faisons, ça impliquerait beaucoup plus de temps que ça, à un rythme de quatre ou cinq séances par semaine! Mais nous ne vous demanderons pas de tout comprendre, seulement l'essentiel.

— Et le gardien de prison, lui? Celui qui est devenu professeur à Padoue?

— Ah, Paparelli! On ne peut pas comparer avec lui, il a la grâce, que voulez-vous? Retéléphonez-nous dans quelques années. Il sera toujours temps. Quel âge avez-vous?

— Euh! La quarantaine. Mais ce n'est pas sérieux ce que vous dites! Qui sait si ce sera encore possible dans quatre ou cinq ans? Comment savoir si l'émission sera encore là?

— Ne vous inquiétez pas, vous continuerez d'exister! Il y aura toujours quelque chose. Même quand nous ne serons plus là, et vous non plus peut-être, il y aura toujours quelqu'un d'autre pour poursuivre le travail.

— Les psychanalystes n'ont que le mot «travail» à la bouche. Est-ce que le «travail», comme vous dites, ce ne serait pas tout simplement un équivalent en langage psy du mot «combat» chez les marxistes de tous poils?

— Le problème justement, c'est qu'on n'a pas la même échelle du temps, a-t-elle susurré sur le même ton satisfait avant de raccrocher.

Heureusement, L. était un ami de longue date. Il promit d'arranger tout ça.

Finalement, le lendemain, c'est Laura elle-même qui rappelait. Plus ou moins confuse. Ça marchait pour l'interview! On pouvait y aller sans crainte! Nouvelles politiques de l'Internationale psychanalytique. Refinancement urgent de certaines activités. Provenance américaine de l'argent. Importance surtout d'une présence accrue des analystes sur la place publique de ce côté-là de l'Atlantique.

— Si on n'est pas présent sur cette Autre scène, c'est foutu. Ce n'est pas agréable mais il faut y aller. Sinon, autant abandonner à Oncle Scrooge le sort de la planète! Ce sera un plaisir. L. nous a raconté quel analysant exceptionnel vous êtes.

«Ouf! Voilà maintenant qu'elle connaît tous mes petits secrets!» se dit-il.

De retour à Rome, Gabriel n'est guère plus avancé. Devrait-il ou non téléphoner aux Frufrullone pour s'excuser? Tout ce qui devait faire l'objet d'un accord avait bien été arrangé avant le départ, après tout. Comme disait L., ils avaient intérêt autant que lui à ce que cette interview se fasse pour qu'ils trouvent enfin un nouveau public au lieu de ces obsédés de la virgule ou pire, ces hordes d'enfants excités pour qui les Frufrullone ne sont qu'une photo sur un chandail à la mode! Vingt minutes, c'est tout ce qu'il demande. Pour le reste, il suffira de compléter avec des spécialistes, commentateurs, exégètes, ce n'est pas ça qui manque! À lui seul, L. peut tenir l'antenne pendant des heures rien qu'à commenter un tout petit aspect de leurs théories. Et pourquoi faudrait-il que l'auditeur comprenne absolument tout, tout de suite? Les médias échouent là. À ne pas faire qu'il y ait une relance du désir de savoir, à leur faire croire que rien ne manque!

«Voyons. Y a-t-il un bar près d'ici. Celui-là, tiens.»

— Un jeton, s'il vous plaît. Interurbain. Pas la cabine? Celui-là près de la porte alors? Merci.

Encore une fois, c'est Laura qui répond:

— Oui. Il ne nous reste qu'à nous entendre sur le jour et l'heure exacte. À cause du train. Oui.

— Dites toujours.

— Dix-sept heures trente, ça vous irait?

— Quel jour?

Il tente sa chance:

— Demain, si vous voulez.

À l'autre bout du fil, la Frufrullone s'effarouche de nouveau:

— Ah non, c'est impossible! Le délai est beaucoup trop court!

— Je vois, dit-il sans se commettre.

— Où êtes-vous maintenant?

— Je suis encore à Rome.

— Dommage, on aurait justement eu un moment aujourd'hui.

— Désolé.

— Attendez. Je vous passe mon mari. Il a quelque chose à vous dire.

— Allô-ô-ô, frissonne celui-ci.

— *Signor Frufrullone*, bonjour! dit Gabriel avec aplomb.

— Oui. Pour dix-sept heures trente, ça ne convient pas! J'ai un patient.

«Le même tous les soirs à la même heure depuis dix ans?»

— Je tiens à demain si c'est possible, dit Gabriel surpris par son aplomb. Vous n'auriez pas plutôt une autre heure à proposer, *professore*?

Silence! Chuchotements.

— Un moment, je vous repasse ma femme.

Elle prend le récepteur:

— D'accord pour demain alors, propose-t-elle. Mais dix-neuf heures trente au lieu de dix-sept trente? Ça convient?

— Encore mieux! fait-il, soulagé.

«Ces chichis interurbains vont finir par coûter très, très cher. Mais au moins, ça a l'air de s'arranger.»

— Nous aurions bien aimé passer la soirée avec vous, mais vous savez ce que c'est, le délai est si court, poursuit-elle. Nous sommes déjà pris. Une soirée prévue depuis tellement longtemps! On ne peut pas la remettre. Alberto s'occupera de vous. («Qui est Alberto?») C'est dommage mais on n'y peut rien. Vous saluerez bien L. pour nous quand même quand vous lui parlerez.

— Autre chose! lance la voix d'homme à l'autre bout du fil juste avant qu'il ne coupe. (C'est le Frufrullone encore qui aura réussi à s'emparer du téléphone.)

— Oui?

— À bien y penser, nous préférerions quand même être interviewés séparément pour une fois plutôt qu'ensemble.

— Ah!

— Hors la présence de, hum! l'autre! Vous comprenez la situation?

— Je crois.

— Chaque Un étant Autre évidemment, poursuit-il, pour l'autre «Autre».

(Agité comme un épouvantail. «Avec un petit ou un grand "a"?» se demande Gabriel.)

— Nous n'avons pas du tout été satisfaits, poursuit-elle, reprenant l'appareil à son tour, de l'interview à la télé française. Ça s'est très mal passé et nous ne tenons pas à être mal interprétés encore une fois.

— Interprétés? Pourtant il me semble que c'était en direct. Ou tout comme.

— Vous l'avez vue? Oui, c'est vrai. Vous nous l'avez raconté au téléphone l'autre jour.

— Vous étiez très bien, la rassure-t-il.

— Ça a créé beaucoup de malentendus chez plusieurs personnes. Elles nous l'ont écrit d'ailleurs.

«Simagrées et minauderies, tout ça!» pense Gabriel. Il se remet à rêver. «Avec un peu de chance, ce dîner? Peut-être qu'ils m'inviteront à les accompagner à cette soirée. Aperçu du milieu génois, ça ne devrait pas être sans intérêt. Sinon, au moins prendre un pot après l'interview, quand même!» Qu'il reste quelque chose à raconter dans les salons outremontais. Outre-mon-toit. Foutr'Atlantique!

— Vous êtes là? demande-t-elle.

— Je vous écoute, mon chou!

Sortant du café après sa conversation téléphonique, Gabriel entre dans la première agence de voyages qu'il rencontre. Via Veneto, agence de premier ordre. American Express, Wagons-lits Cook, Croisières Pâquet. Oui, oui, avec le circonflexe. Billet pour Paris. Deuxième classe, malgré le regard désapprobateur du guichetier.

— Question de principe, précise Gabriel, prudemment.

L'égalité sociale, la société sans classe, il n'a jamais pu se résoudre à ce que ces idées ait été tuées pour de bon.

— Je voudrais pouvoir passer quelques jours à Gênes, dit-il.

— Une seule place? demande le préposé.

— Oui.

— Fumeur ou non fumeur?

— Ça m'est égal. Pour autant que je sois près de la fenêtre!

— Principe ou Brignole?

— Vous dites?

— En arrivant à Gênes, vous descendez à Principe ou à Brignole?

— À votre avis?

— Un autre quartier. Un kilomètre ou deux entre les deux.

Le guichetier explique que Brignole, c'est avant Principe et puis que c'est un quartier plus chic aussi!

— Principe, c'est le port. Vieux, très vieux. Christophe Colomb, l'Amérique, ça vous dit quelque chose? Vous risquez de trouver ça un peu sale. Risqué aussi. Attention où vous posez les pieds! Dans certaines rues, il y a des seringues partout. Et je ne parle pas des prostituées! Faut être malade pour aller avec ces filles-là. Par contre, ça vaut la peine d'aller s'y promener au moins une fois. Le jour, hein! Pas la nuit, ce serait de la folie, vous avez compris?

En général, les ports lui plaisent beaucoup. Les beaux quartiers aussi. Solution astucieuse: Rome-Principe pour le premier segment du trajet, Brignole-Paris quelques jours plus tard pour le deuxième:

— Ah, ces touristes! Ils s'arrangent toujours pour tout compliquer!

Ces détails réglés, le reste de cette soirée à Rome lui appartient entièrement. Rien qu'il n'aime plus que ces moments où il peut jouir en paix des quelques heures précieuses qu'il lui reste pour flâner à son gré dans la ville. Il traverse la via del Corso et se dirige vers le Panthéon. Il fait le tour de Campo di Fiori, puis il traverse le Tibre avec ses mendiants et ses drogués sous les ponts pareils à ceux de Paris. Une fois de l'autre côté, littéralement: Trastevere, c'est le souper des matrones en bigoudis sur le trottoir, table installée entre les voitures stationnées et la bedaine de monsieur en camisole qui empêche tout passage sur le mince trottoir.

Retour vers Campo di Fiori. Il est encore trop tôt pour manger. Par contre, l'heure est propice pour s'installer à son poste d'observation favori près du Panthéon.

Chapitre 3

— *Fuck, man!*

— Hétu!

— Gégé lui-même! Gabriel Giguère en personne.

— Où est-ce que j'avais la tête! s'esclaffe celui-ci, se frappant le front avec la paume de sa main. Avec tous ces changements de programme, j'avais complètement oublié que vous seriez à Rome en même temps que nous, enfin moi, se reprend-il.

— On se demandait si tu te cachais! dit Hétu. Ça fait longtemps que tu es ici?

— Ça dépend ce que tu appelles longtemps, répond Gabriel, laconique.

Hétu n'a pas à connaître le détail de ses allées et venues des dernières semaines. Au sujet d'Estelle, sûrement qu'Ève-Lyne se sera fait un plaisir de le mettre au parfum.

— Tu es au courant pour Estelle et moi? s'informe-t-il tout de même.

Ça l'embêterait qu'Hétu ne sache pas. Surtout qu'il n'a aucune envie de se mettre à raconter ce qu'il comprend encore mal, les raisons qu'Estelle pourrait avoir, leur statut l'un vis-à-vis de l'autre. Heureusement, Hétu savait.

— Un peu, oui... *Fuck!* répète-t-il, lui bourrant l'épaule de coups de poings affectueux, je suis content de te voir. Et toi, comment tu te sens?

— Un peu «phoqué», évidemment, mais à part ça, ça va.

Gabriel trouvait «phoqué» préférable à «fucké». Bien plus parlant. Et ça n'a rien à voir avec l'Alaska. Plutôt avec le fait d'avoir la tête sous l'eau! Sauf que c'est sur terre que le phoque paraît ne pas être à sa place.

— Ève-Lyne est avec toi? s'enquiert-il.

— T'inquiète pas, elle me suit toujours de très près. Et surtout en Italie, elle ne me lâche pas d'une semelle.

Gabriel leur avait décrit et raconté ce quartier sous tous ses angles pour qu'ils puissent l'imaginer et retrouver, une fois arrivés ici, tous ces endroits qu'il leur avait vantés avec un peu trop d'éloquence émue! Et maintenant, ils y étaient. Et ensemble!

— La dernière fois qu'on s'est vus, il neigeait. Au moins, ça ne risque pas d'arriver ici, poursuit Hétu, satisfait, arborant avec fierté sa «belle bedaine», la flattant avec gourmandise, telle une femme enceinte.

N'avait-il pas toujours un peu l'air d'un gros phoque tel qu'on les voit dans les parcs d'attractions? Le genre à insister pour qu'on l'accepte «inconditionnellement» et «tel qu'il est», il finissait par se définir lui-même par son appendice ventru.

Cette longue discussion, l'hiver dernier à Montréal, avait été la dernière qu'ils avaient eue tous les quatre avec Estelle et Ève-Lyne, compagne plus qu'habituelle d'Hétu dont elle moquait la distraction.

«Hétu-là?» commençait-elle toujours par demander en riant, quand elle voulait s'adresser à lui. Elle trouvait chaque fois sa petite farce bien drôle. Mais en fait, le plus souvent, c'est qu'il n'avait pas compris ce qu'elle disait. Il faut le dire, Hétu est un peu lent, quoique plein de bonne volonté quand on réussit enfin à capter son attention. Quant à Ève-Lyne — quel drôle de prénom! —, Estelle, qui la connaissait mieux que quiconque, continuait de l'appeler Paulette, prénom sous lequel elle était connue à la maternelle d'Outremont-en-bas où elles s'étaient rencontrées toutes petites pour ne plus jamais se perdre de vue par la suite. À l'adolescence, profitant d'un changement d'environnement scolaire, l'occasion s'était présentée pour Paulette, alias Ève-Lyne, de se débarrasser d'un prénom dont elle se désolait. Heureusement, ses parents avaient prévu le coup et, parmi ses autres prénoms de baptême, il y avait Évelyne. C'est Estelle qui avait eu l'idée de ce petit bricolage, alors depuis c'était Ève-Lyne et l'harmonie de sa personnalité s'était trouvée rétablie. Mais curieusement, malgré que c'était elle qui était à l'origine du changement, Estelle n'avait jamais pu s'y faire.

Dès la première fois qu'ils avaient parlé tous les quatre de leurs projets de vacances, une entreprise moins anodine qu'il n'y paraît, Gabriel se rappelle avoir eu le sentiment (la prémonition?) que quelque chose ne tournait pas rond dans le couple Hétu-Dandonneau. Il se trompait. Le malaise des deux à son endroit ne venait pas de là. Ève-Lyne, sûrement, était au courant de ce qui se tramait. Et maintenant, il en était certain, elle avait activement participé au «complot» contre lui.

«Tout ça est la faute de la Phoque Brewery», se dit-il. Lors de cette soirée passée dans une micro-brasserie boréale et locale, au grand désespoir d'Estelle, il s'était proposé, de manière remarquablement malhabile, il faut le dire, pour être le mentor des Hétu-Dandonneau «quand ils se retrouveraient tous ensemble en Italie». Vœu pieux? Lapsus révélateur? Un peu des deux. Il y avait eu un silence pesant.

Dès la fin de la soirée, quand ils s'étaient retrouvés seuls, Estelle lui avait fait remarquer sèchement que rien n'était encore décidé pour ce qui était de leur destination de l'été et qu'elle tenait à lui rappeler qu'il n'était pas question qu'elle vienne en Italie cette année. «Une fois de plus, dit-elle, ce serait une fois de trop.» Et elle prenait bonne note que, encore une fois, «quand il avait une idée derrière la tête, n'importe quel moyen était bon pour arriver à ses fins». Puis elle l'avait achevé avec cet argument massue: «Hétu et Ève-Lyne sont mes amis après tout, et non les tiens.» Pourtant, c'était bien elle qui avait insisté pour qu'il leur fasse son petit boniment habituel alors qu'il n'en avait aucune envie. Ève-Lyne lui avait toujours tapé sur les nerfs et Hétu, le moins qu'on puisse dire, c'est qu'il n'était pas transcendant!

— Bonjour chez vous! fait Ève-Lyne, surgie derrière Hétu, gratifiant «Gégé» d'un baiser sur la joue.

Ils lui avaient donné ce surnom sans lui demander son avis. Gabriel était agacé mais protester n'aurait qu'empiré les choses. Alors, il attendait qu'ils se lassent devant son manque de réaction.

— Le Panthéon, l'interrompt Hétu, curieusement toujours un peu mal à l'aise devant Ève-Lyne et incapable de ne pas être le centre d'attention pendant plus d'une seconde, en pointant du doigt le temple antique, comme pour montrer qu'il avait retenu au moins ça de leur dernière rencontre dans la sloche de mars.

Gabriel se rappelle vaguement avoir mentionné la célèbre place en passant.

— Vous l'avez vue? demande-t-il. Comment va-t-elle?

— Est-ce bien d'elle, Estelle, dont tu demandes des nouvelles? se moque Ève-Lyne.

— Et pourquoi pas? fait-il sèchement.

— Tu en sais presque autant que moi, fait-elle.

«Toutes les deux, elles s'y seront prises longtemps à l'avance. Les dates concordent, hôtels, coups de téléphone multiples avec renvois d'appels, messages via le réceptionniste qui fait tout pour ne pas comprendre. Petit hôtel discret. Clientèle des villes alentour. Week-ends allongés? Et dans quel sens? Rendez-vous illicites dans tous les cas de figure. Pas dans les normes, ça, les messages, les missives. L'appelant est toujours un intrus par définition. Et inutile d'essayer de lui tirer les vers du nez, Ève-Lyne est assez fine mouche et tout à fait capable de feindre d'ignorer certaines choses plutôt que de risquer la gaffe irrattrapable. Dans cette affaire, Hétu et moi ne sommes que des accessoires! Ève-Lyne ne dira rien. Lui non plus. Sinon, il y a toujours le risque de la trahison, le soupçon absurde d'une solidarité masculine, impossible de toute manière pour ce qui est de ces choses. Voire un complot contre elles pris pour une conspiration contre le genre féminin tout entier! Depuis quelque temps, elles ont l'épiderme sensible. Ève-Lyne irait jusqu'à se fâcher contre lui. Sans compter la brouille toujours possible avec Estelle. Elle serait très capable de le faire payer très cher, si indiscrétion il y avait.»

— Elle est repartie il y a deux jours, finit par répondre Ève-Lyne, arborant un sourire taquin, interrogatif, air de Joconde pudique plus qu'énigmatique.

— Aucun risque de me le dire maintenant qu'elle est partie, dit Gabriel. Pas de message pour moi?

— Est-ce qu'elle ne t'a pas laissé une lettre avant de partir?

— Ah oui, la lettre. Très difficile à déchiffrer. Où elle ne dit rien, comme d'habitude, dit-il, prenant un air dépité.

— Avoue! Tu n'as jamais été très fort non plus pour ce qui est de lire entre les lignes! Non, malheureusement je ne peux pas te renseigner davantage. Elle ne m'a rien dit de plus, dit Ève-Lyne. Pourquoi l'aurait-elle fait. Mais toi, parle-nous de toi, dis-nous comment tu vas, demande-t-elle.

— Je passe des vacances quelquefois tranquilles et je m'ennuie, quelquefois un peu trop mouvementées, admet Gabriel. Toujours un peu à côté de mes pompes, en fait!

«Évidemment, tout ce que je dirai ira directement dans les oreilles d'Estelle. Chaque parole digérée, commentée par Ève-Lyne, comme un réquisitoire.»

«Tu aurais dû voir sa bouche. L'air de martyr qu'il a pris pour demander de tes nouvelles. Ce type, je te le dis depuis le début, c'est une chiffe! Qu'est-ce que tu fais encore avec "ça". Tu perds un temps précieux, Estelle. Tu vaux beaucoup mieux, tu sais! Et puis à ton âge, il serait temps que tu trouves quelqu'un d'un peu sérieux. Presque quarante ans maintenant, te rends-tu compte? Dix ans que ça dure et pas encore d'enfant! L'horloge biologique. Tic-tac. Ou alors, tu le mets en demeure. Ou il t'en fait un ou tu t'en vas.»

«Mais je n'en veux pas d'enfant!»

«Comment, c'est toi qui ne veux pas? Pas assez confiance en lui. Tu vois! C'est exactement ce que je disais! Tu te réveilleras trop tard si tu ne fais pas attention.»

«Tout ce que je dirai sera retenu contre moi, pense Gabriel. Tant pis, je fonce!...»

— Allez, raconte, tu le fais si bien, insiste Ève-Lyne.

— Bof! Je suis allé à Naples. Un tout petit bout de plage en Calabre, crâne-t-il.

— Tu détestes la plage! Quand même! (Ève-Lyne s'engouffrait dans la brèche.) Avec Estelle, tu n'aurais jamais accepté d'y aller deux jours, ironise-t-elle. Elle doit être très forte.

— De qui parles-tu? demande-t-il, ironique.

«Qui sait ce qu'Estelle leur aura raconté? Hétu ne dit rien, sérieux comme un pape pour une fois. Il doit bien se douter, celui-là, que quelque chose de ce goût-là lui arrivera aussi un jour ou l'autre. Déjà, Ève-Lyne l'a mis en demeure de perdre sa "belle bedaine". Et quand une décide de "faire le ménage dans sa vie", il est rare que l'autre ne soit pas tentée de le faire dans un avenir plus ou moins rapproché!»

Estelle lui avait déjà raconté comment Hétu avait bénéficié de quelques sursis. «Le marché doit être particulièrement mauvais actuellement.»

— Tu ne t'ennuies pas trop au moins, à te promener comme ça tout seul? demande Hétu.

— Seul, vraiment seul, on ne s'ennuie jamais de personne. Les autres sont présents, éternellement présents, crâne Gabriel. La mémoire, le souvenir, ça peut être très satisfaisant. On apprend vite quoi et comment faire quand on se trouve dans la situation où je me trouve. Et puis vous avez vu l'endroit?

Il étend le bras autour de la place.

Évidemment, il mentait.

— Et vous? demande-t-il. Quand même, c'est la première fois que vous venez. Pas trop déçus, j'espère? Racontez-moi ce que vous avez fait depuis votre arrivée.

— Non, toi!

«Tout ce qu'ils veulent, c'est s'assurer que je souffre quand même un peu. Il n'y a que ça qui les intéresse, la solitude et la souffrance, pour eux, ce serait du pareil au même.»

— Avec elle, c'était soit le drame ou la tragédie, dit-il, se lançant dans une de ces longues tirades qui faisaient justement le désespoir d'Estelle, on ne pouvait savoir comment tout ça finirait. Est-ce que j'ai l'air d'être le genre à me tirer une balle dans la tête? Ou à elle? La souffrance a toujours un petit côté comique, ridicule plutôt. Il faut avouer que je n'ai jamais eu beaucoup de talent pour les choses intimes! Comme alternative à la solitude, ce n'est pas si alléchant que ça! Par contre, ça favorise la consommation, comme de tirer des rideaux invisibles pour se couper du reste du monde. Quand même, je faisais un effort. Nous écoutions de la musique, la télévision parfois. Visons l'enfer à distance! Sarajevo, la Somalie. Très peu pour nous, merci. Estelle ou moi, on se levait pour changer de poste. On préférait les soupers entre amis, pour les anniversaires et autres célébrations qu'on inventait. Les sorties? Ce qui nous intéressait à cette époque, c'étaient surtout les sorties de scène. Aujourd'hui? Le complot contre la solitude est généralisé. Finis les pèlerinages, il n'y en a plus que pour l'intimité, mais forcée cette fois! Des brigands de toutes sortes resurgissent un peu partout sur la route. On est sans cesse sollicité. Des tas de choses dont on n'a pas besoin. Le premier groupe à s'être formé, est-ce que ce ne serait pas une association de malfaiteurs? Restent les croisades, conversions, méditations, illuminations. Les dangers devaient être immenses. D'abord, il fallait se méfier des rencontres de hasard. Avec le temps, les pèlerins finissaient quand même par prendre le risque. Pas le choix. Il y fallait le nombre pour se protéger contre les brigands qui opéraient en bande. Le chemin était balisé jusqu'à Saint-Jacques-de-Compostelle à défaut de Jérusalem. L'amour vient ensuite. Toute quête passionnée finit par devenir commune. Au lieu de cela, la musique comme fond de scène omniprésent. *Top Fifties. Jeopardy.* Publicité. Lavage toujours plus blanc. Rassemblements gigantesques. *Super Bowl.* Californie. Recette infaillible pour le vide absolu. Vies vidées de leur sens. Lentement. Le décentrement n'est pas pour lui déplaire.

Et on y met quoi à la place? Foules de toutes sortes, attroupements gigantesques. Voilà bien une recette infaillible pour la folie meurtrière des tueurs en série. Le conducteur sort de sa voiture immobilisée sur l'autoroute pour tirer une balle dans la tête du type devant lui. Possible que la tendance s'inverse un jour.

— Un jour ou l'autre, il y aura le *Big Crunch*, avait dit L. un jour. On saura enfin qu'on y est à ce moment-là, quand il n'y aura plus moyen de faire autrement, sauf revenir en arrière, et que ce retour ne sera pas possible sans qu'on soit écrasé soi-même. La question du progrès: l'Univers est en expansion perpétuelle. Vous croyez vraiment qu'on peut continuer comme ça longtemps vers de plus en plus d'insignifiance dans une dilution sans fin? Le problème de l'amour est impossible à résoudre.

— On fait une trêve? propose Ève-Lyne. On mange ensemble ce soir?

— Si vous voulez.

«On finit toujours par se joindre à un groupe quelconque à un moment donné. Le groupe parfait n'existe pas plus que la femme idéale. Enfin. On s'aperçoit qu'on est mis dans une petite case. Non, non. Pas nécessaire de demander à en faire partie. Les groupes les plus puissants n'émettent pas de cartes de membre. Pas de frais d'admission non plus. Les formalités sont réduites au minimum. Quand même, il n'est pas dupe. Leur arrivée-surprise au Panthéon. Estelle devait les avoir mis au parfum. C'est même elle qui les aura envoyés aux renseignements. L'Italienne l'a laissé tomber, elle aussi! Souffre-t-il assez? D'elle ou de moi? C'était ça, la question importante. Qui sait si Estelle n'était pas en train de les observer actuellement de quelque cachette à l'autre bout de la place sans qu'il ne se doute de rien? Elle en serait bien capable. Ève-Lyne et Hétu seraient au courant, bien sûr, mais il ne faut pas compter sur eux pour dire quoi que ce soit. Il ne servirait à rien non plus de la chercher. Elle s'enfuirait aussitôt comme elle l'avait fait quand il avait voulu lui parler lors de la réception chez le délégué. Il valait mieux lui laisser le temps. Il connaissait son Estelle, elle savait tenir sa langue, trop, mais finissait toujours par parler à son heure.

— Le drame, dit-il, c'est que tôt ou tard, le groupe vous lâche. Le type ne s'en est pas aperçu, il reste accroché. Avant de s'en être rendu compte, il fait déjà partie d'autre chose. Un autre groupe. Exclu parmi les exclus. En attente de mort, tiens! Regroupé avec les autres dans un hospice. Il n'y a qu'à regarder autour. Ce ne sont que des cimetières partout.

— Ce que tu peux être gai ce soir! Bon, on te laisse choisir l'endroit du souper, concède Ève-Lyne.

Il réfléchit:

— Campo di Fiori ou Trastevere, qu'est-ce que vous préférez? Va! Tu raconteras à Estelle tout ce qu'elle manque!

— Possible qu'Estelle ne manque de rien, le corrige Ève-Lyne prenant ce ton énigmatique comme si elle se posait elle-même la question. Tu l'aimes? demande-t-elle à brûle-pourpoint comme si on pouvait répondre du tac au tac à une question comme celle-là.

«Pourquoi la poser à ce moment-ci?» se demande Gabriel. Curiosité? Intérêt personnel? Peut-être qu'elle croit que sa réponse vaudrait aussi pour Hétu face à elle-même. Ou elle conclura qu'elle a plus de chance, Hétu *est* différent. Gabriel vide son verre d'un trait, les invitant du geste à en faire autant.

— Je n'ai pas besoin d'elle, donc je dois l'aimer, ajoute-t-il pourtant.

— Tu la poursuis?

— Qu'est-ce qui te fait croire ça? dit-il.

— Rien. Une intuition, répond Ève-Lyne.

Il les entraîne pour le grand tour. À Montréal, il leur avait raconté Rome. Ils avaient étalé une carte sur la table du bar en écartant les bouteilles. Il avait avec lui un vieux plan de Rome, tout barbouillé d'itinéraires tortueux, de flèches pointant en tous sens vers une place, un angle de rues, avec de petites notes pour se rappeler des souvenirs: «Soleil de midi, café, *granita di caffè*.» Sa mémoire est forcément phénoménale.

Il tient à leur faire voir les choses autrement. Sa vision des lieux qu'il affectionne est plutôt hyperréaliste et pas du tout télévisuelle, contrairement à Hétu et Ève-Lyne, maniaques du souvenir tangible. Au contraire, plus que toute chose, il craignait la chosification encore et toujours, c'était une véritable obsession. Il se rappelait tant d'occasions perdues de penser les choses d'une manière radicalement différente. Surtout, il détestait ces images-déchets, transformées en souvenirs banals, excrément pelliculaire, par ces amis trop pleins de bonne volonté. Et lui qui ne faisait que parler, parler, était-ce si différent? Ce flot de paroles dégoûtait littéralement Estelle, lui donnait envie de vomir.

— Est-ce vraiment si important que tu racontes tous ces détails? l'avait-elle interrompu. Ces ébénistes au travail dans la rue devant leurs ateliers, ces antiquaires, ces boutiques? Si seulement tu acceptais d'investir une parcelle de l'effort que tu mets là-dessus dans notre relation! avait-elle soupiré.

Dans ces moments-là, à force de le voir insister encore quand ce n'était plus nécessaire, elle devait en arriver à presque le haïr, à le voir comme le raseur qu'il devenait en vieillissant.

Il se rappelle le papier tout froissé qu'il avait laissé à Hétu avant qu'ils s'en retournent avec Estelle ce soir-là. C'était un de ces plans sommaires que les hôtels distribuent aux clients de peur que leurs hôtes ne retrouvent plus leur chemin. Lui? Oh! Il se débrouillera bien sans. Le Forum, le Colisée, le Vatican, chacun de ces monuments reproduit de façon grotesque, disproportionnée. Comme si on venait à Rome pour les monuments! Le véritable intérêt est ailleurs. Il se rappelle leur avoir conseillé de ne pas trop s'attarder dans ces endroits qu'il fallait avoir vus.

— Tiens! On l'a toujours ce plan, dit Hétu et il le lui montre.

— Alors y a qu'à le suivre!

Il décide qu'il sera aimable pour une fois. En quatre ou cinq heures entrecoupées d'une pause-pizza sur la place à Campo di Fiori, Gabriel leur raconte tout ce qu'il sait de Rome, conversation scandée de quelques arrêts dans des cafés divers, une pissotière sur le bord du Tibre, sans oublier non plus la glace aux fruits de la passion aux alentours de la Piazza Navona. Ils marchent jusque tard dans la nuit, du Trastevere à la Piazza dell'Esedra en passant par San Giovanni in Laterano. De retour au Panthéon, ils se séparent après un dernier digestif. Cet alcool faisait suite aux trois demi-litres de blanc qu'ils avaient bus à eux deux, Hétu et lui, au cours de cette soirée. Comme si Rome n'allait pas sans un petit vin blanc bien frais. Quant à Ève-Lyne, elle avait très peu bu comme d'habitude.

— Vous continuerez tout seuls demain! dit Gabriel, épuisé d'avoir trop parlé, d'en avoir trop dit encore une fois, révélé de lui plus qu'il n'aurait voulu. Il vous en reste encore beaucoup à voir, les rassure-t-il avant de s'en aller.

Ce n'était pas tant qu'ils voulaient tout voir. Ils voulaient avoir vu. Ou plutôt ils veulent avoir été là.

De nouveau seul, le cafard reprend Gabriel et il n'a plus envie du tout de rentrer. Il décide de s'attarder un peu, entre dans un premier bar, prend un verre, puis un deuxième dans un autre, miraculeusement ouvert à cette heure tardive. Après, c'est le black-out total, il ne se souvient plus de rien.

— Taxi!

Il est autour de cinq heures du matin. Il passe à la *pensione* en vitesse, faisant attendre le chauffeur devant la porte dans la rue déserte. Pas question de s'étendre même pour une minute, il risquerait de s'endormir et de manquer son train, et avec lui, son interview avec les Frufrullone prévue pour le soir même. Rendu à ce moment-là, il risque d'être bien fatigué! Sa réservation vaut pour le train de neuf heures moins dix. Si on se fie à l'horaire, il devrait arriver à Gênes vers le milieu de l'après-midi. Ça lui laisse amplement de temps pour se rendre à son rendez-vous. Sans même se doucher, il empile ses vêtements en tas dans une valise et repart aussitôt pour la gare.

Pour une fois qu'il est en avance! Très en avance, même. Petit déjeuner à la terrasse intérieure du grand café dans l'immense hall de Termini. *Colazione all'inglese*. Très chic et chère, ce n'est pas le lieu ni le moment pour chipoter sur les prix. Des œufs tout bêtes avec du mauvais jambon. De plus, ils baignent dans l'huile d'olive de mauvaise qualité. Pas de toasts et la brioche servie à la place est dégueulasse de crème pâtissière. Mieux aurait valu laisser la *colazione all'inglese* aux Italiens, un Anglais n'en aurait pas voulu.

Termini est déjà bondée à cette heure-là. L'atmosphère y est par moments anxieuse et même carrément survoltée à cause des employés qui se pressent et se bousculent pour ne pas être en retard. Les gens, mal réveillés, regardent par terre en marchant.

Il décide de traverser de l'autre côté de l'immense couloir jusqu'au kiosque à journaux. Il en achète toute une pile encore. Toujours plus de papier gris à force d'être imprimé avec cette encre dégueulasse. Les mêmes histoires partout. Un jour, on se rendra compte quelle véritable drogue était le journal quotidien au terme de son âge d'or, vers la fin du vingtième siècle. Il essaie de lire mais après quelques lignes, il voit les lettres redoubler. «Vraiment, c'est plus clair quand c'est loin. Encore un effet de l'alcool.» Il mélange tout, sauf les alcools justement, encore une fois il n'arrive pas à imaginer qu'il aurait besoin de verres pour autre chose que pour contenir sa dose quotidienne. Il se dit qu'il s'agit d'un autre caprice encore. Le fait de porter des lunettes suffirait-t-il à le rendre plus sage? Les montures de celles-là, dans la vitrine de la boutique à côté, sont d'Armani. De véritables bijoux. D'un chic!

Il descend au sous-sol pour pouvoir se raser à l'aise à l'*albergo diurno*. La lame est vieille, celles de rechange trop loin, cachées au fond de sa valise. Il n'arrive au bout de son ouvrage qu'après s'être coupé en maints endroits. Tant bien que mal, il colle des petits bouts de papier de toilette pour arrêter le sang puis se retire dans sa cabine où il s'étend pendant une demi-heure, regrettant tout de même que cette nuit ait été flambée en pure perte. Le souvenir, «inoubliable» évidemment, sera pour Hétu et Ève-Lyne.

«Journée perdue encore!» pense Gabriel. Un mal de bloc carabiné doublé d'une fatigue terrible qu'il ressent dans tous ses muscles. Il s'étire, en vain, son corps retombe, brisé. «Bah! Je pourrai toujours dormir dans le train! Après cette soirée, ce n'est que justice.»

Il n'arrivera à se concentrer sur rien de toute façon. Sa fatigue est une dette de jeu dont on lui réclamerait le remboursement immédiat pour cette nuit passée en pure perte. Nuit «blanche» encore, si bien nommée parce qu'elle excite tout autant. S'ajoutent à ça des intérêts accumulés depuis un mois et demi à faire la bringue. Par ennui plus que par envie, mais encore! Le choc, il le garde en réserve pour plus tard. Dans quelques mois, les dépenses portées sur sa carte de crédit feront retour. Comme elles lui paraîtront folles à ce moment-là! Pour l'instant, il ne pense qu'à dormir. Ah! si seulement il pouvait dormir un peu avant de partir!

Pourtant, il s'était bien rattrapé à Tropea pendant ces quelques jours. D'autant que Maria avait adopté une attitude compréhensive, presque maternelle à son égard, attitude à laquelle il n'était pas habitué. Partout, même quand il se promenait seul parfois, ce sentiment qu'il était sous sa protection ne le quittait jamais. Elle ne lui avait rien demandé. Il n'avait rien à cacher. Pour une fois, il était totalement transparent. C'est pour ça qu'il se laissait tellement aller à dormir dès qu'il la retrouvait. Ce n'est que de cette manière qu'il pourrait se réapproprier ses pensées, son existence. Pour le reste, il s'en était remis à elle!

Une semaine au moins qu'ils étaient là! Ils prenaient le petit déjeuner sur la piazza. Trop de cappuccini bus à la suite en lisant le journal, bien tassés, avec cette brioche suintante de sirop de sucre qui l'écœurait! Dès le premier jour, Maria avait insisté pour qu'ils ne prennent pas le petit déjeuner à l'hôtel. Elle voulait avoir affaire le moins possible aux gens du village qui, paraît-il, trouvaient de mauvais goût qu'elle ait ramené un étranger. «Pourquoi elle revient faire la pute comme ça?» avait même insinué quelqu'un. Ne valait-il pas mieux pour tout le monde que les petits secrets du village restent ignorés de l'extérieur? Il y a une obscénité du touriste. Par essence, c'est un voyeur. Et quelle idée, aussi, de revenir passer des vacances chez soi? En partant, Maria avait laissé beaucoup de monde derrière elle au village qui ne rêvaient que d'aller ailleurs. Son retour ne faisait que rouvrir des vieilles plaies chez certains qui n'avaient pu se résoudre à partir, ou pire, qui étaient revenus, battus, ayant échoué à poursuivre leur rêve d'échapper à la famille et à une vie réglée par des siècles d'habitudes très difficiles à rompre. L'hôtel appartenait à une de ses tantes maternelles et plusieurs des employés avaient été ses camarades d'enfance et de jeu. C'était d'autant plus pénible de devoir les soumettre à cette gêne de la servir.

Gabriel laisse la brioche dans le petit plat puis se lèche les doigts avec satisfaction comme un gros matou qui soignerait ses blessures de la nuit. Ensuite il demande à Maria ce qu'elle propose pour l'après-midi. Depuis qu'ils sont arrivés, il insiste puérilement pour que ce soit elle qui décide de tout. Normal, elle est d'ici. Mais, peut-être parce qu'elle est d'ici justement, Maria n'a jamais envie de rien. Alors, jour après jour ils refont les mêmes choses, les mêmes circuits. C'est peut-être la raison pour laquelle le temps semble couler si lentement, comme si Maria avait décidé de l'arrêter.

— La plage encore, quoi d'autre? répond-elle avec indolence.

En ce moment elle lui caresse la nuque, s'amuse à le chatouiller comme s'il était un petit chat. Qu'il n'y ait rien d'autre à faire la laisse complètement indifférente.

Elle remet le nez dans son livre tout en continuant à le caresser.

— Tu viens?

— Vite! À la plage! dit-elle. Elle referme le livre. Mais avant, il vaudrait mieux repasser à la pension prendre ce qu'il faut.

Après être redescendus de leur chambre, en passant par l'escalier plutôt que par l'ascenseur (c'est une habitude qu'ils ont prise dès le début), ils s'installent prudemment dans la voiture de Maria. Les sièges leur brûlent les fesses.

— Non! Laisse rouler, dit-elle, lui pressant le bras comme il actionne le levier de vitesse.

— J'oublie tout le temps!

Il met au neutre. La voiture glisse doucement, épouse les zigzags de la route jusqu'à la plage tout en bas. Serrés l'un contre l'autre comme deux enfants qui voyageraient sur un cheval de manège, ils retiennent leur souffle. L'auto finit par s'arrêter d'elle-même en arrivant sur le sable sous la falaise absolument verticale. Ils s'éloignent quelque peu de l'auto pour s'installer au soleil. Juste assez loin pour ne pas avoir à marcher trop longtemps sur le sable aussi brûlant que le métal. Chaque fois il se fait prendre. Cette petite marche pieds nus dans le sable au plus chaud de l'après-midi est un véritable supplice pour lui.

— Aïe! Calvaire! fait-il en mettant l'orteil sur le sable par inadvertance.

Il y a de ces moments encore où il agit de manière difficilement compréhensible pour Maria, exactement comme s'il se trouvait sur quelque «Plage Idéale» dans les Basses-Laurentides avec une minette de seize ans qu'il aurait séduite à cause de gros bras qu'il n'a en réalité jamais eus.

— Tant pis pour toi. Tu n'avais qu'à t'acheter des souliers de plage! dit-elle.

Maria ne porte plus attention à ses sautes d'humeur. Elle n'y a jamais fait attention avec personne. Elle se permet seulement de lui rappeler de temps en temps qu'ici, le français n'a plus cours depuis le départ de Robert Guiscard puis, trois siècles plus tard, le décès de Robert d'Anjou, roi de Naples qui accueillit Boccace et Pétrarque il y a sept cents ans ou presque.

— On se met ici?

— Comme tu veux.

C'est toujours là qu'ils se mettent de toute façon. Directement sous le soleil. Lui aurait préféré un peu plus à l'ombre mais elle y tient.

Ils restent étendus sans parler le reste de l'après-midi. Elle commence toujours par se refaire les ongles en silence. Puis petit somme au son de la musique, gracieuseté du baladeur qui la rend sourde à tout le reste et même au silence des vagues. Lui, après quelques minutes d'exposition, préfère se réfugier prudemment à l'ombre de la falaise où il reprend sa lecture, lecture beaucoup trop sérieuse pour son goût à elle. Pour des vacances, ça fait un peu lourd quand même! Et tôt ou tard, elle finit par le rejoindre.

— C'est pour tuer le temps! dit-il.

— Le temps se suicide très bien tout seul, lui fait-elle remarquer, déplorant vivement cette théorie homicide de la lecture.

Wittgenstein n'est probablement pas le meilleur choix pour la plage, mais Frufrullone oblige! L'avantage, c'est qu'au moins il aura l'air de savoir de quoi il parle pour cette interview! Il lit par petites tranches de quelques pages, impossible de faire plus sans s'assoupir. Après quinze ou vingt minutes, il se réveille et se remet à son pensum, fascinant pensum puisqu'il le fait rêver de paradoxes nouveaux, inaperçus jusque-là, qui le révèlent en proie à des contradictions aussi poignantes qu'impossibles à résoudre.

Deux personnes, un homme et une femme, se reposent et prennent du bon temps sur la plage. C'est tout, il n'y a rien à dire de plus. Vers la fin de l'après-midi, quand le soleil se met à baisser, Gabriel se lève le premier:

— On y va? demande-t-il.

Elle lève les yeux à son tour. Elle sait où il veut aller.

Ne reste plus qu'à se ramasser. Serviettes, canettes vides, chaises pliantes, parasol pour lui au cas où l'ombre de la falaise ne lui aurait pas suffi. Tous les jours après la plage, ils vont dans la montagne se promener sans but où les mène la route de terre. Ils la suivent au hasard. Quelquefois ils vont jusqu'à Drapia, Zaccanopoli, poussant même parfois jusqu'à San Calogero ou quelque autre village dans les hauteurs. Pour seule règle, ils essaient de ne jamais retourner deux fois au même endroit mais ils ne réussissent pas toujours.

Ils entrent dans l'unique café du village isolé sur quelque pic montagneux et se font servir une bouteille de vin blanc bien frais. Rassasiés de soleil, ils préfèrent boire à l'intérieur de l'établissement parce qu'il y fait moins chaud. Cette fois le patron apporte lui-même la bouteille qu'il dépose doucement au centre de la table ainsi que les verres.

Au bout d'une heure, ils décident de rentrer à la pension. Une fois étendus côte à côte dans l'immense lit matrimonial qui trône dans la chambre, l'un et l'autre sont trop fatigués pour prendre le risque d'esquisser le moindre geste d'approche. Plus tard, ils se lèvent et mettent des vêtements propres avant de descendre dans la salle à manger pour le repas. Leur arrivée est guettée par les autres convives qui les saluent.

Ils avaient déjà convenu que le lendemain, elle lui «épargnerait» sa famille. Elle dit devoir absolument avoir une longue conversation avec sa mère avant de remonter vers Milan. À cause de lui, maintenant elle doit mettre les bouchées doubles. Il la précéderait de quelques jours à Naples ou à Rome. Ça reste à décider entre eux.

Pour le moment, leur arrivée dans la salle à manger provoque la même mini-commotion que tous les soirs. Le couple de la table quatorze s'est mis à chuchoter. Quant à la dame de la sept, elle plonge les yeux dans son assiette tandis que Gabriel et Maria se dirigent vers leur place assignée à la table numéro seize, sans avoir l'air de remarquer quoi que ce soit. Leur bouteille de vin entamée est toujours là, bien centrée au milieu de la table. Elle semble toujours sur le point de vaciller et de tomber, son bouchon mal remis de la soirée d'hier a l'air de tanguer, tango de bouteille de vin rouge trop mal embouché pour être argentin.

Le charme durera bien jusqu'à ce soir et il sera toujours temps à ce moment-là d'en faire bon usage. Il est ému par la beauté de Maria. Elle semble éprouver une véritable jouissance à être vue avec lui. Non, ce n'est pas du tout ça. Ce qu'elle aime, c'est être vue *par* lui, en train d'être regardée par les autres. Image de femme admirée, admirable, comblée toujours. Respecter ce désir de petite fille. Agréable mais l'excès vire facilement à la tyrannie. Et puis dans quelle mesure l'image peut-elle se soutenir d'elle-même?

En contrepartie, souliers plats d'Estelle, rectitude des rapports entre sexes. Indifférence affichée pour ce genre de choses comme une tactique politique. Son refus entêté de ne jamais rien sacrifier à l'image, et même d'être figée dans quelque image que ce soit, finissait par donner une femme absolument intransigeante, insupportable.

Finalement, on apporte les plats, ce n'est pas trop tôt, dans une sorte de défilé d'employés qui les présentent devant eux avant de les poser sur la table. Aujourd'hui comme pour tous les repas du soir depuis leur arrivée, le menu est composé d'une entrée de pâtes suivie d'un poisson cuit au four, thon, espadon ou rouget selon le jour de la semaine.

— Toujours la même sauce aussi fade que tomatée! se plaint Gabriel par principe encore une fois, même si, après quelques jours, cette monotonie lui est devenue, comme à elle, complètement indifférente.

— C'est la mode du pays, soupire-t-elle.

Alors ils mangent plutôt rapidement et au lieu de l'inévitable fruit défraîchi des fins de repas, la plupart du temps elle préfère qu'ils sortent sur la place pour y prendre le café avec une autre glace aux fruits de la passion. Il arrive que quelques touristes viennent s'asseoir à une table à côté, un couple de Hollandais surtout, que Gabriel s'obstine à saluer cordialement dans une solidarité d'étrangers, malgré l'agacement que cette manie provoque chez Maria.

La femme du Hollandais sourit à Gabriel.

— Tu dois lui plaire! se moque Maria.

— Je crois que c'est à toi que je plais mais tu préfères que ce soit une autre qui le montre!

— C'est vrai. Tu n'as rien à craindre avec elle. Son père n'est pas à Reggio, à cent cinquante kilomètres d'ici. Quant à moi, méfie-toi, l'un ou l'autre des motards que tu vois là-bas est mon cousin. Et n'oublie pas que le *lupara* n'est jamais loin quand il s'agit de la fille de la famille!

— Et tes frères, où sont-ils? demande-t-il à son tour, nullement impressionné.

— Mes frères, il n'y a rien à craindre pour le moment, mais mes cousins veillent, réplique-t-elle, malicieuse encore une fois en éclatant de rire.

Mais les cousins, heureusement, ont autre chose à faire et c'est tout juste s'ils saluent Maria de loin quand ils la voient attablée avec lui à la terrasse, se contentant de faire rugir le moteur de leurs motos.

— Maudites motos, se plaint Gabriel encore une fois. On devrait les interdire!

— C'est plutôt toi qu'on devrait interdire, rétorque Maria.

Le bruit des motos ne la dérange toujours pas. Pour elle, ce n'est qu'un bruit de fond, seulement un peu plus bruyant que les autres. Elle est habituée, c'est un bruit qu'elle n'entend plus depuis longtemps.

— Et toi, à quoi penses-tu? finit-elle par demander après un silence pesant qu'elle a laissé s'éterniser pendant plusieurs minutes.

Quelques jours à peine après leur rencontre à Rome, elle ne pouvait déjà plus supporter qu'il puisse penser à quoi que ce soit sans lui en faire part immédiatement. Sauf qu'il a développé cette curieuse manie qui l'agace de se parler à lui-même en français.

— Quelque chose ne va pas?

— Rentrons! dit-elle.

— Comme tu veux.

Les premiers jours, ils avaient hâte de rentrer. Maria tirait les volets et ça faisait un bruit de métal grinçant, puis ils faisaient l'amour très tard, jusqu'à l'aube parfois.

— Qu'est-ce qui ne va pas? demande-t-elle.

— Je suis triste parce que demain je m'en vais, peut-être, dit-il.

— Ne fais pas l'hypocrite, veux-tu? J'ai bien remarqué que tu en as déjà assez de cette «récréation». Tu dors tout le temps. Tu t'ennuies ici. En fait, tu préférerais être déjà à Naples ou à Rome, je le vois bien. Et seul. Nous sommes allés trop vite, c'était une erreur. Je le vois bien que ça ne va pas du tout depuis le début. Le soir, je m'habille, tu portes les mêmes jeans. Quand je me réjouis de retrouver les poissons de mon enfance, tu te plains de la monotonie des repas. Tu ne supportes pas le regard du village alors que c'est une enveloppe protectrice que j'aime avoir sur moi. Tu préfères la ville, c'est ton droit. Mais tu m'écoutes à peine et tu ne dis rien. Je ne peux pas m'entendre avec quelqu'un comme toi. Au lieu de se retrouver à Naples ou à Rome, on serait mieux de se séparer tout de suite pour de bon. Sinon, ça finira par se gâter, et plus tôt que tu ne le crois. Tu en as marre, je le vois bien! Quant à moi, j'en ai assez d'être avec quelqu'un qui a l'air d'en avoir marre! Et comme nous ne tenons ni l'un ni l'autre à faire durer ce qui paraît impossible de toute façon... insinue-t-elle.

Le chantage maintenant!

Il ne répond pas.

Pourquoi l'avenir leur est-il toujours si indispensable au point qu'elles ne puissent jamais se contenter du présent?

— Tu crois que je n'ai pas remarqué ton air de ne vouloir te mêler de rien, ta froideur, poursuit-elle. Quant à moi, ça suffit! Le plus important, c'est de conserver un souvenir de toi qui ne soit pas trop mauvais. Pour le reste, nous n'irons jamais nulle part. Certaines rencontres sont agréables en autant qu'elles sont courtes! ajoute-t-elle, s'exerçant à une sorte de cynisme dont elle avait déjà décidé que ce serait le legs qu'elle conserverait de lui.

Et au diable les confidences qu'elle lui avait faites, l'intimité, les privautés de l'oncle Ernesto qu'elle insistait pour lui raconter en sanglotant sur l'autoroute, l'autostrade, comme elle disait. Après tout, ce n'était que pour gagner sa confiance. Tout ça était effacé, oublié, n'existait plus maintenant. Pour l'instant, elle n'était occupée qu'à recréer la distance. Le secret n'en était plus un. Quoi qu'il arrive, l'intrus s'en irait et le secret serait gardé.

— Si tu crois que c'est mieux ainsi, je reprendrai le train demain matin, dit-il. Et alors on ne se rejoint pas, on ne se rejoint plus. Ni dans quelques jours ni plus tard.

— Alors aussi bien que je reste ici quelques jours de plus. De cette manière, on ne risque pas de se rencontrer à Naples ou à Rome, ajoute-t-elle, se radoucissant un peu.

La chose étant réglée, elle pouvait laisser de côté l'amertume et la haine qui menaçaient de venir. Entre eux, il n'y avait même pas eu un sujet de vraie dispute. Seulement un échange sec comme quand ils faisaient l'amour, une sorte de fureur et de jouissance froide et furieuse, une entente cordiale qui ne débordait pas ce cadre étroit. Tout le contraire de l'âme sœur. Maria n'est pas du tout son genre, c'était même cela précisément qui l'avait attiré chez elle. Et quant au reste, ils n'auraient pu s'entendre sur rien d'autre, ça lui paraissait maintenant évident.

Le lendemain, Maria le reconduisait à Reggio. Par chance, le train pour Rome partait dans la demi-heure.

— Bien! fit-il, se tournant vers elle, traduisant maladroitement quelque satisfaction que le train soit déjà sur la voie.

Sa colère contre elle avait disparu miraculeusement.

— Viens, on a juste le temps de prendre un dernier café avant que tu partes, dit-elle, l'entraînant par le bras vers le bar.

— Les vraies histoires durent toute la vie, philosophe Gabriel, un peu hypnotisé par ce silence inutilement pesant.

— T'en as laissé traîner beaucoup derrière toi, des histoires qui durent toute la vie? l'interrompt-elle, ironique.

— Elles commencent après que tout a l'air bien fini, mais ce n'est qu'une apparence, poursuit-il imperturbable. Elles se poursuivent longtemps après la mort de chacun.

— Mais qu'est-ce que c'est que cette oraison funèbre?

— La plupart du temps, on ne s'en aperçoit qu'après un temps assez long, dix ou même vingt ans, ce n'est pas rare, discourt-il sans désemparer.

Elle se tourne vers lui et le regarde d'un air torve:

— Mais de quoi il se mêle celui-là? demande-t-elle.

Elle voulait continuer à vivre après lui, alors il y avait des choses qu'elle préférait ne pas savoir.

En fait, chacun avait hâte que cette histoire soit derrière. Bien décidé à ne pas perdre son calme, Gabriel avale l'express en trois petites gorgées rapides puis Maria le raccompagne sur le quai, portant un sac qui lui appartient. Enfin, Gabriel monte dans son train qui se met en branle au même moment. Il est un peu triste, il a aussi un peu honte de fuir et d'être chassé par surcroît.

— Va la rejoindre, ricane-t-elle de loin quand elle est sûre enfin qu'il ne va pas redescendre. Ça vaudra mieux pour tous les deux et pour moi aussi.

Entre eux, le malentendu. Le train s'éloigne. En arrière-plan, venant du milieu du wagon, Gabriel reconnaît l'air d'une chanson. Cette chanson le suit partout, comme si toutes les radios de tous les pays où il est passé ces derniers mois s'étaient donné le mot pour la faire jouer à longueur de journée.

Quelques heures plus tard, il est à Rome. Et maintenant voilà qu'il s'apprête encore à repartir.

Chapitre 4

Ce qu'il aime dans les trains et dans les gares? Le transit. Le rythme. Le sentiment océanique d'être en reportage permanent. Enfin, il allait se passer quelque chose! SAUF EMMERDEMENTS-STOP-TOUJOURS PRÉVISIBLES-STOP-PRÉFÈRE EN GÉNÉRAL LE REPORTAGE-STOP-AUX VACANCES! En fait, il déteste ce qu'il appelle pour s'en moquer «les vacances-vacances», alors qu'Estelle y tient comme à la prunelle de ses yeux. Ce qu'il aime par-dessus tout, c'est rencontrer des gens, dépenser toutes dépenses payées. Per diem diplomatique. Problèmes planétaires. Sujets à couvrir absolument, colloques d'une extrême importance. La prime de plaisir emporte toutes les vacances possibles.

Ça l'étourdit; pour un temps il ne pense plus à rien d'autre qu'à faire son travail le mieux possible. Le reste du temps passé en déplacements, il n'a qu'à se laisser promener au hasard des rendez-vous obligatoires qui décident de l'itinéraire. Avec le temps, le plaisir s'est un peu émoussé. Sauf pour l'Italie. Un amour fou. Dès la première fois qu'il y avait mis les pieds. Le cœur surtout. Au retour, il avait été saisi d'une boulimie pour tout ce qui était italien. Il avait appris la langue, vu tous les films qu'il pouvait en version originale et bu des quantités impressionnantes de vin blanc en dînant.

Les Romains font comme ça.

Il tient Termini pour la plus belle gare du monde. Une des dernières gares de transit à avoir été construite dans l'esprit ancien. De nos jours, on ne construit plus de gares et elle a beau s'appeler Termini, ça ne l'empêche pas d'être surtout un nœud ferroviaire entre le Nord et le Sud, point de passage presque obligé sauf pour les gens qui y habitent, ou alors les voyageurs qui débarquent ont quelque affaire à régler dans un ministère ou une agence gouvernementale, sans compter les inévitables touristes.

Les gares, il les collectionne dans sa tête. Il y a celles où il est passé. Les gares européennes. Milan, monument fasciste écrasant la ville autant que le voyageur qui y pénètre. Le fascisme italien ne pouvait être qu'un hyperaméricanisme jaloux, un peu maquillé, couleur apogée d'empire romain, version fin des années vingt. Il s'agissait de prendre le relais de Rome pour renverser le cours d'une décadence. Évidemment la transplantation devait rater, le terrain étant bien trop fertile pour tout ce béton. Les Italiens se sont bien repris et depuis, c'est l'Amérique qui est décatie, gangrenée de toutes parts par la vie qui renaît partout à travers ses moindres fissures.

Pour voyager en Amérique, l'autobus est mieux que le train. Et encore, pour circuler à l'aise, vaut mieux la voiture. Heureusement, il y a les autres gares, imaginaires celles-là. Celles des films ou encore le fantasme qu'il construit à partir de celles-là. Dans les années trente, les gares américaines étaient belles au moins autant que les gares européennes. En témoigne, l'affection qu'il porte à Union Station à Toronto, à ces vendeurs de hot-dogs ambulants dans leurs petits kiosques sur le trottoir, leurs dialogues piquants, d'une sophistication étonnante pour un simple petit snack cosmopolite sur roulettes.

À Termini, on peut encore avoir ce sentiment que les destinations croisent les destinées. Comme ce matin. Le soir aussi. À travers les trains de banlieue bondés, il cherche du regard les grands voyageurs des express internationaux, les dames élégantes qui longent le train avec nonchalance en cherchant leur compartiment. Il se demande où elles vont, ce qu'elles feront. Lui n'est qu'un faux grand voyageur. Il prend les mêmes express mais en deuxième classe et à prix réduit. Et surtout, il est désœuvré et sa destination importe peu. Il en aurait changé sans hésitation. Plus aucune destinée n'est possible. Que des rencontres ponctuelles. Chaque fois qu'il se trouve à Rome, il vient flâner quelques heures à Termini. Ça dépend de son humeur. Les jours d'ennui, pour prendre le petit déjeuner. Pas les jours de pluie, il n'y en a jamais. Quelquefois ça lui manque. Il consulte les scores du base-ball dans le *Herald Tribune*. Comme si le base-ball l'intéressait. Il boit un deuxième cappuccino et il regarde passer les gens, comme s'il avait vraiment affaire ici.

À Termini, il regarde le manège des putains attablées au café non loin de lui. Elles lui sourient ou l'ignorent selon ce que chacune estime être la meilleure tactique pour l'attirer comme client. Elles s'arrangent toutes pour ressembler le plus possible à Lollobrigida. Passée de l'autre côté de la barrière, celle-là. Photographe de talent, reconversion réussie, destinée fabuleuse. Voyeuse professionnelle, à son tour. Épaisses lunettes noires toujours, pour ne pas être reconnue peut-être. Ce sont des fantasmes de clients très payants, dans la cinquantaine avancée ou plus encore, qui fabulent toujours, la machine est increvable. Ou serait-ce Marilyn? Non, il n'y en a aucune qui soit blonde. Alors Madonna, déjà, dans une version plus foncée? Impudeur du regard de ces hommes d'affaires pressés entre la banque et les spaghettis conjugaux. Piégés pour quelques instants dans le souvenir de quelque film néoréaliste. *Fourties* ou *fifties revisited.*

Peut-être devrait-il raconter ces rêveries à L. lors de leur prochaine rencontre? Peut-être pourrait-il poser une question là-dessus aux Frufrullone? Enfin, il est heureux de les rencontrer. Il repousse sa tasse. C'est son troisième café ce matin, c'est déjà trop. Pour l'instant, il attend le moment de monter dans le train. «J'aurais bien pu dormir au lieu de me jeter dans cette vadrouille.» Sa main tremble un peu. À l'avenir, il boira moins de café aussi, c'est promis! Surtout ces express très serrés ou même le cappuccino qui après tout n'est que de l'express dilué dans un peu lait. Il n'aime ni les boissons gazeuses ni les jus. Ne restera que l'eau. Minérale si possible, eau suintée des pierres d'une falaise. Il laisse quelques pièces dans l'assiette, jette un dernier regard sur les prostituées attablées. À part elles, il est le seul client de la terrasse, sauf quelques touristes perplexes avec leurs sacs à dos. Les Italiens rigolent entre eux au comptoir à l'intérieur du bar. Il passe reprendre sa valise laissée à la consigne et se dirige vers le *binario* d'embarquement. Le tournant est pris maintenant. Terminus pour ce qui est du Sud! L'été finit ici.

Au dernier moment, il a faim de nouveau! Pas étonnant! Tout à l'heure dans le hall, au lieu de laisser les œufs dans l'assiette, il aurait mieux fait de manger! En plus, il a oublié de s'informer s'il y a un wagon-restaurant! Plus que trois minutes pour trouver quelque chose. Il se rappelle vaguement avoir aperçu un kiosque ambulant de l'autre côté de la voie. Tout ce que le vendeur a à lui offrir, c'est un sandwich au pain de mie enveloppé sous cellophane. Pas une seconde à perdre, même pour regarder quelle pâte infâme se cache entre les deux tranches. Pourvu que ce ne soient pas des œufs encore! Il revient en courant vers le train. Il n'a plus aussi faim. Le *panino* peut attendre, il le mangera plus tard.

Surprise! Il y a deux trains côte à côte qui annoncent Gênes comme une de leurs destinations. Départs à quelques minutes d'intervalle. Il apostrophe le premier passant qui se présente. Lequel doit-il prendre?

— *Per Genova, Rapido o Espresso?*

L'homme se contente de hausser les épaules pour signifier qu'il ne sait pas et même s'il le savait, il n'en aurait rien à foutre! Du rapide et de l'express, Gabriel n'a jamais su lequel était le plus véloce, alors quelle importance? Une chance sur deux qu'il prenne le bon. «On verra bien», se dit-il, un peu inquiet quand même. Celui de gauche commence déjà à s'éloigner du quai. Vite il lui faut se décider! «Quel luxe, en Amérique s'il y avait tous ces trains!» Tous ces rapides et ces express partent presque en même temps pour aller dans toutes les directions. Pourquoi deux, si c'est pour aller au même endroit? «Si c'est un train local, je suis fichu!» «Bah! se dit-il. Je descendrai à Pise. Il y aura bien un autre train direct plus tard à partir de là. Et depuis Mussolini, les trains ont la réputation d'être à l'heure.» Au moins celui-là quittait le quai à la seconde près.

«C'est pas trop tôt», fait-il, soulagé. Il quitte la fenêtre. Et à qui aurait-il envoyé la main pour des adieux auxquels il ne croit pas de toute façon? Le train se met à avancer lentement en prenant de la vitesse.

Pour l'auto comme pour tout le reste, bien entendu, Estelle avait soigneusement monté son coup! Pour une fois que c'était elle qui avait les arguments en main. Prêchi-prêcha, achat-rachat. Rien à faire. Normal! À Montréal, c'est lui qui avait hérité de la vieille Subaru 82. Véritable cadeau de Grec.

— Peut-être que j'irai en Grèce! avait-elle menacé. Pour le narguer, sans aucun doute!

Comme il ne répondait pas, elle avait quand même pris la précaution d'ajouter:

— Si j'en ai envie! Au moins, voilà un pays où TOI, tu n'es jamais allé!

Finalement, elle a dû changer d'idée. Pas sûr, quand même! Elle s'arrange toujours pour brouiller toutes les pistes. N'empêche qu'une fois à Rome, elle est venue à la réception chez le délégué. D'après Ève-Lyne, elle serait même restée quelques jours de plus dans cette ville qu'elle avait appris à détester en même temps que lui aimait davantage ses places et ses ex-voto illuminés de chandelles, le soir, dans le quartier des artisans! Serait-elle restée exprès pour l'épier? Ou pour expier? «Qu'elle crève!» Hier, avant qu'ils se quittent à la fin de la soirée, Ève-Lyne lui avait posé la question:

— Cette fille avec qui tu étais à la réception chez le délégué. Comment s'appelle-t-elle?

— Estelle a dû te dire qu'elle s'appelait Maria? avait-il fait, légèrement ironique.

— Elle m'a raconté, mais que veux-tu? Je n'ai jamais eu de mémoire. Tu la vois encore? Pour une Italienne, Maria, ça ne fait pas bien original!

— Qu'est-ce qu'Estelle t'a raconté encore?

— Ce qu'elle pense de tout ça? Faudra le lui demander toi-même, mon coco! Quant à moi, Estelle est mon amie, je préfère ne pas donner mon avis là-dessus! Je ne suis pas sûre que ça te ferait plaisir de l'entendre.

Sûrement, Estelle lui ferait payer très cher. Les dés sont lancés. Quel crédit lui reste-t-il auprès d'elle? Celui qu'elle lui prête, aucune raison encore de penser qu'elle lui a tout retiré, tout est sur la table. Il consulte sa montre et constate qu'elle a quelques minutes d'avance par rapport au cadran de la gare.

— Une minute que nous sommes partis, dit quelqu'un derrière lui, dans un anglais avec seulement un très léger accent italien. Il est donc neuf heures onze exactement.

En se retournant, Gabriel aperçoit l'homme en train de le regarder, sourire en coin.

— Au moins les trains partent à l'heure, ici! répond-il.

— Malheureusement, c'est de moins en moins vrai, soupire l'homme.

— Billet, s'il vous plaît! demande le contrôleur qui pénètre au même moment dans le wagon.

Gabriel lui tend le sien. Déjà le contrôleur s'est tourné vers l'autre voyageur. Il poinçonne. Tout est en règle.

— Changement à Pise! avertit-il, remettant son billet poinçonné à l'homme. Il remet le sien à Gabriel en même temps que de sa main restée libre il tire la porte du compartiment suivant.

— Billets, s'il vous plaît!

— Franceschi, dit l'homme, lui tendant la main. Je peux me mettre avec vous?

Disant cela, il indique le compartiment vide à côté d'eux.

— Faites comme vous voulez, fait Gabriel, se gardant de se compromettre.

Sans plus s'occuper de lui, Franceschi remet soigneusement son billet dans son portefeuille et pousse ses bagages dans le compartiment.

— Vous allez où? demande-t-il, retenant la porte qui se referme.

— Je ne sais pas, je voyage un peu au hasard, ment Gabriel. La Toscane, l'Ombrie, la Ligurie.

S'il le pouvait, tout de suite, il irait où Franceschi ne va pas.

— Ah! Très beau la Toscane, une des plus jolies régions d'Italie, dit Franceschi, ne retenant que cette hypothèse et supposant que Gabriel pencherait pour voir la célèbre tour de Pise.

— Vous pouvez d'autant plus me croire que je ne suis pas toscan, ajoute-t-il. Pouvez-vous répéter votre nom encore, je n'ai pas bien compris?

Gabriel grommelle quelque chose. «Tant pis! Je vais en profiter pour dormir!» pense-t-il.

— Celle-là, ça vous va? fait-il, indiquant l'autre banquette à Franceschi.

— Celle que vous préférez, concède celui-ci, accommodant.

Gabriel s'étend de tout son long puis se ravise aussitôt.

— Avec cette chaleur, avant de se coucher il vaut mieux faire un peu d'air! Je peux? demande-t-il.

Il ouvre sans attendre la réponse.

— *Grazie*, fait-il, comme si l'acquiescement de Franceschi ne faisait aucun doute.

Celui-ci s'engouffre dans la brèche, profitant de l'occasion pour relancer la conversation:

— Vous venez de Palerme aussi? Pourtant je ne vous ai pas vu dans le train?

— De Reggio. Mais je suis arrivé hier après-midi. J'ai dormi à Rome. Mais je suis quand même fatigué et je vais dormir un peu.

— Vous avez de la chance d'avoir du temps pour voyager comme ça. Je travaille beaucoup trop. Je suis magistrat. Vous aviez deviné? Non? Je survis tant bien que mal là-bas depuis vingt ans. Et si j'ai survécu si longtemps, c'est que je suis soit un héros, ou alors c'est sûr, je suis un escroc.

— Ah! le con! s'exclame Gabriel en français, excédé par ce babillage.

— *What do you say?* demande Franceschi avec un accent insituable.

— *Nothing*, rétorque Gabriel nerveusement. *I was speaking in French!*

— *Ho! Are you French?*

— *No.*

— *Sorry.*

— Et vous, vous parlez trop bien anglais. Vous ne seriez pas italo-américain par hasard? fait Gabriel, uniquement pour relancer la conversation dans une autre direction.

Il s'est déjà fait une idée: «Escroc de toute évidence.»

— Vous ne me croyez pas? dit Franceschi. C'est normal. Ne craignez rien, je peux vous montrer mes papiers, si vous voulez.

Il fait mine de sortir son portefeuille.

— Non, non, je vous crois, fait Gabriel agacé par cette insistance.

Si peu sûr de son identité à lui, il n'allait pas se mettre à vérifier celle des autres.

— Vous préféreriez être un héros, ça se voit tout de suite, ironise-t-il.

Il n'allait pas le traiter d'escroc quand même! Bien qu'il y ait quelque chose chez Franceschi qui était aussi bien de New York que de Naples, ou de Palerme, et qui lui donnait ce petit air de ne pas s'y fier. On n'avait aucune peine à imaginer que ce supposé juge (palermitain qui n'a pas l'air si miteux...) pourrait aussi bien être un maffioso américain, celui qui occupait le siège du passager dans cette Corvette jaune canari, croisée sur l'autoroute à Naples. Ils avaient tellement ri de cette caricature, Maria et lui. Franceschi serait sur la trace de ses racines, c'est-à-dire de ce qu'il n'est pas, n'est plus. Il chercherait une sorte de salut, la rédemption de ces racines empreintes d'une violence inouïe, tatouage omniprésent d'un père et d'une mère, racines plus fortes que tout, impossibles à oublier, à faire disparaître malgré la culpabilité et la distance de plusieurs générations outremères.

Jamais effacées, ces traces se seraient seulement un peu métissées à New York. Un Portoricain aura servi d'amplificateur génétique. À Brooklyn, tiens, aimant si puissant qui contient toutes les violences ajoutées. Le sang afflue naturellement vers le cœur affamé de la ville. Et en ce sens, Palerme et Naples sont bien les deux mamelles qui ont nourri les métissages de New York autant que San Juan ou les jungles africaines.

— Sûrement, vous êtes déjà passé sur l'autoroute au-dessus de Naples, demande Gabriel avec une pointe de regret en pensant à Maria.

Du Pausilippe et de ces deux types, captifs tout comme eux dans ce bouchon sur l'autoroute, c'est tout ce qu'il avait retenu. La cinquantaine bien mise, mines patibulaires. Et leur Corvette ne passait pas exactement inaperçue, alors qu'au contraire une Alpha ou une Lancia auraient été banales ici. Même une Lamborghini ou une Maserati n'aurait pas fait autant d'effet. Et jaune canari en plus, la Corvette! Plaque minéralogique de Floride, *Dade County* avec tout le folklore que ça suppose. Luciano, Lansky et compagnie. N'avaient pas du tout l'air de se cacher les deux lurons, sûrs de leur impunité. Quand même, c'est un peu voyant, non?

— Non, non! proteste Franceschi riant à gorge déployée. Vous croyez encore que je suis un escroc! C'est vrai que, maffia et tout ça. (Il s'éponge le front.) J'ai vécu en Angleterre. J'ai étudié le droit là-bas. Manchester, Liverpool, les Beatles. Comme c'est loin déjà, une vie, c'est bien trop vite passé et pas qu'à s'amuser, hélas!

— *Ach so!* fait Gabriel, hochant la tête. Les seuls mots d'allemand qu'il connaisse. Pour le plaisir de brouiller les pistes à son tour. Pour cette portion du voyage, il préférerait s'en tenir aux bavardages et autres formules de politesse uniquement. «Avec un professionnel de l'interrogatoire, il serait illusoire de penser m'en tirer avec des réponses vagues à des questions précises. Ce type est sûrement moins bête qu'il ne paraît.»

— Quel est votre métier? demande Franceschi.

— Journaliste, répond Gabriel nonchalamment.

— Ah! fait Franceschi, triomphant enfin, surtout heureux de se retrouver en terrain de connaissance. Je connais beaucoup de journalistes à Palerme. Très intéressant! poursuit-il. Et mon beau-frère est journaliste-photographe. Oui, il est resté en Angleterre. Les parents de ma femme, bien qu'originaires de Pise, ont un restaurant à Manchester. Italien, bien sûr! Son frère est resté là-bas. Il est anglais maintenant. Je veux dire que mon beau-frère a fini par déménager à Londres. C'est un spécialiste très connu, et apprécié, de la famille royale. Enfin, sûrement pas par eux. Vous voyez ce que je veux dire? Les journaux anglais préfèrent les Italiens pour les Royals. Vous savez, les paparazzi. Quand il s'agit de jouer des coudes, nous nous y connaissons, vous savez!

Au bout d'un moment, la conversation s'épuisant, Gabriel s'enfonce dans un sommeil profond qui dure un temps indéterminé. Ce n'est pas un luxe, quand même, après cette nuit mouvementée. Mais voilà que le train s'immobilise le long d'un quai désert, le faisant sursauter. Il se frotte les paupières, puis se lève à moitié sur le côté pour constater que son Anglo-Palermitain est toujours là, bien en face de lui comme s'il le regardait dormir. Depuis combien de temps est-il étendu comme ça sur sa banquette? Une minute, une heure? Il y a un panneau au-dessus du quai. Il s'efforce de lire:

CIVITAVECCHIA, finit-il par déchiffrer péniblement.

— Stendhal y était consul, dit Gabriel, montrant l'affichette.

— Ce qu'il est lent ce train! se plaint Franceschi sans autre commentaire.

— Je crois qu'on aurait été mieux de prendre le train qui est parti de l'autre quai. Il était certainement plus rapide, dit Gabriel. Quelle chaleur!

— Il y en avait un autre? fait Franceschi, perplexe soudain. Vous avez raison, je vais être en retard. Et ma femme qui m'attend sur le quai!

— Bah! fait Gabriel. On finira bien par arriver quand même.

À Pise, il reprendra un train rapide. Pour les Frufrullone, il avait bien fait de prévoir un coussin. D'ici quelques minutes, le train se remettra à rouler. Il y aura la brise marine. Il fera moins chaud.

— Est-ce que je peux vous montrer? demande Franceschi.

— Faites, dit Gabriel.

D'un mouvement lent et lourd, Franceschi soulève sa fesse droite et extrait de son arrière-train un énorme portefeuille en cuir. Trop volumineux, en tout cas, pour qu'il soit confortable qu'on s'appuie dessus pendant une journée entière, chaque jour de l'année, et même toute une vie, probablement, dans le cas de Franceschi.

— Comment faites-vous pour rentrer ce gros portefeuille dans une si petite poche? demande Gabriel.

— Bah!

Franceschi cherche minutieusement parmi les grosses coupures puis extrait quelques photos qu'il exhibe fièrement devant Gabriel.

— MA famille! dit-il d'un air extasié.

Photo officielle de lui-même en uniforme de magistrat sans doute, à cause de l'écharpe sur la toge. Photo prise lors de la remise d'un diplôme à un adolescent. Photo de réception. Une grosse femme en robe du soir, une autre plus jeune et presque mince en robe blanche avec voile. Jeune homme en tux, blanc lui aussi. Uniformes dépareillés, situation confuse, qu'est-ce qu'ils faisaient là, tous, cette fille en robe de mariée, lui en toge, dans cette réception de graduation?

— C'est pour la photo, dit Franceschi. MA femme, MON fils, dit-il fièrement, pointant les personnages en question.

Au passage, carte d'identité barrée vert-blanc-rouge. Insistance ostentatoire. Héros donc. Les vrais héros sont morts, Borsellino, Falcone! Autre photo d'un jeune homme en uniforme des chasseurs alpins, plume au chapeau. Mariage. C'est un véritable album que contient le portefeuille qui retrace les grandes étapes de la vie de la famille.

— MA fille. MON gendre. Il est militaire.

— Félicitations! fait Gabriel.

Franceschi l'observe avec attention tandis qu'il feint de s'extasier devant les poses prises par les protagonistes sur les photos.

«Pas très différent de Montréal, tout ça. Tous ces mariages des dimanches de juin au Jardin botanique se ressemblent. Là aussi, les nouveaux mariés vont se faire immortaliser le portrait en famille, “dans la nature”. Photos inspirées. Par quoi? Là comme ailleurs, les visages sérieux ou attendris n'expriment que le souci de se plier aux mimiques qu'on attend de jeunes mariés un jour comme celui-là. Photos pour les parents. En attendant les enfants. Postérités symétriques pour une fois. Pourquoi me montre-t-il ça à moi, pense Gabriel, légèrement incrédule. Il attend peut-être que je sorte les miennes! Si j'en avais...»

Effectivement, le train repart bientôt, lentement d'abord, puis prenant joliment de la vitesse entre les palmiers et les lauriers-roses qui longent la voie, à travers les gares de cartes postales de la côte italienne.

Après Civitavecchia, une autre gare. Grosseto? Entre les deux, il s'est écoulé environ une heure. Qu'il aurait aimé faire cette portion du voyage avec Estelle! «Quand même, je suis bien venu ici avec Maria? Non.» D'ailleurs il ne se rappelle pas qu'ils se soient arrêtés à Grosseto. Mais ce qu'il est bête! Ils n'ont pas pu s'arrêter à Grosseto puisqu'ils étaient partis de Rome pour descendre en Calabre. «Quelle confusion. Ça promet.»

— J'ai faim, dit-il.

Le *panino* acheté à Rome traîne dans un coin, oublié dans son emballage au fond de la banquette. Il a déjà l'air quelque peu ramolli. Gabriel l'examine soigneusement. Entre les deux tranches s'étale une sorte de purée d'un blanc odorant.

— Pouah! Encore de l'œuf haché.

Probablement qu'il contient aussi du concombre et de l'oignon. Jolies taches rouges quand même, tomate ou piment? «Ce n'est pas un sandwich, pense-t-il, c'est une œuvre d'art. Pour faire joli, le “chef...”, enfin, n'exagérons rien surtout. Donc le chef, disions-nous, aura rajouté quelques lamelles de piment rouge mariné qui achèvent ce tableau gastronomique assez réussi.» Maintenant Gabriel sait que jamais il ne mangera ce sandwich. Il déteste les sandwichs au pain de mie. Il ne s'explique pas pourquoi il a acheté celui-là.

— Vous le voulez? finit-il par demander à Franceschi, l'air penaud en le déballant machinalement.

— Non merci! fait celui-ci, esquissant de la main un geste poli, quoique non équivoque. «On ne sait jamais. Sida. Hépatite. Tuberculose. La prochaine grande guerre de l'humanité est déjà commencée. Virus et bactéries contre blouses blanches et malades...» En même temps, Franceschi retient une moue dégoûtée devant la tranche toute raplatie.

— Bah!

D'un geste décidé, Gabriel rouvre la fenêtre, hésite, prend une bouchée par acquit de conscience... et lance le *panino* au loin!

— C'est biodégradable, dit-il, essayant de justifier un peu son geste. Un oiseau le mangera. D'ailleurs, les écolos me font chier, ajoute-t-il, mais uniquement par bravade. Pour le *panino*, vous avez eu raison de ne pas vouloir y goûter, il était im-man-gea-ble, martèle-t-il. Plus que ça, il est infect, ce sandwich. Vraiment immonde.

Quasi miraculeusement, le train entre en gare avec seulement quelques minutes de retard.

— Vous descendez aussi? demande Franceschi.

Sans répondre, Gabriel se lève pour prendre sa valise dans le filet.

— Me passeriez-vous la mienne en même temps? demande Franceschi. Ma femme m'a précédé de quelques jours. J'espère seulement qu'elle ne sera pas repartie. Et puis non! Elle aura pensé que j'ai pris le train suivant. Je la rejoins pour une affaire de famille, une mortalité pour tout vous dire. Elle doit être quelque part sur le quai. Pourvu qu'elle ne pleure pas trop. Venez, je vais vous présenter.

Il l'entraîne comme s'il s'agissait d'un vieil ami de la famille, une nouvelle possession à rajouter aux autres. Peut-être qu'il a un Polaroïd dans son sac et qu'il demandera à sa femme de les photographier ensemble. Un souvenir à rajouter aux autres dans son portefeuille, prêt à être exhibé au moment propice!

«Vite me rappeler la règle numéro un», pense Gabriel. Règle édictée par lui-même, bien sûr, instituée pour régir ses rapports avec les autres. Absolument indispensable lors des longs voyages! Quand il voyageait avec Estelle, elle le débarrassait de ce souci d'avoir à trouver le bon ton. Ça ne lui venait pas «naturellement». Toujours ce malaise avec les autres dont il ne parvenait pas à trouver la raison ni à se défaire. Ces règles lui servaient de code de conduite et il y avait toute une section consacrée aux voyages en train. Ce ne seraient pas les mêmes en avion où on doit rester assis la plupart du temps. Ou pour un voyage en bateau, susceptible de durer plusieurs jours et où la mobilité est, par nature, bien plus grande. Dans ce cas, ça s'apparenterait plutôt à la prison, catégorie que Franceschi connaît bien, on le devine. Croisières, cages dorées. Capitaines au cours changeant. Toujours se méfier des mauvais compagnons.

Cette portion de la règle qui s'applique au train, Gabriel s'efforce d'en vérifier l'efficacité chaque fois que l'occasion se présente. Il appelle ça «faire de l'anthropologie». De pacotille, mais quand même. La règle s'énonce comme suit:

«Pour tout trajet en train de plus de deux heures, une rencontre, même brève et banale en début de parcours, suffit à créer un lien. La solidité de ce lien est directement proportionnelle au degré d'intimité que démontre chaque protagoniste dans ses rapports ordinaires avec ses proches. Il est établi pour toute la durée du voyage. Sa rupture entraîne une blessure narcissique absolument équivalente au sentiment de trahison que ce genre de chose provoquerait chez celui qui en est victime si elle se produisait dans sa vie de tous les jours.»

Une échelle de sentimentalisme, en somme. Ne manque que le censeur pour en faire l'étalonnage!

— Je préfère rester ici pour me recueillir encore un moment, décrète Gabriel après un long silence.

S'il laissait courir, en deux temps trois mouvements il se retrouverait conscrit par Franceschi pour l'accompagner au repas mortuaire dans la belle-famille!

— *Goodbye* alors! fait celui-ci, déçu, sortant son plus bel anglais avec un trémolo dans la voix, tout en lui faisant un signe d'adieu.

— Au revoir, monsieur le juge, dit Gabriel, pas fâché de s'en débarrasser.

Il attend quelques minutes pour être bien sûr de ne pas le recroiser sur le quai puis il descend à son tour.

À travers les haut-parleurs au-dessus des quais, la voix métallique du chef de gare avertit «*I Signori viaggiatori!*» que le train local pour «*Pié-trasan-ta, Mas-sa, Car-ra-ré, Via-redg-gio è in partten-tsa sul-l'al-tro bin-aaaaa-rio*».

Exaspéré par son indécision au moment d'acheter son billet la veille, l'*agente di viaggio* avait fini par tourner vers lui le gros bottin où étaient consignés les horaires de tous les trains qui circulent en Italie, voire dans l'Europe tout entière, pour que Gabriel puisse choisir lui-même parmi les correspondances possibles. Sur cette page, à côté de villes célèbres à un titre ou l'autre, le nom de Pietrasanta l'avait frappé comme une évidence à laquelle il n'aurait jamais pensé s'il n'avait eu l'occasion de jeter un coup d'œil dans le gros livre. Depuis ce moment, l'idée fait tranquillement son chemin dans son esprit.

L'horaire du train Rome-Gênes lui laisse juste assez de temps. Malgré le retard, il peut encore se permettre un arrêt de quelques heures sans risquer d'être en retard pour son rendez-vous avec les Frufrullone. En fait, il n'avait jamais eu l'intention de passer tout droit. L'«erreur» d'aiguillage à Termini n'en était donc pas vraiment une.

Le propre de l'acte manqué est de réussir là où la volonté échoue.

Petits cailloux semés sur la route comme un jeu par Estelle encore? Signes de pistes ou apprentie sorcière sur la piste des signes? La seule question étant: qu'est-ce qu'il fera une fois rendu là-bas? Escale sentimentale? Improbable crise de jalousie meurtrière? Ça ne lui ressemble pas. Et pourtant! Il trouvera bien un autre train tout à l'heure. Pas question d'être en retard à son rendez-vous avec les Frufrullone!

Une fois remonté dans le train de l'autre côté de la voie, il soupire de soulagement. Enfin, le voilà débarrassé de ce piètre juge, et c'est très bien comme ça! Encore quelques minutes, où il reste debout dans le couloir de peur de retomber sur Franceschi, ou une autre situation encore pire, et enfin il arrive à Pietrasanta. Sur le quai, l'air de la montagne le dispute à celui de la mer dans une lutte qui fait le charme des régions maritimes. Peut-être est-ce ce combat où il ne peut y avoir de vainqueur qui crée cette atmosphère à la fois unique et trompeuse de vacances perpétuelles? Cet air éphémère dans le bleu du ciel! Et ce soleil de plomb se répercute aussi chez les gens de la campagne qui descendent du train en même temps que lui et les fait paraître tels des figurants sur une scène qui ne leur appartient déjà plus. «Comment font-ils pour ne pas s'en apercevoir», s'étonne-t-il en les regardant s'éloigner le dos voûté comme un démenti à la possibilité même de se reposer. Vignes et oliviers sont leurs maîtres. L'enfer vert et maintenant les villégiateurs. Entre eux, un jeu de cache-cache impossible. Où donc les gens des villes ont-ils la tête? Comment ne pas penser à l'avenir, à la dette toujours possible, remise à plus tard, cette certitude jamais acquise que tout est pour le mieux? L'avenir, c'est «on ne sait jamais»!

— Elle doit savoir que je viendrai ici, dit Gabriel, se parlant tout seul.

Seulement cette fois, c'est elle la meneuse de jeu. Elle pourrait tout aussi bien être quelque part dans cette foule en train de le guetter. Irait-elle jusqu'à épier ses moindres gestes? Dans ce grand café, tiens, Piazza Michelangelo. Évidemment, qui d'autre que lui? Bernini, peut-être? Formidable réputation des marbres de Carrare. Pas folle, elle ne se montrera pas. Mais elle peut aussi bien se trouver quelque part par là, dans une de ces maisons près de la pinède. En tant qu'artiste, Estelle crée. C'est-à-dire qu'elle fait elle-même sa chance, se déplaçant à l'aise et à sa guise partout et toujours. Sans nul doute, elle est descendue chez des amis qu'elle a ici. Depuis le temps qu'ils l'invitent et qu'elle ne vient pas! L'invitation valait pour lui aussi, *of course*.

«N'hésitez pas à vous arrêter!» disaient toujours l'un ou l'autre, s'adressant à lui, le regardant droit dans les yeux, comme s'il pouvait exercer assez d'influence sur Estelle pour prendre l'initiative et l'entraîner à sa suite. C'était mal la connaître, et lui surtout: il n'avait pas ce genre d'enthousiasme qui lui permettrait de ramener qui que ce soit vers son propre passé, et surtout pas Estelle. Et ce «vous» ambigu, était-il de politesse ou de pluriel? L'un et l'autre probablement. Ce sont toujours les rapports de politesse qui sont les plus difficiles. On touche à l'âme.

Sûrement que les amis d'Estelle n'avaient pas prévu ce cas de figure où ils se présenteraient tous les deux, chacun de son côté pour son propre compte, en fuite l'un de l'autre. En tout cas, la dernière chose à faire s'il découvrait l'endroit où elle se cache, ce serait de cogner à sa porte!

— Cou-cou, c'est moi!

Quoique, dans une situation analogue, elle-même n'avait pas hésité une seule seconde à venir le relancer chez le délégué! Asymétrie des désirs encore, droits arrogés, le plus faible devient le plus fort en pipant les dés toujours. Estelle avait toujours usé de cette tactique. Sa contribution au couple était tenue pour acquise. Ça «allait de soi». Tout autre chose avec elle qui gardait le compte du moindre apport qu'elle faisait.

— Qu'est-ce qu'ils peuvent bien faire dans ce trou à l'autre bout du monde? lui demande L.

— Un trou bien agréable, dit Gabriel. L'ambition artistique affichée dès le départ comme une vocation à la mélancolie. Cette vieille rengaine usée. L'artiste en lutte contre le monde entier finira par avoir raison envers et contre tous. Postérité et tout ça. Bien qu'aucun d'entre eux n'ait encore d'enfant. Et ils ont tous quarante ans maintenant, quelques-uns ont même déjà atteint la cinquantaine! Enfin, il y en a peut-être qui en ont, mais aucun qu'ils aient reconnu, ça je le saurais. Ils sont tous à la poursuite du même mirage de la reconnaissance, perdant leur vie à courir après quelque chose qui risque de ne jamais venir, qui, au mieux, ne leur tombera dessus que quand ils auront atteint une extrême vieillesse. Ils ne savent pas encore comment la recherche éperdue de reconnaissance exclut toute possibilité de rapport éthique. C'est-à-dire que pour un futur idéal, ils sacrifient l'ici et maintenant. Il n'y a que les artistes et les militants pour être aussi cons. Et tous ces jeunes qui protestent: «*No future!*» Quant à ces artistes expatriés, il y aura toujours quelques spéculateurs pour gager sur leur naïveté. Leur mort prématurée paraît imminente. Un artiste expatrié représente un bon risque pour le spéculateur, ça fait monter sa cote. Ne riez pas, l'espoir insensé ou la persévérance désespérée sont encore les deux seules choses qui marchent dans ce monde et en ce siècle. Quant aux résultats de toute cette agitation, les millions de petits coups de pinceau, comme autant de coups de queue dérisoires, ne soyons pas injuste, il n'y a aucune certitude. On ne le saura que dans cent ans. Comme Picasso, tiens! Son grand avantage, à celui-là, c'est justement sa durée. Il a vécu presque cent ans, vous vous rendez compte! Venant après Monet, Manet, Van Gogh, Modigliani, Cézanne, il n'y avait plus que lui pour être le vrai dernier des vrais.

— Ceux de Pietrasanta? demande L. mine de rien.

Il y a longtemps que Gabriel a commencé à soupçonner L. de spéculer. Achats en douce de tableaux de jeunes peintres comme ceux-là. Fausses factures pour vraie décoration. Exonération d'impôts. C'est sans risque et puis ça meuble. Et même ça peut être très beau si le spécialiste de l'évasion fiscale a eu le flair de faire appel à quelqu'un qui a un certain goût! Et au moins les tableaux accrochés dans la salle d'attente de L. ont-ils l'air de poser des questions aux patients et autres visiteurs. L. prétend toujours que ses patients ont plus besoin de questions que de réponses. Éphèbes? L. est si secret. Comment savoir quels sont ses goûts en cette matière? Aucune importance de toute façon.

— Sur le lot, peut-être un ou deux, concède Gabriel. Tous, ils espèrent «placer» une œuvre au Musée d'art moderne avant d'avoir atteint cinquante ans. Mais attention! La modernité à ce moment-là, et même la postmodernité comme on dit, ça risque d'être déjà passé de mode. Peut-être qu'un Chinois à Pékin ou à Shanghai est en train de révolutionner tout ça aujourd'hui même! On ne s'en apercevra que dans vingt ans comme pour le reste. Nouvel âge baroque qui se dévoie dans le rococo et vient détrôner l'ancien. Sauf que ça vient après et ailleurs. C'est la loi qui gouverne l'art et toutes choses dans ce qu'elles ont d'éphémère. Ce qu'il y aura? Ce sera à la fois autre chose et la même. La rupture dans la continuité, c'est l'essence du symbolique. Pour l'explication du paradoxe, vous feriez mieux de vous adresser à un spécialiste en histoire de l'art! Ce qui est certain, c'est qu'il y aura encore quelque chose et que ça aura un rapport quelconque. On n'échappe pas à l'histoire. Faut être un peu fainéant pour faire ce métier-là, vous ne trouvez pas? Dans leur cas, ils sont tout un groupe, ça a commencé comme une sorte de mode d'abord. À cette époque, nous étions bien jeunes et j'avoue que je les enviais un peu. Quand même, c'est une façon habile d'être en vacances perpétuelles, vous ne trouvez pas? Comme de gagner à la loterie ou d'être accepté à l'École de médecine. Et comme je n'ai jamais eu beaucoup de chance et qu'en plus j'ai horreur du sang! Mais pour ce qui est de cette bande, je ne croyais jamais que ça pourrait durer plus d'une année. Deux ou trois, tout au plus. Ils se fatigueraient et iraient ailleurs. Californie, Cape Cod, la Côte. Ce ne sont pas les endroits qui manquent!

— Le prix très bas du marbre les aura attirés, dit L.

— Prétexte tout ça. Comment justifier un séjour en Italie auprès du Conseil des Arts en faisant autrement? Bourses, subventions en tous genres. Ça ouvre des portes aussi. Sculpteurs sérieux, quand même. Galerie à New York. Paris pendant la saison morte. Ne reviennent plus à Montréal qu'en passant. Nouvelle demande à faire au Conseil. Rétrospective de groupe. Quant à moi, je ne les ai rencontrés qu'en de très, très rares occasions. De temps en temps, dans un bar ou l'autre, les mêmes toujours qui reviennent périodiquement. Plus ou moins déracinés, le corps décharné. Dans leur genre, ce sont des personnages quand même! Ou encore à l'occasion d'une fête, anniversaire de l'un ou l'autre. Ce qu'on a pu se saouler certaines fois! Quand je repense aux folies qu'on a faites, j'en ai encore la chair de poule. Oui. Ces dernières années, leurs visites ont eu tendance à s'espacer. Quand même, Estelle garde le contact. Cartes postales. Enveloppes bleues ou grises, très minces. *Air mail.* À nos âges, une amitié qui date de l'École des beaux-arts, c'est à conserver précieusement, vous ne trouvez pas? Non, non! Pas ce genre de fausse camaraderie fondée sur une égalité extérieure. Une véritable amitié pour une fois. Qui implique une sorte de respect mutuel dans les succès comme dans les échecs! À chacun de fixer ses objectifs. C'est à cette échelle qu'ils seront jugés. Qu'ils réussissent ou non n'a pas d'importance. C'est beaucoup plus la manière dont chacun s'y prend qui importe. À mon avis, entre eux ça durera leur vie entière. Entre nous, mon cher L., l'amitié, c'est quand même autre chose. Un peu plus important qu'une banale relation amoureuse. Même de dix ans! Dans l'amour, il n'y a que des images alors que l'amitié est une éthique. L'amour, c'est comme un film, ça ne dure pas. Le vrai plaisir commence après! Pas de véritable plaisir qui ne souffre une loi. Le pacte est essentiel au bonheur, mais vous le savez aussi bien que moi!

«Quelle idée de faire cet appel outre-Atlantique depuis ce café! Ça va finir par coûter une fortune! pense Gabriel. Pour L., évidemment, c'est tout bénéfice. Je peux l'appeler quand je veux. La boutique est ouverte jour et nuit. Tarification variable. Par tranche de cinq minutes, une méthode apprise des avocats sans doute! Taux horaire adapté à toutes les situations, taux et demi le soir, double les fins de semaine, arbitraire passé onze heures. Son imagination comme sa disponibilité sont sans limites! Et L. a déjà une interprétation toute prête comme d'habitude, qu'il brûle de me communiquer.»

— Pourquoi je tiens à rejoindre Estelle? Je ne sais pas. À chaque année, elle se promettait de faire ce voyage. Je pense que c'est parce que je sais parfaitement pourquoi elle est venue ici. Elle sait que je sais. Par jeu, donc. Pour vérifier.

— Et Maria?

— À Reggio ou à Naples.

— Si vous me permettez ce petit commentaire: je crois que vous avez essayé de faire votre petit François Paradis avec votre Maria Capa di Piombo. Ça vous rappelle quelque chose? Chape de laine pour chape de plomb, vous l'avez échappé belle entre Maria et Estelle dans votre univers totalitaire complètement dominé par les femmes. Et vous vous croyez en révolte contre votre père! Il y a longtemps qu'il vous a laissé tomber, celui-là! Ha! Ha!

L. et ses interprétations toutes plus tordues les unes que les autres.

— Revenons à Estelle si vous voulez, je ne vous ai pas téléphoné pour vous parler de Maria. Estelle n'arrivait pas à se décider. Elle remettait toujours à plus tard.

— Vous voulez dire l'enfant?

— Quel rapport?

— Ça, justement. Qu'elle n'ait jamais accepté auparavant de venir à Pietrasanta et qu'elle y soit maintenant.

— Vous allez vite en affaires, ce n'est encore qu'une hypothèse!

— Allez, ne faites pas le modeste. Vous savez. Ça vous fait si peur que vous m'avez téléphoné...

— Vous avez raison, elle a décidé de me faire poireauter encore une fois. Vous n'aimez pas les images fruitières? Disons alors qu'elle voulait me faire chier! Si je lui ai proposé de venir à Pietrasanta! Plutôt deux fois qu'une, oui. À chaque fois elle a refusé, allez savoir pourquoi? Passé privé, blessures anciennes, pour elle il n'était pas question qu'on vienne ici ensemble.

— Elle aurait pu vouloir venir seule?

— Elle a toujours refusé ça aussi. Ç'aurait été facile évidemment de se retrouver à un endroit de son choix quelques jours plus tard. Pour ça aussi, il y a eu trop d'occasions ratées.

— Et vous? Quel est votre rôle dans tout ça?

— Ce que je viens faire ici, en quelque sorte? Mais c'est pour le savoir que je vous téléphone et c'est vous qui me le demandez. Si c'est comme ça, je peux très bien réfléchir tout seul!

Il rompt la communication sans même lui dire au revoir.

«Ça fera moins cher, c'est tout!»

«Et si je la rencontre?»

Ce serait tout, sauf un hasard, évidemment. Imaginons un peu que tout se passe exceptionnellement bien pour une fois, éventualité bien improbable dans le cas d'Estelle. Elle sera hérissée comme jamais. Elle l'avait averti:

— Je suis insupportable, c'est à prendre ou à laisser! avait-elle laissé tomber, un jour qu'il lui demandait ce qu'elle avait.

Il avait dû la rassurer qu'il n'était pas question qu'il la supporte. Mais en fait, c'est de ce point où sa relation avec elle lui devenait insupportable qu'il l'aimait, là où elle le forçait à renoncer et à aller plus loin, toujours plus loin dans un lieu d'horreur qu'il ignorait, là où il n'avait plus toutes les réponses et ça lui faisait horriblement peur en même temps que ça l'attirait irrésistiblement.

En ce moment, il éprouve un remords d'avoir fermé la ligne au nez de L. Le temps de se calmer un peu et il refait le numéro:

— Je me doutais bien que vous rappelleriez, dit L., sévère. Mais ne me refaites jamais ce coup-là, sinon la prochaine fois je décroche!

— Il m'est venu autre chose, dit Gabriel. À un moment donné, elle m'a avoué: «Je n'arrive pas à me supporter moi-même.»

— Qui vous a dit ça? Estelle? Maria? Ou Laura. On ne s'y retrouve plus à la fin parmi tous vos fantasmes utérins. L'une ou l'autre, ce n'est qu'une question de degré, vous admettrez avec moi.

— Estelle, qu'est-ce que vous pensez! Le problème de se supporter l'un l'autre ne se posait donc pas de la même manière pour nous, comme je viens de vous l'expliquer. Le problème était même plutôt en chacun que face à l'autre. Schizophrénie spéculaire peut-être? Est-ce qu'une telle chose peut exister ou y a-t-il entre les termes une contradiction nécessaire? Cela dit, l'humanité n'en est qu'à l'étape du bricolage en ce qui a trait aux relations intimes. Les cas de figures sont infinis. Dans notre cas, je dirais plutôt misanthropie radicale, définitive, un diagnostic à rendre toute vie de couple à peu près impossible. Misanthropologue, tiens, je mettrai ça comme profession quand on viendra m'interroger pour le prochain recensement! On n'en est pas à une contradiction près! Comme, en plus, je n'ai pas la moindre aptitude artistique, adieu la sublimation!

— Qu'est-ce que vous pensez de la production de ce groupe d'artistes dont fait partie Estelle? demande L.

— Depuis qu'ils se sont calmés et ne tiennent plus absolument à faire un scandale à chaque exposition, certaines sculptures sont jolies, de très beaux objets et même il y a quelque chose de plus, parfois, que je ne saurais décrire, une certaine pureté atroce, une innocence retrouvée. Mais quant à savoir ce que ça vaut vraiment, je n'en ai pas la moindre idée, je vous avoue. Non, je ne suis vraiment pas qualifié. Il faudrait demander à Estelle. À vrai dire, elle a bien dû suivre quelques cours d'histoire de l'art qui lui permettraient de spéculer sur le futur. Elles le font toutes. Il arrive un moment où c'est plus fort que n'importe quoi chez elles. Il leur faut absolument s'inscrire dans une continuité. Comme, d'autre part, elle refuse obstinément d'avoir un enfant.

— Et vous? Où est-ce que vous en êtes à ce sujet?

— Trop loin peut-être. Trop vieux aussi, traversé déjà de l'autre côté de la barrière invisible où l'on commence à pencher du côté de la mort. Elles le sentent bien. Je veux dire que les femmes le sentent dès qu'elles m'approchent. Bien sûr, un désir velléitaire me vient encore une fois de temps en temps. Mais alors, il aurait fallu quitter Estelle. Recommencer avec une autre! Ce n'est pas évident. Et puis, il faudrait que je sois sûr que ce sera une fille. Non. Ce n'est plus possible. Je me suis décidé trop tard. Quand même, j'entretiens obstinément la petite flamme.

— Juste au cas!

— Il faudrait qu'on me choisisse!

— Maria?

— Il y avait un peu de ça, je dois l'admettre.

— Vous n'êtes pas encore tout à fait certain de ne pas vouloir, alors?

— Combien de temps avant de me résigner complètement? Je ne sais pas. Tout va de plus en plus vite à mesure que je vieillis. L'image qui me vient à l'esprit pour décrire ce que je ressens, c'est celle du pilote de Stealth pendant la guerre du Golfe, bombardant les gens à l'aveugle à Mach 2 ou 3 dans son appareil à commandes automatiques. Pour moi aussi, tout va beaucoup trop vite. Je ne vois pas vraiment ce qu'il y a devant moi. Seulement des images virtuelles qui défilent à une vitesse folle sur la vitre du cockpit. Dans mon cas, ce seraient plutôt des images plurielles au lieu de virtuelles. Et le siège est éjectable à tout moment par décision d'un système soi-disant expert qui juge selon des critères qui n'ont rien à voir avec ce que je pense ou ce que je ressens. Pour l'enfant, ce n'est même pas un sursaut de révolte, seulement le tressaillement d'un mort en sursis. Tout bien pensé, ça m'est égal maintenant. Après tout, ce sont leurs affaires à elles, non?

— Et avant?

— Avant. Je voulais toujours attendre. Une autre femme, des circonstances plus propices. Je dois vieillir drôlement ces jours-ci! Ça vous fait rire?

Il pose le récepteur, traverse la voie ferrée et marche vers Marina di Pietrasanta près de la mer. Villas de vacances, pensions modiques. Sûrement que personne parmi les amis d'Estelle n'a les moyens d'habiter un de ces coquets palaces. Beaucoup trop chers. Trop propres, donc impropres à y faire de la sculpture, trop petits aussi. Ils se seront installés plutôt de l'autre côté, dans la montagne. Maison de ferme abandonnée. Ancienne cabane de berger. Comment les retrouver à travers ces oliveraies et ces vignes? Quant à monter là-haut, il faudrait prendre un taxi et il n'y en a pas en vue. Pour le temps qu'il lui reste! Il se rend compte qu'il n'a jamais eu la moindre envie de voir qui que ce soit à Pietrasanta.

Ni surtout de se retrouver face à face avec Estelle. Depuis qu'il a laissé Maria à Reggio, cette balade a représenté pour lui ce qu'on appelle en physique «un attracteur» plutôt qu'un but véritable. «Il est évident qu'Estelle se trouve ici. Si je tiens vraiment à la voir, il n'y a qu'à oublier les Frufrullone et rester», pense-t-il. Bien sûr, il ne le fera pas. Comment a-t-il pu ignorer toutes ces semaines ce qui lui apparaît maintenant comme une évidence? Déjà, à Rome, Ève-Lyne devait savoir qu'Estelle était en route pour venir ici. Il aurait suffi qu'il mentionne Pietrasanta pour qu'elle vende la mèche. «Trop de risque d'être en retard ce soir pour que je m'attarde encore bien longtemps ici de toute façon! Y a plus qu'à foutre le camp au plus vite maintenant et à trouver un autre train qui va à Gênes! Je pourrai toujours revenir demain, si j'en ai vraiment envie. Une heure encore. Juste le temps qu'il faut pour revenir à la gare et attraper le train local qui me ramènera à Pise.»

Pour Estelle, il l'a échappé belle. Il le croit encore en se pressant à travers la foule près de la gare. Il remonte dans le train, bondé cette fois, et se faufile jusqu'à une fenêtre. C'est alors qu'il l'aperçoit, elle est là sur le quai! Il crie:

— Estelle!

C'est parti sans penser, sans qu'il se demande quelle plainte ce cri convoie. Estelle se retourne et fait un signe au hasard dans la foule qui se presse. Elle a entendu, mais l'a-t-elle aperçu? Elle repart dans l'autre direction. Quant à lui, il n'ose descendre du train. Il risquerait de manquer son rendez-vous avec les Frufrullone. Et si elle trouvait sa présence ici supportable, pour une fois? Non, secrètement et depuis des mois, elle espère arriver au moment où elle en aura vraiment assez de lui. C'est lui qui est insupportable, un poids inutile qu'elle se sera imposé et dont elle est enfin capable de se débarrasser. Elle n'a qu'à le dire. Il s'en ira illico. Clairement, sa présence est un bris d'engagement, une intervention intempestive dans une partie très privée de la vie d'Estelle où il y avait un pacte de non-intervention. Quelque chose d'insupportable enfin de sa part. Il lui imposerait sa présence, ses règles à lui pour une fois! Alors qu'il s'est évertué pendant toutes ces années à satisfaire tous ses désirs.

«Tout est négociable», prévenait-il toujours quand il lui faisait la moindre proposition pour une sortie, un restaurant, un voyage, un menu, etc. Elle n'avait jamais pu savoir qui il était, s'il tenait à quelque chose. Qu'est-ce qui le rendrait prêt à se battre avec elle? Et en plus, à ne rien vouloir apparemment, ils finissaient toujours par faire ce dont il avait envie. C'est qu'il y avait tant de choses! Alors qu'elle, elle n'en savait rien. Ou plutôt, elle proposait quelque chose au hasard. Il commençait par admettre que «Oui, ce serait possible», puis il commençait son travail de sape. Maintenant elle savait: elle avait envie de quelque chose qu'elle pourrait lui imposer.

Lui-même respectait toujours si scrupuleusement les règles qu'elle édictait. Espace privé. Qu'il ne transgressait jamais. Est-ce qu'elles n'étaient pas faites pour être transgressées, justement, ces règles? Et si elle les avait posées expressément pour qu'il les transgresse?

Tout ça lui apparaît très clair maintenant.

— Vous ne comprenez pas? avait-il demandé à L. tout à l'heure. Imaginons un moment que je transgresse. Maria? Peut-être bien qu'elle pourrait représenter une transgression de ce genre, oui. Un peu banal, mais quand même. À Estelle de décider maintenant. Le pouce vers le haut ou vers le bas. Pouvoir impérial enfin de choisir entre punition et magnanimité. Tenir l'autre, finalement, c'est la seule jouissance. Ou encore elle peut renverser la situation. «Ou c'est elle, ou c'est moi.» Oui, se mettre sous le pouvoir de l'autre, c'est encore mieux. Sadomasochisme? Mieux encore. Les choix infinis imposés à l'autre représentent en même temps une indifférence suprême qui maintient à jamais la distance. L'interdit transgressé, le passage est fluide à nouveau. Comme les autres, elle finira par me glisser entre les doigts. Je me sens tellement seul, dit-il.

— Malheureux?
— Infiniment.
— Tout va bien alors! conclut L.

Chapitre 5

De retour à Pise, le reste est un jeu d'enfant. Il trouve sans difficulté le train *in partenza per Genova* qui l'attend sur la voie adjacente et s'installe dans un compartiment au centre du convoi tandis que le train prend de la vitesse. «Ouf!» Il l'a échappé belle. Ce n'est pas tant le ridicule qu'il craint que d'en rajouter sur le malentendu. L'a-t-elle seulement vu depuis le quai où elle se hâtait? Plutôt que de sortir admirer la côte par la fenêtre du couloir, il préfère rester dans le compartiment à regarder à travers la vitre la montagne éventrée, vidée de ses entrailles de marbre, tandis que le train fonce en direction de La Spezia.

«Pierresainte!» Le nom de la ville est lié à la sculpture d'une manière plus étroite qu'il l'avait pensé. «Adieu Estelle Lapierre, Estelle la sainte. Ma statue toute dégingandée.» Sauf qu'Estelle surgit partout et toujours sur sa route, ou la sienne est tellement prévisible qu'elle n'a qu'à l'attendre là où elle décide de lui tendre un piège. Mais dans quel but?

Elle commence à désirer et à dire non, son mutisme parle.

Le train file et recommence à dépasser les petites gares. Il se sent trop fatigué pour tenter de lire les noms au passage.

Passé Carrare, le train se met à accélérer et le sifflement régulier de la roue sur le rail se change en plainte stridente, métal hurlant meurtrissant l'autre métal dans une ecchymose obscène et violacée. Le film inversé du retour remonte le temps au rythme des maisons qui défilent devant lui, sidérées par la vitesse du dépassement. Puis plus rien. Le bruit redevient régulier. Il s'endort. Petite mort très douce.

«En principe, rêve-t-il à moitié dans un rêve abstrait, un rêve qui voudrait distiller sa colère qui monte, dirigée contre lui-même, les freinages en catastrophe qui précipitent les passagers dans tous les sens sont toujours secondaires à une catastrophe première. Ils tentent de pallier, c'est tout.» Cette pensée l'excite et le remplit de satisfaction au point de le réveiller presque.

Évité, l'accident ne suffit pas pourtant à annuler l'aveu qu'il représente. Qu'on s'y attarde un peu et l'accumulation de petites fautes vénielles révélera une tendance à l'inattention qui n'est pas sans présenter quelque danger pour le futur. Son occurrence régulière, ces dernières années, a de quoi inquiéter. Ça finit par miner complètement sa confiance dans les êtres et dans les choses en une sorte d'appréhension statistique.

C'est pourquoi, en général, il a horreur des gens qui conduisent mal et qui freinent ainsi pour un rien. Dans leur brutalité calculée, les freinages lui paraissent autant d'épreuves de force à la fois stériles et éreintantes, des ratages inutiles qui lui donnent mauvaise conscience. En même temps, lui remontent en mémoire les bouffées de chaleur mauvaises, subites, malvenues de l'orée de l'adolescence. La paralysie de la pensée qu'elles entraînaient finissait par le terrasser jusqu'à ce que la panique s'installe et qu'il s'enfuie au moment précis où il aurait suffi d'oser pour que tout devienne possible. Dans ces moments-là, il reculait, effrayé par son audace, et se réfugiait dans la rêverie.

Ce regret matérialisé dans un rêve d'acier et de béton finit par l'agacer au point de le réveiller. Il se lève en sursaut et regarde par la fenêtre, les yeux encore brouillés par le sommeil léger. Le plus léger possible. Après La Spezia, le paysage change. Installé à la fenêtre, il regarde défiler les petites falaises du Moyen-Nord italien qui viennent se jeter dans la mer entre les échancrures du roc où s'incruste une autre Italie, moderne autant que morne. À gauche de la voie, écrasée sous le soleil, une structure métallique abandonnée, comme rapiécée de milliers de carreaux qui remplissent tout l'espace entre les poutrelles, semble n'être là que pour occuper ce site d'une perfection si classique qu'on se serait attendu à un palace pour milliardaires. Pourtant, dans le délabrement subsiste une beauté nue faite de riens et des navires marchands qui croisent au large, avec de temps en temps un quai qui s'avance dans la mer où sont amarrés un pétrolier ou un minéralier solitaires. Aucune activité nulle part ne trouble les cours des usines de part et d'autre de la voie. Tout est désert aussi sur la route qui longe le mur de chaque côté. Il ne reste qu'un paysage d'industries sur le déclin, paysage d'autant plus inquiétant qu'en beaucoup d'endroits les carreaux sont cassés pour la plupart. Quant aux murs d'enceinte en briques sales, ils disparaissent sous des kilomètres de graffitis à l'enseigne du marteau et de la faucille.

Ces graffitis répètent tous plus ou moins la même chose, comme un héritage d'une Italie déjà lointaine, en proie au terrorisme des années soixante-dix. On a oublié de repeindre ou ce n'est pas possible d'effacer. Ces slogans creux proclament la nécessité de la lutte armée et du pouvoir populaire. La pluie et le temps ne les ont pas encore lavés et ils subsistent, témoignages de l'impuissance d'une génération à changer la vie. Heureusement, la vie change bien toute seule, elle se déplace dans les endroits les plus inattendus. Elle finit par se loger pour un temps dans quelque repli avant de repartir de plus belle tôt ou tard, au moment où on ne l'attend plus. Dans les cours au-delà des murs et des slogans belliqueux, il ne reste que des bouts d'acier rouillés qui n'encadrent plus aucun mur, ou même il n'y en a jamais eu, ce ne sont que des abris où mettre les matériaux. Derrière ce même air désinvolte qu'elles affichent face à la nature qu'elles déparent, ces usines cachent toutes un fumet de pollution diffuse comme une atmosphère de remise de peine pour ceux qui y travaillent. D'anciennes aciéries peut-être aux hauts fourneaux éteints depuis longtemps. Et qui attendraient une improbable réouverture. Des usines de machinerie lourde, des entrepôts. Plus loin, de l'autre côté de la route, les usines ont des cheminées de briques qui crachent la fumée et un peu partout il y a des cylindres de métal empilés pêle-mêle dans les cours adjacentes aux gares de triage. Ce soleil et ces palmiers absurdes qui poussent dans l'asphalte troué des improbables banlieues industrielles parsèment de façon presque comique le front de mer qui va de La Spezia à Gênes. Au point que ces bâtiments dépenaillés semblent d'opérettes ou de bandes dessinées, ils se sont trompés d'adresse, ils n'ont rien à faire ici.

À ce moment, Gabriel entend des voix dans le couloir. Des gens sont montés à La Spezia. L'idée que quelqu'un pourrait venir s'installer à côté de lui dans son compartiment l'ennuie. Pour une fois qu'il y a de la place! Les pas s'arrêtent juste en face. La porte coulisse. Une dame se penche à l'intérieur, l'aperçoit et se relève vivement quand elle se voit regardée à son tour.

— Toc-toc-toc! Je peux entrer? demande-t-elle. Vous êtes assis à ma place, voyez, j'ai réservé, fait-elle en montrant son billet.

— Je peux changer, soupire-t-il.

Il se redresse sur son banc, les yeux un peu bouffis à cause de sa nuit sans sommeil, au point qu'un peu effrayée par la mine qu'il a, la dame hésite à entrer.

— Ne vous dérangez pas, je vais m'installer en face, finit-elle par dire.

— Je dormais à peine, ment-il.

— Et c'est moi qui vous ai réveillé. Pardonnez-moi.

Elle lui sourit.

— Non, non. Je sommeillais seulement, dit-il en évitant de répondre.

Au bout d'un moment, il se recouche face au mur sans plus s'occuper d'elle. Il se remet à sommeiller.

Plus tard il se réveille avec le sexe gros. «Envie de pisser seulement, n'ayez crainte madame.» Et comment pouvait-elle ne pas voir ce qu'il ressent avec tellement de force? La dame regarde ailleurs. Il penche la tête vers la fenêtre, constate quels sont les paysages qui défilent. Usines encore. Toutes pareilles. Inintéressantes.

Dans un tunnel, un express les dépasse à toute vitesse. Pfft! Pfft! À peine l'a-t-on entendu venir que déjà il fuit derrière. Collision uniquement sonore, effet Doppler. Puis ce roulement assourdissant comme une énorme envie qui perce l'eau dans la cuvette. Heureusement, très vite le bruit se calme et disparaît dans le lointain, s'en allant vers Rome, Naples, toutes ces villes qu'il fuit malgré lui. Pour le moment, effet Doppler dans sa vessie qui menace d'éclater.

La tête aussi, tant qu'à y être. Il a la tête comme un effet Doppler. Pfft! Pfft! Son cerveau transformé en caisse de résonance, c'est encore pire! Cette sensation de fièvre. Ce tambourinement sur les tempes. Pfft! Pfft! Comme un étau, un écho, effet retardé d'alcools divers, conséquence des excès de la veille. Heureusement, demain est un autre jour. Aujourd'hui, pas d'excès. Promis madame, dorénavant je ne le ferai plus!

La sueur. Voilà qu'il a la gorge sèche. Ah! si seulement il s'était réveillé à La Spezia! Il aurait pu acheter un litre d'eau minérale. Pour l'instant, la soif et l'envie de pisser luttent ensemble, comme si quelqu'un d'assis sur son ventre lui fouillait dans la bouche en même temps, le forçant à avaler un peu de sa propre salive épaisse ainsi que beaucoup d'air aussi sec.

Pour lui faire avouer quoi?

Il résiste. Pas question de se lever en ce moment où il se doit de rattraper toutes les paresses ajournées.

Le train repart, il se rendort.

Bruit de porte coulissante encore. D'autres gens qui entrent. Ils sont trois, les parents avec une petite valise, embarrassés de leur petite fille d'environ cinq ans qui s'est glissée devant eux pour être la première à entrer. Elle tient sous le bras un cylindre de papier écrasé, probablement un dessin. Son père le lui prend pour en rectifier la forme et le range au fond du filet au-dessus de la banquette. Gabriel se dit que peut-être il devrait bouger pour leur faire de la place. Il se relève doucement et s'appuie le corps contre la fenêtre; ses yeux qu'il garde mi-clos les considérant avec l'attention distraite de quelqu'un qui n'a pas l'intention de se réveiller. Toujours, il préfère que les gens s'installent d'abord. Ça simplifie les présentations.

— Bonjour, dit la femme.

Elle a un fort accent étranger qui pourrait être slave ou roumain. Mais comment en être sûr? De toute manière, Gabriel n'aurait su distinguer entre les deux, et qui sait, ce pourrait aussi bien être de l'albanais ou du grec!

— Chut! il dort, lui renvoie la dame d'en face en parlant de Gabriel.

La femme et la fillette se sont installées dans l'espace libéré par ses pieds. Ils se taisent tous les cinq pendant un moment, le temps de s'étudier peut-être? Puis les nouveaux arrivants se mettent à parler entre eux tout bas, dans cette langue qui fait une musique étrange. «Une langue slave, sûrement. Ou alors du roumain, ce ne peut être que ça. Quelle langue parlent les gitans entre eux?» se demande Gabriel. L'allure défaite de la femme et de la fillette lui fait supposer cette origine qui l'arrange. Par contre, l'homme pourrait aussi bien être un de ces hommes d'affaires moscovites fringants, friqués depuis peu, découvrant l'Ouest avec l'enthousiasme d'une Terre promise. Il est fringué à la dernière mode, promesse d'autres affaires tout aussi fructueuses. Heureusement, Gabriel n'a pas à faire le journaliste à tous les coups. Le langage de leur conversation, ça reste du «train», une langue informe tout juste bonne à servir de bruit de fond à son sommeil. Après avoir écouté un moment ce babillage d'adultes qui la lasse, la fillette veut s'étendre, la femme lui cède sa place et va s'installer à côté de l'Italienne.

— Elle est enceinte. C'est notre deuxième, dit l'homme, dans un italien cassé, voulant excuser le dérangement.

Comme si on pouvait manquer de s'apercevoir qu'elle est au bord de l'accouchement! Gabriel se soulève à moitié:

— Excusez-moi. Vous n'auriez pas quelque chose que je pourrais prendre? demande-t-il à l'Italienne. J'ai un peu mal à la tête.

— Attendez un peu que je regarde, dit-elle en souriant, heureuse sans doute d'être utile.

Elle s'affaire dans son sac un moment, puis ne trouvant rien, lève la tête, la secoue négativement.

— Je continue de regarder, dit-elle, un peu anxieuse, comme si elle craignait de l'impatienter. Encore un tout petit instant, *per favore*.

Crainte qu'il demande aux deux autres, peut-être? Qu'ils aient les précieux comprimés? C'est à elle qu'il a demandé, à elle de répondre! Sentiment absurde de responsabilité devant l'étranger. L'honneur national immédiatement mis en jeu. Elle jette un regard interrogatif en direction du couple, arborant un sourire craintif et désolé. L'homme secoue la tête négativement. Gabriel leur rend un sourire à tous les trois.

— C'est toujours au moment où on en a besoin qu'on ne les trouve pas, dit la dame. Et devant des étrangers par-dessus le marché! Pas possible qu'il n'y ait rien là-dedans, quand même!

Elle continue de fouiller plus loin, racle le fond du sac. Bruit de tubes agités. Vieux rouge oublié là depuis des mois. Mascara, tampon, choses de femmes, mais pas de comprimés.

— Je n'en ai pas, fait-elle, désolée d'avoir à abandonner sa recherche.

— Ce n'est pas grave, dit-il, on arrive bientôt, je pourrai en acheter.

— Attendez! fait-elle, illuminée d'une idée soudaine.

Triomphante à nouveau, elle sort deux petites cartes de son sac qu'elle brandit en l'air avant de les lui tendre.

— Oh, merci! fait-il surpris.

Il a un léger, très léger mouvement de recul au moment où elle lui présente les images. Plutôt sourire! Il n'avait qu'à ne pas demander. Il doit accepter avec grâce maintenant. Au lieu des comprimés attendus, les deux cartes représentent des images saintes. Maintenant c'est lui qui ne veut rien montrer. D'abord, respecter les croyances des gens. Infalsifiable aussi, la croyance en Dieu, en la Vierge. Loin d'être inoffensive pourtant.

— Avoir la Madone de son côté, ça ne peut jamais nuire, dit-elle.

La première image représente *Santa Teresa del Bambino Gesù*. De quelle Thérèse s'agit-il? Sainte Thérèse de l'Enfant-Jésus. Pas celle d'Avila, celle de Lisieux, la Française, carmélite postérieure. Derrière il y a un calendrier des fêtes religieuses. Saint Gabriel, quel jour? Sainte Estelle, inconnue au calendrier. Santa Maria. La seconde image représente la Vierge avec une prière à l'endos.

— Merci, fait Gabriel, poliment.

Quelqu'un qui le connaîtrait bien aurait perçu la très légère ironie qui perçait dans sa voix mais la dame ne s'aperçoit de rien. Quant aux deux autres, ça ne les concerne pas. La fillette s'est levée pour aller dans le couloir bondé.

— Priez, vous verrez, ça aide à oublier le mal! dit la dame, s'adressant à Gabriel.

— Je le ferai, l'assure-t-il.

La dame range son sac à côté d'elle, lui sourit d'un air brave et charismatique. Ils restent là à s'étudier tous les quatre. Rien à se dire de plus. Quand l'un bouge, les autres lui sourient. Si bien qu'au bout d'un moment, personne n'ose plus faire le moindre mouvement. Plus tard, le couple sort pour aller rejoindre la fillette. Ou ils vont fumer peut-être. Pas elle probablement, à cause de l'enfant à venir. Gentil de leur part d'aller dans le couloir. Ils vont parler. Fille ou garçon? Prénom. Projets. Avenir. Gabriel range les images dans sa poche de chemise et décide que la meilleure chose à faire est encore de fermer les yeux. Sommeil. Se laisser envahir par l'oubli jusqu'à l'arrivée. Quelques secondes. Difficilement il se retourne sur son banc. Bruit de porte qui glisse, l'homme revient. Seul.

— Elles sont allées casser la croûte au wagon-restaurant, dit-il pour expliquer le fait que ses deux compagnes ne sont pas revenues avec lui.

— Je peux, alors? se contente de demander Gabriel.

«Pourquoi ne reste-t-il pas avec elles?» Il étend les jambes, prenant bien soin de remplir toute la place sur le banc. L'homme de l'Est s'installe à côté de la dame. Pas le choix. Roulis du train encore, il sommeille. Combien de temps? Difficile à dire. Le brusque arrêt de la locomotive vient interrompre des rêveries plus ou moins érotiques, le jetant presque en bas de la banquette. «Pourquoi cette idiote m'a-t-elle offert ces images saintes?» se choque-t-il sans que cela ait le moindre rapport apparent. Il regarde par la fenêtre:

— Gênes! dit-il, tout étonné d'être arrivé. Déjà!

«Terre!» avait crié Colomb, découvrant l'Amérique. C'est toute la différence entre l'ancien monde et le nouveau, entre l'illusion qu'il y a de l'espace et la finitude du temps.

«Au moins, fait-il, souriant de son bon mot, les Frufrullone conservent l'avantage d'être Génois en plus d'être géniaux!» (Ne pas oublier la majuscule à «Génois»!)

C'est-à-dire qu'ils sont déjà rendus où il désire aller.

— Oh! fait l'homme en prenant sa petite valise dans le filet. C'est la vôtre? demande-t-il en regardant la dame. Je crois qu'il y a quelque chose de gluant.

Et il laisse là la sienne et descend plutôt la valise qui coule. Il la pose sur le banc à la place libérée par Gabriel.

— Mais c'est vrai, s'exclame-t-elle après avoir regardé à son tour.

Avec répugnance, elle passe la main sur le liquide blanc qui s'écoule lentement sur le côté de la valise puis elle porte ses doigts à son nez.

— Du shampooing, dit-elle en prenant un ton un peu dégoûté, tout en essuyant ses doigts sans vergogne sur la banquette. Et qui pue le parfum! Pourtant le mien ne sent pas comme ça. Est-ce que ça ne pourrait pas couler de votre valise? demande-t-elle, s'adressant à Gabriel.

Il se lève, regarde:

— Non, il n'y a rien, dit-il soulagé.

— La mienne non plus! fait l'homme.

«Appelons-le Hibernatus, tiens!» Si Gabriel le baptise de ce nom, c'est à cause du visage émacié, de la maigreur musculeuse du reste du corps. L'ironie légère est à son usage exclusif. À cause de ces traits, incontestablement «Hibernatus» présente une certaine ressemblance avec cette momie trouvée dans un glacier des Alpes, aux confins de l'Italie et de l'Autriche. La momie s'en fichait des frontières et des douaniers! Le premier Européen complet! Avec armes et bagages. Le premier contrebandier faisant le trafic de son propre corps au rythme des déplacements du glacier. À qui appartient-il, ce corps congelé, responsable d'une véritable guerre froide entre l'Autriche et l'Italie? Avec quel espoir sa descendance, forcément quasi universelle en Europe, a fait sa connaissance! Quel argument pour l'unité du continent juste au moment où l'on se déchire encore un peu plus, dans cette Yougoslavie au-delà de toute rationalité européenne!

D'un geste décidé, la dame appuie sur les boutons à chaque extrémité de la valise qui s'ouvre dans un déclic. Elle se met à fouiller à l'intérieur, soulevant les vêtements, vaguement aidée par l'homme qui se tient à ses côtés. Le rabat a tendance à vouloir se replier et il se contente de le maintenir ouvert pour elle.

— Mais il n'y a rien qui coule! s'exclame-t-elle après avoir tout retourné sens dessus dessous.

— Ce liquide doit bien venir de quelque part! demande Hibernatus, qui se retourne vers Gabriel d'un air soupçonneux.

Il laisse baller ses bras dans le vide dans un geste d'impuissance.

— Désolé, fait Gabriel, mais je ne comprends pas plus que vous.

— Bof! C'est sans importance. Après tout, il n'y a pas de dégâts. Suffit d'essuyer, tenez.

L'homme tend son mouchoir soigneusement plié à la dame. En coton tout de même. Habit de soie, cravate. Attaché-case en peau de crocodile. Boutons de manchettes. Qu'est-ce qu'il fait en deuxième classe, celui-là?

— Ça n'a pas l'air d'avoir coulé à l'intérieur de toute façon, dit l'homme.

Il passe ses doigts fins entre les couches de vêtements pliés sagement dans la petite valise, l'air sincèrement désolé. Un air de circonstance et d'enterrement.

— J'aurais dû me mêler de mes affaires, dit-il, comme pour s'excuser.

— Non, non! fait la dame, c'est très bien. Il faut seulement trouver la cause, ajoute-t-elle, très rationnelle voire un brin rationaliste, ce qui ne manque pas d'étonner Gabriel.

Cette grenouille de bénitier paraît résolue, en tout cas, à faire la lumière sur toute cette affaire qui ne sent pas très bon.

— Oui! il faut bien qu'il y en ait une, admet Gabriel, l'air surpris comme si l'évidence de la chose venait seulement de le frapper.

— D'où cela peut-il bien venir? demande-t-il.

— Je n'en ai pas la moindre idée! répond Hibernatus comme si la question s'adressait à lui en tentant de s'exonérer une fois pour toutes.

Il se tourne vers Gabriel:

— Pouvez-vous le tenir à ma place, demande-t-il en désignant le rabat. Je ne peux pas rester plus longtemps. Dans l'état où elle est, je ne voudrais pas faire attendre ma femme, vous comprenez? Et il faut que je m'occupe de la fillette.

— Mais d'où peut bien venir ce shampooing? poursuit la dame tout en continuant à fouiller.

Elle regarde alternativement Gabriel puis l'homme comme si l'un des deux devait tenir la solution de l'énigme et qu'elle allait le forcer à la lui donner avant que l'un ou l'autre ne quitte le compartiment.

— Vous restez à Gênes? demande l'homme avant de sortir.

— Quelques jours seulement, répond Gabriel.

— Bon séjour alors! Vous verrez, Gênes est une ville très agréable.

Il se soulève sur la pointe des pieds, descend sa valise du filet et la pose sur le sol.

— Voyez! La mienne n'a rien non plus, dit-il.

— Tant mieux pour vous! fait la dame, un peu fâchée qu'il le lui fasse remarquer.

— Les petits incidents font partie des voyages! Allez! Je vous quitte.

— Heureusement, il n'y a pas de dégâts à l'intérieur, ajoute-t-elle, obstinée, en se parlant à elle-même, totalement absorbée dans sa recherche. Il a bien fallu que quelque chose se produise pour causer tout ce coulage! Pourtant la vôtre ne coulait pas non plus! interroge-t-elle à haute voix. Ni la sienne.

Elle se recule un peu et, perplexe, examine la valise avec attention. Comme si la distance pouvait l'aider à penser.

— Drôle de couple! fait Gabriel.

— Oh! s'exclame-t-elle en même temps. Mon sac!

— Vous avez perdu quelque chose?

Dans un éclair, Gabriel comprend ce qui vient de se passer. Ce cri! Facile maintenant de deviner. Il se précipite vers la porte:

— Des gitans, dit-elle. Maudits gitans, j'aurais dû m'en douter. Le teint basané, le coup de la femme enceinte. Trop propre pour être honnête, ce type! Ne manquait que la traînée d'enfants sales. En tout cas, ils viennent de l'Est, ça c'est sûr.

Coup d'œil furieux en direction de Gabriel:

— D'habitude, je me méfie toujours des étrangers, sauf les Américains. J'ai deviné que vous étiez américain à cause de l'étiquette sur votre valise: *MADE IN AMERICA*. C'est à cause de vous tout ça, vous m'avez distraite.

— L'étiquette? Ah oui! l'étiquette.

Un autocollant banal qu'il a pris il ne sait où sans y penser. Il y en a quelques autres comme ça un peu partout sur tous les côtés de la valise. Autant de repères pour lui permettre de la récupérer plus rapidement sur les convoyeurs des aéroports.

«Et pourquoi pas les Américains?» se demande-t-il. «La ruse des puissants, c'est de légiférer sur les petits larcins. Pour le reste, ils ont le champ libre. Facile de définir un larcin bien circonstancié! Plus facile à réprimer aussi. Ça explique les bons sentiments de cette dame à mon endroit. Si attendrissants les Américains, les Nord-Américains, on leur donnerait le bon Dieu sans confession. Si naïfs, si peu européens. Pendant ce temps-là, Wall Street impose sa loi d'airain, et le Pentagone aussi. Sans oublier Hollywood et Mickey, leurs fables infantilisantes. Car le monde de Mickey, c'est l'enfant qui dicte sa loi à l'adulte. Ne reste plus qu'à les jouer l'un contre l'autre dans un combat sirupeux, l'adulte d'un côté, l'enfant et Hollywood de l'autre. C'est ça, le véritable génie d'Hollywood! Pas besoin d'épiloguer bien longtemps, le combat est trop inégal, perdu d'avance. Et pendant un bon bout de temps, on va continuer de se méfier de tout ce qui vient de l'Est.»

— Qu'est-ce qui vous dit que ce sont des gitans? demande-t-il.

— On dit des gitans mais ça pourrait aussi bien être quelqu'un de n'importe où là-bas, ce qu'on appelait le rideau de fer autrefois, abattu, hélas, pour notre plus grand malheur à tous, vous verrez! Il y a des Roumains qui font ces choses-là aussi. Les ex-Yougoslaves, les Slaves islamisés de l'autre côté ne sont pas mal non plus. Depuis qu'ils ont abattu le mur, un vrai désastre de Caporetto à tous les coups! On ne savait pas à quel point on était bien avant.

— La maffia, américaine ou italienne, ne serait pas mêlée à ça aussi, ironise Gabriel.

— Gardez vos sarcasmes pour vous, si vous voulez!

— Envolé, l'Hibernatus! dit-il après avoir jeté un regard dans le couloir.

Il se dirige de l'autre côté pour ouvrir la fenêtre. Elle donne sur le quai. Évidemment, l'homme est déjà rendu loin.

— Hibernatus?

— Bof! Un nom que je lui ai donné comme ça parce que je ne saurais comment l'appeler autrement. Un cadavre qu'ils ont trouvé dans la montagne par là, vers l'Autriche, l'Est en fait. Très, très vieux. On en a encore pour un moment à se chicaner pour ce qu'il en est de sa «nationalité véritable». Mais, peut-être est-ce ce sauveur providentiel que tout le monde attendait et qui surgit au dernier moment, comme dans tout bon suspense, juste quand l'Europe est en train de sombrer. Hibernatus serait un super Pierre Elliott Trudeau préhistorique, poursuit-il comme une illumination.

— Sa femme! le coupe-t-elle. Quelle comédienne, celle-là!

— Margaret? Si vous voulez. L'Hibernatus, un tiers latin, un tiers germanique, un tiers slave, pourra toujours servir de symbole pour les générations futures. Au moins, il offre l'avantage d'être muet, ce qui permet de lui faire dire à peu près n'importe quoi.

— Pas plus enceinte que vous et moi, décrète-t-elle poursuivant son monologue parallèle. Le shampooing. Une diversion pour nous retenir ici et qu'on ne se doute de rien pendant qu'il partait rejoindre sa guenon! ajoute-t-elle dans un élan irrépressible de haine et de racisme.

— Aucune chance de les rattraper, malheureusement, dit-il.

— Qu'est-ce que je vais faire, maintenant? demande-t-elle, effondrée.

Dans un sursaut de cynisme, Gabriel est un moment tenté de lui répondre: «Priez», mais il se retient à temps. «Heureusement, Hibernatus... disons le voleur, ça suffit pour les besoins de la description. Donc, il s'en est pris à son sac! Ç'aurait pu être mon portefeuille!» pense-t-il égoïstement tout en se tâtant pour vérifier que ses choses sont bien à leur place.

— Au moins, vous pouvez téléphoner pour qu'on vienne vous chercher. Si vous voulez, je garde votre valise pendant que vous prévenez les agents, propose-t-il.

— Non merci! dit-elle d'une voix coupante. Après tout, je ne vous connais pas non plus. Vous pourriez aussi bien être leur complice à tous les deux et partir avec le reste de mes bagages, tant qu'à y être! Ça s'est déjà vu.

— Vous croyez vraiment?

— Excusez-moi, je suis un peu nerveuse après ce qui vient d'arriver, se ravise-t-elle. Mais je préfère quand même porter ma valise. Comme ça au moins, je serai tranquille!

— Regardez! dit-il soudain, plongeant la main dans le filet audessus d'eux. Il a oublié ça.

Du fond du filet, il extrait le rouleau de papier d'assez grande dimension.

— Qu'est-ce que c'est?

— Un dessin, je crois. La fillette l'avait dans les mains quand ils sont entrés.

Il défait le papier collant et déroule le papier.

— Ce n'est qu'un dessin d'enfant, dit-elle, déçue.

— Il est beau, dit-il, admirant l'oiseau très coloré.

La tête est orientée à gauche quand on le regarde de face, comme si l'oiseau regardait loin derrière lui plutôt que devant. À part cette bizarrerie, c'est magnifiquement dessiné, avec les pattes qui dépassent du cadre et une dédicace malhabile qu'il est incapable de déchiffrer. Par contre, la technique employée lui paraît sophistiquée pour un enfant de l'âge de la fillette entrevue dans le train.

— Manifestement, elle a eu l'aide d'un adulte, dit-il. N'empêche, c'est superbe.

— Prenez-le si vous voulez, dit la dame. Ou plutôt non, peut-être que ça pourra aider la police à retrouver mon voleur. Gardez-le en attendant, je vais chercher les autorités.

Elle sort et il reste seul dans le compartiment. Pour ce qui en est d'Hibernatus, il aurait dû deviner. Il était trop propre dans son complet. Trop parfumé. Trop de soie, de cuir, d'argent finalement pour voyager en deuxième. Trop svelte et beau aussi.

«Élégant». C'était le mot. La vraie fonction de l'élégance, il avait toujours pensé que c'était de cacher une certaine pauvreté, une pauvreté certaine. Pas seulement le manque d'argent, l'esprit plus encore, le cœur surtout. Il y en a même qui parlent de «classe», on ne saurait mieux dire. Il n'avait jamais eu aucune confiance dans les hommes ou les femmes trop élégants. Sauf peut-être, il ferait une exception pour Hibernatus, l'original retrouvé dans la montagne, tatouages, arc et flèche qui vous atteint en plein cœur.

Quoique! Les conditions dans lesquelles cet envoyé du passé refait surface ne sont pas très claires. Complot des écologistes? Un cadavre qui tombe pile! Au bon moment et au bon endroit! Au fait, à combien de kilomètres de l'ex-Yougoslavie l'a-t-on trouvé dans cet État déplorable? Italie ou Autriche? S'il avait été transporté dans ces confins justement pour qu'on l'y découvre? Et pour détourner l'attention de quel massacre? Les Slovènes? Hors de course pour le moment. Les Croates? Qui sait quand ça recommencera là-bas aussi?

Et cette gare où le train vient de s'arrêter, il serait important de savoir si c'est Principe ou Brignole. Il aurait dû penser le demander à l'Italienne. À l'agence de Rome, le préposé lui avait conseillé avec insistance de loger dans les quartiers du centre.

— Cherchez autour de la Piazza de Ferrari, avait-il dit. Vous finirez bien par trouver quelque chose de pas trop cher quand même. Évitez à tout prix la vieille ville. Plutôt sinistre le soir. Très, très dangereux. Sinon, vous risquez de n'être plus là pour le regretter.

En général, Gabriel n'apprécie guère les conseils des agences. «Mais bon.» Pour une fois il a le sentiment que, peut-être, il devrait suivre cet avis. Après tout, ça n'empêche rien, il sera toujours possible de revenir flâner autour du port demain. Il reste si peu de temps avant le retour. Chaque jour, chaque seconde comptent. Alors, pourquoi ne pas rester ici une fois enregistrée l'entrevue avec les Frufrullone? Arrêter un peu le temps pendant que c'est encore possible. Y en a marre à la fin de tous ces déplacements fatigants! «Je devrais me fixer à Nervi, tiens.» L. lui en a assez parlé! Le nom a quelque chose de fascisant qui lui répugne et le fascine en même temps. Un nervi, des nervis. Cela évoque les villas patriciennes, les grands parcs ombragés, «la mer toute proche», lui avait raconté L. qui y avait séjourné lors d'une visite *ad hominem* au *professore*, le printemps précédent.

— Ils ont été absolument impeccables comme d'habitude. Yacht Club. Ils m'avaient logé sur leur bateau dans une marina. Un gros, cinquante pieds et plus avec de la place pour sept ou huit cabines doubles. Quand même, on était un peu à l'étroit avec tout le monde qu'il y avait. D'un luxe inouï! En quarante ans de voyages autour de la boule, on en ramasse des choses! Masques, statuettes. Dans tout analyste, il y a un collectionneur qui sommeille. Freud lui-même, n'a-t-il pas indiqué la voie de ce côté-là aussi? Même en Chine populaire. Oui, oui. Quelques analystes quand même. Top secret, évidemment. Correspondance gigantesque. Les Frufrullone ont un secrétaire pour s'occuper de ces questions. Alberto est au courant de tout. Absolument. Véritable Albert ego. Jeu de mots facile, j'en conviens, mais absolument irrésistible pour moi. Et puis, c'est vrai: Albert est un alter ego parfait, vous verrez. Fait presque partie de la famille. Quoique! On peut toujours se demander qui est l'alter ego de qui? Le psychanalyste est alter ego par définition, c'est même tout ce qu'on lui demande, un autre soi!

Mais pour revenir à Albert, il s'occupe absolument de tout pour eux. Contrats, hypothèques diverses, investissements, il ne leur reste plus qu'à signer une fois que tout est réglé. Donnez-lui bien le bonjour de ma part quand vous le verrez! Son nom? Je vous l'ai déjà dit, Alberto. Vous pouvez l'appeler Albert, ça fait français, ils adorent tous ça. Ah non! Vous croyiez que c'était une blague? Alberto est un personnage *importantissimo*, comme on dit là-bas, vous vous apercevrez très vite de l'étendue de son pouvoir. On dit même qu'il aurait écrit une bonne partie de leur œuvre commune à tous les deux. Une sorte de nègre, en fait. D'une modestie en plus!

— Pourquoi ne se met-il pas à son compte?

— Trop tard maintenant, ça fait trente ans qu'il est avec le *professore*! Trop intelligent, son analyse n'a jamais abouti. Non, il ne serait jamais autre chose qu'un joueur des ligues mineures. Les autres lui mettraient sûrement les bâtons dans les roues aussi. Et puis son job n'est pas sans compensation non plus! Mais qui sait? Peut-être qu'un jour il publiera ses mémoires et qu'on saura enfin la part de chacun dans cette affaire. Mes rapports avec lui? C'est lui qui s'est occupé de moi les premières années quand j'y étais. Il a été parfait. J'ai été reçu, comment vous dire? Même une auto! Vieille Mercedes. Modèle 1949, je crois. Une antiquité, mais dans un état absolument impeccable. Demandez à Alberto de vous la montrer! Rien à voir avec les modèles d'aujourd'hui. Décapotable qui faisait très sport, rouge vif en plus! Portes-suicide. Deux seulement. On n'en fait plus comme ça depuis longtemps. Vous m'imaginez là-dedans? Sans blague, vous me voyez avec une capote? Sur le toit; je vous ai eu, non? Je faisais des petites blagues faciles comme ça pour avoir du succès auprès des filles. Et j'en avais, c'est le plus drôle. Ça ne signifiait pas pour autant qu'elles acceptaient de passer à des choses plus sérieuses. Les Européennes sont plus difficiles que les nôtres, vous verrez ça aussi! Pour une fois, faites un effort, ayez l'esprit ouvert quand vous serez là-bas!

Nervi.

«Au moins, j'aurai quelque chose à raconter à L., au retour. Ça nous fera un sujet de conversation.»

En même temps, le mot «Nervi» évoque le stress au point de prescrire la cure de sommeil dont il aurait un besoin pressant et cela aussi lui donne envie d'y aller. Pas de danger, par contre, que les Frufrullone le logent sur leur yacht! Descendre dans un grand hôtel à Nervi? «Beaucoup trop cher pour mes moyens. L. a bien fait de me prévenir. En revanche, c'est un endroit idéal pour des balades. Promenades, baignades, soupers au restaurant. Une folie de temps en temps, ça ne peut pas vous faire de tort.» Selon L., pour aller tous les jours à Nervi, mieux vaut prendre un hôtel dans le quartier des Frufrullone.

— Profitez-en! Mettez plutôt votre argent sur la nourriture! C'est le gouvernement, c'est-à-dire nous, qui payons après tout. Je vous ordonne de jouir pour une fois! Décarcassez-vous! Et puis, ce n'est pas très loin, après tout. Quelques kilomètres. Il y a le train, l'autobus si vous voulez. Le soir, la grande ville c'est tellement plus intéressant, vous ne trouvez pas?

Gabriel ramasse ses affaires, sort la tête par la fenêtre du compartiment. Question de voir un peu dans quel guêpier il met les pieds! Il y a foule. Elle est bariolée, brouillonne, dérangeante. «Citadins qui rentrent d'une virée à la campagne. Non, pas tout à fait. Trop de têtes de jeunes pour ça. Doivent revenir de Nervi justement ou d'une autre plage à la mode. À cause des sacs en bandoulière. Ici et là un maillot ou une serviette de bain qui dépassent. Exprès, certainement. Le look génois, ça doit être ça. Décontracté, viril, même les filles s'efforcent de se donner l'air marin. Elles croient sans doute imiter les Américains. En fait le look fait retour, et c'est eux qu'on imitera l'an prochain. Leur mode fait recette, et dans tous les sens du terme. Elle se nourrit de ces améliorations locales, comme ici, et n'en garde aucune trace. Le mouvement est perpétuel. Et l'Amérique ne sera pas satisfaite avant d'avoir transformé l'Europe entière en un Disneyland gigantesque. Le passé, c'est comme les Indiens, ça s'exploite. L'Europe a-t-elle encore un présent, un avenir? Heureusement, pendant ce temps il y a des Américains qui se mettent au vin, et sec, en même temps que la jeunesse européenne plonge dans le coca. Échange de bons procédés. Californie, Oregon, Pinot noir. Et c'est du bon!»

Vers le milieu du quai, il aperçoit la dame en train de jouer au gendarme et au voleur en compagnie de deux agents. En attendant qu'elle revienne, Gabriel s'emplit les oreilles de la rumeur de la gare. Fin de week-end. Pendant les vacances, la plupart du temps, il ne pouvait pas dire quel jour on était. Sauf le dimanche, bien sûr. En Italie, impossible de s'y tromper. Mais est-ce vraiment nécessaire ces exclamations diverses, embrassades criantes, étreintes forcenées à propos de tout et de rien? Cris sauvages d'adolescents qui proclament leur droit sur cet espace. Même chose que place Saint-Michel à Paris ou dans le Vieux-Montréal certains soirs de fin de semaine. Atmosphère perpétuelle de finale de coupe Stanley. À peine moins agaçant que les motos et les scooters, Piazza del Popolo à Rome, un soir de Coupe du monde après une victoire italienne toujours inespérée. Ou même Tropea, un vendredi soir ordinaire en été. Quand même, ce sont les mêmes jeunots de seize, dix-huit, vingt ans, bruyants et impatients avec leurs rituels et leurs manies.

«On n'a pas demandé à venir au monde, semblent-ils dire à l'unisson. Alors, maintenant, c'est À NOUS que revient tout ce que vous, vos ancêtres, leurs ancêtres à eux jusqu'à Hibernatus y compris, avez hérité, conservé, créé. Laissez-nous vivre, nous sommes jeunes! Votre présence nous en empêche, vous devez nous céder la place. Et finissez de payer vos dettes avant de mourir. Pas trop vieux s'il vous plaît, les soins aux vieillards coûtent horriblement cher. Laissez-nous tout ça, le monde, une paix raisonnable, en état. De toute façon, nous ferons table rase comme vous avez fait avant. C'est une illusion, d'accord, mais une illusion nécessaire. Surtout, n'oubliez pas de sortir les ordures avant de partir! Nous ne voulons pas de problèmes, et surtout pas ceux hérités de vous.»

De plus en plus dur, se sentir vivant. Encore fiévreux, Gabriel se sent étranger à toute cette agitation, déjà trop vieux pour faire partie de l'action! La plupart de ceux de sa génération sont disparus dans les banlieues anonymes, d'autres sont déjà morts depuis longtemps pour cause de drogue ou d'alcool. Pas trop de folie, aucun crime passionnel, c'est quand même étonnant. Et maintenant en plus, voilà qu'il faut compter avec le sida! Au cinéma, quand il regarde dans la salle, il s'aperçoit qu'il est toujours parmi les plus vieux spectateurs. Il sait toujours lire, il vit des passions. La génération qui suit est-elle trop sage? Elle a ses propres rites. Pour recommencer à se défoncer, il faudra attendre la suivante. Se méfier des grands-parents, toujours subversifs! Le père du père, est-ce que ça suffit à l'annuler? Seule solution, agir soi-même. C'est ce que les Frufrullone ont fait.

Les témoignages en attestent, trop nombreux pour les énumérer ici. Sur le quai, un type se promène avec cette maxime courageuse imprimée sur son chandail: «L'éducation, c'est le viol», sous le beau visage de Laura Frufrullone, pose de militante, de passionaria même!

Ce n'est pas le temps d'attendre que l'Italienne ait fini de jouer aux gendarmes! À laisser les choses aller, il finira par être en retard chez les Frufrullone! Et puis, qu'est-ce que c'est que ce scrupule qui le retient de partir? Il ne va pas rester ici pour qu'on lui fasse signer des tas de papiers, déclarations à remplir, certificats de bonne conduite. Le passeport est-il en règle? Fouille discrète des bagages, «juste pour jeter un coup d'œil!» s'excuseront les policiers. Et pourquoi est-ce qu'on ne l'emmènerait pas au poste pour une petite vérification? Comme il n'a rien à se reprocher, il n'a aucun intérêt à se voir exonéré de tout blâme, alors il décide de filer à l'anglaise, apportant le dessin avec lui. L'oiseau est magnifique. «Trop beau pour le laisser à ces gens qui s'empresseront de le jeter», se dit-il.

Il descend la valise du porte-bagages, glisse délicatement le rouleau dedans, et la pousse sur ses roulettes jusqu'au bout du couloir. Les roulettes s'obstinent à glisser toujours du même côté. La valise donne contre la paroi comme une catastrophe ambulante. Un peu débalancée à cause de ces maudits livres qu'il traîne comme un cordon ombilical. Le linge fourré dans un tas de l'autre côté. Il n'a jamais eu aucun talent pour «paqueter». Comment ne pas regretter la patience, l'application d'Estelle pour rentrer toujours plus de choses dans la valise de manière à ce que chaque chose en prenne moins. D'abord cette gare, était-ce Principe ou serait-il distrait au point d'être descendu à Brignole? Ou était-ce le contraire qu'il aurait dû faire? Où se diriger? Il laisse son attention flotter à travers le brouhaha de la gare, s'efforçant d'y repérer une inspiration.

Mais voilà que cette rengaine stupide revient lui trotter dans la tête. Malgré tous ses efforts, elle n'a pas cessé de l'obséder depuis Tropea. Les paroles sont plaintives, les rimes idiotes, mais la chanson l'obsède. Maudite chanson! Dans toute l'Europe, on n'entend plus qu'elle! Toute la journée et même la nuit dans les gares et dans les halls d'hôtels, elle sort des cuisines des quartiers populaires par les fenêtres ouvertes, on l'entend en sourdine venant des fonds des jardins. Aux terrasses des cafés. Et en espagnol en plus! Chanson sud-américaine sûrement. La chanteuse se lamente, elle parle d'amours lamentables.

«Le succès de l'été», comme passent leur temps à le répéter les disc-jockeys des radios commerciales. À force de l'entendre chanter, l'air a fini par lui coloniser la tête. Il n'a plus qu'elle en tête, ça l'empêcherait presque de penser! «Je ne vais pas me mettre en rogne pour une chanson.» Tout ce qui lui reste à faire pendant deux autres malheureuses petites semaines, c'est de pousser cette foutue valise devant lui! Jusqu'à ce qu'elle se renverse, éclate en mille miettes, renvoyant ces débris de lui-même, les chaussettes sales et les chemises fripées aux quatre vents.

Jusque chez elle! À Milan. Surtout que Milan, ce n'est pas si loin de Zagreb ou Sarajevo, ne jamais l'oublier. Est-ce que l'Europe peut encore se regarder dans le miroir après Sarajevo qui agonise, marquant la triste fin du rêve d'un continent uni? Contre son gré, mais pourrait-il en être autrement? Donc elle se rêvait une et indivisible, centrée sur Freud et Musil, Mahler et Kafka, Wittgenstein et le cercle de Vienne, Thomas Bernhard et Svevo qui rend visite à Joyce installé à Trieste. On voit ce que ça donne! Et maintenant, le Caucase! Bientôt, ils se remettront tous à vouloir fuir eux aussi. Équilibres instables, problèmes laissés en plan depuis des générations et des générations dans ce Far East encore beaucoup plus inquiétant à force de le découvrir si proche une fois le rideau levé sur l'interdit. Gorbatchev, Eltsine ou un autre cosaque ivre de vodka en Wyatt Earp, le doigt fixé sur la gâchette atomique, attendant depuis toujours le moment de faire feu sur le quartier général! Tribus et peuples de la Volga comme on dit Comanches, Sioux, Apaches, Far West.

— Surtout, ne vous avisez pas de mettre les pieds là-bas, je vous l'interdis! avait dit L. Ils en ont pour des siècles!

Et après tout, L. s'y connaît.

Très laid tout ça, en tout cas. Très, très laid. Loin d'être fini en plus. Haines séculaires, zigouillages en masse, le Far West est bien un conte pour enfants à côté de ces massacres qui patientent depuis trois quarts de siècle. Et avant il y a eu les Autrichiens, et un peu plus loin derrière, les Turcs. La liberté pour ces peuples, ça ne peut être que d'exister, et on n'existe que contre l'autre jusqu'à lui piler sur les pieds avec une hache. Y aura-t-il quelque écrivain pour écrire cette histoire-là AVANT QU'ELLE NE SE PRODUISE? «Aventures en Nagorny-Karabakh.» «*The lone* Arménien.» Un Louis L'Amour qui écrirait en russe, tiens, ça manque à l'Académie. Un Troyat plus romantique encore? Dans ce genre-là!

Une fois qu'il avait eu quitté Estelle à Paris, c'est une véritable boulimie de kilomètres qui l'avait pris, comme s'il avait voulu la semer quelque part sans jamais être sûr s'il avait réussi: Bordeaux, Madrid, Barcelone, Marseille, la Suisse romande et italienne et puis Venise, Rome où elle l'avait rattrapé, Tropea, puis Rome encore. Il avait fait des dizaines d'interviews partout, c'est déjà beaucoup trop, entrecoupées de mystérieuses invitations, d'innombrables tentatives de détournement de fond plus que de fonds. Tout ce petit monde très aimable, psychanalystes de toutes obédiences, comme des petits curés bien sages.

— Ça risque d'être une série qui fera date! (Celui-là n'était plus depuis longtemps le clerc de personne.) Imaginez! Pour une fois, quelqu'un qu'on ne connaît pas, qui n'appartient à aucune chapelle. Qui n'a pas d'histoire. Enfin, pas encore!

Quant à lui, il jouait le jeu, ne desserrait pas les lèvres quand on le questionnait pour savoir à quelle orthodoxie il appartenait. C'est qu'il allait les voir tous, et même les excommuniés de tous bords! Surtout qu'ils le sont tous plus ou moins, ça ne dépend que de l'angle sous lequel on envisage les choses! Sauf ces cabotins de

Frufrullone, unanimement revendiqués. Comment ont-ils fait? Évidemment, ils leur sauvent la mise à tous. Et les enjeux sont énormes! Quant aux autres, pour tout le reste, c'est encore et toujours l'empoignade!

«Quoi? Les Milanais ont exigé d'avoir une heure complète pour eux seuls? Non, ça ne va plus du tout alors. Nous exigeons d'avoir temps égal, un droit de réplique au moins! Trop tard pour changer? Enlevez ma participation, alors, il n'y aura personne de Genève. Bon, ça va pour cette fois. Mais à la prochaine, arrangez-vous au moins pour que la règle du jeu soit la même pour tout le monde! Vous ne vous rendez pas compte à quel point «ce genre de détails», comme vous dites, peuvent déséquilibrer un milieu fragile comme le nôtre. La vérité en souffre. Et quoi de plus important que la vérité? C'est en cela que la psychanalyse est héritière de la religion dont la source s'est tarie à force de se trahir. Dieu! Un concept qui a eu son utilité, mais il a fait son temps. Reste la seule vérité. On est loin d'en avoir fini avec elle. Dieu est partout. Dieu, c'est tout le monde dès qu'il ouvre la bouche. La pauvre vérité! Elle vit toujours dangereusement, ne s'en remet jamais et renaît toujours quelque part, plus vigoureuse que jamais.»

Quel optimisme!

Équilibre de l'erreur, plus terrible encore que la terreur qu'il remplace pour autant que la peur de l'erreur est une terreur qui ignore son objet. CQFD.

Mais depuis cette querelle stupide à Montréal avec Estelle, depuis, surtout, qu'il est descendu d'avion à Paris et qu'il l'a vue s'éloigner dans cette rame de métro, Gabriel est occupé à autre chose. Il ne tient pas en place, ne reste jamais plus de trois jours au même endroit. Sauf Rome bien entendu, où il serait resté tout de même par une sorte de fascination hypnotique. Des heures et des heures d'interviews, maintenant. Que faire avec tout ce matériel une fois rentré? La pièce maîtresse manque encore.

Pour l'instant, il a soif. Soif de quoi? D'arriver à destination, quoi d'autre? Quand on s'est rendu jusqu'ici! Tout à l'heure par contre, il a eu bien peur de ne jamais arriver. La panne! Erreurs de parcours diverses. Panne de désir? Ça ne risque pas d'arriver. Non, détours seulement. Il se souvient d'une époque où il ne connaissait pas son désir. En fait, il ne savait même pas qu'il était mû par un désir. Pourquoi désire-t-il toujours partir, être ailleurs? Voyager? Il préfère les vraies foules aux rassemblements de hasards et de circonstances, les conversations entre quatre yeux, les petits groupes épars qui vocifèrent devant un édifice ou le monument aux morts, des hommes et des femmes s'éloignant, seuls, sur une grande place très tôt un froid matin de novembre. Pathétique informe ou atmosphère d'Europe de l'Est dans un film des années cinquante en noir et blanc. La place Skanderberg à Tirana au temps d'Hoxha. Tout plutôt que ce rassemblement grossier sur le quai. Violence gratuite prête à éclater. Jeux de coudes. Dans tout ce délabrement, il voit des gens qui ne s'appartiennent plus, des hommes et des femmes bernés, détruits par leur propre lâcheté face à une situation familiale inacceptable, la veulerie idéologique de gouvernements totalitaires ou l'exploitation capitaliste. Oui, oui, ça existe. Perdus, aliénés. L'absence de choix camouflée par les mauvais choix obligatoires. «Pile, je gagne, face, tu perds.» Des êtres informes. Des corps uniformes. À partir de maintenant, il se décrète heureux. D'un bonheur splendide. Albanais.

Quoiqu'il souffre beaucoup parfois d'être seul. Comme une blessure jamais éteinte.

Il arrive toujours un moment, par contre, où cette solitude se renverse sur elle-même dans un effet de pendule. Tout est alors suspendu dans un «instant» qui peut durer des mois, dans le balancement indifférent du choix ajourné, enfin possible. Cet effet de bascule, il ne le reconnaît pas toujours tout de suite mais, aux moments les plus inattendus, il lui arrive parfois d'avoir la sensation de toucher un bonheur du doigt.

La chaleur de ce quai de gare l'accable, une chaleur pire qu'à Rome et il pense que d'ici aussi il lui faudra s'en aller le plus vite possible. Et pourquoi pas tout de suite par ce train sur l'autre quai qui remonte par Turin vers Modane et la France! Ou encore il pourrait arrêter en Suisse au bord d'un lac glacé, y passer trois ou quatre jours à escalader quelque sentier de montagne. Ah! le vertige des départs dans le petit matin plein de brume, il n'aimerait rien mieux qu'éprouver au moins une fois cette sensation d'être à la hauteur. Image de santé, virilité assurée, publicité. Quoique l'escalade ne l'excite pas du tout. Trop essoufflant. Estelle le rattraperait en moins de deux sans même avoir l'air de faire un effort!

«Alors aussi bien trouver un hôtel tout de suite.» Au moins se changer, mettre des vêtements propres pour aller chez les Frufrullone à la place de ce jean noir tout sali qui lui sert pour voyager. Il est plus fatigué qu'il n'aurait cru. Peut-être est-ce l'effet de l'alcool de la veille qui persiste? Depuis quelque temps, il a remarqué que sa résistance n'est plus la même.

Il traverse le hall. Quelques clochards qui squattérisent les bancs le regardent passer. Ne reste plus maintenant qu'à régler les modalités du séjour. Trouver une chambre d'hôtel, changer quelques centaines de milliers de lires supplémentaires, trouver un journal local pour voir ce qu'il pourrait faire dans cette ville. Justement, il y a un hôtel en face de la gare. Mais ce palace ne saurait faire l'affaire. Il s'étire le cou pour voir s'il n'y en aurait pas un autre, un peu moins cher peut-être, de l'autre côté de la rue, juste à temps pour que son regard croise deux ombres en train de se faufiler entre les voitures avec l'air de se cacher de lui. Ce sont les deux gitans du train, Hibernatus et sa compagne. La fillette trottine derrière, un peu hagarde, regardant droit devant elle. Par contre la dame aux images saintes avait raison, la compagne d'Hibernatus n'est pas plus enceinte que vous et moi. Le couple marche à grandes enjambées, dans une atmosphère de panique larvée, craignant sans doute qu'il sonne l'alarme et parte à leur poursuite. Pour ce qui est de passer inaperçu, c'est plutôt raté. Mécontent de ce que Gabriel le suive du regard, l'œil aux aguets, Hibernatus arrête sec, semble hésiter entre faire demi-tour ou, comme si de rien n'était, opte pour ne pas le reconnaître, se décide finalement à le saluer de loin d'un geste à peine esquissé, un aveu qui ne lui coûte rien, l'imploration d'une sorte de clémence ou de complicité, mais qui contient en même temps l'avertissement de ne rien tenter contre lui. Sa femme et sa fillette menacées, il pourrait être féroce. «Ils ont probablement laissé leurs bagages en consigne, pense Gabriel, j'aurais dû faire comme eux.»

La femme et la fillette se retournent à leur tour pour observer Gabriel qui s'est avancé, l'air étonné. Mais l'alarme serait surtout pour lui, pour ne pas céder à son impulsion de les suivre dans le malheur, ils sont si touchants. Quant à Hibernatus, il n'a aucune intention de geler sur place, ce n'est pas la saison. Il se penche vers la femme, l'enjoignant de se hâter tandis que de son autre bras, il attrape la fillette et la tire en avant tout en la disputant. «Pas le moment de faire du tourisme!» semble-t-il lui reprocher tout en la faisant virevolter au-dessus des marches de l'escalier de pierre qu'il descend quatre à quatre. Quelques marches encore et l'escalier fait un coude. Gabriel ne peut que deviner les trois silhouettes qui s'enfoncent dans une rue étroite, disparaissant complètement de son champ de vision.

Au même moment, quelqu'un derrière lui tape légèrement dans le dos:

— *Signor!* fait la voix rauque. *Signor!* Ont-ils réussi à vous voler quelque chose ou pas? questionne l'homme, comme s'il s'agissait de la chose la plus naturelle à demander.

— Qu'est-ce qui vous dit qu'il s'agit de voleurs?

— Ne me le demandez pas, je ne vous le dirai pas. Vous avez une cigarette? quémande-t-il alors.

— Je ne fume pas, répond Gabriel.

— Vous devriez, répond le clochard, goguenard.

— Vous les connaissez?

— Je les ai aperçus une fois ou deux. La petite traîne souvent dans les parages. Attention, c'est une vraie petite peste! Des trois, je dirais que c'est la pire.

Gabriel sort quand même cinq cents lires de ses poches pour se débarrasser de lui.

— Slaves ou gitans? demande Gabriel.

— L'un et l'autre et bien d'autres choses encore.

Le clochard fait une moue dégoûtée mais prend quand même le billet.

— Le plus mauvais café dans un endroit infect coûte mille lires!

«Pour l'hôtel, je ne vais quand même pas demander à ce type, pense Gabriel. Celui à côté est au moins un quatre étoiles et peut-être cinq. Quant à demander aux Génois qui sont autour, à en juger par leur résignation à attendre l'autobus, ils doivent rentrer chez eux après quelque visite protocolaire ou familiale du dimanche, ou les deux.» Et Gabriel ne leur aurait pas plus fait confiance qu'à ce clochard. Mais s'il continue à tergiverser, il ne restera même plus assez de temps pour qu'il puisse se changer, encore moins prendre une douche.

«Et pas le moindre taxi dans les alentours!» Seulement la circulation fluide habituelle. C'est l'heure morte. Une fois le clochard parti, il reste comme pétrifié sur son trottoir et les conducteurs arrêtés au feu rouge se contentent de jeter un œil vers ce type hagard qui semble ne pas trop savoir où se diriger. Pourquoi cet endroit le fascine-t-il tant? Ce n'est pas Hibernatus. Cette rue qui descend devant la gare lui rappelle quelque chose de plus intime, un souvenir enfoui profondément dans les replis de sa mémoire qui revêt soudain une importance extrême.

«Probable que les Frufrullone sont déjà en train de prendre l'apéritif», se dit-il. Il consulte le plan de la ville ramassé à la gare et décide de marcher jusque là-bas plutôt que de prendre un taxi. Puis il se ravise et revient vers la consigne pour y confier sa valise. Très bonne idée finalement que lui aura donnée Hibernatus. «Au moins l'homme sait voyager. La consigne doit rester ouverte jusqu'à minuit, il restera suffisamment de temps après l'interview pour que je puisse la reprendre.»

Chapitre 6

Heureusement qu'il a laissé sa valise! Et comment aurait-il fait pour deviner, à partir de ce plan de ville sommaire, que la maison des Frufrullone se trouvait si loin? Quarante minutes à peu près pour escalader cette falaise jusqu'en haut de la montagne! Les Frufrullone dominent la ville, comment pourrait-il en être autrement? Il finit par arriver tout essoufflé devant les deux petites plaques identiques, posées l'une au-dessus de l'autre, qui signalent qu'il se trouve bien devant l'immeuble des célèbres ingénieurs ès *software* cérébral, spécialistes des causes espérées:

Professore
Gianfranco Frufrullone

Et:

Signora Laura Frufrullone,
psychanalyste

Il sonne. Au bout d'un moment, une voix suave lui répond dans l'interphone:

— Vous désirez?

— C'est moi, répond-il.

Moi, comme un idiot! Heureusement, la voix avait deviné à qui appartenait ce moi.

— Troisième étage, porte de gauche!

La voix suave est celle d'une femme, ce moi est attendu. Un timbre se fait entendre. Il pousse la porte et entre. L'ascenseur le dépose sur le palier où il presse le bouton de la minuterie pour refaire de la lumière. Un ordre gravé sur un petit carré de plastique noir lui commande de sonner à nouveau. Il le fait et un talon pressé se met immédiatement à claquer sur le carrelage suivi d'un cliquetis de serrure. Enfin, la porte s'ouvre devant lui:

— Attendez là! dit-elle, tournant immédiatement les talons pour s'en retourner.

La pièce qu'il découvre ressemble à un parloir de couvent. Le portique est ancien, les boiseries, en bois précieux; les murs disparaissent entièrement derrière des bibliothèques vitrées qui font tout le tour de la pièce. Les rayons débordent de livres, de dossiers poussiéreux. Des feuilles dépassent, toutes racornies. Des manuscrits originaux du *professore*? Ils ont une valeur sentimentale donc. Non, le carton épais signale une autre époque, antérieure de plusieurs dizaines d'années. Ce sont probablement quelques vieux papiers qu'ils collectionnent. Des originaux de lettres de Freud ou d'autres analystes de la «première génération», comme on dit? Il y en a qui donneraient cher pour quelques-unes de ces feuilles jaunies. Tous, ils sont plus ou moins à la recherche d'un inédit. Le Graal, dans ce cas, serait un texte qui viendrait réhabiliter la théorie de la séduction, jetant par terre tout l'édifice théorique ultérieur. La méchanceté innée existerait, ne resterait qu'à éliminer le porteur de cette tare! Avec un peu de chance, on finirait même par trouver le gène de cette méchanceté et il suffirait de faire un dépistage prénatal!

Pour L., cette pièce qu'il lui avait décrite représentait l'antichambre du paradis. Quant à lui, il n'aurait pas imaginé les Frufrullone en collectionneurs fiévreux. Deux fauteuils adoucissent l'angle au fond, éclairés par une lampe discrète qui semble inviter à des lectures studieuses. Gabriel tente d'ouvrir la porte vitrée d'une des bibliothèques mais elle est fermée à clé. Tiendraient-ils des dossiers sur leur clientèle sélecte? Peut-être. Ce serait bien imprudent, pourtant, de laisser traîner les petits secrets des patients à la vue de tout le monde! La disparition de l'un ou l'autre de ces documents aurait des conséquences irréparables pour les personnes en cause.

N'est-il pas de notoriété publique qu'un certain ministre du gouvernement français actuel ferait le trajet depuis Paris toutes les fins de semaine? On dit qu'il serait prêt à tout pour ne pas rater ses deux séances hebdomadaires. Non, ce serait bien trop tentant pour des services plus ou moins secrets de venir fouiner dans son dossier ou un autre de la même odeur. D'autant qu'il y a déjà eu quelques précédents fâcheux. Il y a quelques mois à peine, le *professore* lui-même n'a-t-il pas commis une erreur de débutant en publiant une étude d'un cas de perversion particulièrement sévère, celui du Dr G., «diplomate de haut rang d'un gouvernement européen», dans la revue du groupe qu'il anime si brillamment? L. a eu vite fait d'identifier le ministre en question.

— Comment quelqu'un d'aussi expérimenté que le *professore* a-t-il pu faire une bourde si énorme? demande Gabriel.

— C'est loin d'être une bourde. D'abord, le maquillage du cas est suffisamment réussi pour qu'on ne puisse jamais déduire avec certitude qu'il s'agit du ministre en question. Deuzio, le *professore* cherchait sans doute un effet thérapeutique. On dit que le ministre est terrorisé à l'idée que ses pratiques sexuelles soient exposées. Le *professore* a donc réalisé le but cherché inconsciemment par son patient. Ses pratiques sont sues. Et surtout, il doit se rendre à l'évidence que les conséquences du dévoilement ont été nulles. Au contraire, je crois que ça a conforté sa position au cabinet. Maintenant, ses collègues le craignent. Le *professore* a fait ce que j'appellerais un lapsus interprétatif. Après tous ces cas de ministres conservateurs en Angleterre ces dernières années, c'est assez bénin comme affaire, vous admettrez! Il y en a même un qu'on a retrouvé pendu, habillé en femme! Pour ce qui est du gouvernement français, on peut être tranquille, tant que le ministre en question restera en analyse et qu'on le gardera au cabinet, G. ne se suicidera pas!

L'atmosphère qui règne dans la pièce où se trouve Gabriel lui donne étrangement l'impression de se trouver dans un temple protestant. Mais ce serait une église de fidèles et non celle du pasteur qui ne serait qu'un employé. Pour qui serait familier avec l'œuvre du *professore*, la chose ne serait pas si surprenante. Un de ses tout premiers livres avait pour titre *Protestantisme et cure psychanalytique: la nouvelle confession*. Titre habile, d'une équivoque étudiée. Le livre pose l'hypothèse que la psychanalyse peut réconcilier les protestants avec une confession laïcisée en quelque sorte. On sait que ce qui distingue les protestants des catholiques, c'est justement leur refus de confesser leurs fautes à quiconque, sauf à Dieu lui-même directement. Selon le *professore*, la mission historique de la psychanalyse serait de réconcilier protestants et catholiques autour d'une nouvelle conception de la parole et de l'Autre. «Et pourquoi pas les juifs?» se demande Gabriel.

Un exemplaire de cet ouvrage serait parvenu à la Congrégation pour la Foi selon des chemins encore mal connus. Selon la même source, le livre aurait été référé pour étude par une commission d'évêques de nationalités diverses, qui se réunissent deux fois par année pour discuter de la question. Sans compter les lettres échangées en latin sur le sujet, et peut-être justement le *professore* en conserve-t-il quelques-unes qui lui auraient été adressées, portant sur l'ordination des femmes qui est un de ses sujets de prédilection. Selon lui, on n'y coupera pas! Patience mesdames, ces messieurs de la Curie en ont bien encore pour deux ou trois siècles, mais ils se seraient déclarés intéressés!

Gabriel comprend que la pièce sert en fait de salle d'attente commune aux deux praticiens de l'âme. Les livres, ce n'est que le décor des illusionnistes de cette fiction, l'inconscient, un vernis intellectuel brillant, une poudre de perlimpinpin jetée aux yeux des patients pendant qu'ils attendent. Il s'agit d'alimenter leur imaginaire. Le décor, le décorum, sont les outils essentiels de ce pouvoir que le client doit absolument leur prêter pour que la cure ait quelque chance de succès.

Les livres avec lesquels les Frufrullone travaillent quotidiennement, ils les garderaient plutôt sur des étagères dans leurs bureaux respectifs. À ne pas mettre entre toutes les mains, surtout. On ne sait jamais, les idées qui circulent actuellement flirtent dangereusement avec la psychologie de masse! La fascination de s'abandonner à l'autre prend le pas sur celle de résister et de se battre. Après des siècles de batailles féroces, les nouvelles religions fleurissent, le politique se meurt. Au moins les livres des Frufrullone contiennent quelques idées. Évidemment, elles ne font pas l'affaire de tout le monde. C'est un mélange de rousseauisme naïf et de totalitarisme bon enfant. Ce sont eux, les enfants, qui doivent mener le jeu. Paraît-il que les Frufrullone auraient reçu des menaces à cause de cela, les enjoignant de se taire et de garder leurs âneries pour eux! L'Italie ne serait pas sûre actuellement. On leur a conseillé de se réfugier à l'étranger. Freud, déjà en son temps, avait dû se résoudre à l'exil, victime d'un antisémitisme qui a recommencé à se montrer à visage ouvert.

Rien de surprenant à ces menaces, selon le *professore*. L'hydre semble toujours renaître de ses cendres sous de nouvelles formes plus subtiles, faisant mine d'abord de s'attaquer aux intellectuels. Ce n'est qu'une fois détruite cette première ligne de défense que les juifs seront attaqués de nouveau. Dans ce sens, l'anti-intellectualisme ne serait que le premier stade d'une violence toujours prête à éclater, une sorte d'antisémitisme qui s'avancerait camouflé, s'attachant à ce que représente le juif en attendant de s'en prendre à lui directement. Selon le *professore*, la lâcheté des gens devant ce genre d'attaques cacherait une volonté d'élimination de celui à qui un savoir est supposé, la connaissance du Livre, du code et de la Loi, la possession de quelque argent comme le signe d'un héritage de savoir diabolique, sinon génétique du moins héréditaire, une tare passée de génération en génération. C'est beaucoup plus dangereux. Le numéraire, il suffirait de le voler. Le savoir sur la façon d'en gagner ne pourrait être extirpé par le seul meurtre. Il y faudrait le génocide, en ce sens qu'il s'agit d'empêcher une question de se transmettre.

— Par ici, dit Laura, le faisant passer devant.

Elle referme la porte derrière eux. L'ovale du visage est encore plus parfait qu'il ne l'avait imaginé et le charme majestueux de Laura le laisse sans voix. Quoique habillée très chiquement, son apparence n'a rien de chiqué ni surtout de petit-bourgeois. Tout simplement, elle assume son aisance. Le haut du corps est couvert des poignets jusqu'à la moitié du cou par un chemisier que n'aurait pas renié quelque riche dévote. Des boutons de perle en rang serré descendent sur sa poitrine.

À différentes époques, les Frufrullone ont fréquenté Fellini, les cardinaux de la curie, la noblesse vaticane en général, sans compter quelques actrices qui seraient en analyse avec l'un ou l'autre membre du couple. La rumeur veut que le pape ait conféré un titre ecclésiastique secret au *professore, in petto*, comme on dit. On chuchote même que Laura serait une descendante lointaine de bâtards d'un pape de la Renaissance, Borgia et compagnie. Elle expierait toujours quelques péchés ancestraux, ne sachant si elle se situe du côté de la victime ou du bourreau.

— Vous avez fait bon voyage? demande-t-elle.

Suivent quelques commentaires banals sur le temps qui passe, l'évolution de la mode, passée en moins d'une génération du monokini au tchador iranien, sur la persistance des tailleurs Chanel annonçant déjà ce que serait le féminisme. Il se rend compte que la dame le reçoit en petite culotte et jarretelles noires.

— Pardonnez-moi, dit-elle, surprise elle-même, mais nullement embarrassée. J'étais en train de repasser ma jupe avant de m'habiller pour sortir. La sonnerie m'a prise de court, je n'ai pas pensé à la remettre.

«Un peu vexant quand même qu'elle se présente devant moi en petite tenue comme si j'étais un livreur. Mais, en un sens, en venant ici, est-ce que je ne suis pas venu me livrer à l'ennemi?»

Laura!

Il pense Laura comme s'il la connaissait depuis toujours. D'avoir d'abord lu ses livres avant de la rencontrer lui donnait l'illusion d'une certaine intimité, comme une porte donnant directement sur l'âme, une sorte de profondeur imaginaire où l'être s'élabore. Pour lui, avec les femmes, c'était plutôt le contraire d'habitude. Il commençait par croire qu'il découvrait le corps et, pour la suite, le pronostic était en général assez réservé.

— Votre arrivée nous prend un peu au dépourvu, dit-elle. Au départ, vous nous aviez dit que vous viendriez seulement la semaine prochaine. Nos plans sont complètement chambardés!

— Désolé, fait-il.

— Je donne un coup de fer à ma jupe et je reviens, fait-elle, subitement gênée. Mettez-vous à l'aise! Et puis, L. nous a parlé de vous. Les amis des amis..., a-t-il le temps de l'entendre dire tandis qu'elle s'éloigne.

«Qu'est-ce que L. a pu leur dire sur mon compte? Il a posé un diagnostic peut-être?» Cette manière qu'avait L. de toujours l'observer comme s'il auscultait les tréfonds de son âme l'exaspérait. Entre eux, dans la confrérie, qu'est-ce qui l'empêchait de communiquer une opinion sur lui? L'avait-il étiqueté comme hystérique? Schizophrène? Est-ce que tout le monde n'est pas un peu tordu, ne souffre pas d'une petite fêlure au moins? Quant à Laura!

— Autrefois nous étions très proches, L. et moi, dit-elle. Mais il y a très longtemps de ça, l'entend-il dire au loin.

Qu'est-ce que, de son côté, L. voulait sous-entendre? Il ne faudrait surtout pas le sous-estimer non plus. Il est terriblement vaniteux. Et surtout, absolument capable de mentir.

— Je commence par faire l'interview avec vous ou avec votre mari? demande-t-il à son retour.

— Pour le moment, mon mari est encore avec quelqu'un, dit-elle, baissant légèrement la voix. Il viendra nous rejoindre tout à l'heure.

— On commence alors?

— Ça vous convient ici?

Son bras fait le tour de la pièce pointant les fauteuils un à un, les petites tables basses où il pourrait poser le magnétophone avant de la débarrasser de son incognito, ce qu'il lui en reste. Il y a des rumeurs, des potins pas tout à fait innocents qui étaient circonscrits jusqu'ici aux arcanes des diverses sociétés psychanalytiques concurrentes, mais qui s'étendent maintenant à certains cercles universitaires. Ses jambes sont fort jolies encore, ne peut-il s'empêcher de remarquer. Surtout emballées dans ce bas résille noir. L'effet est des plus sexy. Et ça n'a rien à voir avec les filles de Termini! Pourtant, il s'agit du même mariage d'un passé indéfinissable avec toujours la vague promesse d'un bonheur infini dans les deux cas. «Elle doit approcher la cinquantaine maintenant.» Prêtresse de l'Amour infini. Ah! Elles s'y entendent. Toutes professionnelles du désir! Cette manière suggestive de bouger qu'elles ne peuvent s'empêcher d'avoir, ce côté lubrique n'existent que dans le regard du voyeur, bien entendu. Elles se lavent les mains de toute cette excitation! Très, très grave péché, la lubricité. Cet air de ne pas y toucher qu'elle a. Le fait-elle exprès pour l'agacer ainsi? Il se rappelle le ton amusé de L. quand il parlait d'elle. «Il était sûr déjà que je serais absolument séduit. Dans quel piège m'a-t-il encore fait tomber?»

Le danger vient après, toujours. Les femmes qui habitent sa vie ne risquent-elles pas de paraître fades à ses yeux désormais? On n'échappe pas à la comparaison. Sartre encore: on choisit toujours. «Maria? L'image de Laura est tellement plus existante. Si elle excite, c'est sans faire exprès. Estelle? Je ne sais pas encore.» Laura, c'est le nouveau mystère de l'Incarnation, la femme lue qui prend chair. D'abord elle n'avait été qu'une idée, puis, vue, ne serait-ce qu'à travers la télé, une image. Inaccessible certainement. L'Incarnation exprimerait tout le piège du désir. Espérer que l'inaccessible devienne accessible, y consacrer toutes ses énergies sans même savoir si ce sera possible un jour. Personne n'échappe jamais à la tentation de l'impossible. Des années plus tard, ça revient encore et toujours. Tristan et Iseult, Héloïse et Abélard, on vous coupe le machin. Matière à romans, tout ça, histoires pour des vivants qui ne lisent pas. Légendes pour se faire peur. Avertissement: ne tombez pas dans ce piège de la lecture. Le couvent menace toujours quelque part. La dépression couve sous la cendre. La mode du cloître et de l'ermitage finira bien par revenir, ne serait-ce que sous la forme d'un exil intérieur.

— Allons dans mon bureau, se ravise Laura. Mais avant, il faut que vous m'expliquiez clairement ce que vous avez l'intention de me poser comme questions. Ce serait bien, hein! insinue-t-elle, si on prenait un peu le temps de repasser tout ça en revue?

Le ton est doucereux, mais sa résolution, absolument ferme.

— Vous comprendrez qu'avec ce qui vient de se passer en France avec cette émission, vous l'avez vue je pense, il n'est plus question pour nous de prendre le risque d'être cités hors contexte, ça nous a déjà coûté trop cher.

«Évidemment, pense Gabriel, elle veut tout contrôler de A à Z. Le cadre, surtout. Les enjeux. Elle veut s'assurer qu'elle touchera le prix de ses efforts tôt ou tard.» Dans cette partie où chacun y va des atouts qu'il a, le silence lui paraît pour le moment la meilleure tactique. Journalisme et psychanalyse, événement et inconscient, deux légitimités qui s'affrontent. Lui privilégierait plutôt l'événement inconscient, ce qui serait une tout autre histoire... littéraire.

— Alberto! crie Laura, se retournant, sûre que son interlocuteur invisible l'entendra. Venez ici un moment!

Le type au nom de coiffeur se pointe. Rien à voir avec la coiffure, pourtant. Celui-ci serait plutôt du genre athlète. Garde du cœur en plus? Ce serait trop pour un seul homme. Remplir tous ces rôles à la fois, comment ferait-il?

— Vous avez le bonjour de L., dit Gabriel, lui serrant la main.

— Oui, il m'a téléphoné à votre sujet, dit-il.

— Rappelez-moi encore de quoi il s'agit? s'informe Laura.

— Pédophilie prophylactique, dit Alberto.

— Mais encore?

L. l'avait assez prévenu: les Frufrullone ont toujours été soucieux que la moindre chose qu'ils font serve très exactement leurs intérêts. Donnant, donnant, ni plus ni moins. Tous les autres font pareil, évidemment. La cure perpétuelle avec tous, en toutes circonstances. Il s'agit de circonscrire le désir. Ce n'est pas aussi facile qu'il y paraît et une véritable chasse s'organise avec ses rituels, son hallali parfois, pas à tous les coups. Les passes d'armes se doivent d'être prudentes, un malheur est si vite arrivé. L'incurable radical, le suicide menace toujours. Pire encore, l'aporie, l'enfermement dans la contradiction, la double contrainte fatale. Même dans la cure, il faut toujours laisser une porte de sortie à l'autre. La solution de l'énigme sera pour la prochaine fois. C'est d'autant plus périlleux que c'est lui qui pose les questions et qu'il n'y aura pas de prochaine séance...

— Oui, oui, dit Alberto, sévère. On vous avait pourtant prévenu qu'il fallait nous faire parvenir vos questions à l'avance!

— Pour les questions, je me fie à l'inspiration du moment, s'excuse-t-il, souriant à Laura comme si c'était une parade à toute épreuve. La plupart du temps, je les improvise dans une sorte d'association libre, ou disons plutôt, journalistique! Même actuellement, je n'ai pas une idée précise de celles que je poserai! Sauf pour la première, mais je pourrais aussi bien en changer et demander tout à fait autre chose. Je garde toutes les avenues ouvertes jusqu'à la dernière seconde. Une fois l'interview en train, j'improvise. Vous craignez que je ne sache pas où je m'en vais? Je m'y rendrai, soyez-en certain. Mais par quel chemin? Je ne sais pas. C'est comme vous sans doute, ça m'échappe et ça s'en va tout seul quelquefois, vous savez.

«Leur obsession à tous, c'est d'avoir les questions à l'avance. Seraient-ils tous aussi paranoïaques les uns que les autres? Étrange quand même, se dit-il, que, sans exception aucune, ils aient exigé des assurances. X. à Paris voulait un droit de veto sur la diffusion. Pas question, évidemment. K. à Barcelone voulait connaître la liste entière des participants à la série. Il menaçait de retirer sa participation si tel autre en était, pour cause d'incompatibilité radicale. Évidemment, je l'ai laissé dire et il n'a pas insisté. Même L., avant de partir de Montréal.»

— Si tu veux, je réécouterai les bandes avec toi à ton retour, avait-il suggéré, plus ou moins innocemment. Au moins, comme ça tu seras sûr d'éviter les erreurs grossières de faits!

Cette censure-là non plus, il ne s'y plierait pas. Quant aux erreurs grossières, elles sont sa responsabilité unique. Et pour ce qui est de réécouter, il ne dit pas non. Mais à son heure! En attendant, il suspend la séance après avoir pris la question en délibéré.

— Qu'est-ce qu'ils craignent tant? avait demandé Gabriel. Ce sont eux les apôtres de l'association libre pourtant!

Son côté retors doit encore faire sourire L. à l'autre bout. C'est un professionnel dans son genre lui aussi.

— On ne dit pas n'importe quoi, n'importe quand. Ça risquerait d'avoir des conséquences catastrophiques. Ça prend un cadre, que diable! avait décrété L. avec toute l'assurance de celui qui sait.

— Dans ce cas, on fait aussi un enregistrement de notre côté, rétorque Alberto, venant interrompre ses pensées. Ainsi il sera facile de rétablir les faits dans le cas, improbable je vous l'accorde, où Laura ou Gianfranco seraient mal cités, ce ne serait pas la première fois de tout façon! Une simple précaution, ne le prenez pas mal! Nous avons tout à fait confiance en vous. Quoique, une erreur est toujours possible! Vous savez, une citation finit toujours par être repiquée par quelqu'un d'autre pour être réutilisée dans un contexte tout à fait différent. Ça peut devenir dangereux, la citation de la citation *ad infinitum*. Un jour, des années plus tard, quelqu'un vous demande des comptes au sujet de quelque chose que vous n'aurez jamais dit. Remarquez, vous pourrez avoir changé d'idée à ce moment-là et éprouverez peut-être beaucoup moins de difficultés à justifier ce contresens! Mais enfin, il vaut toujours mieux partir du bon pied! Ça ne vous choque pas, au moins, qu'on enregistre nous aussi?

Gabriel hausse les épaules. Par rapport aux tractations infinies de part et d'autre de l'Atlantique dans lesquelles il avait dû s'engager, cette ultime réserve ne représente qu'un tout petit inconvénient.

— Laissez-moi installer ma petite machine. Vous n'aurez qu'à mettre la vôtre à côté.

Et il place stratégiquement la petite Sony sur le fauteuil derrière le divan. N'est-il pas ici pour recueillir une confession, après tout? Le coup de génie de cette série, ce pourrait être ça! De les avoir écoutés tous à partir de derrière le divan. La distance est stratégique, parfaite pour saisir les silences étudiés. «C'est très astucieux d'avoir mis le fauteuil derrière, finalement.» Ainsi, la chirurgienne de l'âme, dans l'âme, peut faire en paix son tricot, ou quelque fricot intellectuel derrière l'allongé sans que le type ne se doute de rien. Peut-être se perd-elle dans des rêveries, le regard au plafond. Ou alors, elle se fait les ongles. Le pauvre en est réduit à essayer de capter son attention sans être sûr de jamais réussir. Aucun espoir évidemment, sinon l'analyse ne serait plus possible. Quelqu'un de caché écoute, c'est le même vieux truc du confessionnal finalement!

— Voilà! dit-il. Racontez-moi tout. Ça ira beaucoup mieux après, vous verrez.

Est-ce vraiment ainsi qu'ils procèdent? Dans le fond, Laura doit en mourir d'envie comme les autres de se raconter devant cette multitude. Tous, ils ne rêvent que de cet étalage. Le public, c'est quand l'autre est innombrable, donc innommable, réduit au même, une statistique anonyme qu'il est possible de manipuler à son gré. Les médias sont l'envers exact de l'analyse. Ils représentent la dictature du nombre. Seul l'un a le pouvoir de résister. D'où leur vient ce besoin de raconter leurs états d'âme dans les médias? Sinon ils ne feraient pas ce métier! Ou alors, autrement. Non, ce qui les intéresse, c'est le scandale, l'inavouable affiché. «La télévision est comme une lame de fond», disait L. pour se moquer de lui, «on est entraîné au large sans espoir de retour». Comme si lui, Gabriel, avait quelque chose à voir avec la télé! Ou bien L. souhaitait-il aviver quelque blessure d'amour-propre qui affleurerait sous l'indifférence trop insistante?

— Bon, je vous quitte! dit Alberto. On se reverra tout à l'heure, peut-être?

Enfin tout est prêt. Une routine bien rodée, la petite machine se met à tourner, les questions à s'enchaîner.

— Je dois m'installer là, fait-elle, pointant le divan, comme si Gabriel lui faisait une bonne blague. Aussi bien jouer le jeu à fond.

Elle éclate de rire.

— Non. Parlez dans le micro, quand même, dit-il.

— Ça enregistre maintenant, votre truc?

— Ça tourne.

Par contre, Alberto a oublié de mettre la sienne en marche. «Dommage! Mais ce n'est pas à moi de le lui faire remarquer!» Gabriel pose sa première question:

— La «pédophilie prophylactique», est-ce que vous voulez nous dire un peu ce que c'est?

— D'abord cette expression n'est pas de nous! se récrie-t-elle aussitôt, comme effarouchée que l'interview puisse démarrer dans une direction avec laquelle elle ne pouvait être d'accord. Une formule inventée par un journaliste, ajoute-t-elle bien vite. La simplification est outrancière, malheureusement c'est une expression qui a pris et maintenant il faut faire avec.

Comme elle plante bien le décor! Le ton de l'interview est donné, il sera conflictuel d'un bout à l'autre, un combat singulier, un affrontement définitif entre elle et lui.

— Les journalistes dramatisent toujours tout, vous êtes bien placé pour le savoir! (Ici rire bruyant.)

«Suffira de couper ce bout-là», se dit-il.

— Ah! Ah! Je ne parle pas NÉCESSAIREMENT de vous, poursuit-elle. Mais de répondre à des questions implique toujours le risque d'être mal interprétée. Et il y a toujours quelqu'un pour raccrocher autre chose à partir d'une formule. Cette expression malheureuse, allez savoir pourquoi, ça a pris, et tout de suite tout le monde s'est mis à l'employer à tort et à travers. Finalement, nous avons dû nous y résigner à notre tour, quoique à regret, mais qu'y faire? Finalement, la rectification serait pire que le mal. Enfin, pour répondre à votre question, sans vouloir tout reprendre depuis le début au sujet de la sexualité infantile, il suffit de dire que la demande de l'enfant, il ne faut jamais la satisfaire pleinement. L'enfant est toujours coupable, par définition. Il est À couper. Contrairement à l'adulte, castré par définition, même si la coupure est incomplète. Même que la tâche des parents consiste justement à déterminer l'endroit exact où effectuer la coupure. Permettre et interdire, voilà le vrai sens de l'éducation. Permettre de penser, d'agir. Interdire de se détruire. Par contre, il faut éviter d'écraser l'enfant, sinon il sera impossible qu'il assimile l'interdit, qu'il coupe lui-même entre le possible qui permet que la vie continue et l'impossible qui mène à la mort, démontrant par là qu'il est devenu un adulte castré lui-même. La sexualité satisfaisante, ça commence par cette insatisfaction radicale du désir. Le paradoxe n'est qu'apparent.

En parlant, Laura gesticule comme un professeur de chimie. Ses mains tournoient malgré elle en tous sens dans une pantomime qui met en jeu tout son corps, en contraste saisissant avec son visage parfaitement immobile, sans expression aucune, comme animé d'une seule passion pour la démonstration froide. Elle est complètement tendue vers son explication comme s'il lui fallait absolument convaincre par l'unique force des mots. L'accent en français est plutôt rugueux, mais ça ira. Pour le moment, ça ne pose aucun problème particulier. Laura continue de parler ainsi pendant une bonne dizaine de minutes tout d'une traite. Sans que se glisse le moindre blanc par où poser une seule petite question additionnelle.

«Mieux vaut ça que le contraire, quand même!» se dit Gabriel, se contentant de jeter un regard de temps en temps sur la petite aiguille qui marque le niveau sonore sur son magnétophone.

Ces Italiens, même en français ils vous mitraillent. Laura a une légère tendance mégalo qui la fait s'adresser directement à une foule absente qu'elle devine au-delà de lui en train de l'interviewer. Elle a des livres à vendre et elle fait des cures dans quatre langues. Elle veut sa place dans l'histoire des idées au vingtième siècle. Le grand jeu, finalement.

— Pas de questions personnelles!

C'était la première condition qu'elle avait posée avant d'accepter le principe de l'interview.

Il est trop occupé à l'observer pour l'écouter vraiment. Elle paraît plus jeune que son âge d'une dizaine d'années au moins. À la suite de combien de diètes, de crèmes, de massages faciaux, voire de liftings? Rien de tout ça peut-être.

Quant au *professore*? Voyons, il a écrit son premier livre au milieu des années cinquante. Une simple réécriture de sa thèse probablement. À ce moment-là, il devait avoir trente, trente-cinq ans. Vers 1954 ou 1956, disons. Donc, ça donnerait soixante-dix ans environ. Soixante-quinze, peut-être. Les dates coïncident à peu près.

Laura? À bien y penser, elle pourrait tout aussi bien avoir n'importe quel âge entre quarante et, disons, soixante ans. Peut-être même qu'il fait fausse route et qu'au lieu de se rajeunir, elle se vieillit un peu pour atténuer la différence d'âge avec le *professore*. Avec elle, tout est possible. Mais, dans ce cas, L. n'insinuerait pas toutes ces choses! Trente-cinq, trente-six ans, serait-ce possible? Impossible qu'elle soit si jeune. Compte tenu de ce qu'il savait de son passé, elle devait avoir au moins la cinquantaine. Elle paraît dix de moins, dans ce milieu, c'est le tarif. À vérifier plus tard, de toute façon. Ces vêtements un peu punk, osés à l'extrême. Cette jupe courte, évasée, qu'elle a fini par enfiler, pourrait aussi bien être portée par une minette de seize ans. L'audace est étudiée. L'ample chemise d'homme, qu'elle a passée par-dessus cet autre chemisier trop sage avant l'interview, est déchirée en quelques endroits stratégiques, bariolée de peinture jaune. Impossible de savoir s'il s'agit d'une mode ou d'une simple précaution pour ne pas se salir avant de sortir. Pour le savoir, il lui faudrait l'observer à son aise pendant plusieurs jours. Une interview ne permet jamais de répondre à des questions aussi simples.

En même temps, elle s'y entend à passer son message aux foules incrédules. Les Frufrullone se sont attaqués à une toute petite articulation de la pensée entre Wittgenstein d'une part, et Freud et Lacan d'autre part, pour en faire l'*aggiornamento*. Pour faire carrière, cherchez le maillon faible, rajoutez le chaînon manquant, il en manque toujours un. Mais Laura se refuserait à ce qu'on ne voie en elle que cette intellectuelle désincarnée. Elle peindrait, paraît-il. Ses tableaux, si cette peinture jaune sur son vêtement est vraiment le signe qu'elle peint, elle en fera des cadeaux appréciés. Mais pourquoi cette insistance pour se donner cet air de pré-adolescente attardée, vieillie prématurément? Elle aurait une fille de cet âge? Ce genre de rivalité inconsciente se rencontre chez plusieurs mères d'âge mûr. Chez n'importe qui d'autre qu'elle, cette mode juvénile serait d'un ridicule achevé. Au contraire, cette allure lui va comme un gant. C'est tout à fait elle, cette stratégie pour provoquer. Elle aura survécu à la sélection naturelle par une séduction plus forte encore. Le plaisir est inscrit dans son visage comme une évidence criante. Elle parle avec gourmandise, éprouvant un plaisir sincère à se mettre en avant, ayant la certitude de toujours faire ce qu'il faut. Ça vaut mieux que la force.

Et Dieu qu'il en faut du temps pour faire une femme comme Laura! Plusieurs générations de pères adorés, sans compter les mères. Cours de piano vers cinq, six ans pour commencer. Ballet, cuisine française légère. Art d'arranger les fleurs à la japonaise pour terminer une éducation en beauté. Planification sur trois générations au moins. Bien difficile de rester indifférent devant tant de talents réunis!

Comment faire passer à la radio cette séduction physique qu'il ressent face à elle? Depuis le début de l'interview, sa voix a perdu un peu de sa suavité et son ton un peu sec essaie sans y réussir de démentir sa sensualité. «L. a bien raison, se dit Gabriel. Je me la ferais à la moindre occasion sans aucun remords. Quelle part cette séduction doit-elle au fait que j'ai lu tous ses livres? Que j'ai cru à ce qu'elle racontait avec tant de conviction? Sa présence, en ce moment, envahit tout, m'attaque sur tous les fronts. Je suis pénétré par sa voix en même temps qu'enveloppé. Qu'est-ce qui me plaît? Elle ou ses bouquins, ce qu'elle représente intellectuellement? Probablement tout, jusqu'à en oublier ma propre vie, les femmes réelles, Maria, Estelle.»

— Un moment s'il vous plaît, dit-il.

Le poids du micro lui pèse. Il change de main pour le tenir.

— Le but de la pédophilie prophylactique, poursuit-elle, c'est la prévention de l'inceste. Pas seulement l'inceste véritable, avec les parents, mais l'inceste symbolique, avec les professeurs et les aînés en général. Car enfin, se défend-elle presque, c'est moi qui protège les enfants contre ces hypocrites qui ne font qu'encourager la pornographie et l'inceste par leur silence!

Elle attend son effet.

«Vite, voilà ma chance! En profiter pour poser une question, au moins une, n'importe laquelle. Manifester un peu ma présence, montrer que c'est moi qui pose ces questions “songées” auxquelles elle répond trop longuement! À force de ne pas oser l'interrompre, j'aurai l'air d'un faire-valoir inexistant, bête à mourir!»

— Mais si c'est symbolique, est-ce que cela n'exclut pas justement l'inceste?

— Voilà!

— Un instant, je change la bobine de côté.

Sa réponse bouffe une dizaine de minutes de ruban supplémentaire. Avec tout ce qu'elle a déjà dit, il aurait été évidemment superflu de poser quelque question que ce soit.

— Voilà, je vous en ai assez dit maintenant, pour le reste vous devrez vous arranger tout seul! termine-t-elle abruptement, consultant sa montre, comme si elle doutait qu'il en fût capable. Elle aurait donné cette interview en pure perte. Une heure déjà qu'elle parlait. Elle avait tout calculé certainement. Rien de plus, rien de moins que ce qu'elle avait décidé de dire. Il aurait voulu lui poser une autre question, il n'y arrivait pas. Il n'y en avait pas d'autre, elle avait couvert tout le terrain. Tout le reste n'est que débat de spécialistes. Évidemment, il ne va pas se hasarder à citer les rumeurs, les potins. Elle n'en dira pas plus d'ailleurs que ce qu'elle avait décidé de dire. Ne reste qu'à fermer le micro.

— Je réponds toujours trop longuement, s'excuse-t-elle.

Mais évidemment elle n'en croit rien. Elle connaît la musique. Elle regarde sa montre encore une fois. Satisfaite d'elle-même. La psychanalyse, une technique de gestion du temps comme une autre, peut-être, à l'échelle d'une vie entière. Il a beau passer en revue mentalement toutes les questions qu'il aurait pu poser, il ne parvient pas à en trouver une à laquelle elle n'aurait pas déjà répondu. Exactement comme s'il lui avait communiqué sa liste! Le reste était affaire de montage. Elle se lève du divan, ajuste sa coiffure devant le miroir.

Tout n'est-il pas resté un peu à plat, un peu monotone par contre? Trop de passion récitée, c'est du plus mauvais effet. Quant à lui, il n'a pas dit trois mots pendant toute l'interview. Il devrait savoir pourtant qu'on ne devrait jamais laisser l'invité mener les choses. C'est un principe de base que n'importe quel jeunot apprend dès son premier cours de journalisme 101. Bah! Il se rattrapera avec le *professore* tout à l'heure.

— Chut! fait-il, pointant son micro vers le centre de la pièce. Un peu de recueillement, s'il vous plaît.

La minute de silence est obligatoire pour capter un peu de son d'ambiance. Les réponses, il les a toutes. Les questions? Il les fera après. En studio. Il suffira de les intercaler, l'interview étant diffusée au Canada, il y avait peu de risques qu'elle ne s'entende jamais. Et puis dans trois jours, elle aura déjà oublié qu'elle l'a faite, cette interview.

— Merde! J'ai oublié de brancher.

Aussitôt le micro fermé, Alberto était entré. Écoutait-il à travers la porte? Possible. Et sans importance aucune.

— Vous nous enverrez une cassette? demande-t-il.

— Si vous voulez.

Pourvu que Laura soit raisonnablement contente, elle ne dira rien malgré tous les changements qu'il fera. Il n'y a que lorsqu'ils n'aiment pas ce qu'on a fait qu'ils s'estiment mal interprétés. Et il n'y a aucune raison pour qu'elle le soit. «Quand même, il serait temps un peu que j'apprenne la prudence, si je veux survivre dans ce métier.»

— Ça s'est bien passé? demande le *professore*, entrant à son tour.

— Très bien, dit-elle, se tournant vers lui et l'embrassant tendrement sur la joue.

— Alors monsieur le journaliste? demande le *professore* abruptement, s'adressant à Gabriel. Qu'avez-vous lu?

— La *Prophylaxie*, évidemment, dit-il, un peu timide. Et quelques autres petites choses en plus.

— Ah bon! dit seulement le *professore*, pas autrement surpris.

S'il était le moindrement cultivé, ça allait de soi qu'il devait avoir lu le dernier ouvrage qu'ils ont signé ensemble, Laura et lui.

— J'ai beaucoup aimé le *Traité*. Les *Prolégomènes* aussi naturellement, enchaîne Gabriel.

Il raconte les derniers potins de Paris où il a vu X. et O.

— Vous avez fait des interviews avec eux aussi? demande le *professore*, surpris.

— Oui. Et avant que j'oublie, X. vous salue et vous demande de ne pas oublier la promesse de venir à son séminaire l'automne prochain.

— Pauvre X.! Ça fait des années que je lui promets d'y aller. Cela dit, je n'ai pas beaucoup le temps. Et L., s'informe-t-il en changeant de sujet, vous l'avez vu avant de partir, comment va-t-il ce cher?

— L. compte lui aussi vous avoir à Montréal dès que ça vous sera possible.

— Oui, oui. Je sais. J'irai bientôt, c'est promis. Il y a un intérêt stratégique à être présent là-bas, c'est là que tout se décidera. Autrement, notre mouvement n'a aucun avenir. Naturellement, nous comptons aussi sur vous pour ça. Vous savez que l'Amérique est un enjeu capital pour nous!

— Un enjeu?

— Ce serait trop compliqué à vous expliquer, comme ça, de but en blanc. (Sourire à Laura) Et puis, je ne veux pas vendre la mèche. C'est le sujet de mon, notre prochain livre, vous le lirez?

— Oui, ce n'est pas évident de faire une œuvre commune, répond Gabriel sans se commettre.

Évidemment qu'il le lira. Seulement, il ne va pas le leur dire maintenant, ne voulant pas entrer dans le jeu du *professore* qui s'est donné pour mission d'être une sorte de rassembleur de la tribu psychanalytique. Il voit des brebis égarées partout. Sa voix a des trémolos gaulliens parfois quand il en parle, d'une efficacité redoutable. Mais après toutes ces années, sa petite mise en scène ne trompe plus personne. S'étant fait rejeter définitivement par sa propre communauté à l'orthodoxie déjà douteuse, le couple aura quand même dû fonder sa propre chapelle œcuménique. Depuis, le recrutement de nouveaux clients, adeptes, disciples, est une question essentielle pour que l'intendance puisse suivre.

— Bien, fait le *professore* en appuyant. Je vois qu'on est en famille, on va pouvoir parler à l'aise.

Amours analytiques encore! C'est beaucoup plus fréquent qu'on ne le croit. «Il a dû commencer par la coucher sur son divan.» Des années d'attente peut-être. Les sentiments qu'il aura eus pour elle seront restés longtemps un secret bien caché qu'elle a dû finir par deviner, sentir. Elle n'a pas à cacher les siens puisqu'elle est là pour ça. Elle aura fait un calcul. Dans ces choses-là, le calcul exige une longue patience. Il écoute à longueur de séance sans rien dire tandis qu'elle le torture, puis un jour il n'en peut plus. Transfert massif de Laura ou habile manipulation? Elle en serait bien capable, après tout! Et lui n'en serait pas dupe pour autant. Et puis un jour, il faut bien en venir à négocier le passage. Il lui annonce qu'il ne peut plus la traiter. Qu'il est amoureux d'elle depuis des années. Elle se lève, fait peut-être un geste vers lui. Ou elle sort. Il lui téléphone pour s'excuser. Elle lui propose qu'il l'invite à dîner. Double transgression donc. Inévitable, après tout, que les deux transgressent. Sinon, pas d'alliance possible. Destin? Fatalité? Appelons ça comme on voudra! Toute une vie décidée par un seul geste, quelques mots risqués dans le but de s'y perdre.

L'intimité, est-ce que ce ne serait pas cette impossibilité du secret entre deux personnes à cause d'une transgression initiale? Une telle chose est-elle seulement concevable? Ce n'est qu'à cette condition que la solitude serait vaincue. Mais le secret renaît toujours. Il est à traquer sans cesse. À partir de là, tout peut s'enchaîner le plus naturellement du monde. On a immédiatement affaire à un couple modèle, c'est-à-dire une perfection sociale. Il la déclare «guérie». Le contrat type peut succéder à la cure, mariage ou cohabitation selon des modalités précises, quoique irrévocablement atypiques dorénavant. Toujours nécessaire le contrat type, c'est ce qui signe le début de la fin de la névrose. Nombre d'enfants. Aucun? Pour le reste, il est inutile de préciser davantage. Vasectomie donc? C'est à voir. Le niveau de vie souhaité est implicite, immédiatement visible dans le bureau du docteur, comme la beauté présentable de la dame. Ah oui! il reste à spécifier les ambitions professionnelles de chacun. Attention, Pygmalion au travail!

D'une efficacité redoutable, le couple, on a eu trop tendance à l'oublier. La rupture de l'alliance entre les sexes ces dernières années ne pouvait être qu'un intermède finalement. À peine quelques décennies. Il y a trop d'avantages. Pas surprenant que ça revienne au galop maintenant. Les Américains encore. Hollywood. Cocooning. Les Clinton. «*The first cat!*» Mâle ou femelle? À quand un feuilleton sur la vie sexuelle de «Sox»? Titre de journal: le chat du président américain castré par le molosse de Saddam Hussein! La présidence de Clinton en serait ruinée définitivement.

— Je vous laisse. Je dois travailler encore un peu avant de sortir, dit Laura.

Elle se lève.

— Suivez-moi, on sera mieux dans mon bureau, enchaîne le *professore*.

Laura les escorte jusqu'à la porte comme s'il s'agissait de simples visiteurs.

— Au revoir, dit Gabriel.

— C'est peu probable, répond-elle avec un rire juvénile. Mais, dites-moi, les journalistes, ça doit avoir bien des choses à raconter, non? Alors écrivez-moi tout ça que je vous lise un jour!

— Je vous laisserai savoir, l'assure-t-il, touché par l'ironie discrète de son propos, le défi qu'elle lui lance et qui l'atteint directement au cœur.

Le bureau du *professore* est situé juste en face de celui de sa femme, de l'autre côté du couloir.

— Entrez, dit-il, s'effaçant derrière lui pour le laisser passer.

Il lui indique une chaise et s'installe derrière son bureau.

— Je vous écoute, dit-il résolument comme si c'était Gabriel qui devait raconter son histoire.

— C'est vous qui parlez, corrige celui-ci, savourant l'ironie du renversement de situation, jouissant pour une fois de la supériorité stratégique inhérente à la position du questionneur vis-à-vis du questionné. Approchez, commande-t-il, un peu trop doucement comme s'il avait affaire à un vieillard qu'il faut ménager.

— Comme ça?

— Je dois tenir le micro très près de votre bouche, ajoute Gabriel. Si vous reculez trop, je serai obligé de vous poursuivre, fait-il en s'accompagnant du geste. On y va?

— On y va.

— Professeur Frufrullone, commence-t-il machinalement...

C'est reparti. *Prophylaxie* et le reste. Mêmes réponses répétées des centaines de fois à autant de journalistes qui veulent tous savoir la même chose. Qu'ils ne sauront jamais, ce n'est pas communicable, ça glisse toujours ailleurs au moment où ils croient tenir une réponse, quelque chose de définitif enfin, à quoi on pourrait se fier sans arrière-pensée, faire une manchette peut-être. Figer une pensée. Qui ne penserait plus. Une question le brûlait:

— Guérit-on? demande-t-il.

— C'est impossible de répondre à ce que vous me demandez là, dit le *professore*, péremptoire.

Gabriel ne se laisse pas démonter. Il repose la question en d'autres termes:

— Au moins, est-ce qu'on peut constater une amélioration après un certain temps?

Au lieu de répondre, le *professore* se tait d'un silence pesant qui laisse Gabriel interdit. Pendant la minute entière que dure ce silence, il est comme suspendu aux lèvres du *professore* d'où il ne sort rien et il ne parvient pas à dire quoi que ce soi. Le silence sur la bande sera à couper au couteau. Et il se rend compte que la coupure est là et que dans cet interdit du *professore*, il y a tout l'impossible de leurs positions. Il était emporté trop loin. Même la radio devenait impossible. Comment laisser un silence d'une minute et sinon, comment faire comprendre le poids de ce silence au-delà de la radio? C'est le *professore* finalement qui le rompt:

— Quand on attend assez longtemps, dit-il d'une voix à peine audible comme pour forcer Gabriel à porter une attention extrême à ce qu'il disait, il finit toujours par se passer quelque chose, n'est-ce pas?

— Oui, vous avez raison, ça doit être ça, dit Gabriel après un moment, pas très sûr d'avoir compris.

Il méditera là-dessus plus tard, mais il est certain qu'elle est importante, cette phrase que le *professore* lui a adressée. Une sorte de cadeau, en fait!

Finalement, il arrive à se reprendre et pose quelques questions plus générales sur sa carrière et sur la genèse de la théorie prophylactique. En fait, il lui demande de répéter la même chose que

Laura. Ce double emploi est inutile, sauf qu'on a beau reposer toujours la même question, les choix de parcours, les réponses, diffèrent toujours. Le reste n'est qu'astuce de montage. Il pourra toujours choisir, ou faire enchaîner deux segments de la même réponse par l'un et l'autre. Ça fait toujours plus habile quand l'un des interlocuteurs a l'air de reprendre la balle au vol.

— Tous ces jeunes qui vous suivent et vous admirent, demande Gabriel, qu'est-ce que vous en pensez? (On chuchotait que le *professore* aurait aimé les petits garçons avant de rencontrer Laura.)

— Étonnant, dit-il. Absolument étonnant. Je ne comprends pas encore tout à fait. Mais quel meilleur prétexte que le vice quand on veut discréditer quelqu'un. (Donc, il a compris le sous-entendu de la question!) Et avec tous ces gourous qui essayent de se rassembler un clan pour des motifs toujours, je dis bien toujours, dans le but d'un avantage sexuel, il faut être vigilant. Considérez qu'avec le déclin de la politique, la question du bien et du mal est de nouveau à l'ordre du jour. Voyez tous ces débats sur l'avortement, l'euthanasie, la peine de mort! Plus difficile qu'on croit de distinguer entre les deux. Alors les philosophes et les psychanalystes, il y a de nouveau une clientèle pour ça. Mais la différence, c'est que jamais nous n'embrigadons les gens! Qu'ils s'asservissent eux-mêmes pendant un temps, ça ne peut que leur faire du bien! On est tous asservis à quelque chose de toute manière! Il y en a qui croient à la famille, à leur carrière, à une perfection du corps, voire à l'équipe sportive de leur ville quand ce n'est pas aux personnages de leur téléroman favori! Quelquefois, ça ne fonctionne plus! C'est qu'il est temps de changer pour un maître plus exigeant.

«Loin d'être fou, le *professore*, pense Gabriel. Mais il est déjà bien vieux. Pour la suite, il devra s'en remettre à eux. Elle lui survivra, c'est certain. Voir comme elle recrute déjà des alliés. Le milieu est féroce. Rien à craindre, elle remplira le contrat, poursuivra leur œuvre commune jusqu'à sa propre mort. Ils s'entendent là-dessus tous les deux. Impossible de tirer davantage de celui-là de toute façon.» La conversation se poursuit à bâtons rompus et à micro fermé pendant un bon moment. Une question brûle les lèvres de Gabriel:

— Et comment ça vous est venu cette idée de pédophilie prophylactique? demande-t-il finalement.

— Bof! C'est à force de m'emmerder devant la télévision, répond le *professore* en éclatant de rire. Cet appareil diabolique a été inventé pour supprimer tout ce qu'il y a d'individuel dans la pensée. Pour supplanter les livres, en fait. Quant à la théorie, elle se résume à peu près à ceci: pour éviter les problèmes, faites une analyse. Vous découvrirez ainsi que vous en avez et courrez la chance de les régler par la même occasion. Oui, oui, j'insiste. Le principal problème des gens, c'est qu'ils croient n'en pas avoir. La télévision ne cesse de le proclamer en accaparant le monopole des problèmes. Informations, films, révélations diverses, histoires vraies. Mais où est l'intérêt d'une vie sans problèmes? Vie végétative, nécessairement. D'ailleurs, la théorie de la pédophilie prophylactique n'est qu'une application de cette évidence toute simple. Ne pas entendre surtout ce terme de pédophilie trop à la lettre, mais dans son sens étymologique d'amour des enfants. Traitement préventif des traumatismes psychiques inévitables dans la petite enfance, vous le savez comme moi. À un âge où il est encore possible d'y remédier. Avant qu'ils aient eu le temps de se sédimenter, en fait.

— Alors pourquoi cette appellation délibérément provocatrice?

— Pour provoquer, justement. Pour qu'on nous écoute. Nous, psychanalystes, ne parlons pas assez. Par déformation professionnelle, sans doute. Mais le vrai scandale, n'est-ce pas que la pédophilie, la vraie, soit si répandue dans les familles? C'est ça qui choque. Et de ça, on ne parle pas assez!

À ce moment-là il se lève. L'entretien est terminé. N'y a plus qu'à se retirer.

— Je fais une minute d'ambiance avant de sortir.

— Prenez votre temps.

Ce n'est qu'un prétexte pour s'attarder encore un peu. Il ressent le besoin de se remplir de cette atmosphère. Après tout, ne devra-t-il pas «rendre» tôt ou tard ces murs surchargés de tableaux, dont un ou deux sont certainement de Laura, ces sculptures africaines ou modernes, ces cadres divers contenant des lettres manuscrites. Et il ne peut faire appel à l'image pour y parvenir. Seulement aux voix, aux silences. Un peu de musique aussi. Et quelle idée de faire encadrer son courrier? Par qui lui étaient adressées ces lettres? Sartre? Lacan? Si elles sont montées dans un cadre, ça ne peut être vraiment indiscret de regarder. Les lettres commencent toutes par «Mon cher Gianfranco», en français. La correspondance du *professore* a une valeur intellectuelle et historique inestimable.

— Vous êtes bien installé, hasarde Gabriel au bout d'un moment.

— Pas mal, réplique l'analyste, que la banalité de la question rend perplexe, sinon carrément méfiant.

Son sixième sens mythique, que l'opinion prête aux analystes, est en éveil.

Gabriel en est maintenant à l'examen du divan. C'est le vingtième au moins qu'il a l'occasion d'admirer en Amérique et en Europe. Avec tous ceux qu'il a vus, il pourrait publier une étude des styles de cabinets d'analystes. Certains d'entre eux valaient la visite à eux seuls. Pourquoi ne le proposerait-il pas, ce livre d'architecture? *Cabinets d'analystes et théorie de la cure.* Il faudrait qu'il revienne prendre des photos genre *Life Magazine*. Il demanderait aux analystes de prendre la pose. Il calculerait l'angle des divans, se farcirait quelques commentaires didactiques sur le rapport du divan et du fauteuil. À entreprendre aussitôt terminé ce reportage-fleuve sur *Freud: science ou fumisterie.*

— Vous connaissez un hôtel près d'ici? demande-t-il, revenant à des considérations plus terre à terre, maintenant que son travail était terminé.

L'interview avec les Frufrullone serait une apothéose pour la série.

Le *professore* écarte les bras.

— Hélas non! Ici à Gênes vous comprenez que je ne descends jamais à l'hôtel, fait-il. (Une ironie très légère perce dans le regard.) Mais demandez à Alberto, dit-il, nous avons beaucoup d'invités et c'est lui qui s'occupe de ces détails. Il vous indiquera.

N'ayant rien de plus à tirer du *professore*, Gabriel prend congé. «Qu'est-ce que j'espérais? Qu'il me loge sur son bateau comme L.? Mais je ne suis pas L. Et les hôtels qu'il aurait pu me suggérer seraient tous aussi inabordables les uns que les autres, c'est certain.» Depuis combien d'années le *professore* n'a-t-il plus connu que des palaces tous plus astiqués les uns que les autres?

— *Arrivederci, professore!* le salue Gabriel en le quittant, sûr qu'il ne le reverra plus jamais, sauf aux actualités télévisées.

C'est Laura qui vient le chercher. Habillée de la tête aux pieds maintenant, robe fendue au-dessus du genou, bijoux aux oreilles, au cou, aux deux poignets, maquillée juste ce qu'il faut, elle est une splendeur jusque dans ce petit diamant qui perce sa narine droite et lui garde cet air coquin que lui faisait tantôt sa chemise trouée.

«Dommage pour Alberto, j'aurais aimé lui dire au revoir», pense Gabriel tandis que la porte se referme inexorablement sur lui. Le silence de l'entrée lui paraît un peu triste, froid comme le marbre de ce couloir et ce n'est que maintenant qu'il comprend toute la charge émotive qu'il avait mise dans cette rencontre avec le *professore*. Comme toujours, il est mécontent de l'entrevue qu'il a faite, ayant l'impression bizarre et persistante d'avoir raté quelque chose en étant hors propos la plupart du temps pendant l'interview. Celle-ci terminée, la parenthèse est close et il est impossible de revenir dessus. Curieusement, ce sentiment d'un raté lui est plus précieux que n'importe quoi. Le destin du journaliste, c'est d'entrouvrir des portes qui se referment aussitôt. Heureusement, il n'a pas la naïveté de croire qu'il y a la vérité derrière, vérité qu'on ne saurait dire de toute façon.

— N'oubliez pas de nous envoyer la cassette de l'émission! lui rappelle Laura juste avant de refermer.

— Oui, oui, je n'oublierai pas, je vous promets! l'assure-t-il.

Il reste là, se mirant dans la pénombre de la glace à côté de la porte, tout à fait incapable de s'en aller. La minuterie finit par s'éteindre d'elle-même, le laissant dans un noir complet, tout à fait stupide finalement. À tâtons, il cherche le bouton pour rallumer, retenant son souffle pour ne pas trahir sa présence. Il n'a plus affaire ici maintenant. Pour le moment, il est prisonnier de cette cage d'escalier. Il écoute le bruit des pas qui s'éloignent à l'intérieur de l'appartement et retournent à leur propre vie. Malgré lui, il se sent un peu honteux. Il a le sentiment d'être un intrus admis par inadvertance, et aussi un peu par fraude, quelqu'un qui n'aurait pas dû être là. En même temps, il serait tenté de briser le miroir et de regarder à l'intérieur! Mais derrière la glace éclatée on s'apercevrait bien vite que l'iconoclaste, c'est toujours lui malgré tout derrière ces ombres.

«Avec ça, je les aurai mis en retard pour leur dîner! Et moi? Où est-ce que je dînerai?»

Ces interviews, au début ce n'était qu'un prétexte facile pour venir en Italie. Cette fois sera-t-elle la dernière? Il le craint. Le risque n'est-il pas toujours là? En plus, il allait maintenant devoir rendre sa copie. «Je finirai fauché, un jour ou l'autre, de toute façon.» Qui lui avait dit ça une fois? *«Your luck is beginning to run out, my friend!»* Menace ou constatation? Plus d'argent, plus de voyages! Il se fera clochard, tiens! Comment fait-on pour être clochard en Italie? Tant qu'à finir clochard, aussi bien que ce soit ici!

À ce moment, il entend le bruit de pas qui reviennent à l'intérieur de l'appartement.

— Merde, les Frufrullone qui partent!

En même temps, la porte grince en bas. Quelqu'un monte. Ce n'est même plus la peine de faire semblant d'attendre l'ascenseur. Le voilà pris entre deux feux, l'air d'écouter aux portes, en plus. Un vrai imbécile, oui! Cette fois, son compte est bon. Vite, descendre en faisant le moins de bruit possible. Dans cette noirceur! Et surtout, pas question de presser le bouton de la minuterie! «J'aurais l'air de sortir d'où maintenant?» Il a du mal à trouver son chemin, s'appuyant sur le mur, faisant glisser la main sur la balustrade. Heureusement, ses semelles sont en caoutchouc.

— Ah! c'est vous, fait Alberto en l'apercevant, passant sur l'incongruité de cette descente dans la noirceur.

(Soupir de soulagement. «Ouf! Encore une fois.»)

— Pour la minuterie, poussez le bouton, là. Vous n'êtes pas bien habitué aux minuteries en Amérique, dit-il simplement.

— Merci.

— J'étais en train d'essayer de vous trouver un taxi. Pas de chance non plus, mon pauvre vieux.

— Je sais, c'est dimanche. Je suis venu en marchant tout à l'heure.

— Ah! Ce n'est pas un peu long quand même? Non. Incidemment, avant que j'oublie, téléphonez-moi de l'hôtel quand vous arriverez. Je vous raconterai des choses qui vous intéresseront. Vous avez conservé le numéro, j'espère? Si ça vous va, on pourra aller prendre un verre vers la fin de la soirée? Vous repartez quand?

— Demain, après-demain peut-être. Je n'ai rien décidé encore. Il se peut que je décide de rester quelques jours de plus.

— Parfait, comme ça, on aura le temps de faire connaissance! L. nous a beaucoup parlé de vous, ça me ferait plaisir qu'on discute un peu ensemble.

— À tout à l'heure alors, dit Gabriel.

— Pour le taxi, descendez vers la gare en bas. Par là, il y en a toujours en maraude, qui vont dans cette direction, dit Alberto. Quant à moi, il faut que je me sauve, je dois rejoindre les Frufrullone au garage. Depuis quelques années, plus moyen de se défiler de tous ces galas de bienfaisance. Smoking et tout le reste, quelle mascarade! Je déteste ce genre de sortie mondaine, mais que voulez-vous, c'est la rançon de la gloire. L'excellence en tout, vous savez, même si certains se font une gloire de ce qui n'est, la plupart du temps, qu'un conformisme poussé à l'extrême. Heureusement, on ne me demande pas d'y assister! Je me contente de les conduire et c'est bien assez comme ça! ajoute-t-il avant de rentrer à l'intérieur de l'immeuble. Allez, on se reparle tout à l'heure.

Gabriel redescend la petite rue qui serpente dans le noir, jusqu'à cet escalier là-bas: «Un raccourci!» Il le prend.

«Pas besoin après tout qu'Alberto sache que je loge dans des hôtels minables. La faute d'Estelle encore. C'est l'inconvénient de voyager seul, avec un budget réduit. Tout est plus cher! Mais je ne vais pas commencer à embêter Alberto avec mes petits ennuis personnels! L'Hôtel de la Gare, le Terminus, l'Hôtel des Voyageurs: autour de toutes les gares, même petites, il y a toujours des hôtels pour tous les budgets!»

Comment s'appelait-il déjà, cet hôtel où ils étaient descendus avec Estelle, une fois qu'ils s'étaient arrêtés ici? Première fois qu'ils mettaient les pieds à Gênes, d'ailleurs. «Une pension, plutôt. La salle de bains était dans le couloir, évidemment. Y avait-il le téléphone dans la chambre? Pas de restaurant non plus, mais une très jolie salle pour le petit déjeuner.»

D'avoir cru l'apercevoir tout à l'heure sur ce quai de gare à Pietrasanta, il se sent le cœur et l'esprit volages ce soir. Entre eux, ça devient une sorte de jeu. «Toujours le jeu avec elle. Elle joue avec moi comme avec un ballon sur une table de casino. Lance quelque chose en l'air. Allez savoir comment ça me retombera sur le nez!»

Enfin, il débouche sur une place juste au moment où une voiture fonce à toute allure en sortant d'une *galleria*, sorte de tunnel qui coupe à travers la montagne comme il y en a beaucoup ici. Surtout ne pas le rater, ce taxi. Dans ce calme dominical, il pourrait bien ne pas en passer un autre avant bien longtemps.

Vieux diesel ou moteur au gaz? Le son est assourdissant dans la *galleria* transformée en caisse de résonance. Il l'a entendu vrombir de loin comme un avion à hélices au départ et, pensant diesel, il fait tout de suite l'équation avec taxi. Vite, lâcher le sac avec la Sony. Il se jette devant le bolide, prêt à risquer sa vie pour éviter qu'il passe tout droit. Le taxi freine juste devant lui. «De quoi se faire tuer, quand même!» Accident appréhendé. Le chauffeur a l'air furieux. Ce n'est pas exactement le meilleur moment pour un constat. Évidemment, il l'engueule:

— Vous finirez par vous faire estropier si vous continuez à foncer devant les voitures comme ça!

— Merci de vous être arrêté, s'excuse seulement Gabriel sans se formaliser.

— Une chance pour vous. Et où voulez-vous aller comme ça?

— La gare. Celle qui est en bas, vers le port. Je dois reprendre ma valise à la consigne avant d'aller à l'hôtel. Il y en a dans le coin?

— Minables, si vous voulez mon avis. À part des palaces, mais vous ne m'avez pas l'air à être du genre à les fréquenter. Que des dégénérés maintenant dans ce quartier. Dites donc, vous ne viendriez pas de chez les Frufrullone, par hasard?

Disant ça, il se trouve à baisser le ton.

— Comment est-ce que vous avez fait pour deviner ça?

— À cette heure-là! Regardez autour de vous, Gênes est une ville morte. Et puis il n'y a qu'eux pour avoir des visiteurs dans votre genre. Professeurs, journalistes. Vous ne seriez pas psychanalyste vous-même par hasard?

— Vous les connaissez comment? demande Gabriel, incrédule.

— Ça ne se voit pas assez que j'ai mal à mon désir! s'exclame le chauffeur soudain ému, presque en larmes. Vous tombez bien. Depuis le temps que je veux en parler avec quelqu'un. À chaque fois que j'aborde la question avec elle, elle change de sujet.

— Elle?

— Je veux dire Laura, c'est sa femme. Psychanalyste elle aussi. Vous avez dû la rencontrer. Une femme bien séduisante, poursuit-il.

«Syndrome argentin!» pense Gabriel. Il paraît qu'à Buenos Aires, tous les chauffeurs de taxi feraient une analyse. Qu'il s'en trouve un à Gênes, ça n'avait rien pour le surprendre finalement. Gabriel jauge le type. Il a cet air caractéristique de l'intellectuel qui aurait mal tourné. Ça se voit surtout dans ses yeux un peu tristes. «Un autre qui est mal parti dans la vie.» Il aura raté son recyclage dans le yuppisme. Pauvre lui, sa vie est jouée, il est trop tard pour entreprendre quoi que ce soit d'autre maintenant. Un autre inadapté chronique, valable pour la société comme chauffeur de taxi uniquement ou un autre métier comme ça. Il fait des traductions peut-être, des piges de toutes sortes. Dealer? À son âge, il est père de famille peut-être?

— Vous auriez pas un hôtel par là à me recommander?

— Quel genre?

— Je suis venu une fois dans un joli hôtel avec, euh! ma femme, se décide-t-il à dire en rougissant. C'était un hôtel tout petit, ajoute-t-il en riant. Mais avec un grand hall en bas dans un immeuble sur une rue assez passante, je ne me souviens pas du nom, malheureusement.

— De votre femme? C'est bien dommage pour vous!

— Ne vous moquez pas. N'importe quel hôtel pas trop cher vers le centre fera l'affaire.

— L'Italie, ce n'est pas donné actuellement, vous savez! Non, de but en blanc comme ça, en pointer un, je ne vois pas, dit le chauffeur. Vous pouvez aller voir par là, si vous y tenez, répète-t-il. Il y en a plusieurs, vous verrez bien. Mais à cette heure-là, en pleine saison de tourisme? Possible qu'ils soient tous pleins déjà.

— Je voudrais quand même passer reprendre ma valise à la gare avant la fermeture de la consigne, dit Gabriel. Vous m'emmenez?

— 30 000! dit le chauffeur.

— Non, quand même, je connais la musique, vous savez. Vous mettez le compteur gentiment et on y va!

— J'ai fini ma journée, moi! Et puis, je ne me serais jamais arrêté si vous ne vous étiez pas jeté devant moi comme pour un suicide. La plupart des autres chauffeurs sont déjà rentrés. Ou ils sont déjà en train de manger! Moi aussi, j'ai faim! Ça m'étonnerait de toute façon que vous trouviez un autre taxi à cette heure-là, termine-t-il, avec un soupçon de perfidie.

— Alors vous me prenez ou non? Je vous offre dix mille, et encore c'est très bien payé. C'est le plus loin que j'irai. Vous me laisserez à la gare si vous voulez, je m'arrangerai tout seul pour l'hôtel.

— Vingt-cinq mille, alors. Rien de moins! Et à ce prix-là, je vous fais déjà une faveur. Pour vous rendre service! Sinon ça ne vaut vraiment pas la peine à cette heure-ci.

— Vous avez fini de vous moquer de moi?

— *Vabbê.*

Mais, une fois la porte du taxi fermée:

— Sans compteur, hein!

— En lires ou en dollars? demande Gabriel, ironique.

— Elle me fait la séance à 80 000 et elle n'a même pas l'essence à payer, fait-il dépité.

— Vous faites l'analyse avec Laura? demande Gabriel, subitement intéressé plus qu'il n'aurait cru.

— Quatre fois par semaine, quinze minutes environ. Elle pratique les séances courtes, vous savez.

— Fermez votre radio, demande Gabriel.

— Hé! C'est mon taxi quand même!

— Au prix qu'il me coûte, j'ai bien le droit de ne pas entendre encore cette maudite chanson!

— Vous n'aimez pas la musique sud-américaine?

— C'est comment avec elle? demande Gabriel évitant de répondre, confondant parole et sexe encore une fois, sans s'en rendre compte.

La question lui brûle les lèvres depuis un moment. Il lui faut savoir à tout prix.

— Je ne sais pas. C'est devenu une habitude, je ne sais pas si je pourrais m'en passer maintenant. Tout ce que je gagne y passe. J'espère monter à cinq séances l'an prochain. C'est mieux, il paraît. Et puis, Madonna! elle est si belle.

— Mais vous ne la voyez pas puisqu'elle se tient derrière vous.

— Vous avez été dans son cabinet!

— Vous ne répondez pas à la question.

— Je la vois en entrant et en sortant. Quelquefois le son de sa voix pendant la séance. Pour le reste, le souvenir, l'imagination suffisent. Je pense à elle toute la journée, c'est devenu mon principal problème.

— Elle vous traite pour ça!

— Elle essaie, mais je suis absolument réfractaire.

— Retour à l'amour courtois donc, c'est bien ce que je pensais!

— C'est Alberto qui m'a recruté. Si vous êtes allé là-bas, vous connaissez Alberto, évidemment? Méfiez-vous, c'est un personnage hautement corrosif.

— Corrosif? Qu'est-ce que vous voulez dire?

— Dangereux, c'est tout.

— Et elle?

— Quatre ans que je la vois maintenant. Je suis privilégié quand même. J'espère terminer vers 1997.

— Et après?

— Je compte m'établir comme analyste. Ça m'aura coûté assez cher. 200 millions de lires à ce moment-là! Vous savez combien de courses ça fait à 10 mille lires l'une? Sans compter qu'il faut vivre en plus. Payer l'auto. Et voilà que le gouvernement se met à faire dans la vertu et insiste pour qu'on paye nos impôts maintenant. Après tous ces scandales. Bah! je l'aurai bien mérité une fois rendu là. Alberto me garantit une clientèle de premier ordre. Vous avez écrit au *professore* vous aussi?

Gabriel éclate de rire:

— Non, pourquoi?

— Beaucoup de gens le font. C'est le meilleur et le seul moyen pour qu'il vous reçoive. Vous devez être au courant, ce gardien de prison autodidacte. Vous savez, il enseigne à l'Université de Padoue ou ailleurs en Vénétie quelque part par là. À cause d'une lettre au *professore* justement. Peut-être que le prochain, ce sera moi. Vous êtes ici pour des vacances alors?

— Non! Je hais les touristes, répond Gabriel.

Et il s'enferme dans son mutisme pendant le reste de la course.

— Nous y sommes, dit le chauffeur, quelques instants plus tard.

Plutôt de mauvaise grâce, Gabriel lui tend ses dix mille lires.

— Et le pourboire?

— Vous ne croyez pas que vous avez assez exagéré comme ça?

— Tous pareils, enculés de touristes, va! maugrée le chauffeur froissé, froissant le billet de dix mille tout en le fourrant dans sa poche d'un geste désinvolte. Geste d'analyste, déjà!

Chapitre 7

Une fois la porte du taxi refermée, Gabriel se retourne, faisant dos à la gare. Peut-être y a-t-il un hôtel dans cette rue qui descend, coupant celle où il avait vu le couple de gitans disparaître avec la fillette? Il s'avance dans la rue. Et voilà qu'il distingue, parmi les enseignes blafardes des magasins, un petit carré de lumière rouge qui clignote faiblement dans la nuit, encadrant une écriture manuscrite, des lettres blanches à peine visibles qui n'attendraient que lui pour s'éteindre à jamais tant il est vrai que personne d'autre n'aurait fait attention à la faible lueur de cette écriture déchirée.

«ALBERGO», proclame la réclame fatiguée. Enfin, il a trouvé ce qu'il cherchait!

«Ce serait bien le diable!» se dit-il, s'avançant encore un peu pour mieux voir. Cet endroit lui rappelle quelque chose. Vu sous cet angle, c'est tout à fait évident. Avec Estelle, ils sont venus ici, dans cette rue, il en est sûr maintenant, dans cet établissement qui ne paye pas de mine. Oh! on était loin quand même du joli hôtel de ses vingt ans dont il gardait le souvenir. Ce que ça peut être trompeur, la mémoire! Il aurait regardé tout à l'heure, il aurait vu tout de suite. Et puis maintenant, il en est sûr: Estelle l'a rattrapé encore une fois. Elle est là à l'attendre dans cet hôtel où ils sont venus ensemble il y a des années.

Il marche jusqu'à l'escalier de marbre éclairé d'une lumière trop crue, piège ultime qu'on lui aurait tendu à la dernière minute, mais comme d'habitude, il n'y a qu'une seule chose à faire: plonger.

«Pourvu qu'il y ait de la place. Vivement cette douche. Et puis pour le reste, on verra bien.»

Il pousse la porte tournante et pénètre à l'intérieur.

La pension loge au *4° PIANO*. Il monte par le vieil ascenseur brinquebalant puis, une fois là-haut, sonne d'un coup appuyé et précis. Après quelque temps, une lumière éclaire l'intérieur et une forme apparaît à travers la vitre. La porte s'ouvre et le vestibule est envahi par le ton monotone de la télé mise en sourdine. Un petit homme replet à l'allure nerveuse s'avance vers lui avec vivacité en se lissant les cheveux d'une main.

— *Momento! Momento!* crie-t-il comme si c'était Gabriel qui était pressé.

— Vous avez une chambre? demande celui-ci.

— J'ai une réservation, mais le type n'est pas venu, alors si vous la voulez, elle est à vous! Mais dépêchez-vous de vous décider, c'est la dernière qu'il me reste et il serait plus que temps que je retourne me coucher! Je travaille tôt, moi. C'est pour combien de nuits?

— Une ou deux, je ne sais pas encore.

— Le plus longtemps vous restez, le mieux c'est pour moi. Autant de fois en moins où je dois me lever pour répondre à la porte!

— Est-ce qu'on a laissé un message pour moi? l'interrompt Gabriel. Mon nom est Ga-brié-lé Dji-guer-ré, articule-t-il le plus clairement possible. Est-ce qu'il y a une dame canadienne qui loge ici ce soir? Es-tel-lé, prononce-t-il maladroitement, renonçant à deviner si ce prénom est en usage en Italie.

— Ah! c'est vous finalement, l'interrompt à son tour le veilleur de nuit. La réservation, c'est pour vous, elle vous attendait! Mais après deux heures, comme vous n'arriviez pas, elle s'est impatientée et elle est sortie.

— Elle a laissé quelque chose pour moi?

— Ah oui, la lettre. (Il la prend dans un casier en même temps que la clé.) Je vous ai donné la 512, dit-il. Comme je vous ai dit, c'est la dernière qui reste.

— Merci. Je voudrais la voir avant, si ça ne vous fait rien.

— Si vous voulez lire tout de suite, vous pouvez poser votre valise là! dit-il.

Il désigne un coin de la pièce, puis se retire derrière son comptoir, se grattant vigoureusement à travers ses cheveux ébouriffés, tirant son gros registre de sous le comptoir tandis que Gabriel déchire l'enveloppe:

Cher Gab,

Enfin tu es là puisque tu me lis! Ne sachant à quelle heure tu arriverais, je sors pour prendre une bouchée. Dommage! Au moment où tu auras ce papier devant les yeux, il sera probablement déjà trop tard pour qu'on se voie ce soir. À tout hasard, j'ai déjà réservé pour toi une chambre *séparée*. Je te téléphonerai de la mienne demain matin.

Baisers tendres,

Estelle

P.-S.: Dommage aussi qu'on se soit manqués à Pietrasanta. Tout le monde aurait été si content de te voir. Tu aurais dû arrêter. Si, si, ne nie pas que tu sois venu, je t'ai aperçu à la gare! Pour moi, tout est beaucoup plus clair maintenant. Nous avons encore beaucoup de choses à nous dire. À régler peut-être, ça dépend entièrement de toi! Sans rancune. Baisers encore.

Curieuse missive quand même où l'essentiel se trouve dans le post-scriptum et l'anecdotique dans le corps de la lettre. «Qu'est-ce que ça veut dire, "baisers tendres, baisers encore"? Et elle me demande de prendre une chambre, parle de *la sienne* en soulignant!»

«Encore quelques heures avant d'en avoir le cœur net! Que veut la femme? Je n'en sais fichtre rien!»

«Nous aurions fait le trajet ensemble sans nous voir? Elle a beau nier, elle l'aura fait exprès pour m'éviter dans le train. J'aurais dû y penser, c'est bien son genre depuis quelque temps.» Il se dit que, tôt ou tard, il arrivera à la coincer, il la forcera à lui dire la raison de ce jeu de cache-cache auquel elle le contraint depuis plusieurs mois, avant même leur départ de Montréal.

— Dans quelle chambre est-elle? demande-t-il négligemment.

— Elle m'a interdit de vous laisser entrer! glousse le veilleur de nuit.

— Bof! Puisqu'elle est là, enfin quelque part dans la ville, c'est le principal.

Machinalement, Gabriel sort son passeport.

— Canadien vous aussi? s'étonne le veilleur de nuit tout en commençant à remplir le formulaire. Je vous félicite pour votre italien. Où avez-vous appris à parler comme ça? Votre mère peut-être? Ah! Origine italienne. Calabraise? Sicilienne? Hélas! Nous sommes tous plus ou moins des immigrants ici. L'Italie du Nord, c'est encore le plus près. Y a pas de meilleures femmes que les femmes du Sud! affirme-t-il péremptoirement. Comme tous ceux qui sont partis, vous rêvez de revenir finir vos jours ici? Immigrant de deuxième, troisième génération?

— Je l'ai étudié à l'université, répond Gabriel distraitement, bien que ce soit plus ou moins faux. C'est combien pour la chambre? demande-t-il.

— Soixante-dix mille. Payé d'avance. Voici la clé.

Il soupire pesamment.

— Le numéro encore? questionne Gabriel.

— Le 512. La porte à gauche, l'étage au-dessus.

— J'y vais! Je reviens tout de suite.

— Pour monter, prenez l'ascenseur, c'est plus rapide, lui propose le portier. Et moins fatigant, surtout!

L'ascenseur l'attend sagement à l'étage. Une fois là-haut, sitôt la porte refermée derrière lui, Gabriel retrouve les larges couloirs d'une blancheur et d'une propreté autrefois impeccables qui l'avaient tant impressionné la première fois qu'il était venu ici avec Estelle. Des portes à doubles battants de chaque côté rendent cet hôtel reconnaissable entre tous. Elles n'ont pas dû être repeintes depuis toutes ces années. Comment peut-on laisser se détériorer ainsi un si bel immeuble? Si seulement les propriétaires avaient pris un minimum de soin avant qu'il soit trop tard! C'est vrai qu'ici, on n'en est pas à un vieil immeuble près. Oui, il en est certain maintenant, c'est bien le même hôtel où ils s'étaient arrêtés il y a quelques années.

À ce moment, de derrière une porte, une voix étouffée semble l'appeler:

— Enrico?

Silence.

— C'est toi? Réponds-moi!

Surpris, Gabriel s'arrête de marcher et reste silencieux un instant, seulement attentif au souffle de la voix.

— Enrico, répète la voix.

Non, ce n'est pas celle d'Estelle. Et pourquoi cette jalousie absurde tout à coup? Curieusement, il éprouve un sentiment de gratitude envers cette femme. Il relâche son souffle et répond en écho:

— Non, ce n'est pas Enrico.

Puis il attend la réponse pendant plusieurs secondes. En vain. La présence derrière la porte est murée dans son silence. Elle reste obstinément muette mais il sent la femme derrière la porte qui écoute, retenant son souffle elle aussi, voulant faire passer son silence un peu lourd pour une absence. Sans doute, son pas l'a effrayée, c'est la raison pour laquelle elle appelle Enrico. Il est vrai que cet hôtel n'est pas rassurant du tout. Il ne sert à rien de rester là, ça ne ferait que l'apeurer davantage. Qui sait, elle pourrait se mettre à crier?

Gabriel décide de continuer son chemin jusqu'au fond du couloir. Il tourne à gauche. Un autre long couloir s'ouvre devant lui. À ce moment, un bruit de chasse d'eau se fait entendre derrière lui, venant des cabinets au milieu du couloir. Enrico probablement, qui se sera attardé aux toilettes un peu trop longtemps au goût de son amante au souffle si inspirant.

La chambre numéro 512 est sur sa droite. Il entre et trouve la scène désolante: le tapis est élimé, la table de chevet, couverte de marques de brûlures de cigarettes, le couvre-lit, défraîchi. Comment savoir si les draps sont vraiment propres? S'il n'y avait pas Estelle, il prendrait ses affaires et irait chercher ailleurs. Mais comment rétablir le contact, une fois rompu ce mince cordon qui les relie encore au fil de leurs trajets parallèles? Non. Il serait plus prudent de conserver la chambre. Une seule nuit, mais il le faut! «Il sera toujours temps d'en changer demain. À moins qu'Estelle tienne absolument à celui-ci?» Lui-même n'ignore-t-il pas ce qu'elle veut, si elle lui en veut, ce que lui veut? Il se laisse tomber à plat ventre sur le lit et reste un court moment à balancer son corps sur les ressorts distendus. Non, il ne peut s'endormir comme ça. Pas ce soir. «Après tout, je n'ai pas mangé moi non plus!» s'avise-t-il, se forçant à se lever illico. Repassant près de l'ascenseur, il entend à travers la cloison, trop mince sans doute, les murmures et les chuchotements de l'amour.

«Enrico est revenu.» Ces rires entre eux, c'est sûrement pour se moquer de ce type dans le couloir qu'elle a failli prendre pour lui: «Et si le type s'était appelé Enrico lui aussi, imagine s'il était entré!» Gabriel entend la fille glousser. C'était loin d'être impossible, au moins un Italien sur dix, non vingt, ou cinquante peut-être, doit s'appeler Enrico. Derrière la porte, son petit ami lui dit de la fermer. Sans doute, il aura entendu les pas s'arrêter devant l'ascenseur. Gabriel l'entend chuchoter. La prochaine fois, ils ne prendront plus une chambre si près de l'ascenseur. Peut-être même ils auront fait fortune et en prendront une avec toilette, sinon salle de bains complète? «Et qu'est-ce qu'il a cet ascenseur à être si lent?» se demande Gabriel. Il n'allait pas se mettre à écouter aux portes, maintenant! Il décide de redescendre à pied dans le petit hall où le veilleur de nuit l'attend.

— Il y a un restaurant près d'ici? demande-t-il.

— La première rue à cent cinquante mètres sur votre droite en sortant! répond le portier essoufflé d'avoir été retourner sa petite pancarte en bas pour indiquer que c'est *completo*, certain que Gabriel prendrait la chambre quoi qu'il arrive.

— Qu'est-ce qu'on y mange?

— Hum! En fait, c'est plutôt une sorte de café, ils n'ont que des sandwiches, malheureusement.

Gabriel hésite:

— De la bière?

— Pas de problème, il y en a partout. Quand même il vaut mieux y aller tout de suite si vous voulez manger. Dès que le client commence à se faire rare, hop! ils ferment.

— Il doit bien y avoir un «vrai» restaurant qui soit ouvert dans le coin?

— Dans ce quartier? Aujourd'hui, vous savez, ce n'est plus ce que c'était dans les bonnes années de l'hôtel, fait-il avec regret. Les Brigades rouges, la drogue. On trouve des seringues partout! Vous vous rendez compte? Et puis, il y a la peur. Les gens ne sortent plus.

— Et Estelle?

— Ah! J'aurais dû y penser. Vous tenez absolument à rejoindre votre amie. Il y a plein de restaurants autour de la place, un peu plus bas, vers le port. C'est là que je l'ai envoyée. Mais attention, c'est dangereux à cette heure-ci. Remarquez, c'est elle qui a insisté. Tous les mêmes, exactement comme vous!

— Quel est le nom du restaurant?

— Regardez dans les petites rues autour. *Il Pesce d'Oro, Primavera, Il Mare*. Il y en a beaucoup d'autres. Il y en aura beaucoup de fermés aussi, c'est dimanche après tout! J'ai prévenu votre amie qu'elle fasse bien attention, insiste le bonhomme. Et ce n'est pas tout, il y a ça aussi.

L'homme lève le pouce et l'index en direction du visage de Gabriel et les frotte ensemble pour bien lui faire comprendre l'argument suprême. C'est qu'ils sont plutôt chers ces restaurants et s'il veut vraiment savoir, il lui déconseille d'aller jeter son argent par les fenêtres chez ces bons à rien.

— Je note, fait Gabriel, distraitement.

— Hé! Ne partez pas si vite. Mes soixante-dix mille lires? proteste le gardien comme il se retournait pour s'en aller. Ne vous en allez pas comme ça, il reste la fiche de police à remplir! Et dites-moi: comment ferez-vous pour rentrer dans une heure ou deux et même plus tard, si je ne vous donne pas une clé? Vous n'allez pas sonner quand même, et me réveiller une autre fois au beau milieu de la nuit?

— Faites vite! Expliquez-moi le mode d'emploi de la maison, dit Gabriel. Je suis plutôt pressé, vous savez, insiste-t-il, alignant soigneusement les sept billets de dix mille sur le comptoir.

— Merci, dit le veilleur de nuit, vous pouvez y aller maintenant. (Il prend une clé au tableau et la lui tend.) Avec ça, vous pourrez rentrer à l'heure que vous voudrez et même ne pas rentrer, ce n'est pas mon affaire! Mais dépêchez-vous, sinon vous ne pourrez plus manger du tout! Tenez, celle-là ouvre la porte extérieure.

— Et mon passeport?

— Je dois le garder. Vérifications. C'est la règle, que voulez-vous! Quand vous rentrerez à la fin de la soirée, vous n'aurez qu'à ouvrir en bas avec cette clé. Celle de votre chambre sera accrochée sur le tableau. C'est le 512, n'oubliez pas ! Quant à votre passeport, il sera dans le casier, vous pourrez le reprendre à ce moment-là. Au moins, comme ça, vous serez sûr que personne ne vous le prendra. C'est fou le nombre de touristes qui perdent leur passeport ou se le font voler dans ces quartiers mal famés où vous insistez tous pour aller vous fourrer sitôt la nuit tombée. Et méfiez-vous des gitans et de tous ces rôdeurs, des Arabes et de tous ceux qui vous aborderont avec un accent slave. Surtout les enfants, ce sont les pires!

— Vous ne voulez vraiment pas me dire dans quel restaurant elle est allée? demande Gabriel, que cette insistance raciste finissait par agacer.

— Si je le savais mon bon monsieur, je vous le dirais. Mais je ne sais pas. Et quant à vous, faites attention où vous allez, tout de même! Un port est un port, ne l'oubliez pas! dit-il, refermant la porte derrière lui.

— Ah oui! crie-t-il à travers la porte. Pour descendre, utilisez l'escalier, et faites attention de ne pas réveiller les locataires!

Quand la porte claque, Gabriel est déjà en train de dévaler les marches quatre à quatre. Très vite, il se retrouve dans la rue. Les façades des immeubles sont crasseuses au point d'être opaques, on n'en voit pas la pierre. Les vitrines des petits commerces sont protégées par des rideaux de fer. Pour s'orienter, il n'a que le halo des lampadaires. «De quel côté aller maintenant?» Avec un peu de chance, peut-être, il arriverait à retrouver Estelle.

Quel gâchis tout de même, ces journées à tourner en rond, ces choses toutes plus intéressantes les unes que les autres sans personne à qui les raconter! Les petits riens du quotidien, le geste d'une vieille dame pour arranger son chapeau, un curé en soutane qui passe, l'air pressé, un carabinier en uniforme. Surtout, cette luminosité particulière de la colline toscane vers cinq heures de l'après-midi. Les étudiants qui gueulent à Urbino, à la sortie des cours d'été. Peut-être les quelques journées qui restent peuvent-elles encore être sauvées? Et Alberto, maintenant. Encore un peu et il oubliait de lui téléphoner! «Qu'est-ce qu'il peut bien me vouloir, celui-là?» Bah! il trouverait bien une cabine en chemin.

Il décide d'aller du côté du port. Il descend tranquillement jusqu'au bout de la via Balbi vers la Piazza Nunziata, toute petite place qu'il croit reconnaître. Là, il s'arrête un court instant, hésitant à se diriger d'un côté ou de l'autre, essayant de s'y retrouver dans ses souvenirs mêlés de rêveries. Est-ce par hasard ou par étourderie qu'ils sont aboutis là, Estelle et lui, au temps où ils flânaient, insouciants, sur les rives de la Méditerranée, se rendant en auto-stop depuis le fond de l'Espagne jusqu'à la Sicile ? Mais cette place ne lui dit rien de plus que le fait qu'elle est une place comme il en existe des milliers d'autres partout où il était passé en Italie.

«Peut-être ces petites rues de l'autre côté, alors?» D'un mouvement impulsif, il se lance à travers la diagonale de la place. Il fonce droit devant lui, faisant fi des voitures qui débouchent en trombe sur le carrefour encore très fréquenté pour un dimanche soir autrement plutôt calme. Les pauvres conducteurs n'ont que le temps de freiner dans un concert de crissements de pneus auxquels, depuis toujours, Gabriel s'entête à ne pas prêter la moindre attention. Une fois de l'autre côté, il ne se retourne même pas. Les cris et les insultes qui fusent de toutes parts ne le concernent pas. Peu lui importe de savoir qu'il a risqué la mort! Son indifférence a pour effet d'augmenter encore la colère des automobilistes qui donnent en son honneur un concert de coups de klaxon furieux dont il se souviendra longtemps.

Une fois de l'autre côté, Gabriel se hausse sur la pointe des pieds pour regarder par-dessus le rideau à l'intérieur d'une première trattoria. Coûte que coûte, il lui faut retrouver Estelle. «Peut-être est-elle là, tout à fait au fond, elle n'a peut-être pas fini de manger encore?» Logique après tout, ce restaurant est le plus près de l'hôtel. La connaissant, il sait qu'Estelle n'aura pas fait dans le détail ce quartier plutôt sinistre, elle sera entrée dans le premier.

Elle n'y est pas. «À moins qu'elle soit partie dans l'autre direction, vers la gare, peut-être?» Dans ce cas, il faudrait remettre à demain, il ne pouvait être partout à la fois. Mais il aurait juré qu'elle serait venue par ici.

La trattoria suivante, à l'éclairage beaucoup plus sombre, ne permet pas de voir au fond. Quelques personnes attablées çà et là lèvent les yeux à leur tour et lui jettent des regards sans expression. Sans doute les clients ne le dévisagent-ils avec ce mélange de crainte et de dégoût que parce qu'ils le prennent pour un vagabond, un de ces étrangers qui viennent en Italie et financent leur été en mendiant! Ou pire, en guise de repas ils se contentent d'engloutir une tranche après l'autre de San Daniele ou un autre prosciutto de qualité, posée sur sa feuille de papier ciré d'un blanc étincelant, tout en continuant de marcher sur le trottoir comme s'il s'agissait d'un vulgaire salami! Et voilà qu'ils poussent l'effronterie à l'intérieur même des restaurants! L'ayant bien regardé tandis qu'il scrute tout aussi attentivement chaque physionomie, les clients replongent le nez dans leurs spaghettis, leurs journaux, ou leurs conversations.

Une fois passés en revue les restaurants de la place, d'Estelle, toujours pas de trace! Alors il fait un deuxième tour. Cette fois, au lieu de se contenter de regarder au hasard, il feint de chercher un endroit pour s'asseoir, ce qui permet une exploration plus complète. Seules deux ou trois tables sont occupées, par des personnes à l'air soucieux. L'habituel en somme: maux de tête, estomac, travail et petits tracas.

— *Sorry*, fait-il, vaguement désolé, ressortant aussi sec sans laisser le temps au serveur qui s'avance de lui proposer une place.

Malgré la faim qui le tenaille, à cause des odeurs qui l'assaillent, il n'a aucune envie de manger là, dans un endroit où Estelle ne serait pas. Il marche jusqu'au restaurant à côté où il répète le même manège et comme ça un peu partout autour de la place et dans les petites rues qui aboutissent là, jusqu'à ce qu'il soit certain qu'elle n'est nulle part et qu'il n'a aucune chance de la retrouver ce soir.

Sans doute elle préfère ne le voir qu'à l'heure qu'elle aura choisie. Elle l'aura fait exprès pour le lancer sur la piste des restaurants, fausse piste à ajouter aux autres. Dès avant le départ de Montréal, elle avait insisté pour que ce soit elle qui garde la voiture qu'ils devaient prendre à Paris.

— C'est trop tard pour en louer une autre! avait-elle fait semblant de regretter, ne pouvant cacher la satisfaction hypocrite qu'elle en tirait.

Lui aussi aurait préféré garder l'auto, mais elle avait tout prévu. La réservation était faite à son nom à elle. Quel bon tour elle lui jouait là en le forçant à voyager en train! Alors depuis le début, elle le narguait avec cette voiture. N'était-elle pas libre, elle, d'aller n'importe où dans ces montagnes qui encerclent la ville sur trois côtés?

Qu'elle se soit mise à éviter systématiquement ce qu'il prétendait lui imposer comme aimable, ce qu'ils avaient partagé, n'avait finalement rien d'étonnant! Les petits restos, ce canard emplumé, en train de faisander tranquillement dans la vitrine sur la place, tous les petits plaisirs qu'il apprécie un peu trop, elle avait fini par développer à leur endroit un dégoût anorexique. Qui alternait, il faut le dire, avec des accès de boulimie indescriptibles. Et elle pouvait passer de l'un à l'autre avec une telle facilité!

Elle aura commencé par ne plus aimer les vêtements qu'elle porte, se sera mise à magasiner, faire son «shopping» comme on dit en France, pour en trouver d'autres plus à son goût. Et dans quelle mesure pouvait-elle considérer ce goût comme sien tant que la seule chose qu'elle voulait, c'était de plaire, compter pour quelqu'un, quelque part! Lui ou un autre, qu'importe! Elle aura déniché un chemisier, changé la coupe de ses cheveux. Elle en aura conclu qu'elle était prisonnière de ses désirs à lui! Un jour, elle finira par détester tout ce qu'elle avait cru avoir été des goûts à elle jusqu'à ce moment-là. Flouée par quelque autre Pygmalion, elle déplorerait l'imprécision de son identité, ce léger flou qui fait d'une femme une femme, se promettant que plus jamais elle ne tombera dans le panneau. Elle en avait fini avec cette manie de la nomination partagée par tous les hommes.

Inévitable? Ça reste à voir.

— Ce que j'aime, c'est qu'avec toi je change! lui avait-elle avoué un jour.

Le malentendu était complet. Ce qu'elle exigeait de lui, elle le lui offrait avant qu'il ne le demande.

Et puis, tant pis pour Estelle, il lui fallait encore voir ce que voulait cet Alberto! «Au moins ça fera passer le temps!» Il s'arrête dans un bar pour téléphoner. Heureusement, Alberto est rentré.

— Ah! c'est vous, dit celui-ci. J'en étais presque rendu à penser que vous ne m'appelleriez pas.

— Alors? demande Gabriel.

— Vous avez un moment pour qu'on prenne un verre? À moins que vous n'ayez déjà quelque rendez-vous galant, bien entendu? Ha! Ha! Où êtes-vous en ce moment? Via Balbi? Non? Ah! Le Porto Vecchio! Le quartier a beaucoup baissé ces dernières années. Et pourquoi pas ce bar près de votre hôtel? *Dall'Uomo*, les bustes grecs dans la vitrine, vous verrez, c'est très beau.

«Pédéraste?» se demande Gabriel tandis que l'autre poursuit:

— Il y a un bar américain. Très à la mode les bars américains depuis quelque temps. Il paraît que ça favorise les rencontres. Que voulez-vous, le sentiment de solitude, l'isolement social, c'est le nouveau mal du siècle, dit-on. Oui, oui, c'est sûrement ouvert, sinon on me l'aurait fait savoir. Je passe ma vie dans ce bar, vous savez. Vous me laissez une heure? Le temps de me changer. Très, très important que je puisse vous parler avant que vous ne repartiez. Et dites bien au veilleur de nuit de votre hôtel qu'il est un imbécile! Allez, je vous rejoins bientôt. Ciao! À tout de suite.

Il lui reste encore trois quarts d'heure à tuer avant d'aller rejoindre Alberto! Le temps d'une promenade. Ça lui plaît de revoir les ruelles en escalier qui descendent jusqu'à la vieille douane. Ces quais ont-ils vraiment vu partir Colomb? Un jour il se renseignerait. Avec un peu de chance, il pourrait tomber sur elle? Avec Estelle, dans ces ruelles, ils avaient tiré chacun dans leur direction. «Par là.» «Non, de ce côté, plutôt.» Pour le moment, il se contente de se perdre près du bord de mer, se souvenant d'avoir parfois regretté de n'avoir pas pris le temps d'explorer le quartier la dernière fois qu'ils étaient venus.

Une intuition l'asticote depuis Pietrasanta. Estelle finira par faire une erreur dans ce jeu de cache-cache et il la retrouvera. Il lui suffit d'être patient et attentif. Comme si, repartant sur ses propres traces, il marchait dans les siennes. Elle connaît le quartier. Autant que lui, elle peut errer dans ces rues mal éclairées. Quelque part par là, tiens. De rares passants baissent la tête à son approche, Via di Pré, et accélèrent le pas après l'avoir croisé sous une publicité de pâtes alimentaires peinte à même le mur de ciment. Une matrone bien en chair, caricature de ménagère, regard invitant, montre ses dents trop éclatantes sur des lèvres qui furent sans doute écarlates. Personne ne les a repeintes et elles pâlissent un peu plus chaque jour.

Il emboîte le pas à la foule en essayant de ne bousculer personne parmi ceux qui stationnent tant bien que mal devant les étals brinquebalants d'une sorte de fête de village qui s'est installée ici avec ses forains. Derrière les comptoirs étincelants, une armée de bouchers est tranquillement occupée à découper escalopes et côtelettes. Pendant ce temps, tout à côté, des cuisiniers du dimanche s'affairent à d'immenses rôtissoires. Forains, habitués du circuit des fêtes, ou paysans venus de la campagne environnante, ils débitent la *porchetta* brûlante en tranches épaisses à la lumière des lampes électriques pendues aux branches de quelques platanes tout en chassant les mouches qui s'agglutinent. Estelle avait à la fois le goût et le flair pour ce genre de fête populaire. Un parti politique quelconque, d'après les banderoles. De gauche, évidemment. Écologie, démocratie. «Le goût-vert-ne-ment»! proclamait un politicien de chez nous, slogan d'un goût douteux, mais le croyant fermement, ce qui est encore plus triste.

Vers le centre de la place qui s'enfonce dans une sorte de creux, s'exhale une dense fumée. Un étal, en métal celui-là, de l'inox, est percé de deux ouvertures dans lesquelles des chaudrons gigantesques sont enserrés. Un employé, ou ne s'agit-il pas plutôt d'un militant, un bénévole, s'affaire à ce fourneau, cette fonderie. Militants, bénévoles, ces catégories sont de plus en plus floues à mesure que le millénaire finit, il n'y a plus que ceux qui mangent: travailleurs, chômeurs de date récente touchant encore leurs prestations, patrons et rentiers et puis les autres, malades, ex-chômeurs, victimes de la fraude boursière ou ruinés d'une autre manière tout aussi efficace. Chienne blanche comme un chimiste, le cuisinier du dimanche pique deux grandes fourchettes dans le chaudron qu'il soulève avec un aide, faisant émerger lentement une tête blanchâtre. Une pieuvre énorme est en train de cuire entière dans la vapeur. La chair trop cuite menace d'éclater au moindre mouvement brusque tandis que les gens se battent presque entre eux, brandissant leurs tickets pour être les premiers à prendre leur morceau.

Gabriel s'arrête devant l'étal, ne pouvant s'empêcher de fixer la bête dont les yeux paraissent briller. Est-ce la distance ou son imagination? Les yeux sont-ils vraiment ouverts et la bête le regarde-t-elle? Ou fermés, et alors ce sont ses propres yeux d'enfant terrifié qu'il projette sur elle. Ces yeux-là lui renvoient comme un terrible écho dansant qui l'effraie dans cette soirée déserte. Fasciné quand même, il décide d'approcher au moment où le dernier client s'éloigne. Mais juste comme il arrive en face de l'étal, le marchand replonge la bête dans l'eau bouillante. Apercevant Gabriel qui le regarde faire, il lui indique le chaudron du doigt, s'offrant à le servir.

— *Uno!* indique Gabriel, montrant la bête du doigt.

La vendeuse à côté lui tend un ticket. Mais aussitôt, la nausée le saisit à la pensée de la masse flasque et comme disloquée de la pieuvre, venant chasser la faim pour un temps au moins, tandis que le marchand soulève lentement le couvercle. Réapparaissant dans un brouillard de vapeur puante, la tête effrayante achève de l'écœurer. En fait, il n'a plus du tout envie de manger maintenant. L'homme pose la bête sur une plaque de marbre avant de découper adroitement la chair blanche dont il tend délicatement un morceau à Gabriel dans un cornet de papier ciré après l'avoir généreusement arrosée d'huile d'olive brûlante au contact de la viande bouillie.

Tout en mangeant, Gabriel éprouve le sentiment absurde d'être observé, comme si Estelle était là, qui le regardait mastiquer de loin, se moquant de sa difficulté à venir à bout de son morceau de caoutchouc.

«Je préfère les sushis!» lui aurait-il répondu, si elle avait été assez près pour l'entendre.

Et juste comme il a ce dialogue imaginaire avec elle, il aperçoit une ombre qui pourrait lui ressembler en train de fendre la foule dense des promeneurs.

— Estelle! s'écrie-t-il impulsivement.

Mais la dernière syllabe retombe platement, arrêtée sec dans sa course. Des miettes de chair blanche tombent de sa bouche. Ça ne pouvait pas être elle qui s'éloignait ainsi au coin de la rue. Quelle raison avait-elle de le fuir maintenant? Voilà qu'il avait des hallucinations!

— Est-ce que vous allez vous enlever de la tête un jour que les gens n'auraient que ça à faire, vous observer dans vos occupations les plus triviales? avait rétorqué L. un jour qu'il lui racontait une autre histoire qui ressemblait à celle-là, où il se voyait vu encore. Vous vous croyez vraiment si intéressant? Estelle n'aurait rien d'autre à faire que de passer sa journée à vous courir après pour essayer de deviner ce qui mijote dans votre puissant cerveau, votre indéracinable tête de linotte? Et moi, vous croyez peut-être que je pense constamment à vous dès que vous n'êtes pas là? Mais qu'est-ce qu'ils ont tous à se prendre pour le centre du monde, bon Dieu!

Si vous avez le moindre soupçon que vous pourriez être seul dans votre cas, détrompez-vous tout de suite, mon ami. J'ai mille autres choses à faire et à penser que de vous courir après, et Estelle aussi certainement. Allons, mon vieux, un peu de courage! Vous êtes seul dans la vie. Désespérément seul, comme nous tous. À moins d'être aussi fou que vous, il n'y a personne d'autre qui soit obsédé par ce qui peut vous arriver à tel ou tel moment de la journée. Les gens s'en foutent, figurez-vous! Et c'est bien là votre drame, si vous y pensez bien. En plus, vous êtes anxieux, vous ne relâchez jamais votre vigilance un seul instant. Allez, détendez-vous! Relaxez un peu, vous êtes en vacances après tout! Et inutile de continuer à poursuivre Estelle parmi cette foule où elle n'est pas, vous ne la rattraperez jamais, elle vous échappera toujours. Et quelle idée de manger de la pieuvre, tout seul comme ça, planté comme un piquet au coin de la rue! Vous êtes dégueulasse, vos doigts dégoulinent d'huile. Et puis votre solitude commence à paraître, à la fin. Vous vous laissez aller, c'est mauvais signe! On finira par s'en apercevoir.

Gabriel s'approche discrètement du coin de la place et jette ce qui reste sur le tas de papiers cirés graisseux et autres détritus qui débordent du petit panier. Plutôt absurde ce chassé-croisé qu'elle lui impose et auquel il se plie. L. a raison, il vaudrait mieux décrocher au plus vite, sinon il finira par se rendre fou.

Ne devrait-il pas retourner à Rome maintenant qu'il a ses interviews? Ce serait certainement tricher. «Bon! Assez ratiociné. Allons un peu voir ce que cet Alberto a à proposer.»

Marchant le plus vite qu'il peut, il s'éloigne de la piazzetta comme s'il fuyait quelque chose, une déchéance passée, la mémoire de sa propre lâcheté peut-être? Y avait-il, quelque part dans ces ruelles, le souvenir d'un écart quelconque, une soûlerie, une aventure de passage? Comme si Estelle tenait à le ramener ici par tous les chemins possibles. Quelque chose s'y serait passé. Sinon ce serait ailleurs, mais ça n'avait pas d'importance. Quelque chose qui n'aurait pas été éclairci. Avec son air de ne pas y toucher, Estelle manipulait tout à la fin, comme toujours. Il se sent comme un pion dans un jeu de silence dont il ignore les règles! Peut-être même qu'elle a tout manigancé, et même sa rencontre fortuite avec Maria. Elle est capable de tout. Ça ne le surprendrait pas qu'elle ait décidé de le mettre à l'épreuve. Il y a trop longtemps que leur couple subit l'épreuve du temps. Toujours, c'est l'un ou l'autre, il faut bien changer de temps en temps. À tout prix, elle chercherait à le disqualifier avant de le jeter comme une vieille chaussette. Ainsi, pas de regrets. Il fallait qu'il y ait une explication à ce largage suspect.

— Quand même, il faut bien qu'il y ait quelque chose pour qu'elle vous ramène dans ces sentiers battus et rebattus! s'était exclamé L. quand il lui avait parlé de ce sentiment qu'elle l'entraînait vers sa perte.

Elle se vengeait de ce qu'il l'avait étourdie de mots pendant toutes ces années. Il devenait sentimental maintenant. Sinon, qu'était ce sentiment de perte ?

— Il était temps que je me réveille, lui avait-elle dit, menaçante, sortant provisoirement de son mutisme.

Une des rares fois où elle avait ouvert la bouche avant leur départ. Et si des deux, c'était lui qui gardait obstinément le silence? Estelle lui donnait toujours ce sentiment qu'un jour il lui avait fait très mal et qu'elle ne pourrait jamais lui pardonner «ça». Mais «ça», toute son attitude envers lui visait à le pousser à commettre quelque chose d'irréparable. À défaut de l'enfant, la trahison! Un jeu entre eux. Mortel. Lequel porterait la faute? Qui paierait la dette? Comme toujours entre un homme et une femme, si ce n'était pas la reproduction, la mort entrait tout de suite en scène.

Comment avait-elle fait pour deviner? D'ailleurs, il se doutait qu'elle avait toujours su, que c'était elle qui l'avait poussé dans leurs bras. Toutes ces femmes dans les fêtes et les anniversaires. Les vernissages. Jusqu'à ses amies les plus proches, parfois. Pourquoi une femme ne vivrait-elle pas les choses sur ce mode-là, après tout? Ou était-ce que son imagination lui jouait des tours? Et lui? N'avait-il pas toujours évité soigneusement de vérifier sa petite théorie? Avec le temps, à coups de petites escarmouches, la chose s'était plus ou moins défaite en elle et elle n'avait plus été capable de continuer son affreux chantage. Il avait presque réussi.

Mais à la fin, il devait se rendre compte qu'il avait échoué. Elle le tenait, elle gagnait sur tous les tableaux. Maintenant, elle allait le forcer à rendre des comptes et à avouer. Quoi? Tout et rien. Ça dépendait de ce qu'elle savait. Elle voulait qu'il avoue ce qu'elle savait déjà. Que pouvait-il lui dire? Qu'il le faisait pour elle? Ce n'était pas vrai non plus. Depuis longtemps, il avait l'impression qu'elle lui faisait payer quelque chose. C'est là-dessus qu'il l'avait trompée. Il ne payait rien, agissait pour son propre compte. Cela, elle ne pouvait le tolérer, ça la mettait hors d'elle. C'était l'effet qu'il cherchait.

Sous les arcades, des ombres s'offraient, un peu saoules, lui faisant hâter le pas. Il était rentré très tard cette nuit-là. Elle-même s'était dite fatiguée. C'est lui qui avait insisté pour qu'elle rentre de bonne heure. Il en avait assez de la froideur qu'elle lui imposait depuis des mois sans raison apparente, presque une abstinence. Silences obstinés pendant les jours qui avaient suivi. Réparations plus ou moins habiles. Quelque chose était cassé, mais ils avaient choisi de continuer quand même. À ce moment, elle tenait à lui, c'est-à-dire qu'il la tenait. L'amour, il n'y en avait plus. Qu'était-elle pour lui alors, que représentait-elle maintenant que l'illusion était dissipée, qu'elle n'était plus cette image qu'il chérissait?

D'ailleurs, les choses sont bien ainsi maintenant. Et voilà qu'il commence à pleuvoir. Mieux vaut se hâter, Alberto ne l'attendra pas bien longtemps au *Dall'Uomo*. Oh, cette chaleur encore! C'est une pluie très légère qui tombe. Mais allez savoir dans quelques minutes si ça n'éclatera pas en orage! Tremblements divers, trémolos du tonnerre. Halos d'éclairs qui traversent le ciel qu'il devine au-dessus de lui. Pas si étonnant en cette saison, cette chaleur et cette humidité! Autour de lui les portes des échoppes sont closes, la plupart barricadées, les colonnes de pierre usée qui soutiennent les appartements au-dessus sont hantées par les visages fermés des paumés du port qui ont trouvé à s'y appuyer, un par colonne, quelquefois deux, qui fument leurs mégots.

Il s'arrête pour reprendre son souffle. Quelle heure peut-il bien être? Presque immédiatement, son regard croise l'horloge publicitaire devant la bijouterie en face de l'*alimentari*. Fermé lui aussi, évidemment! «Quoi qu'il en soit, pense-t-il, à cette heure, ce n'est plus le temps de chercher un cadeau pour Estelle. Un collier, tiens! Ça entretient l'amour bien plus que l'amitié et quelquefois le ravive! Il y en a un très joli dans la vitrine. La pierre mauve, là-bas, au fond, une améthyste, c'est sa pierre préférée.»

Tentant toujours d'échapper à la pluie qui tombe en orage maintenant, il remonte la via Balbi jusqu'aux alentours de la piazza Acquaverde, là où il y a la statue de Colomb. S'il se fie aux indications d'Alberto, le café doit être tout près, caché dans cette lumière qui surgit d'une encoignure. De part et d'autre de la porte, deux vieux projecteurs sur pied, empruntés à quelque agence d'éclairage pour le cinéma, dessinent des halos dans le ciel de la place comme pour un péplum ou un combat antiaérien. Dans un coin de la vitrine, un poster représentant les Frufrullone est collé. Laura, poing levé. Un meeting quelconque. Pancartes, banderoles. Des jeunes sont appuyés dessus, agglutinés par petits groupes compacts qui s'engueulent fiévreusement entre eux en dégustant une glace.

De l'extérieur, Gabriel lorgne la salle sans se décider à entrer. Ça dit *AMERICAN BAR* sur l'enseigne. Mais ça n'a rien à voir évidemment. Sauf pour les tabourets du comptoir. Beaucoup de chrome, comme dans les autres bars qu'il a fréquentés depuis son arrivée en Italie, assez peu à vrai dire à part cette fameuse soirée à Rome. Au moins, l'éclairage de celui-ci est assez discret. Des halogènes comme partout ailleurs maintenant. De grosses lampes aussi, aux abat-jour en métal peint vert foncé, qui donnent des rayons précis et concentrés, très crus au-dessus des tables. L'impression d'être à l'usine ou dans un poste de police.

Ce bar, qui fait aussi café-glacier, est une sorte d'hybride avec un petit côté français, après tout on n'est pas si loin, en plus de cette touche américaine inévitable qu'ils ont tous d'un côté ou de l'autre de la frontière, dans l'immense Luna Park que devient la planète tout entière, Coca-Cola à Rio comme MacDonald à Tamanrasset ou Tcheliabinsk. Promiscuité totale dans un anonymat relatif. L'imaginaire italien est une architecture, un immeuble à plusieurs étages, époques et lieux mélangés dans un équilibre précaire avec des arbitrages d'une étonnante subtilité.

Alors ce grand espace inoccupé au milieu de la salle, alors qu'il y a foule partout ailleurs, est-ce un piège pour repérer le touriste qui va inévitablement s'y jeter? Et à quoi espère-t-il échapper en tombant dans ce trou qui ne mène nulle part?

En même temps, l'odeur de café parvient jusqu'à l'extérieur et donne à Gabriel l'envie d'un dernier cappuccino malgré l'heure tardive. Un moment, il pense s'asseoir à une de ces petites tables sur le trottoir qui font une terrasse minuscule. Malgré la foule et la chaleur, elles sont presque toutes inoccupées. «Question de tarif sans doute, ou les gens s'y assoient dans la journée peut-être?» Comme partout maintenant, ce ne sont plus tellement des consommations qu'on vend, qu'une place, soit debout, soit en salle, soit en terrasse. Mais à cette heure tardive, il n'avait pas le goût de jouer les touristes ou les nouveaux riches et il préfère entrer à l'intérieur.

Au bar, les clients sont tassés les uns sur les autres. Par paresse, il opte pour la banquette du fond. La salle présente un autre avantage. Le bruit qui parvient à l'extérieur, conversations étouffées sur fond de verres choqués les uns sur les autres, mêlé de musique un peu lointaine, lui paraît convenir tout à fait pour une rencontre avec Alberto, le genre de conversation qu'ils auront. Déjà qu'Alberto avait tendance à crier au téléphone, il l'avait remarqué. Dans l'escalier des Frufrullone, il parlait déjà un peu plus fort que nécessaire. Peut-être est-ce à force de fréquenter ce café qu'il a pris cette habitude détestable? Intrigant quand même, son insistance à vouloir le rencontrer. Il est en retard, d'ailleurs. Le regard circulaire de Gabriel vient mourir sur le plancher, droit devant lui. L'endroit est propre sans trop de ces *scontrini*, tickets de bars qui jonchent le sol d'habitude avec d'autres papiers, détritus divers.

Debout devant ce comptoir, des habitués avalent leur express d'une seule lampée, vociférant entre eux pour se faire entendre. Deux jeunes au fond de la salle, dix-huit, vingt ans, s'escriment sur d'authentiques machines à boules sous le regard patient de jeunes femmes indifférentes à leur jeu sinon à eux. Quant à ceux qui restent, ils sont répartis en tablées nombreuses autant que bruyantes dans tous les coins du vaste espace qui entoure le trou du centre comme un promenoir vide ou une piste de danse inutilisée, quoiqu'il soit inconcevable qu'on puisse se livrer à ce genre d'exercice ici.

Gabriel repère une place au fond, alors va pour la banquette! Cet espace semble attirer particulièrement les esseulés, il y en a plusieurs, que des hommes, assis côte à côte dans une odeur de bière comme à la taverne. L'homme est un loup pour l'homme et, quand il est seul, une énigme terrifiante pour son frère.

— Un sandwich et un demi de bière, commande Gabriel.

La caissière poinçonne:

— Douze mille cinq cents lires! dit-elle.

Ce n'est pas donné! Gabriel s'approche du comptoir et répète la commande en tendant le ticket.

— On vous apporte ça tout de suite, dit le garçon en le prenant.

D'un geste désinvolte, Gabriel lui indique la place au fond, à moitié cachée derrière une large colonne, qu'il s'empresse d'aller occuper avant que quelqu'un d'autre ne la prenne. De cet observatoire, il a vue sur le reste du café grâce aux immenses miroirs qui recouvrent les deux côtés de la salle et le fond. Ajoutez l'écho des conversations qui se répercutent sur les miroirs et le marbre du plancher et l'effet de foule est saisissant. À peine quelques minutes qu'il marine dans cet aquarium et Alberto arrive à son tour:

— Excusez-moi d'être en retard! dit-il, arrivant jusqu'à lui. Il y a un monde fou dans les rues. C'est dimanche pourtant et il n'y a pas de match! Je veux dire de football. Ce que vous appelez le soccer.

— J'en ai profité pour manger en vous attendant, dit Gabriel, lui montrant les restes du sandwich.

— Vous avez eu raison, d'autant que pour ma part, c'est déjà fait. Je prendrais bien un verre, par contre. Garçon!

Tandis qu'il lève le bras, Gabriel l'observe. Ni maigre ni gras, musculature de faux athlète. Une allure de garçon de plage qui aurait fait attention d'arriver en bonne forme à la cinquantaine, prévoyant qu'il aurait alors les moyens de ses ambitions. Période cruciale, la cinquantaine. Les années qui restent appartiennent à ceux à qui il reste quelques munitions, qui ne les auraient pas encore brûlées malgré toutes leurs tentatives, celles des premières années de l'âge adulte surtout, les plus sincères. Comme Alberto! La raie des cheveux bien droite, son visage dégage une forte odeur de musc. Un monsieur bien de sa personne, quoi! Le type dont les femmes mûres rêvent en mettant une petite annonce dans le journal de fin de semaine!

— Alors, pourquoi teniez-vous tant à me parler? demande Gabriel, se tournant vers lui.

— Vous êtes quelqu'un de vraiment intéressant pour nous, M. Giguère, commence Alberto, ménageant une longue pause que Gabriel ne rompt pas. Nous, je veux dire les Frufrullone, évidemment, poursuit-il. Pour moi aussi, *of course*, mon intérêt se confond avec le leur depuis si longtemps! À Montréal, votre ami, notre ami commun, devrais-je dire...

— Vous voulez dire L., l'interrompt Gabriel.

— Oui, justement. Et même, il nous a fortement déconseillé de vous faire cette proposition, mais je vais vous la faire quand même, vous déciderez! Je n'ai pas besoin de vous faire un portrait de l'importance des Frufrullone pour le développement et même ce que j'appellerais la santé culturelle du monde. Tout s'effrite, la volonté des nations comme leur puissance militaire et, compte tenu des moyens disponibles, cette fin de millénaire est beaucoup plus périlleuse pour le monde que tout ce qu'on a vu avant. Vous savez peut-être qu'ici en Europe la psychanalyse est presque devenue un passage obligé pour qui voudrait faire une carrière politique! Sans compter les bastions traditionnels, médecine, édition, université. Même les affaires maintenant! On chuchote qu'un tel banquier littérateur... Enfin, je ne vais pas me mettre à faire des personnalités! Nous-mêmes sommes particulièrement intéressés par les êtres sensibles, intelligents qui ont un pied en Amérique, comme vous Québécois qui avez cette chance unique d'être à cheval sur deux cultures, l'européenne et l'américaine. Vous constituez un bon «candidat». (En disant «candidat», sa bouche savoure juste ce qu'il faut.) Un peu mal dans votre peau mais ça ne pose pas de problème, c'est même essentiel. Ça ne vous choque pas que je vous dise ça?

— C'est L. qui vous a renseigné? Comment est-ce que vous pourriez savoir toutes ces choses sur moi?

— Oui, L. effectivement. Un peu d'observation aussi tout à l'heure. Pour un œil exercé, ça ne prend pas beaucoup de temps. Et vous n'êtes pas avec votre amie, alors que L. nous avait dit qu'elle vous accompagnerait. C'est une bonne chose qu'elle ne soit pas avec vous dans ce voyage. Le cas échéant, les Frufrullone vous auraient probablement invités à cette soirée. J'y serais allé aussi et nous aurions fait connaissance dans un contexte beaucoup moins détendu, guindé même et je n'apprécie pas plus que vous ce genre de choses.

— Qu'est-ce que vous voulez de moi? Venez-en au fait, je n'ai pas beaucoup de temps malheureusement, il faut que je rentre à l'hôtel rapidement.

— J'y viens. Le problème, c'est que l'Amérique ne suit plus, ne suit pas, n'a jamais suivi. Évidemment, on préférerait que vous soyez de New York, quoique les Américains soient en général beaucoup trop naïfs pour ce genre de jeu dangereux. Alors, il faut constamment leur envoyer du monde, des Anglais, beaucoup d'Allemands. Les-p'tits-cochons-joyeux-lurons. Marilyn après que Marlène eut montré la voie, vous voyez ce que je veux dire? À force de se remplir le cerveau avec ce genre d'expédients, ça finit par leur faire l'inconscient un peu débile, vous ne trouvez pas? Quant à vous, même si le Québec, ce n'est pas tout à fait l'Amérique...

— Hé, là! Quand même, l'interrompt Gabriel. Cessez ce folklore!

— Au moins, dit Alberto, je ne suis pas du genre de ce cher Sollers qui écrit, je cite de mémoire: «Québec? Non, c'est humiliant, c'est le Morvan. L'accent.» C'est quelque part dans *Femmes*, poursuit-il. Relisez, ça vous fera du bien. Pas plus flatteur pour le Morvan, d'ailleurs! (Il éclate de rire.) Avant lui, Voltaire n'a-t-il pas parlé de ces «quelques arpents de neige»? Après tout, un écrivain comme Sollers a bien le droit de préférer Venise. Mais, laissons là ces considérations bassement géographiques et parlons plutôt de notre affaire.

— Je vous écoute!

— Vous avez sûrement entendu parler de la célèbre conversation qu'auraient eue Freud et Jung sur le bateau qui les emportait en Amérique? Une phrase est restée. «Nous leur apportons la peste!» Malheureusement, en fait de peste, on s'est aperçu trop tard que ce n'était qu'un rhume banal. Mais cette fois, nous sommes décidés à leur apporter un microbe beaucoup plus virulent. Et que l'Amérique en meure une fois pour toutes! Savez-vous de quoi il s'agit?

— Avant toute chose, qui ça: vous?

— Le collectif *Culture et destin de la culture* qui regroupe ceux qui tournent autour des Frufrullone et de quelques autres bien choisis dont nous voudrions que vous soyez d'ici quelques années.

— Quel rapport avec la peste?

— Le langage! Derrida. Lacan? Barthes. Pfft!... À peine un pétard mouillé. Mais les Frufrullone maintenant, ça c'est autre chose! Quelle paire, les deux ensemble. Je dirais même: quel père! Ha! Ha! De la dynamite. Mais ce n'est que de la petite bière à côté de ce que nous voulons que vous leur apportiez. On vous a choisi spécialement, vous, pour ça! Une fois pour toutes, il est temps de civiliser ces sauvages avant qu'ils installent un autre Disneyland aux portes de Rome après l'avoir fait à Paris! hurle-t-il presque. Non, c'est déjà allé beaucoup trop loin!

— Pourquoi ne pas envoyer Sollers, tant qu'à faire?

— Ne vous moquez pas! Sollers est très utile à sa manière. Laissez-le finir de s'occuper du pape et on verra après. Ou plutôt, le Polonais lui fera son affaire. Entre nous, au prochain conclave? Sollers est déjà à Venise, tout prêt à se rendre à la chapelle Sixtine au moment où on le lui demandera. Il pourrait bien être élu, vous savez. Encore un peu, il aura l'âge. On a déjà eu des papes lubriques après tout! Croyez-vous que sa femme accepterait le couvent? Sérieusement, on a bien eu le premier pape non italien depuis le début du seizième. Pourquoi pas un non ecclésiastique du seizième la prochaine fois? Ce n'est pas sûr pour le seizième? Ah bon, je n'imaginais pas! Ça s'est déjà vu, vous savez! On est encore loin des Borgia, croyez-moi! Sinon, il devrait être au moins en mesure d'influencer le résultat. Quelques petits papiers passés en douce entre les pages d'un roman. Ils doivent bien faire quelque chose, enfermés des jours comme ça dans cette chapelle en attendant de choisir un pape! La lecture est un passe-temps tout indiqué. Il suffira que quelqu'un les jette discrètement avec les autres quand ils brûleront les bulletins de vote. Ce n'est déjà pas si mal. Et puis vous verrez, son affaire, c'est beaucoup plus fort qu'Ali Agça, cet imbécile de Turc! Et heureusement qu'il a raté son coup, celui-là. La dernière chose dont nous ayons besoin, c'est un pape martyr!

— Revenons à cette «mission» que vous souhaitez me confier. Qu'est-ce qui vous fait penser que je pourrais être intéressé par une chose pareille?

— Nous avons déjà du monde là-bas, je veux dire en Amérique. Pas assez malheureusement. Nous avons besoin de quelqu'un comme vous qui puisse s'imposer dans les médias. Leur disputer le terrain. Il n'y a qu'eux maintenant, avec leurs critiques, les éditorialistes à la botte et leurs chroniqueurs merdeux, qui leur servent d'alibi. Ce qu'il faut, c'est un véritable contre-pouvoir! L'Amérique est prête pour ça.

Emporté par son discours, Alberto se soulève de sa chaise, poitrine tendue vers l'avant. «Encore un peu et il monterait sur la table pour haranguer la foule des consommateurs du café comme à Hyde Park. Il est complètement délirant ce type. Une heure qu'il parle avec une passion sans mélange. Persuasif quand même!» pense Gabriel, tout en ne pouvant s'empêcher de bâiller.

— Alors voilà, conclut Alberto, enfin. Vous restez avec nous quelques années, le temps de vous former à nos théories. Analyse didactique. Lectures. Conversations. Aventures galantes évidemment, ça fait partie de la formation. Bien entendu, on vous refile une petite clientèle fortunée pour que vous puissiez survivre, oh! tout juste survivre, ne vous faites surtout pas d'illusions là-dessus, et pendant tout le temps qu'il faudra, mais ne comptez pas vous installer ici définitivement, on vous couperait les vivres tout de suite, il y a déjà bien assez d'analystes québécois en Europe, sans compter les Argentins qui sont très à la mode eux aussi.

Votre italien est bien assez bon. Et puis tant pis si vous ne comprenez pas tout ce qui se dit sur le divan, ce n'est pas l'important, ils se répètent tous tellement de toute façon. Vous n'aurez qu'à imiter les autres et à faire semblant d'écouter! Puis, hop! Vous retournez en Amérique. États-Unis de préférence. Vous vous débrouillerez pour obtenir la *Green Card*. Puis, vous verrez, votre clientèle grossira rapidement. Quelques années et vous serez riche! Ça fait boule de neige et il n'y a qu'à attendre. Une génération ou deux encore. Pour vous comme pour nous, c'est tout bénéfice.

— En attendant, j'aurai eu trois fois le temps de mourir! Riche, si vous voulez, mais non, je vous remercie, une chose pareille ne pourrait m'intéresser, dit Gabriel.

— L. avait donc raison. Notre proposition vous laisse froid! fait-il déçu. Mais je ne regrette quand même pas d'avoir essayé et vous avez bien tort quand même.

— Ça m'intéresserait, mais comme une aventure plutôt, une expédition d'un autre type maintenant que la terre entière devient un gigantesque Club Med. Les *happy few* se multiplient hélas, plus rapidement qu'il serait souhaitable même si c'est sans commune mesure avec les *unhappy many*, si vous me pardonnez l'expression. Mais je n'ai aucun goût pour une *conquista* à la Cortez si c'est ce que vous pensez faire avec les Américains. Et puis, ça échouera votre truc, vous verrez! Prenez les oiseaux, par exemple. L'animal qui symbolise le mieux l'Amérique, ce n'est pas l'aigle, et quant au dindon, il a déjà raté sa chance. Non, c'est bien plutôt la mouette ou le goéland qui se nourrissent de frites avant de vous chier dessus. Mais attention! Les Américains sont beaucoup plus forts que se l'imaginent certains petits malins comme vous! Comme la mouette et le goéland, leur culture débile gobe tout, le remâche et le recrache sur la tête du reste de l'humanité. Relisez l'histoire de Garbo, Von Braun, Hollywood, la course aux armements, la conquête de l'espace. Malheureusement, je suis déjà rendu au milieu d'une autre aventure que je ne peux abandonner à ce stade-ci.

— Juste retour des choses, cette *re-conquista*, comme vous dites, dit Alberto. Autant que les Espagnols, les Américains ont exterminé les indigènes en s'y prenant de toutes sortes de manières. D'abord, ils leur ont transmis leurs virus en tous genres. Celui de l'argent n'est pas le plus innocent, comme vous savez. Malheureusement, les Américains sont devenus riches, eux. Ils ont oublié définitivement. Ce n'est même plus l'inconscient, c'est en dehors. Il y a longtemps que le cancer social a été semé en Amérique mais ses effets massifs commencent à peine à se faire sentir. Tous ces revolvers dans la commode à côté du lit. Autant de paranoïa. Vous admettrez que le potentiel de clientèle est excellent!

— J'en conviens.

— Et puis, il y a votre copine. Très douée elle aussi, selon L. À vous deux, facile de refaire le coup des Frufrullone outre-Atlantique! Il suffirait de quelques livres bien torchés.

Gabriel éclate de rire.

— Estelle! Une chose pareille ne pourrait jamais l'intéresser!

— Oublions Estelle pour le moment, voulez-vous? Laura vous a fait le coup des petites culottes? C'est un de ses préférés, ça marche toujours. Nous vous avons beaucoup étudié, vous savez.

Et puis, le vieux ne durera plus longtemps de toute façon, il le sait. Vous lui plaisez bien. Et à Laura aussi, l'avez-vous remarqué?

— Vous ne manquez pas de cynisme vous non plus!

— Nous tenons particulièrement à vous, soupire-t-il. Quant au vieux, l'important, c'est que l'œuvre reste. La *Prophylaxie* évidemment, mais aussi le *Traité*, les *Prolégomènes*. On ne peut juger si une institution va durer qu'une fois le père mort!

Il s'approche encore un peu et lui glisse à l'oreille:

— Pourtant L. nous avait assuré que vous n'étiez pas un sentimental! «S'il y a quelqu'un au Canada pour comprendre le sens de votre proposition, c'est lui, pas de doute là-dessus»!

— Mais en même temps, il vous a conseillé de ne pas la faire.

— Vous connaissez L.? Son souci de la perfection le perdra. De plus, c'est un paranoïaque caractérisé lui aussi, vous ne l'avez pas remarqué? Il s'arrange toujours pour protéger ses arrières contre tous les coups, d'où qu'ils puissent venir! Enfin, c'est dommage. Pour vous évidemment.

— Dans quel sens?

— Pensez-y bien une bonne fois pour toutes, une telle occasion ne se représentera pas de sitôt! Sinon, c'est comme vous voulez. Mais vous aussi vous avez lutté contre les Américains à votre manière, non?

— La guerre du Viêt-nam est finie depuis longtemps!

— Par contre, l'indépendance n'est pas acquise.

— On risque de devoir se méfier des Américains beaucoup plus après.

— Mais la culture? Vous ne prenez pas vos vacances à Disneyland, que je sache? Au moins L. nous a assurés que ce n'était pas le cas!

— Pas encore, mais on ne sait jamais, ça pourrait arriver, rétorque Gabriel ne pouvant s'empêcher de faire un peu d'ironie aux dépens d'Alberto. Vous savez, j'aime la Floride presque autant que l'Italie. Peut-être parce que dans les deux cas il s'agit de péninsules, donc d'appendices de forme pénienne. Facile, vous admettrez: pénis, péninsule. Ne le dites à personne mais c'est un drame personnel assez douloureux. Ne pas vivre dans l'un ou l'autre de ces deux paradis représente pour moi une castration atroce. Alors ne venez pas me torturer en me proposant de rester ici pendant plusieurs années avant de me chasser ignominieusement outre-Atlantique! Ce sera trop tard à ce moment-là.

— N'essayez pas de nier! Vous êtes beaucoup plus anti-américain que vous le dites. D'abord, vous lisez régulièrement. Et pas seulement des journaux ou des magazines, des romans, des essais aussi. Vous savez que pendant la période du maccarthysme, le simple fait de lire vous rendait suspect aux yeux des autorités! Et, d'après L. toujours, un autre bon point pour vous, vous ne regardez presque jamais la télévision. Même pas de magnétoscope à la maison. D'après les rapports qu'on nous a faits, vous n'habitez pas non plus un de ces affreux bungalows de banlieue. Où en êtes-vous avec l'*American way of life* si vous n'y participez en aucune manière? Ah! Il y a bien votre manie de l'ordinateur, mais on ne peut pas dire qu'elle soit «spécifiquement» américaine.

— N'est américain que ce qui ne fait pas votre affaire, si je comprends bien?

Alberto choisit de poursuivre sans relever:

— De plus, vous êtes toujours fourré en Europe. N'essayez pas de vous le cacher, vous êtes des nôtres dans cette bataille. Avez-vous seulement mangé un Big Mac une fois dans votre vie? Vous savez, il n'y aura pas de quartier dans cette nouvelle guerre qui s'annonce entre le matérialisme et le nouvel idéalisme européen qui est en train de surgir un peu partout sur le Vieux Continent. Maintenant qu'on en a fini avec les différentes variétés de communisme et, on l'espère, avec les autres totalitarismes quels qu'ils soient, on peut enfin revenir à quelque chose de plus intéressant. Le nouveau clivage passe entre les choses bien faites et celles faites avec le moins de frais possibles. L'unique combat véritable, c'est la culture, l'identité des peuples, des hommes. Elle sera dure cette guerre, vous savez. Elle se fera entre le prosélytisme inhérent à l'Idée et l'impérialisme de plus en plus brutal de la matière chosifiante.

— Quel vocabulaire. De toute façon, je n'y comprends rien et surtout ça ne laisse guère d'espoir ni de choix!

— Est-ce que vous réalisez qu'on est déjà rendu au bordel virtuel? l'interrompt Alberto. Tout ce que ça prend, c'est un ordinateur. Puissant bien sûr. Combinaison moulante. Vous entrez dans le gymnase et vous vous retrouvez dans une maison close du début du siècle. Vous vous êtes toujours rêvé en banquier lubrique, c'est votre chance! Environnement totalement informatique en fait, tout à fait artificiel. On arrive maintenant à communiquer les pressions, les odeurs en plus de la voix et de l'image. Et l'Autre répond, la Passionaria, la Muse, la lectrice de Calvino. Ou la pin up dans

Playboy! Incarnée enfin. Je veux dire inexistante, bien sûr. Marilyn, Gina, voire votre propre mère à l'époque de sa jeunesse, je veux dire avant d'épouser votre salaud de père. Il suffit d'apporter la photo. Enfin, son image recréée passe de l'un à l'autre à travers la machine. Finies les murailles infranchissables!

— Ce que vous désirez en fait, c'est la fin de cet Autre qui vous résiste, Alberto! Par exemple, ce monde virtuel, est-ce l'Idée ou la chose? L'un et l'autre ou le contraire? Quelque chose d'entièrement différent peut-être? On ne sait plus. Quant à moi, j'avoue que je suis un peu dépassé par ce que vous m'apprenez et que ça ne me donne pas du tout le goût de m'embarquer dans une aventure semblable.

— Votre manière de renoncer encore, cette oisiveté, c'est ce genre d'attitude qui ouvre la porte à la multiplication de ces Disneylands sexuels, justement! Déjà, au point où on en est maintenant, on n'a plus aucun contrôle sur la machine. Personne ne peut savoir où et quand ça s'arrêtera. La révolution? Dépassée depuis longtemps, ça ne pourrait plus marcher aujourd'hui. La drogue? À la fois inefficace et trop dangereuse. Tandis qu'un petit paradis artificiel informatique, la machine elle-même... Faites-nous confiance, vous comprendrez bien assez vite, une fois le moment venu.

— Les lendemains qui chantent encore. N'essayez pas, j'ai déjà donné!

Alberto se lève:

— Si vous le prenez comme ça, je comprends que vous n'accepterez aucune proposition sous quelque forme qu'elle vienne. Allez, au revoir, M. Giguère. Mais n'oubliez pas qu'il ne saurait être question de neutralité dans cette affaire. Qui n'est pas avec nous est contre nous. On aura l'occasion d'en reparler plus tôt que vous ne le croyez, j'en suis certain. Et, croyez-moi, à ce moment-là, vous regretterez de ne pas avoir accepté. Je souhaite seulement que vous n'ayez pas déjà été emporté par la tourmente. Mais chut! Ne parlez à personne de cette conversation, ça vaut mieux pour nous tous.

— Au revoir, Alberto. J'espère que nous nous reverrons un jour et que c'est vous qui aurez eu tort. Une guerre serait dommage, même des cerveaux; une guerre d'un nouveau genre, sans morts ni blessés, risquerait de creuser un fossé encore plus grand que la grande faille de l'Atlantique. Mais tôt ou tard, je reviendrai en Italie. Je vous téléphonerai. La seule chose que je regrette, c'est Laura. Dites-lui bien qu'elle reste mon seul horizon, virtuel pour le moment! Je penserai à elle une fois de temps en temps quand je serai retourné là-bas.

Il éclate de rire.

— Là-bas? dit-il, prenant Alberto à témoin. Pourquoi tout ça semble-t-il si loin de moi maintenant? Estelle est bien trop concrète. Finalement, elle sait bien me tenir par mes propres rêves. Allez, encore une fois, au revoir Alberto! Dites bien le bonjour aux Frufrullone de ma part!

Chapitre 8

Aussitôt Alberto sorti, Gabriel déplie devant lui le journal dont il a à peine amorcé la lecture dans le train. Les feuilles minces sont toutes fripées d'être restées écrasées sous lui pendant une bonne partie du trajet. Derrière le bar, le haut-parleur se met à cracher une musique criarde. Encore cette chansonnette à la mode dont il comprend à peine les paroles jetées dans un déchirement rauque plus que chantées: Conchita, Chiquita ou quelque autre prénom déchiqueté de femme. Puis le cri rageur se fond dans une mélopée triste jusqu'à un nouvel éclatement du refrain! S'il l'avait su, il serait plutôt allé s'asseoir à la terrasse.

À ce moment, lui arrive un deuxième demi qu'il n'a pas commandé:

— C'est de la part de M. Alberto, lui dit le garçon guindé, refusant l'argent que Gabriel lui tend. Il m'a demandé de vous répéter à quel point votre conversation l'a intéressé. Surtout, il m'a demandé d'insister pour que vous ne lui en vouliez pas trop quoi qu'il arrive. Il vous souhaite un bon séjour à Gênes.

Ça semblait l'amuser beaucoup. Il riait tellement que je n'ai pu comprendre la suite de ce qu'il disait.

— Il n'y a pas vraiment de quoi rire, dit seulement Gabriel, songeur.

Pourquoi restait-il dans ce bar au lieu de rentrer sagement comme Alberto l'avait fait? Le garçon repart, laissant tout de même la petite assiette de plastique ronde avec le ticket de caisse déchiré. Alberto a-t-il pensé laisser quelques piécettes? Gabriel y dépose un billet de mille, des lires évidemment, après quoi il s'absorbe dans la lecture d'un article relatant les malversations de politiciens napolitains qui disputent depuis des mois les manchettes des journaux

aux *condottieri* milanais. Encore ces fameuses *tengenti*, les pots-de-vin sans lesquels il n'y a pas de survie politique concevable en Italie.

Est-ce vraiment différent ailleurs? Ça ne le concerne pas, mais justement tout l'intérêt est là, dans ce roman en forme d'actualité. Après cette journée un peu folle, il a bien le droit de s'offrir cette petite diversion. Il prend bien son temps pour déguster le demi offert par Alberto en même temps qu'il tourne distraitement les pages du journal, s'arrêtant sur des sujets qui ne le touchent en aucune manière. Et pourquoi rentrerait-il? Pour aller rejoindre Estelle? Elle sera probablement enfermée à double tour dans sa chambre. En s'enfuyant sur cette place tout à l'heure, elle se trouvait à avancer un pion dans cette partie à deux: «Alors c'est à moi de jouer le coup suivant, se dit-il. Et si je ne rentrais pas?» Il avise un de ses voisins de table, seul comme lui, qui sirote lentement son espresso avec l'air de vouloir l'allonger lui-même en l'étirant:

— Y a-t-il quelque chose à faire après neuf heures du soir dans ce patelin? lance-t-il à la fausse cantonade au risque de se faire étriper par la clientèle locale.

— Vous n'avez pas bien regardé l'heure, il est déjà onze heures et demie et en plus, c'est dimanche! répond l'homme, saisissant la perche tendue au vol. Je suis comme vous, je ne suis pas d'ici, enchaîne-t-il.

— Vous seriez mieux du côté de la Piazza de Ferrari, intervient quelqu'un, un peu plus loin. Parce que pour ce qu'il y a à faire dans ce quartier...

Il indique d'un geste vague l'extérieur du café, la direction du port, tout en faisant une moue de dédain.

Gabriel éclate de rire:

— Non merci!

— Dans ce cas, c'est comme je vous dis. Il ne reste que le glacier de la via XX Settembre! Beaucoup vont y finir la soirée. Des jeunes surtout. Mais attention, faut du pognon!

— La soirée finit-elle si tôt?

— Mieux vaut ne pas traîner la nuit dans les rues de ce quartier. Surtout par les temps qui courent, assure l'homme, se retirant sur son quant-à-soi comme s'il valait mieux ne pas en dire trop.

— Surtout pour un étranger! ajoute le premier pour ne pas être en reste.

Gabriel tourne la page, se replonge dans sa lecture.

Pas un sous-titre pour alléger cet article beaucoup trop lourd et le renvoi à l'intérieur remplit une page complète sans photo ni sous-titre! Sous cette lumière un peu trop tamisée, il lui semble qu'il n'arrivera jamais à finir ce roman obsessionnel fait d'innombrables morceaux de puzzle entassés pêle-mêle dans leur boîte. Le parcours des protagonistes, les réactions de la famille, des victimes, le point de vue du procureur, ces éléments s'entrechoquent en plusieurs endroits dans une histoire d'une lecture difficile pour qui n'en aurait pas suivi toute les péripéties depuis le début. De plus, la qualité de l'impression est mauvaise, les caractères sont trop tassés, la page jaunie, les personnages noircis inutilement. Gabriel tente d'évaluer la part de chacun de ces facteurs, une analyse qui pourrait s'avérer utile finalement, s'il veut arriver à comprendre un jour ce qui se passe dans ce pays impossible! «Il faudrait parler de tout ça avec L.»

— On peut téléphoner? demande-t-il.

— Là, fait quelqu'un.

Il y a un téléphone dans le fond. Il fait le numéro: 172 1001.

— Canada direct! répond la voix familière. Quelques instants plus tard, il a L. au bout du fil.

— Que me vaut cet appel? demande celui-ci, légèrement méfiant, comme il l'était toujours quand il s'agissait de Gabriel.

— Rien. J'ai le cafard.

— Encore! Votre état s'aggrave, mon vieux, je crois que vous devriez rentrer. Vous avez vu les Frufrullone?

— Ils vous saluent. Je viens d'avoir une conversation troublante avec Alberto et j'avais besoin de vous parler.

— Vous avez refusé, j'espère.

— Vous l'espériez?

— J'en étais sûr. Je détesterais m'être trompé. Et Estelle, vous l'avez vue?

— Pas encore, mais ça ne devrait pas tarder.

— Ça vous fait peur?

— Un peu.

— Et c'est pour ça que vous m'appelez encore une fois. Souvenez-vous, il y a dix ans, je vous avais prévenu qu'il vous fallait commencer par régler vos problèmes avant.

— Ça a quand même duré dix ans. Et ça dure encore!

— Est-ce que vous sortirez un jour de cette fascination morbide qui vous pousse à vous engager dans ces longues relations masochistes que vous alternez avec des aventures sans lendemain où vous finissez toujours par échouer au bout du compte? Vous vous taisez en espérant que les choses s'arrangeront et puis après vous n'osez plus parler de ce qui vous chicote. Ou alors vous croyez vous en tirer en changeant la personne. Ensuite, ça vous prend encore un temps infini pour vous apercevoir qu'il y a quelque chose qui cloche malgré tout et encore là, vous n'êtes pas au bout de vos peines. Et après tout ce temps où elle vous mène par le bout du nez, vous êtes encore après elle comme un petit chien.

— Là, vous exagérez quand même! C'est un pur hasard si nous sommes dans le même hôtel. Enfin! Je suis tombé sur cet hôtel en sortant de la gare. Nous y avions passé quelques jours ensemble, autrefois. Ça fait si longtemps que j'avais presque oublié qu'il existait. Elle y était à m'attendre.

— À quoi jouez-vous tous les deux?

— J'ai tout fait pour la fuir. Mais elle m'a relancé à Rome chez le délégué. Je ne me suis pas caché. Elle n'ignore rien et c'est tant mieux si elle souffre un peu à son tour!

— Est-ce qu'ensuite ce n'est pas vous qui êtes reparti sur ses traces?

— Au contraire, je suis reparti dans l'autre direction, vers le sud. Je vous ai raconté ma petite virée à Tropea avec Maria? dit-il, s'excusant presque.

— S'il vous plaît, ne prenez pas ce ton de chien battu avec moi. Vous êtes revenu à Rome malgré tout?

— Il y avait une lettre d'Estelle à l'hôtel. Cette fois, elle a l'air d'être vraiment décidée à me pousser à bout. Moi, en toute honnêteté, je suis allé aussi loin que j'ai pu pour, sinon la fuir, du moins ne pas la poursuivre.

— Ne me parlez pas d'honnêteté. L'amour, c'est la guerre! À votre âge, vous devriez le savoir! Le problème, c'est votre vision idéale de ce genre de choses qui entraîne une paralysie totale devant elle. Et ne venez pas me parler de cette petite aventure, cette diversion avec Maria. Cela n'a fait que renforcer leur pouvoir sur vous. ELLE, ce peut être l'une ou l'autre, à votre choix. C'est exactement la même chose, vous n'y échappez pas. Vous parlez trop, mon vieux! Elle vous aura eu à l'usure. D'abord, elle a dû supposer que vous en saviez des choses! Et puis maintenant, il ne reste plus rien de toutes les questions auxquelles vous avez répondu sans même qu'elle vous le demande, sauf un petit résidu qu'elle est toute prête à aller porter ailleurs, vers un autre petit maître aussi insignifiant que vous dont elle se fera l'esclave pour s'en rendre maîtresse avant de le jeter comme un déchet. Vous ne pourriez pas prendre un petit répit, le temps de réfléchir, pour une fois? Est-ce que vous finirez par ouvrir les yeux, un jour? Laissez-vous vivre, mon vieux! Votre obsession vous perdra. Vous croyez qu'il n'arrivera plus rien si vous n'êtes pas sans cesse sur leurs traces. Puis vous vous arrêtez au moment où vous êtes juste devant, ne sachant pas si vous devez fuir ou attaquer. Vous n'avez pas le choix, il faut que les choses changent. Brisez le miroir dans lequel vous la contemplez derrière vous! Laissez la séduction, elle vous mènera à votre perte! Non, il faut traverser de l'autre côté du miroir ou vous finirez vos jours dans un enfer que vous aurez vous-même créé!

— Vous n'êtes pas un peu moraliste? demande Gabriel, inquiet.

— Laissons la morale, voulez-vous, dit L., et parlons concrètement. L'éthique, la discipline personnelle ne représentent donc rien pour vous? Un maître, c'est à ça que ça sert! Uniquement à vous préparer à être capable de jouir d'avoir une maîtresse au lieu de vous plaindre constamment que les choses ne vont pas comme vous le voudriez. Il faudra un jour que vous ayez les nerfs pour cesser de vous enliser constamment dans des histoires qui ne mènent nulle part. Où êtes-vous maintenant?

— Un café près de la gare où Alberto m'avait donné rendez-vous. L'hôtel est à côté.

— Alors, dépêchez-vous de rentrer, il doit être tard là-bas?

— Presque minuit. Je crois que j'ai un peu la frousse de ce que je vais lui dire et c'est pour ça que je vous téléphone.

— Au contraire, rentrez le plus vite possible vous expliquer avec Estelle. Il est temps que vous lui fassiez face au lieu d'être séduit comme toujours ou en train de la séduire. Votre peur vous sauve, peut-être! C'est un moment de vérité, profitez-en avant que cet état de grâce disparaisse. Allez, je vous quitte avant que vous ne soyez pris encore dans ces images irréelles qui vous minent et vous tuent lentement. Un peu de courage, que diable!

— Je l'ai trahie et elle le sait!

— Mais c'est vous qui êtes moraliste, Gabriel! Ce que vous appelez une trahison n'est que votre désir, que vous teniez soigneusement caché jusqu'à maintenant, et dont vous avez trahi, ce n'est pas trop tôt, l'existence. Bien sûr, c'est inacceptable pour elle. Mais c'est maintenant qu'il faut faire face et montrer ce que vous avez dans le ventre. Jusque-là, il n'y avait que cette image qu'elle a appris à détester. Le miroir est brisé, il faut traverser pour voir s'il y a encore quelque chose de l'autre côté. Allez, vous n'êtes pas sans ressources!

— Pourquoi est-ce que vous ne m'avez pas dit ça avant?

— C'est notre entente. Je vous ai averti, je ne vous dis jamais que ce que vous savez déjà.

— N'est-il pas trop tard?

— Cela, pour le savoir, il faudra que vous y alliez voir!

L. avait raison. Mais leur relation n'était-elle pas irrémédiablement détruite maintenant? Il y a un moment à peine, il n'y avait rien qu'il désirait plus au monde que cette explication qu'elle lui refusait depuis Montréal. Et si ce n'était qu'une autre ruse de sa part, une de ses mises en scène dont elle a le secret pour lui imposer un autre défi impossible à relever? Impossible parce que de le relever signifierait qu'il lui céderait. Elle avait l'obsession qu'il choisisse. Qu'il la choisisse. Elle exigeait la preuve d'amour. Qui finissait toujours par s'avérer insuffisante. Comme d'habitude, il sera incapable de refuser et après il s'en mordra les doigts! Hésitant à décider d'une attitude à adopter, il va se rasseoir, se barricadant derrière son journal pour réfléchir encore, une sorte de mur invisible entre lui et les autres comme si ça pouvait le protéger. Et de quoi? Il l'ignorait. Mais ce mur lui était nécessaire. À ce moment, une voix autoritaire le fige sur place, déchirant le murmure de la salle:

— Allez, un peu de collaboration, dépêchez-vous! Tout le monde debout. Ce soir, exceptionnellement, on ferme! Plus vite que ça! Vous dans le fond, là-bas!

Qu'est-ce qui leur prend? Est-ce à lui qu'on s'adresse? Faudrait pas pousser! À part lui, il n'y a que quelques clients dans cette section. Ça les agace? Pas question pourtant de lever les yeux du journal. Cet article devient prodigieusement intéressant maintenant qu'on veut le chasser. Si seulement il pouvait ne pas entendre ces clients qui protestent en s'éloignant vers la sortie:

— Et lui, là bas?

Une autre voix:

— Allez. Ouste, on s'en va.

Le gros derrière? Ce doit être lui le patron. Est-ce qu'il en a pour longtemps à hurler comme ça? Une chicane de bar? Un incident peut-être à l'extérieur. Pauvre type qui ne veut pas rentrer chez lui. Il n'est pas si tard après tout! «Il n'a qu'à aller finir la soirée ailleurs, lui aussi.» Pour l'ivrogne, chacun y met son grain de sel. Les employés élèvent encore le ton d'un cran, menaçant de l'expulser manu militari. Ses copains l'exhortent, prennent la part d'une hypothétique épouse qui l'attendrait, attendrie, attendrissante.

— Rentre, salaud, ou on te casse la gueule!

Eh oui! Ça arrive une fois de temps en temps dans les bars et les cafés d'un côté de l'Atlantique comme de l'autre. Gabriel se concentre sur sa lecture. Tout ça ne le concerne pas, ne peut s'adresser à lui. Et pourquoi se serait-il mêlé à ces querelles entre clients du *Dall'Uomo* ?

Tout ce qui importe, c'est de finir cet article qui le branche sur la réalité crue. Il voudrait ne plus jamais être ce promeneur inutile qui voit tout, mais n'est au courant de rien. Ce qui se passe un peu partout en Italie en ce moment lui semble d'une importance capitale. Se dirige-t-on vers une faillite de la municipalité à Naples? Y aura-t-il d'autres arrestations à Milan? Sans compter la fureur habituelle des bureaucrates romains, la contrition tardive des banquiers, des politiciens de tous bords après l'ultime naufrage de ce gouvernement, le dernier, dit-on, de cette république en perte de vitesse. En pleine mer, les rats ne peuvent plus quitter le navire. Raids de l'escouade anti-maffia d'un bout à l'autre de la péninsule. Impression de nager en plein roman noir. Italie en pleine décomposition encore une fois. Histoire qui se répète depuis la chute de l'Empire. Le regret durera l'éternité entière. Triomphe de la chrétienté, expiation. Damnation pour toute la suite des générations.

Tout un cinéma! Temps irrémédiablement, délicieusement perdu. Lui n'a rien à perdre. Pas ici. Pas encore!

Brusquement, le son est coupé, la musique cesse. Le murmure dans la salle devient audible, s'affole un instant dans une sorte de protestation indignée puis s'apaise, simple aspiration vite réprimée à combler le vide qui menace. La vague se résorbe dans un murmure, un grondement harmonique, sorte de chuintement qui cède la place à un silence de mort. Au bout d'un moment, une voix caressante se détache et se met à articuler comme une prière, une sorte de litanie laïque marmonnée la bouche pleine par quelqu'un qui se serait adressé à un de ses voisins, le quidam assis à la table à côté.

Pour distinguer les mots, il lui faudrait s'extirper de sa lecture. Gabriel n'y arrive pas, n'y arrivera jamais. Les conversations latérales ne l'intéressent pas! Le ton de la voix se fait pressant. Un peu plus parano, il se sentirait interpellé personnellement. Pour quelle raison s'adresserait-on à lui? Quelqu'un le sommerait de rendre des comptes? Mais il ne connaît personne ici, sinon les Frufrullone et ce cher Alberto. Qui s'adresserait à lui? Ce n'était pas une voix de femme, ce ne pouvait être Estelle en tout cas.

— Le drame avec vous, lui avait dit L. une fois qu'il se sentait en veine de confidences, c'est qu'il ne vous arrive jamais rien. Ou plutôt vous ne vous en apercevez pas quand quelque chose vous a déjà détruit sans vous atteindre. Si seulement un jour cette chose innommable pouvait vous affecter de quelque manière! Vous glissez sur la vie comme couleuvre sur le sable. Que dis-je, vous êtes prêt à avaler toutes les couleuvres! Pourvu que ça ne dérange pas trop votre petit confort! Vous vous adaptez à n'importe quoi sans vous poser d'autres questions. Vous êtes obsédé, entièrement possédé par ces fantômes à l'intérieur de vous. On n'arrive pas à vous secouer. Sinon vous vous absorbez dans votre journal ou n'importe quoi qui pourrait capter votre attention et vous empêcher d'être soumis au caprice des choses. Ce serait votre salut pourtant s'il se produisait quelque événement, un enchaînement de causes qui serait entièrement à l'extérieur de votre volonté pour une fois. L'événement, c'est précisément cela, ce dans quoi on vient se prendre comme une coupure qui brise l'obsession. Ça vient d'ailleurs. Probablement que c'est pour vous exposer à quelque chose de ce genre, un événement où vous n'auriez aucune part et qui viendrait s'emparer de vous contre votre volonté, que vous êtes toujours fourré là où vous n'avez pas d'affaire. À une époque encore récente, les jeunes s'engageaient dans l'armée ou pour une cause quelconque. Mais vous n'êtes plus jeune. À quoi voulez-vous échapper en étant toujours fourré comme ça à l'étranger ou enfermé maladroitement en vous-même comme un crabe ou un escargot? Comme tout le monde, vous voulez être délivré de vos fantômes. Pire qu'un cancer ou un accident dans votre cas! Seul un événement fortuit, un grand malheur peut-être, pourrait vous distraire de votre obsession des femmes, une certaine image des femmes. Ça finira par vous anéantir complètement, mon pauvre vieux. Libérez-vous de ça avant qu'il ne soit trop tard, qu'elles ne vous aient eu complètement pour vous rejeter quand vous serez devenu d'une rigidité absolument cadavérique à force d'essayer de vous conformer au désir que vous leur supposez. Leur supposez, je dis bien! Il est tout aussi possible que le sens caché de leur désir soit justement que vous résistiez à ça, y avez-vous jamais pensé? Sinon, je vous préviens, la sénilité risque à tout moment de vous atteindre sans que vous ne vous en rendiez compte!

Se remémorant ces paroles, Gabriel dirige son attention vers cette voix qui s'adresse à lui. Comment faire autrement? Aussi bien en italien ou en français, et même en allemand ou en russe probablement, et en général dans toute autre langue de bois parmi celles, nombreuses, qui en ont adopté une variante, le mot est le même:

— *Doc-ou-menn-ti!*

Cette fois il a compris.

— *Per favore*, fait la voix, légèrement haletante, ce qui lui donne un ton presque suppliant, comme une faveur qu'il lui demanderait.

Gabriel lève légèrement la tête au-dessus du journal et l'aperçoit qui se tient là et lui bouche sa réflexion dans le grand miroir sur le côté.

— Ne manquait plus que ça maintenant! dit-il.

L'homme se tenait debout devant lui. Il attendait, vêtu de son imperméable aussi caricatural qu'improbable dans cette chaleur de juillet. «Il est vrai qu'il a plu», se dit Gabriel. Comme si ce n'était pas assez, un ridicule chapeau en feutre mou est posé sur sa tête de sbire est-européen, que l'homme soulève en l'abordant de nouveau:

— *Doc-ou-menn-ti!* répète-t-il, plus faiblement encore.

Il sourit presque aimablement à Gabriel, allant jusqu'à se pencher vers lui, l'air faussement paternel d'un ecclésiastique, lui mettant une main sur l'épaule et parlant si bas, presque avec ferveur et dans une telle prière qu'on s'attendrait à ce qu'il sorte son autre main de la poche où il la tient cachée, tenant un bréviaire, ou un chapelet qu'il serait en train d'égrener en attendant que Gabriel se décide à lui répondre.

— Contrôle documentaire, ajoute-t-il l'air ennuyé, comme pour une formalité aussi embêtante que nécessaire.

Mais pour Gabriel, cela revient à lui demander des comptes qu'il n'est pas en mesure de rendre: les documents en question, il les a laissés au veilleur de nuit de l'hôtel, comme chacun sait. Alors, faute de pouvoir présenter des papiers valables, le voilà en «situation irrégulière» comme on dit ici, suspect numéro un par défaut en quelque sorte, dans quelque affaire à laquelle il aurait été préférable de ne pas se trouver mêlé.

«Bout d'christ, c'est pas un chapelet qu'il tient dans sa poche, c'est un gun!» se dit-il, frappé par la grosseur de la bosse qui gonfle la poche de l'imper.

Gabriel a à peine le temps de réaliser ce qui lui arrive. L'homme reste là à se balancer doucement devant lui avec ce revolver qu'il caresse de la main. Vite, il lui faut décliner son identité, sortir des papiers pour l'attester, régulariser sa situation. Les États détestent l'inconnu, a fortiori UN inconnu, on ne sait jamais à qui on a affaire. Sans doute l'homme attend-il que Gabriel se lève ou, au moins, qu'il fasse un geste pour sortir son portefeuille? Voire il se méfie.

Peut-être se demande-t-il s'il a quelque chose à se reprocher, quelque crime peut-être, d'une taille qui vaille la peine qu'il esquisse un mouvement de fuite? Qu'est-ce qui peut bien pousser «un individu» à traîner comme ça, seul dans un bar de ce quartier perdu à une heure aussi tardive? «Un individu», ainsi s'expriment les fonctionnaires de police quand ils ne sont pas encore assez sûrs à qui ils ont affaire et qu'il est trop tôt pour se mouiller. Ça leur permet de désigner quelqu'un sans le qualifier d'une manière qui pourrait leur être reprochée par la suite, si bien qu'«individu» devient à son tour un terme péjoratif. C'est bien là le destin de l'euphémisme, et de la rectitude politique en général.

Il finit quand même par abaisser le journal. Le silence pesant, le contraste avec la musique le frappent d'un coup. Une immobilité s'est installée en même temps que le silence s'est abattu comme une chape de plomb sur le bar après le rapide brouhaha de tout à l'heure. Les clients accoudés au comptoir en rang d'oignons l'observent avec un mélange de curiosité et un rien d'ironie triste au fond des yeux. Son voisin de table, il y a un instant, lui fait un clin d'œil à peine complice, petit geste un peu trop retenu du visage, question d'attirer son attention sur ce qui se passe du côté de l'entrée.

Gabriel acquiesce, tourne la tête dans la direction indiquée. Ce qu'il voit le saisit. Une douzaine de petites mitraillettes sont pointées vers lui comme sur une cible avec chacune en son centre un petit trou noir légèrement effrayant. Ce vide résonne en lui comme un appel à faire quelque geste fatidique qui leur donnerait une raison de le happer. Tout ça fait mortellement sérieux. La mitraille paraît toute prête à le pulvériser au moindre geste de révolte, tenue par autant de carabiniers en uniforme noir, tout comme le canon de leurs armes.

Pour quelqu'un qui dit ne pouvoir vivre sa vie que pleine d'inattendus, le voilà servi! Sensation légèrement désagréable quand même qui survient au pire moment. Il se surprend même à regretter qu'elle ne soit pas un peu plus terne, pour une fois, sa vie. Appelons donc mésaventure ce qui est en train de lui arriver. Après tout, cet «événement» présente au moins l'avantage de le changer des choix et des décisions à prendre pour les moindres choses et le remet enfin, ce n'est pas trop tôt après cette errance des derniers mois, dans l'ordre des nécessités immédiates!

Et Estelle? Se peut-il qu'il rate son rendez-vous imprécis de la nuit, entre ce soir et demain matin, venant en rajouter au malentendu qui les oppose déjà? Dans un moment de crise, il n'y a plus d'excuse qui tienne. Les moindres gestes sont notés. Tout devient chargé de sens. D'autant qu'elle aura déjà été déçue en rentrant. Elle croira qu'il le fait exprès. Bof! Le concierge l'aura mise au courant. «Oui, il est bien arrivé. Il a vu votre petit mot. Sa chambre est à l'étage. Il est seulement sorti prendre une bouchée. N'ayez crainte, il vous rejoindra tout à l'heure!» Peut-être même que le concierge lui montrera le passeport avec la fiche qu'il aura finalement eu le temps de remplir! Vite régler cette affaire et rentrer, sinon Estelle interprétera les faits à sa manière, les déformant s'il le faut pour leur donner cette coloration paranoïaque, défavorable à son endroit, qu'il lui est toujours très difficile de rectifier par la suite. Il y a déjà trop de choses à rectifier. Il y en a pour des mois même si, comme le suggérait L, un temps d'arrêt ne ferait pas de tort. La question, c'est comment empêcher, justement, que tout ça ne devienne si inextricable qu'il soit impossible de revenir en arrière? Appropriée par l'autre, toute parole voit sa course imperceptiblement, inexorablement déviée.

Les employés du *Dall'Uomo* se sont reculés prudemment derrière le bar.

Du côté de la salle, deux policiers se relaient autour des clients qui sont rangés debout, les mains appuyées sur le comptoir comme on leur a demandé, pour les fouiller à tour de rôle. C'est fait rapidement, très professionnellement. Comme une corvée nécessaire dont il importe de se débarrasser afin de pouvoir passer à des choses plus importantes qui les attendent peut-être. Sans trop y croire, ils trouveront autre chose que ce qu'ils cherchent, sans savoir non plus ce que c'est exactement, ils ramèneront une moisson abondante de cette soirée.

Chacun son tour, les clients se tournent face au miroir. La plupart savent leur rôle d'instinct et arborent le même air impassible que leurs vis-à-vis auxquels ils tournent le dos. Quant au reste, on ne leur demande pas leur avis! Et puis, on ne sait jamais: cet homme assis à qui le commissaire fait mine de s'intéresser pourrait bien être un émissaire de la maffia, survivant de l'épopée d'Escobar, voire une ultime manifestation du cauchemar brigadiste? De temps en temps, un client lui jette un regard soupçonneux comme si, en tant qu'étranger, il le tenait responsable de ce gâchis.

«Désagrément passager, heureusement», pense Gabriel, quoiqu'il ne pourrait en jurer en ce moment. Il préfère jouir d'un certain aspect comique de la chose. Au point qu'il ne peut s'empêcher d'éclater de rire. C'est loin d'être détestable, après tout, cette sensation de n'être plus tout à fait maître de soi. C'est même une manière d'échapper à Estelle, à ses défis incessants. Surtout qu'il ne risque rien. Enfin rien de vraiment important. Faute d'écho, son rire s'éteint dans le silence et il tressaille légèrement. Comme s'il venait d'apprendre qu'il souffre de maladie chronique ou que sa mort est imminente alors que lui se sent encore en parfaite santé!

Il replie son journal sur la table avec un luxe de précautions comme dans un rêve ou un cauchemar, faisant très attention, surtout, de ne pas faire de mouvement brusque. Ce geste, c'est probablement par réflexe qu'il l'accomplit, parce qu'il l'aura vu répété des centaines de fois par tous les héros des salles obscures qu'il fréquente assidûment depuis l'époque de son adolescence, *Lemmy Caution*, *The Third Man*, *Casablanca*! Voilà que cette culture le sert! Nintendo du réel. Donc il sait parfaitement ce qu'il doit faire pour une fois et il s'extirpe lentement de sa chaise comme après la fin d'une séance de cinéma dont il n'arriverait pas à s'arracher malgré, ou à cause, du dérisoire de la scène qui vient d'être projetée. L'arrestation, c'est finalement la seule culture universelle. Toutes les polices du monde adoptent les mêmes scénarios, les proscrits aussi.

De lui-même, il n'aurait jamais pensé qu'une telle chose lui arriverait un jour, enfin pas de cette manière. Ce bar était la scène virtuelle d'un théâtre sacrificiel qui se jouerait au mauvais endroit et où il tiendrait le rôle d'un voyageur égaré, quoique sachant parfaitement un texte qu'il n'aurait jamais appris. Simulation arrêtée, représentée enfin *in living colour*, projection délirante d'une société bloquée où il doit tenir son rôle mais ne fait pas partie de la pièce en train d'être jouée. Dans cette nuit italienne absurde, le mélodrame peut toujours surgir, c'est même le plus probable. «Un seul faux pas et c'est la catastrophe. Par exemple, un de ces cons-là pourrait bien s'imaginer que je m'apprête à sortir un revolver de sous la table!»

À ce moment-là, les autres acteurs seraient irrémédiablement conduits à se comporter comme le prévoit le scénario type de l'événement, événement rendu plausible à force d'être joué faux par des personnages mal dirigés, ça s'est vu plusieurs fois à Montréal comme à Los Angeles ou à Gênes. Regardant toujours devant lui, Gabriel se soulève à moitié sur son siège et se met à fouiller précautionneusement sa poche arrière pour en extraire son portefeuille.

— Simple formalité, l'encourage à contre-emploi l'homme au chapeau mou, le voyant s'activer enfin. Un peu de coopération de votre part et tout rentre dans l'ordre subito presto! fait-il, tel un magicien sur le point de sortir un lapin de son chapeau. Vous pourrez rentrer chez vous et nous pourrons continuer notre travail! soupire-t-il.

Gabriel fouille son portefeuille sans conviction. Il a d'autres papiers d'identité destinés à toutes sortes d'usages, et tout aussi valables qu'un passeport en d'autres lieux puisqu'ils sont délivrés par l'État ou par une administration qui en dépend. Ce permis de conduire québécois par exemple, même si le carton est froissé, est un véritable sésame outre-Atlantique! En même temps, il déniche quelques cartes de crédit et une autre d'assurance-maladie qu'il exhibe avec de moins en moins de conviction tant elles lui paraissent dérisoires et sans valeur dans les circonstances. Pas question de présenter le permis ou toute autre carte privée ici. Impérieusement, il faut un passeport en bonne et due forme! Surtout, la photo est essentielle!

— Tut! Tut! fait le policier à la vue des papiers insignifiants, agitant un petit doigt accusateur et balançant la tête en signe de dénégation. Et en plus, il fait une moue dédaigneuse. Pas question de se faire rouler par un habile fraudeur! De plus, la loi doit être la même pour tous!

Gabriel maudit encore une fois ce concierge pour avoir exigé qu'il lui laisse son passeport! Arrivé au bout de sa patience, le policier dirige un doigt sévère vers les papiers étalés sur la table et dessine un petit rectangle imaginaire avec son doigt avant de demander, d'une voix ferme cette fois:

— *Passaporte!* dit-il d'une voix forte et exaspérée. *Per favore*, plaide-t-il. Mais il se reprend aussitôt. La loi *è la legge!* poursuit-il dans un mélange de français et d'italien. *Si no*, par là! Et il pointe un doigt accusateur en direction de la porte.

— *Momento, momento!* s'agite Gabriel, incapable de trouver une autre excuse. «Et dire que je viens de passer un mois à m'escrimer pour polir mon accent par tous les moyens imaginables!»

Il finit quand même par rassembler quelque peu ses esprits:

— Le passeport est à l'hôtel, soupire-t-il. Il suffit que vous veniez avec moi jusque-là.

— Quel hôtel?

— Un peu plus loin vers le bas de la rue.

— Quel nom?

— Il y en a quelques-uns par là. Je reconnaîtrai le mien en passant devant. Celui qui est à gauche. C'est bête, mais avec tous ces hôtels où je suis descendu depuis un mois, je n'arrive pas à me souvenir du nom de celui-là. Aidez-moi quelqu'un, fait-il en se tournant vers la salle! C'est quelque part sur le trottoir en face.

Se retournant vers le policier:

— Je viens à peine d'arriver à Gênes. Ce soir même, il y a quelques heures.

— Vous vous en souviendrez plus tard. Mais en attendant, il faut que vous nous accompagniez.

— Attendez! Les Frufrullone! s'exclame Gabriel, jouant son va-tout. Impossible que vous ne les connaissiez pas! J'ai passé une partie de la soirée chez eux. Puis tout à l'heure, ici, avec Alberto, leur secrétaire. Je ne connais pas son nom de famille. C'est curieux comme j'oublie tout ce soir. Il est parti il y a quelques minutes à peine. Comment s'appelle ce café encore?

— *Chez l'homme*, l'interrompt le policier, traduisant en français en prenant un ton suave.

— Le garçon qui nous a servis, celui avec une moustache, il a l'air de bien connaître Alberto! Si vous voulez téléphoner, j'ai le numéro. Les Frufrullone, Alberto. Eux sauront vous dire que je suis bien celui que je dis être!

— Hum, hum! fait le policier. Sans doute en écho inconscient d'un tic répandu!

— Attendez, j'ai retrouvé la clé de ma chambre d'hôtel! fait Gabriel, se rappelant finalement les deux clés que lui avait remises le concierge et les sortant triomphalement de sa poche pour les tendre au policier. Mais celui-ci leur accorde à peine un regard.

— Il doit être minable, votre hôtel, dit-il. Il n'y a même pas le nom sur la clé.

— Il n'y a qu'à traverser et à aller là-bas, insiste Gabriel. Le passeport sera dans mon casier. S'il le faut, réveillez cet imbécile de portier! Tout est sa faute. Il suffit d'un peu de bonne volonté de votre part. Entre gens raisonnables, les choses devraient pouvoir s'arranger, non?

— Hé non! Pas toujours. Même si c'était vrai, il faudrait toujours enquêter. C'est une infraction en Italie, vous savez, que de se promener sans papiers!

— Mais le concierge de l'hôtel m'a expliqué qu'il devait garder mon passeport à la demande même de la police! proteste Gabriel. Comment pourriez-vous ne pas être au courant que les hôteliers ont ce genre d'exigences? Je suis étranger après tout! Comment suis-je supposé savoir si je dois le lui laisser ou non, ce foutu tampon? Tout ce que je vous demande, c'est de m'accompagner quelques centaines de mètres, une marche de deux minutes, et je vous promets que chacun pourra aller se coucher tranquillement aussitôt après!

Seulement, Dieu sait pourquoi, il n'arrive pas à répéter tout ça dans un italien clair sans s'embrouiller en chemin:

— Je ne sais plus quoi vous dire d'autre pour vous convaincre, conclut Gabriel, découragé.

C'est ce que l'homme attendait.

— Bon. Maintenant que je vous ai écouté, dit-il, vous faites ce que je dis ou je vais devoir employer la manière forte. Quant aux Frufrullone, je ne vais pas réveiller ces gauchistes aussi haïssables que pédants simplement pour vous faire plaisir, susurre-t-il. Déjà que je suis obligé de maintenir deux agents devant leur porte un jour sur deux à cause des visites discrètes de certaines personnalités haut placées, et néanmoins très malades, il n'y a qu'à regarder l'état dans lequel nous sommes dans ce pays! insiste-t-il, faussement scandalisé. Et même chose pour la France!

Son sourire sarcastique ne l'a pas quitté une seule seconde. Il termine sa tirade par un geste d'impuissance désolée tout en pointant la sortie.

Gabriel finit de plier le journal étendu devant lui, il le pose sur la table et se lève pour traverser le barrage humain. Sur son passage, la tension baisse à mesure que les fusils s'écartent vers le sol. L'alignement réglementaire des policiers se rompt et se transforme en une haie absurdement protocolaire tandis que l'atmosphère se détend.

Se dirigeant vers la sortie, Gabriel ne peut s'empêcher de se faire son petit théâtre, se proclamant en son for intérieur «prisonnier d'opinion», une opinion toute différente de celle de ce monsieur au revolver. Quoi qu'il en soit de ce dont on veut l'accuser, il se sait innocent. Sans doute a-t-il raison. Mais c'est une «innocence» vraie, qui n'a rien à voir avec un plaidoyer quelconque. Quand même, elle lui permet de se jurer qu'à partir de ce jour, sa mission est tracée: il résistera à tout abus de pouvoir d'où qu'il vienne.

Chapitre 9

Une fois dehors, la lumière violente le frappe comme en plein jour. Le va-et-vient est incessant, les gestes brusques et sans ordre apparent se succèdent comme dans un film de série B, une descente de police chez les malfrats. Hyperréalisme fauve dans cette nuit ensommeillée, trop ensoleillée. Là-haut, le ciel est d'une intense pureté noire. Nuit américaine, donc. Atmosphère de foire ou de plateau de cinéma, à cause des phares et des gyrophares des voitures de police. Un projecteur tenace pointe droit dans ses yeux comme exprès depuis le toit d'une voiture. Sans compter les lampes de poche agitées dans tous les sens. Ou alors, c'est la guerre, tirs de D.C.A. forcenés contre ennemi invisible. Ne manquent que le bruit des sirènes et quelque journaliste d'une radio locale en mal d'émotions fortes pour auditeurs insomniaques. Mais, sûrement, on ne perd rien pour attendre. «Vite, qu'on en finisse», pense Gabriel. Qu'on l'emmène où il doit aller, le plus tôt sera le mieux, pour en terminer avec ce cauchemar aussi grotesque qu'absurde. Tôt ou tard, quelqu'un devra tirer cette affaire au clair. De cela, au moins, il est sûr. En attendant, qu'on le mette dans une cellule où il sera en paix, c'est tout ce qu'il demande. Il se sent fatigué, il dormira sans effort. Qui sait ce que demain lui réserve? Il vaudrait mieux qu'il soit frais et dispos. Et si ça faisait partie de leur tactique, le priver de sommeil pour le «ramollir»?

Derrière le cordon de sécurité, une vingtaine de curieux, des habitants du voisinage, quelques passants indifférents, observent la scène. Leurs visages passionnés paraissent hideux, traversés qu'ils sont par le reflet des néons et des réflecteurs. Le policier en uniforme noir, désigné pour le tenir à l'œil, attend patiemment que son collègue ait fini de repousser la foule encore un peu avant de tasser

Gabriel de ce côté. «Aurait-il fallu protester davantage?» La place qu'on lui fait tenir dans cette comédie lui répugne absolument, mais qu'y faire? Ne rien céder en tout cas. Ne collaborer d'aucune manière. Résistance passive, donc? Ça servirait à quoi de se laisser tomber comme une poche sur le trottoir en refusant de se lever? Hélas, ce genre de tactique ne peut fonctionner que pour un groupe ayant des objectifs aussi clairs que leur logistique est bien organisée.

Quelqu'un murmure: «*Brigate rosse*», pointant un doigt vers lui. «Lui?» questionne son voisin avec l'air d'en douter. Le policier à côté de Gabriel se balance légèrement de gauche à droite, se dandine en fait, l'air d'en savoir plus long que ce qu'il peut en dire. Il finit par s'excuser de ne pas être autorisé à dévoiler quoi que ce soit. «Sécurité d'État», lâche-t-il tout de même. Les détails seront dans le journal du lendemain. Mais les deux ne l'écoutent déjà plus, s'accordant qu'il était temps, de toute façon, qu'on mette un terme à ce tintamarre incessant du *Dall'Uomo*. Depuis l'ouverture, il y a quelques mois, les nuits des habitants du quartier sont devenues un cauchemar, complètement gâchées par les cris et les chants des ivrognes expulsés du bar manu militari au beau milieu de la nuit. Pour eux, la fête est loin d'être finie. Trop d'heures creuses encore, jusqu'à l'aube, qu'ils iront écouler ailleurs. En attendant, ils ne se gênent pas pour hurler des obscénités à quiconque manifesterait la moindre velléité de protestation!

Gabriel cligne des yeux. C'est fatigant à la fin d'être au centre de ces rayons insistants. Effet stroboscopique provoqué par le va-et-vient des policiers qui entrent et qui sortent! Veulent-ils le faire danser? Pas question qu'ils réussissent. Voilà. C'est là qu'il décide de poser la limite. Qu'ils fassent ce qu'ils veulent, jamais ils ne réussiront à le faire se donner en spectacle, et encore moins à lui faire prendre la cadence! Lequel de ces badauds a porté plainte? Il essaye de fermer les paupières. Rien à faire, cette maudite lumière arrive à pénétrer au travers. Il porte un bras devant ses yeux mais aussitôt le baisse. Surtout ne pas donner l'impression qu'il se cache! Pour l'instant, il n'y a rien d'autre à faire que de ronger son frein en attendant. Quoi? Un miracle. Ou tout simplement que les choses suivent leur cours. C'est seulement que, tout à coup, le frappe l'idée que la justice va parfois beaucoup trop lentement.

S'étirant le cou pour voir au-delà de la petite foule, il aperçoit l'enseigne de l'hôtel qui le nargue de loin sans qu'il puisse distinguer les lettres du nom. À cette heure, Estelle se sera sûrement endormie sans l'attendre plus avant. Vite, qu'il lui vienne un flash, l'idée salvatrice à laquelle il n'avait pas pensé et qu'il suffirait d'énoncer. On se rendrait compte de l'erreur en train d'être commise et hop! on le laisserait partir. Malheureusement, les choses se passent rarement ainsi dans la vraie vie.

— Allez, plus vite que ça! fait son mentor, l'entraînant derrière lui.

Un peu plus loin, «Monsieur le commissaire», comme il l'avait surnommé pour le distinguer des autres, arpente le trottoir, donnant des ordres ici et là. Rendu devant la porte du café, il se retourne, parcourt du regard l'ensemble de sa troupe, l'air mécontent devant leur absence apparente d'enthousiasme, comme s'ils avaient préféré rester dans la tiédeur bien tranquille du commissariat:

— Giovanni! dit-il, s'adressant au garde-chiourme auquel Gabriel est enchaîné par des menottes. Qu'est-ce que tu attends pour me reconduire celui-là à son hôtel?

Surpris un moment, comme s'il se reprochait de ne pas avoir compris les instructions comme il faut, Giovanni s'arrête, immobilisant Gabriel du même coup. Quant à celui-ci, cette promesse résonne dans sa tête comme une libération anticipée.

«Le malentendu se résout!» Oui, il le savait depuis le début que tout finirait par s'arranger. Il avait seulement cru que ça prendrait un peu plus de temps. Enfin le cauchemar est fini, on va le rendre à la liberté et à Estelle qui l'attend dans cet hôtel en bas de la rue. Malgré l'heure, il réveillera ce con de concierge pour l'engueuler et lui fera cracher le numéro de la chambre d'Estelle. Il ira cogner, la forcera à ouvrir. Sinon, qu'en faire de cette liberté retrouvée? Si on l'apprécie tellement quand on ne l'a pas, sitôt récupérée, on n'a rien de plus pressé que de l'aliéner à quelqu'un d'autre. À ce moment, le reste de la troupe éclate de rire. Fausse joie, la nouvelle n'est qu'un canular méchant. Au moins comprend-il tout de suite qu'il a intérêt à se blinder. À partir de maintenant, il ne se laissera plus prendre dans des pièges aussi grossiers, c'est certain.

— Tout un hôtel! finit par articuler le policier bouc émissaire, fâché de s'être fait prendre par cette facétie de son chef, l'air de regretter de ne pas y avoir pensé de son propre chef, s'efforçant de s'élever à la hauteur de cet humour que le «commissaire» impose autour de lui comme un signe obligé de bonheur.

«Ce qui caractérise les régimes totalitaires: tout ce qui est permis devient obligatoire», se rappelle Gabriel, vexé. Comme d'avoir chaque semaine de nouvelles blagues à raconter en rentrant au bureau. Mais les humoristes vendent de plus en plus cher un produit de plus en plus frelaté. Les compagnies de bière, commanditaires habituels des rigolos et des sportifs, achètent sans regarder.

Projeté sans avertissement sur le devant de cette petite scène privée, voulant satisfaire le moindre desiderata de son chef, le policier avait répondu la première baliverne à lui être passée par la tête, parodiant sans le savoir un de ces inénarrables quiz auxquels des vedettes de l'écran sont invitées à participer, et dont les réponses, obligatoirement spirituelles, sont toujours pleines de sous-entendus, comme une assurance tous risques contre le malentendu qui gâcherait l'effet. Le but de l'exercice c'est de faire saliver le téléspectateur, d'induire une légère jalousie. Pas trop, sinon l'honnête travailleur qu'il est changera de poste. De quelles aventures le téléspectateur s'exclut-il en s'avachissant ainsi devant le petit écran maudit? Le policier se maudit à son tour d'avoir choisi ce métier qui l'éloigne de chez lui cinq soirées de télévision par semaine. Comment réussirait-il à attraper quelques bribes de ce brio qui lui échappe à toujours cavaler ainsi après les paumés du port et quelques étrangers de passage? Par contre, comment ignorer que la fonction de ces jeux et de ces quiz dont il est privé pour cause de «service», c'est de faire rêver d'un fruit défendu qui n'existe que comme illusion dans le paradis terrestre du vedettariat nombriliste et théâtral? Qu'importe si, dans une autre vie, plus réelle, c'est lui le maître des jeux!

Gabriel ne devrait pas se laisser affecter par cette plaisanterie idiote mais il a beau savoir que cette arrestation résulte d'un malentendu qui finira par se dissiper, quand cette mésaventure sera terminée, sa trace sera indélébile et il se reprochera toujours d'avoir été leur souffre-douleur, de ne pas avoir eu le courage de s'y opposer sur-le-champ en y mettant toutes ses énergies. Vrai qu'on ne peut gagner toutes et chacune de nos batailles... Il faut savoir choisir ses combats. Dans quelle mesure le peut-on vraiment? N'empêche, on est esclave pour autant que l'on consent, quand on admet l'ordre dans lequel les choses se présentent d'une manière qui ne nous agrée pas.

— Allez! Viens par ici, toi! l'enjoint son ange gardien.

Cela fait l'effet d'un signal pour tout le monde et chacun se met à s'agiter et à courir en direction des voitures, banalisées ou non. Certains, simples figurants en uniforme dans ce spectacle à grand déploiement, s'engouffrent par grappes entières dans les cars qui n'attendent qu'eux pour repartir. Arrivés à la voiture de police stationnée un peu en retrait, le Giovanni en question lui fait mettre les mains sur le toit pour le fouiller. Au loin, une portière claque puis l'auto du chef disparaît dans un crissement de pneus en faisant le tour de la Piazza Acquaverde. L'ange gardien rote bruyamment, paraît soulagé et l'atmosphère se détend d'un cran supplémentaire. Il soulève délicatement le siège et invite Gabriel à prendre place dans la voiture, une Fiat minuscule, petit insecte tenace qui ne cesse de titiller les géants. Rien à voir avec ces bolides américains. «*Put a tiger in your tank...*» Sauf que, dans chaque Chevrolet, ou Ford ou Chrysler, il y a une voiture de police qui sommeille, gigantesque marché, tandis qu'avec cette puce, tout ça n'a pas l'air vrai.

Les ombres recommencent à s'agiter dans tous les sens devant le café. Une nouvelle silhouette apparaît dans l'entrebâillement de la porte. Celui-là a la tête basse et les menottes attachées derrière le dos. Ouf! c'est du sérieux, cette fois! Peut-être avaient-ils de bonnes raisons finalement pour cette petite virée au *Dall'Uomo*? Ayant attrapé leur homme, s'empresseront-ils de le relâcher? Maintenant, ça lui était indifférent. Comme si, pour une fois, il voulait aller au bout de cette aventure dérisoire. Il ne fallait pas qu'elle avorte prématurément. De se sentir innocenté, il a presque honte. Un innocent est toujours pauvre. Pôvre innocent... En général, les coupables ont plus de facilité à survivre. Être innocent, c'est dangereux, l'innocence en a déjà conduit plus d'une au bûcher, et même un à la croix! Un état d'amnésie temporaire, un moment d'inattention et c'en est fini de lui.

Le siège de l'auto est d'une saleté répugnante. Pas grand-chose à dire là-dessus, sauf qu'il y a cette masse noire, là, sur la tablette entre le siège et la vitre. La chose l'attire. Irrésistiblement. Que personne ne se soit aperçu de cette présence écrasante le sidère. Car c'est bien de cela qu'il s'agit pourtant, avec cet objet qui lui bouche la vue devant la lunette arrière.

Le policier revient, contournant l'auto, le même qui l'avait fouillé tout à l'heure. Il monte devant et démarre en trombe sans lui parler. *Arrivederci!* Exit le *Dall'Uomo*... Pas le moment de faire une bêtise, en tout cas... Il revient à cette «chose» sur la tablette, une authentique mitraillette Uzi, fabrication israélienne, donc très efficace, une arme compacte, pareille à celles que tenaient les policiers dans le café. Vue de près comme ça, elle a plutôt l'air d'un jouet avec son gros canon démesuré percé d'un ridicule petit trou noir. N'empêche, manié par quelque tueur en série, le petit trou pourrait cracher beaucoup de dégâts. Mais on n'en est pas encore là. Quoique ça prendrait bien peu de choses... Il y a l'exaspération. La hargne. Et l'occasion. Se faire justice soi-même? Non, se venger, tout simplement. Être coupable enfin, une manière de remettre à qui de droit ce corps dont il ne veut pas, dont il n'a jamais voulu, ni personne non plus. Terme de justice évidemment qui parle de corps du délit et de remise du corps... Dépossédé de tout destin jusqu'à la fin des temps, voilà ce qu'il faudrait. L'arme à portée de la main, il se sentirait l'âme d'un martyr ou d'un fou de Dieu, c'est la même chose, desperado habituel plein d'un désespoir insensé en même temps que d'une envie irrépressible de se faire une justice expéditive une fois pour toutes. Déluge ou fin du monde, le choix du terme vous appartient! Voilà qui vous scelle un destin! Pour le moment, c'est tout ce qui importe. Être ou ne pas être, version arcade supersonique. Libération conditionnelle assurée le premier janvier de l'an 2030!

Devant l'injustice, même mineure, il a toujours été prêt à se transformer en Rambo ou en James Bond. Mieux, en Pierrot le Fou suicidaire lancé sur les routes de France et de Navarre. Surtout maintenant que les frontières sont abolies! Les postes de contrôle désaffectés le long des routes témoignent que toute guerre est absurde. Les seules barrières qui restent sont celles de la langue. Passage du français à l'italien et vice versa. Quant aux guerres privées, souvent plus cruelles, jamais on ne réussira à les éradiquer complètement. Il lui suffit de brandir l'Uzi. Une manière de se dépouiller de tout. La suite ne lui appartient pas. Plus de maison, d'obligations, de choix. Renoncement définitif. Entrer en prison. La trappe. Trappiste et pendu, même combat. Non, c'est encore trop, il y aurait d'autres choix définis par les autres pour le reste de ses jours quoi qu'il arrive. Il a bien le droit de se défendre, et même le devoir de s'enfuir puisqu'il est innocent! Devoir de résistance. Vite, il érige un rempart de civilisation entre son fantasme et lui! La réalité devient de plus en plus brouillée. Tentation de jouer à la fois l'idiot et le tout pour le tout. Malheureusement, ou heureusement, un autre véhicule suit derrière avec l'autre type «en situation irrégulière»! Et puis, fini de rêver tout haut! En ce moment même, les deux policiers se parlent par radio. En trois minutes, toute la police de Gênes serait à ses trousses et sans doute il n'en sortirait pas vivant! L. craignait particulièrement ce genre d'idées qui lui passaient par la tête quand tout semblait aller mal.

— Méfie-toi, l'avait-il mis en garde. Un jour tes tendances mégalo t'entraîneront beaucoup plus loin que tu ne voudrais. Avec le passé que tu as, on peut s'attendre à tout moment à un retour du refoulé. C'est tout à fait le genre de ratage grotesque qui guette les types dans ton genre. Tôt ou tard, tu vas te retrouver dans les mêmes mauvais draps que tu décris.

«Ce pauvre Althusser!» pense-t-il. Alors pour cette fois il décide de passer et remet ça à la prochaine. Peut-être qu'un jour ou l'autre, il le fera vraiment! Un matin de déprime un peu plus poussée que d'habitude, il se prendra pour Lortie, le petit caporal... Méfiez-vous des petits chefs! Napoléon, Hitler. Anciens caporaux de tous les pays... Improvisation sur le suicide, petite musique de nuit... L'apothéose grandiose qui rachète tout est la logique même du tireur fou! On ne comprend pas cette rage ajournée, que le moment venu, la seule morale possible consiste à les châtier tous pour échapper enfin à leur insupportable indifférence. Et à Sarajevo, comment font-ils? Ceux des ghettos noirs dans les villes américaines? Tant mieux si l'histoire était passée à côté de lui. Surtout, il ne fallait pas tenter le diable en essayant de la déjouer.

De temps en temps, le flic jette un coup d'œil inquiet par le rétroviseur. Gabriel caresse l'arme du doigt comme pour s'assurer de sa réalité, puis retire sa main tandis que la petite voiture se détache, filant à toute allure dans une course folle et un ballet avec l'autre Fiat, accélérations, rétrogradations, freinages. Le cheval sent l'écurie. Et il y a aussi le plaisir de conduire, une grâce comme dans un manège pour tout-petits. Gabriel se retourne pour regarder le reste du cortège filer dans une autre direction, vers un autre café, d'autres pauvres types sans papiers pour authentifier leur droit à l'existence... Au détour d'une rue, près du port à droite en regardant la mer, en allant dans la direction de Rome donc, la ville redevient presque vivante. Il y a des filles dans les rues et des passants, et même quelques voitures de taxi en maraude.

Allez savoir ce qui peut se passer dans la tête d'un «individu», une fois qu'il se sent pris au piège! Devrait-il demander de téléphoner aux Frufrullone? Pas question, ils ne le laisseront pas.

L.?

À Montréal, il n'est que six, sept heures du soir. Ce ne serait que la deuxième fois, ce soir, qu'il le dérangerait. Dans des moments de crise, il avait fait bien pire. Mais encore faudrait-il que ces sbires lui permettent de téléphoner! Alberto? C'est lui, après tout, qui avait proposé le *Dall'Uomo*, ce café infect, comme lieu de rendez-vous. Mais en fait, s'il ne tente pas de téléphoner, c'est qu'il en a assez de leur paternalisme à tous, assez d'Alberto et de L., comme de tous les salauds qui sont déjà tirés d'affaire!

— Alors, puisque c'est comme ça, pauvre con, débrouille-toi tout seul au lieu de venir nous embêter.

L. serait tout à fait capable de lui répondre quelque chose de ce goût-là! Et il aurait raison. Quant à Alberto, ça ne servait même à rien de poser la question. Le plus probable, c'est qu'il avait lui-même téléphoné aux carabiniers, question de lui donner une leçon. «... Un étranger louche au *Dall'Uomo*, assis seul à une table dans le fond. Pour passer inaperçu, il fait semblant de lire un journal italien.» Le message qu'Alberto lui avait fait passer par le garçon de café pourrait bien être un moyen pour lui faire savoir que c'était lui l'auteur de cette mauvaise farce! Selon L., le problème central était toujours celui de la dette. Il a beau dire celui-là, les types dans son genre, et Alberto le premier, emploient toujours les mêmes stratagèmes empruntés à la maffia! Arrangez-vous pour que quelqu'un ait le sentiment qu'il vous doit quelque chose et vous le tenez dans votre main jusqu'à la fin des temps. Attention! Pas question de rien donner de réel, il suffit de créer un sentiment de crainte ou de gratitude, d'espoir et de culpabilité...

Alberto aura tout de suite téléphoné à L. «En ce moment même, pense Gabriel, ils doivent tous les deux être en train de s'étouffer de rire en se demandant si je vais réussir à me tirer d'affaire sans eux pour une fois.»

Estelle?

La mésaventure qui lui arrivait risquait de faire déborder un vase déjà dangereusement plein. Mais on n'allait quand même pas le garder en prison toute sa vie parce qu'il avait mangé un sandwich dans un café quelque part entre dix heures et minuit. Passeport en poche ou pas! Les prisons sont surpeuplées, et puis, avec toutes ces enquêtes *mani pulite*, les Italiens vont avoir besoin de place. Politiciens et fonctionnaires, vous verrez, ils y passeront tous à la fin!

Et si ce n'était pas Alberto?

Estelle?

Elle serait tout aussi capable de lui jouer ce genre de tour, si elle croyait que ça pouvait le «faire réfléchir». À quoi? Elle n'avait jamais voulu répondre à cette question, se contentant de faire une moue légèrement dégoûtée.

La petite Fiat fait le tour d'un haut et long mur de ciment, de toute évidence la centrale de police ou la prison de Gênes, la *Ques-*

tura. Ils sortent tous les deux, Gabriel et le type dans la voiture qui suit.

— Hibernatus! s'exclame Gabriel, reconnaissant aussitôt le voleur de la dame.

Les portières des deux voitures claquent, comme en écho l'une à l'autre. Le bruit de moteur s'éloigne. Du geste, les gardiens les invitent à les précéder à l'intérieur.

— Nom, prénom, domicile permanent, domicile à Gênes... demande l'un.

L'homme s'avère apatride, vivant en Bosnie centrale, originaire de la région de Cluj en Roumanie, un village dont il se refuse obstinément à préciser le nom malgré les demandes répétées des deux gardiens sérieusement embêtés par ce refus.

— J'ai signé une renonciation de citoyenneté, dit-il.

À une demande de dire son nom, il dit s'appeler «Douchan», mais sur la feuille il inscrit «Dusan».

— Prénom serbe en plus! dit le gardien.

— Mais les gens m'appellent Duke, dit-il.

— Gitan, hein! fait un gardien, du ton de celui qui en connaît un bout sur les hommes.

— Si vous voulez! répond Duke.

— Encore un dont on ne saura jamais d'où il vient précisément, dit un gardien à l'adresse de son confrère.

À ce moment, le deuxième gardien s'empare des fiches, et jaugeant ses deux «clients», il coche les cases appropriées, inscrivant leurs taille, poids, couleur des yeux, et même le type de nez crochu qu'ils ont.

— Donnez vos effets personnels, ordonne-t-il.

Gabriel vide ses poches. Le contenu, argent, clés, portefeuille, et même sa ceinture et ses lacets de souliers sont enfouis dans une grosse enveloppe qu'on les invite à sceller eux-mêmes. La colle a particulièrement mauvais goût. Le gardien reprend les enveloppes puis leur fait signer sans autre explication un vague consentement avant de les enfermer dans la cellule attenante.

La porte refermée, Gabriel se met à faire les cent pas, réfléchissant s'il n'y aurait pas moyen de faire connaître sa situation à Estelle. Non qu'il voudrait qu'elle vienne le tirer de là! Seulement qu'elle sache enfin où il se tient face à elle, en prison ou ailleurs. Et que lui aurait dit L. à ce sujet?

— Vous serez bien toujours le même, l'avait-il rabroué, une fois. Pourquoi faut-il toujours que vous interprétiez les choses en termes de culpabilité? Quelque chose se serait passé à Gênes? Et puis après? Il se passe toujours quelque chose. Qui vous le demande à la fin? À vous sentir obligé comme ça de toujours tout avouer, vous finirez par ne plus exister du tout. Et elle? S'il y avait vraiment eu quelque compte qu'elle serait en droit de vous demander de rendre, pourquoi ne l'a-t-elle pas fait? Cette manie que vous avez tous de vouloir tout dire! C'est impossible, entendez-vous? Tant que vous vous entêterez, vous n'en sortirez jamais. Non, la vraie question, c'est qu'elle finisse par le dire si quelque chose l'embête. Pourquoi aurait-elle attendu tout ce temps? Surtout n'allez pas vous jeter au-devant d'elle, elle ne vous lâcherait plus! Si vous persistez à justifier vos moindres gestes comme un écolier, eh bien! tant pis pour vous!

Tout en méditant comment ces paroles pouvaient s'appliquer à sa situation actuelle, Gabriel n'arrête pas de parcourir les trois mètres de la cellule dans un aller-retour décidé, bien déterminé à avoir le moins de contacts possibles avec Duke. Mais à la fin, il n'y tient plus:

— C'est pour le sac de la dame qu'ils t'ont piqué? demande-t-il.

— Quel sac? ment Duke, l'effleurant d'un sourire comme si la candeur de son regard suffisait pour chasser cet épisode loin derrière eux.

Quand même, la glace était brisée et il était soulagé que Gabriel ne le boude plus.

— Je me promenais du côté de la gare, dit-il. Je suis entré dans ce café. Et... je n'ai pas de papiers, soupire-t-il enfin. *E tu?* demande-t-il en italien.

— Même chose. Mes papiers sont restés à l'hôtel.

— *Domani*, pfft!... fait alors le Monténégrin pour l'encourager, accompagnant son dire d'un geste d'envol avec le bras.

Le temps se remet à passer à reculons. Après un moment, Duke avise le lit et s'assoit dessus. Gabriel se lève et recommence à arpenter les quatre pas de la cellule. Après une quinzaine de minutes, Duke l'interpelle à son tour:

— Arrête de marcher comme ça en évitant de me regarder, ça me fatigue!

— D'après toi, combien de temps est-ce qu'ils nous garderont ici encore? demande Gabriel.

— Jusqu'à demain matin. Après, ils vont décider ce qu'ils font avec nous. C'est la première fois qu'on te met dedans? demande Duke à son tour.

— Euh, je crois, répond Gabriel.

Quant à Duke, il avait déjà été arrêté plusieurs fois. Chaque fois pour des histoires ridicules de papiers qui ne sont pas en règle. Et toujours le nord de l'Italie, Milan, Turin et Venise, sans compter la Suisse et les autres pays autour.

— Ma prochaine étape, c'est l'Angleterre, dit-il. Je veux apprendre l'anglais. Tu parles anglais?

— Oui. Tu voudrais aller en Amérique? demande Gabriel

— Où aller à part l'Amérique? répond Duke, songeur. Et comment faire autrement que ce que je fais? Bah! ce sont les risques du métier. Ils me suivaient depuis un moment. En sortant du train, j'ai pris un taxi jusqu'à Brignole. C'est l'autre gare. C'est là que j'ai mes «affaires», dit-il. Quand j'ai vu arriver la caravane de petites autos, je suis reparti en sortant par une autre porte. Ils avaient eu des informations, peut-être. Ils savaient que j'allais dans ce café. Je suis entré. Je ne me suis pas assis. Je suis allé directement dans l'arrière-salle. C'est à ce moment qu'ils sont arrivés. Une fois déjà, je les avais semés en sortant par derrière. Cette fois-ci, la porte était fermée. Exprès, je pense. Le patron aurait pu m'avertir! Il aurait pu laisser ouvert aussi. Il ne l'a pas fait. Ça n'aurait servi à rien de toute façon, ils avaient posté quelqu'un à l'extérieur. Le patron m'a vendu, c'est certain. Je lui dois un peu d'argent que je n'ai pu lui rendre. Mais, tôt ou tard, il va me le payer et ce sera cher.

Heureusement pour lui, les policiers n'ont pas encore fait le lien avec le vol dans le train et Duke espère bien s'en tirer encore une fois sans trop de dommage.

— Pourvu que la chance ne m'abandonne pas! Les Italiens marchent sur des œufs, dit-il. Ils ne peuvent décemment me renvoyer de l'autre côté de la frontière. Et puis, on ne peut pas nous mettre dans des camps, d'autres viendraient; les camps, c'est mieux que la mort.

— Et quelqu'un viendra te tirer de là? demande Gabriel.

— Ma plus jeune m'a vu en train de me faire piquer! dit Duke avec fierté. Au moins, ma famille sait où je suis. Malheureusement, il y a peu de choses qu'ils peuvent faire. Ils n'ont pas de visas non plus. Nous sommes des «gens du voyage», comme disent ceux qui n'osent même plus nous nommer. Tziganes, bohémiens, romanichels, gitans, gypsies...

— Et alors?

— Personne ne veut de nous. En ex-Yougoslavie comme partout en Europe, il n'y a qu'une chose sur laquelle ils s'entendent tous: les tziganes, couic! Dès que les circonstances permettent de le faire sans que ça laisse trop de traces. Si je fais prévenir les autres, je me trouve à les dénoncer en même temps et ils risquent d'être retournés là-bas eux aussi, ou encore plus loin vers l'est, en Roumanie. D'un autre côté, eux ne se résoudront jamais à m'abandonner, je le sais!

— Et ça ne te gêne pas de voler les gens dans les trains? demande Gabriel.

— Cesse de m'accuser de tout et de rien comme ça! Tu ne sais pas ce que c'est qu'être tzigane.

— Tzigane ou non, t'es un voleur, non?

— Ni plus ni moins que vos Indiens sont des braconniers et des contrebandiers! Bien avant qu'il y ait des États, les gens du voyage parcouraient l'Europe.

— En chapardant!

Le Monténégrin se contente de sourire:

— Eh là! Qu'est-ce que c'est que ce racisme! dit-il en se levant. D'abord, c'était la règle du jeu à l'époque et que je sache, personne ne nous a consultés pour en changer? Et puis, pas tous et pas toujours, corrige-t-il en martelant bien ses mots pour se faire comprendre. Mais souvent on est forcé. Ou on se fixe quelque part et on nous jette avec mépris un peu de quoi manger, en échange de quoi on nous vole nos enfants, c'est-à-dire qu'on les met à l'école et après deux ou trois ans ce ne sont plus des tziganes que de nom! Ou alors on choisit de rester avec ce qu'on a et on repart sur les routes comme on a toujours fait. On reste tziganes, seulement il faut bien manger, alors c'est un cercle vicieux.

— Et dire que je te prenais pour Hibernatus!

— Qui est-ce?

— Hibernatus, tu ne sais pas qui c'est?

— Ce n'est pas moi en tout cas.

— Un peu, oui. Mais non, ne te fâche pas, c'est seulement que je ne savais pas ton nom à ce moment-là.

— Hibernatus ou pas, personne ne m'empêchera jamais de revenir en Italie, m'entends-tu! dit le gitan, comme une menace. Ils peuvent m'expulser autant de fois qu'ils voudront, je reviendrai toujours! fait-il, crachant par terre pour mieux l'affirmer. Par contre, si j'étais toi, je ne m'inquiéterais pas. Tes papiers sont en règle, ils finiront par s'en rendre compte et à ce moment-là ils n'auront d'autre choix que de te relâcher. *E basta!*

Le gitan est un personnage gelé qu'on invente et qui existe bien malgré tout quelque part.

Une demi-heure passe encore. De nouveau des pas dans le couloir. Les gardiens s'amènent avec de nouveaux pensionnaires. Duke et lui doivent céder la place, on les transfère ailleurs. Cette fois, Gabriel suit les gardiens sans appréhension aucune. Une demi-heure à peine de conversation avec Dusan aura suffi pour faire de lui un vétéran des prisons italiennes, presque un récidiviste, apprenti maffioso tant qu'à y être! Les gardiens leur font descendre un escalier tournant aux vieilles pierres usées et ils se retrouvent rapidement à l'étage au-dessous devant la porte d'une autre cellule. L'air y est particulièrement humide. Ce soubassement doit dater du moyen âge! Heureusement, cette humidité s'accompagne d'une certaine fraîcheur. Dans la grande salle basse, se trouvent déjà une douzaine de personnes qui s'agglutinent aussitôt autour d'eux, leur demandant des nouvelles de l'extérieur. Sauf pour un qui ronfle bruyamment sur un tablier de bois qui fait tout un coin de la cellule.

— Tu as des cigarettes, demande quelqu'un, avec l'air avide de quelqu'un qui serait privé d'oxygène depuis trop longtemps.

Gabriel apprécie que le peu de connaissances qu'il a glanées en parlant avec Duke lui permettent d'apprécier à peu près correctement la situation. Il recule un peu, se méfiant des caïds qui essayeraient de le prendre sous leur protection. «Ce genre de situation est de maniement particulièrement délicat, lui avait expliqué Duke. Tout est dans l'établissement d'un rapport initial qu'il suffit ensuite de manipuler pour qu'il échappe au contrôle de la victime choisie en employant au besoin une force extrêmement brutale. Le secret, c'est de garder ses distances. Ne rien demander, ne rien donner.»

— Je ne fume pas, répond Gabriel.

— Y a que ça à faire ici, fumer, rétorque le prisonnier, comme si ça n'avait pas d'importance.

Qu'importe qu'il fume ou pas, il devait lui donner une cigarette, à charge pour lui de se débrouiller pour en trouver.

Mais Gabriel éprouve à son tour une envie furieuse de fumer. Six mois qu'il a cessé. Estelle encore. Santé. Longévité. Elle l'a plus ou moins exigé. Ses exigences n'ont plus eu de bornes depuis quelques mois. Pour passer le temps, il se remet à arpenter la cellule relativement vaste, beaucoup plus grande que la première. Par contre il n'est plus seul à marcher de long en large. De temps en temps, il bute sur un bouchon dans un coin ou l'autre de la pièce. Et puis, il doit faire attention de ne pas se cogner sur quelqu'un qui aurait préféré se coucher par terre en travers de la cellule plutôt que sur le tablier de bois.

Avec Duke tout à l'heure, il avait appris l'essentiel. Première règle, toujours s'arranger pour ménager la susceptibilité de compagnons de cellule aux réflexes plutôt vifs. Ne pas leur piler sur les pieds, en fait. Le reste de sa culture carcérale provenait de vieux magazines feuilletés lors des visites annuelles chez le médecin. Elle risque d'être beaucoup plus étoffée à la fin de la nuit. En attendant, mieux valait être prudent. Sinon, gare à lui! Il avait noté que le potentiel de haine qui se trouve dans tout groupe avait tendance à se fixer sur lui. Allez savoir pourquoi, il réussit toujours à se faire prendre en grippe et à devenir le souffre-douleur quand il se trouve en présence d'un tyran quelconque. S'isoler représentait une tentation toujours présente, mais c'est une solution qui comporte aussi ses dangers. En cas d'agression, il n'aurait pas d'allié. Surtout, ce n'est pas le moment de transformer cette mésaventure banale en mini-tragédie, de sortir d'ici avec un œil au beurre noir ou le nez cassé!

Passent encore une dizaine de minutes puis la porte s'ouvre et une voix hurle deux noms, dont un qu'il ne reconnaît pas tout d'abord comme étant le sien:

— Dji-gouér-ré!

Mais qu'importe, et Duke se contente de lui tendre une des couvertures de laine rude que le gardien leur avait jetées. Gabriel prend la couverture et décide de s'étendre sur le tablier de bois qui couvre tout le fond de la cellule, s'installant à bonne distance d'un dormeur qui ronfle bruyamment. Celui-ci doit sentir sa présence près de lui. Instinctivement, il se tourne vers Gabriel qui doit le repousser plusieurs fois, les rêves érotiques de cet entreprenant personnage lui faisant prendre n'importe quel refus pour je ne sais quel jeu amoureux, comme l'en prévient aimablement un codétenu. Et effectivement, l'homme revient à la charge bien que Gabriel ait déjà changé de place plusieurs fois. Il est même allé s'installer à l'autre bout du tablier qui fait bien quatre ou cinq mètres de long. Mais c'est peine perdue. Il a réveillé un sixième sens ou une sorte de flair animal chez ce pauvre type qui le convainc qu'il y a quelqu'un avec lui sur cette couche et qui le fait insensiblement dériver dans sa direction. Après chaque nouvel échec, le type redouble son effort. Il se décide à porter le grand coup. Dans une tentative désespérée pour parvenir au corps à corps orgastique, il lance sa couverture à l'écart et se laisse tomber brusquement là où il devine une présence humaine.

— *Venga! Venga!* supplie-t-il, se relevant, le regard halluciné.

L'odeur forte d'alcool prend Gabriel à la gorge et se mêle à une autre, aussi forte, d'urine et de merde qui sort par tous les pores de la peau du pauvre type. En même temps, son bras fend l'air dans une vaine tentative d'attraper Gabriel par quelque extrémité. Suivent des mots incohérents auxquels celui-ci se contente de répondre par des gestes d'incompréhension désolée. Fâché de cette résistance inattendue, le dormeur se réveille brusquement de son rêve libidineux et se dresse pour le regarder avec stupeur. Puis il jette un regard circulaire dans la cellule. Manifestement, il ne se rappelle pas être venu ici de son propre gré. Alors, totalement abasourdi de se trouver dans un aussi étrange endroit, aussi brusquement qu'il s'était levé, il se rabat sur sa couche, émettant un pet sonore qui se confond avec un dernier ronflement désespéré! Tout autour, les promeneurs obstinés de cette cellule trop petite se sont arrêtés. Ils s'esclaffent en chœur. Mais rien au monde n'aurait pu décider Gabriel à retourner s'étendre aux côtés du soûlard, un marin argentin, selon Duke qui s'était renseigné.

— Son bateau part à cinq heures ce matin et le capitaine a refusé de venir payer l'amende.

— Qu'est-ce qui va lui arriver?

— Le capitaine finira par venir le chercher, autrement on empêchera son bateau de repartir à moins de verser une grosse caution. C'est lui, après tout, qui est responsable de ce que font ses marins lors d'une escale. T'en fais pas, il paiera. Mais tôt ou tard, il lui fera payer très cher en retour!

La nuit finit par passer comme ça en petites choses. Les deux hommes qui leur avaient succédé dans la première cellule viennent les rejoindre à leur tour puis deux autres, puis plus rien.

— Les vérifications d'identité arrêtent vers deux ou trois heures du matin, lui explique le détenu qui l'avait mis en garde contre l'Argentin tout à l'heure. Passé cette heure, il en arrive quelquefois un ou deux qui ont été pris dans une bagarre mais c'est plus rare.

Il consulte sa montre, soucieux:

— Il est deux heures du matin. C'est l'heure, dit-il. Moi c'est Gino, tu veux un café?

— Et où trouveras-tu le café ici, et surtout à cette heure-là? demande Gabriel, pensant à une blague.

— T'occupe pas! C'est moi qui offre! tranche celui-ci, ayant finalement compris à quel néophyte il avait affaire en ce qui concerne l'univers carcéral italien, et aussi probablement pour deux ou trois autres choses essentielles pour mener une vie confortable, quoique dangereuse, à l'extérieur des murs d'une prison.

Après avoir fait le tour de deux ou trois personnes pour répéter son offre, Gino s'approche de la porte et se met à cogner dedans à poings fermés, réclamant la garde avec autorité, un véritable ordre presque hurlé auquel les deux gardiens obtempèrent aussitôt, arrivant en courant, réagissant beaucoup plus vite qu'à leur arrivée à la prison tout à l'heure. Dans cette prison, lui explique Gino, les gardiens fournissent le café contre rémunération pour arrondir leurs fins de mois. Le font-ils infuser eux-mêmes ou y a-t-il un bar dans les environs qui resterait ouvert toute la nuit pour desservir la prison?

— Avec un peu de lait pour moi si possible, avait seulement glissé Gabriel.

— Ah! un cappuccino?

— Non, non, un allongé, ce qu'on appelle en France «une noisette», si tu vois ce que je veux dire...

Après cette petite diversion, les petits groupes de détenus se recomposent autrement, sans qu'aucune logique, même une logique «d'affinités», ne vienne justifier ces bizarres alliances. Après tout, il faut bien trouver quelque chose à faire en attendant que la nuit passe! Gabriel n'a certainement pas envie de retourner se coucher à côté de son Argentin au cœur trop tendre. À intervalles fixes, celui-ci se lève brusquement sur sa couche comme un coucou sortant de son horloge et parcourt la cellule de son regard hagard de fou ivre mort avant de se recoucher aussi sec de la même manière qu'il l'avait fait avec Gabriel. Il a seulement un air un peu étonné que personne ne soit intéressé à venir le tenir au chaud.

À force de tourner en rond dans la cellule, l'envie de fumer reprend Gabriel. Aussi quand il voit Gino en train de tirer la première bouffée d'une *Nazionali*, il lui demande de lui en donner une, jouissant par avance de la transgression de ce tabou qu'il s'est infligé à la demande d'Estelle. Par contre, la transgression s'accompagne d'un léger écœurement, comme si l'habitude était déjà perdue à sa grande stupéfaction. Quelques bouffées et tout retourne dans l'ordre et il en est déjà à sa deuxième sèche quand les gardiens reviennent avec les cafés. Le café leur est servi très chaud dans des tasses en porcelaine apportées sur un plateau d'argent terni. Il boit d'un trait. S'il le pouvait, il en boirait bien trois autres!

— J'aurais dû demander qu'ils m'apportent des cigarettes aussi.

Il lui avait fallu en fumer deux et l'habitude l'avait repris.

— Pas de problème! dit Gino. Ils ne demandent pas mieux que de retourner. Le tarif est de 2 000 lires de pourboire minimum. Quand ils ont cinq commandes, ils prennent leurs jambes à leur cou pour y aller!

Devant l'embarras manifeste de Gabriel, il prend les choses en main et se remet à cogner vigoureusement dans la porte. Aussitôt, l'un des deux gardiens rapplique.

— Et avec quoi est-ce qu'on paye? demande Gabriel. Ils m'ont pris tout mon argent quand je suis entré.

— Bah! T'occupe pas de ça, fait-il avec un geste vague. Demain matin, quand ils te remettront ton enveloppe, il te feront ton addition en même temps. Ils savent exactement combien tu as dedans. Et ne t'en fais pas pour eux, ils ne te laisseront jamais partir sans que tu les aies payés! Tu as un peu d'argent au moins? fait-il, inquiet.

— Une centaine de milliers de lires, si je me rappelle bien.

— T'inquiète pas alors, fait-il.

Gabriel en fait venir deux paquets qu'il partage avec qui en veut. Le reste de la nuit, il le passe à parler avec Gino qui se dit anarchiste et aurait été amené ici parce qu'il refuse que l'État le force à s'identifier.

— Une question de principe! dit-il.

Depuis une dizaine d'années, ça doit bien faire trois ou quatre fois qu'il se fait prendre dans une rafle, toujours la nuit.

— Mais je me suis fait arrêter bien plus souvent. Ils me connaissent maintenant. La plupart du temps, ils me laissent aller. Une fois de temps en temps, ils tiennent quand même à montrer que ce sont eux les maîtres. Tu lis l'italien? demande-t-il à brûle-pourpoint.

— Un peu, répond Gabriel.

— Tu dois connaître quelques auteurs.

— Quelques-uns.

— Elsa Morante?

— Oui.

— Pavese?

— Oui.
— Calvino?
— Oui!
De quoi parler, enfin! C'est encore ce qui est le mieux pour être tranquille.
— Tu es américain? demande le type qui avait exigé de lui qu'il lui donne une cigarette tout à l'heure.
— De Montréal.
— Dommage.
— Pourquoi?
— J'aurais préféré New York ou Chicago. J'aurais eu des questions à poser.
— Comment tu t'appelles? demande Gabriel.
— Emilio, répond-il, méfiant à son tour. Et toi?
— Gabriel.
— Attention, fou dangereux, lui glisse Gino, passant à côté de lui. Tu connais Sciascia aussi, évidemment?
— Oui!
Pendant qu'ils cherchent à établir ces ponts littéraires, Emilio les observe de loin, l'air agacé, comme si la présence de Gino était un frein qui l'empêchait de reprendre contact avec Gabriel. Mais qu'importe s'il n'ose l'aborder directement, il change de tactique tout simplement et le fait exprès pour le bousculer légèrement à chaque fois qu'il le croise autour de la cellule, comme pour forcer Gabriel à prendre en compte son existence.
— Tu pourrais faire attention un peu! dit-il, comme si c'était Gabriel qui l'avait heurté.
— Excuse-moi, fait celui-ci sans d'abord porter attention à la manœuvre...
— Montréal, ça doit être sale! Comme New York! ajoute-t-il comme s'il pouvait savoir comment c'est sale, New York.
Gabriel réfléchit avant de répondre:
— Propre comme Milan à peu près. «C'est-à-dire plus que Gênes, probablement.»
— Tu travailles là-bas? poursuit Emilio d'un ton qui exige une réponse.
— Oui, fait Gabriel.
— Qu'est-ce que tu fais?
— Un peu de radio.
— Pfft! fait-il, l'air de ne pas le croire.
Et c'est lui pour une fois qui lui tourne le dos!

Mais voilà qu'un comparse aborde Gabriel à son tour, recommençant plus ou moins le même manège...

— Eh, toi là-bas! fait celui-ci, d'un ton autoritaire.

Mais le ton de Vito s'adoucit tout de suite une fois qu'il réussit à capter l'attention de Gabriel. Apparemment, pour la suite de l'opération, contrairement à Emilio, il favorise plutôt les méthodes qui font appel à la séduction. C'est ainsi qu'il laisse entendre qu'il dispose de moyens d'intervention auprès de certains gardiens dans cette prison. Puis il suggère habilement que ses «contacts» seraient en mesure de faire avancer l'heure de sa comparution et aussi celle de certains de ses amis dès le début des audiences du matin, puis encore qu'il pourrait jouer de son influence pour obtenir une date de convocation la plus rapprochée possible pour Gabriel, moyennant certaines considérations sur lesquelles il n'élabore pas.

— Je devrai rester ici longtemps? questionne Gabriel, évidemment avide d'en apprendre le plus possible sur les usages de la maison et craignant tout à coup d'avoir mis le pied dans un engrenage beaucoup plus important que ce qu'il avait cru jusque-là.

Selon Vito toujours, il était inévitable qu'il soit convoqué tôt ou tard. La date pouvait varier, le délai pouvant aller de dix jours à trois mois, selon la discrétion judiciaire. Dépendant des circonstances, son séjour en prison pourrait être encore plus long et il était peut-être en mesure de faire alléger les conditions de sa détention, le cas échéant.

Ayant prononcé son oracle, énigmatique, Vito s'éloigne, aussitôt relayé par Dario, le troisième larron de ce petit groupe qui, lui, tient absolument à gager avec Gabriel. N'importe quoi, une cigarette. Ou deux? Par exemple que le gardien passera faire sa ronde d'ici dix minutes ou qu'on l'amènera devant le juge instructeur avant Gino:

— Mais comment tu vas la gager, cette cigarette? le coupe celui-ci. Tu n'en as même pas pour commencer!

— Pas de problème! Il suffit d'en emprunter une, rétorque Dario sur le même ton.

Et pour prouver que ce problème n'en est pas un, il se tourne vers Gabriel:

— Eh toi! Donne-m'en une, ordonne-t-il.

À part le ton, Gabriel n'a pas de raison de refuser. Alors il prend lentement son paquet et, souriant, le lui tend.

— Tu vois, fait l'arnaqueur triomphalement, se retournant vers Gino.

Ensuite, en faisant rouler sa musculature, il tient à gager avec Gabriel lui-même la cigarette qu'il vient de lui extorquer:

— Je te gage que je fais changer l'Argentin de cellule, dit-il, ayant deviné la répugnance de Gabriel pour l'ivrogne toujours ronflant sur son tablier de bois.

Et sans attendre la réponse, Dario se dirige vers lui. Mais Gino l'intercepte:

— Nous ne voulons pas gager, dit-il fermement, en insistant sur le «nous».

— Bah! Quelques claques sur le nez, ça n'a jamais fait beaucoup de mal! Et arrangé comme il est, il ne s'en apercevra même pas!

— Je ne veux pas, insiste Gino, tout aussi fermement.

— Dans son état, est-ce qu'il ne serait pas mieux à l'infirmerie? plaisante Dario.

— L'humour de celui-là est léger comme une dalle de béton, dit Gino à l'adresse de Gabriel.

Dario n'a plus le choix, il éclate de rire:

— Bon, puisque vous ne voulez pas, feint-il de regretter, rien ne servirait de m'obstiner!

Et en disant cela, il se jette sauvagement sur l'Argentin, le bourrant de coups de poings dans les côtes.

C'est un moindre mal. Surpris, l'Argentin réussit à se relever au bout d'un moment et leur fait face, mais il s'aperçoit tout de suite qu'il ne fait pas le poids contre les trois.

— C'était seulement pour rire, dit Dario, en faisant de grands signes.

Ne comprenant pas trop ce qui se passe, l'Argentin trouve sans doute plus avantageux d'en rire lui aussi puisqu'il se recouche après les avoir toisés un moment.

À mesure que la nuit avance, la tension monte à cause de tous ces incidents qui rendent les contacts de plus en plus difficiles entre les occupants de la cellule. L'atmosphère s'alourdit, un équilibre précaire s'établit. «Et si par malheur je devais vraiment passer plusieurs jours ici?» se demande Gabriel.

Au moins, avec Dario, les choses en sont restées là pendant un moment. Mais après une demi-heure, celui-ci revient à la charge et tente d'engager la conversation de nouveau:

— La procédure, ça me connaît, dit-il. Crois-moi, je suis meilleur que bien des avocats.

— Si j'ai besoin d'un avocat un jour, je te fais signe, dit Gabriel, moqueur.

Son affaire est si simple! Lui sait qu'il est innocent. Le seul ici, contrairement aux autres. Trop fatigué maintenant, il n'écoute même plus ce que Dario lui susurre à l'oreille. Il se glisse par terre le long d'un mur pour se reposer un peu et finit par s'assoupir.

Sur le coup de cinq heures, des cris le réveillent. Deux gardiens sont entrés dans la cellule avec quatre hommes du bateau venus chercher l'Argentin. Ce n'est pas un de trop, ils doivent y mettre toute l'énergie des six pour le tirer dehors de force. Manifestement, il ne veut pas retourner sur son bateau celui-là!

Fatigués eux aussi, la plupart des autres occupants de la cellule se sont installés sur le plancher à leur tour. Ils tentent de dormir la tête sur leurs genoux repliés.

— Il y en a encore pour trois heures au moins, dit Vito, qui s'est approché de nouveau avec Emilio et Dario.

Il demande à Gabriel de lui faire une place. Maintenant ils guettent le soleil en train de se lever par l'ouverture du soupirail. De son côté, à mesure que l'heure de l'audience approche, Gabriel devient de plus en plus impatient.

Il ne pense plus du tout à Estelle pour le moment. Ni à L., d'ailleurs. Ni aux Frufrullone. Pour une fois, il est beaucoup trop pris par ce qui est en train de lui arriver.

— Qu'est-ce qui va se passer maintenant? demande-t-il à Dario.

L'attente rend Gabriel un peu anxieux et il ne peut résister à poser la question. Surtout que Dario s'est beaucoup radouci. Il ne cherche plus à l'intimider maintenant. Il demande à Gabriel de lui décrire les prisons en Amérique.

— C'est plus terrible aux États-Unis, affirme-t-il.

— Je n'y suis jamais allé.

— Tu es déjà allé à Miami?

— Oui.

— Alors raconte!

— Qu'est-ce que tu veux savoir?

— Tout. Comment sont les gens, s'il fait chaud tout le temps. Comment sont les ouragans. Est-ce que c'est vrai que les alligators viennent près des maisons? Les Américaines sont-elles si différentes des Italiennes?

— Oui et non...

Mais Gabriel ne se sent pas d'humeur à raconter. Il s'empare d'une couverture qui traîne un peu plus loin, et se cale par terre dans un coin près de Gino l'anarchiste, où il finit par s'endormir au bout de quelques minutes.

C'est un gardien, un nouveau, qui le réveille. Il est en uniforme celui-là et beaucoup plus jeune que les deux de la nuit, l'air d'avoir encore toute une carrière devant lui. Le matin est enfin arrivé, c'est l'heure. Le gardien lui pousse le derrière avec son pied tout en hurlant comme un nazi ou un abruti:

— *Sveglia! Sveglia!*

Gabriel se frotte les yeux et se lève rapidement. La cellule est à moitié vide maintenant et Gino et Duke ont déjà disparu, partis sans même lui dire au revoir. Ne reste que Dario, qui dort lui aussi à l'autre bout de la cellule sur le tablier de bois!

«Estelle se rendra compte en se levant que je ne suis pas rentré», se désole Gabriel. Pas grand-chose qu'il puisse faire maintenant. Il se racle la gorge puis il suit le gardien dans le couloir nettement moins sinistre maintenant que le jour est levé et que le soleil entre par de petites fenêtres près du plafond. En fait, la prison ressemblerait plutôt à un ancien collège religieux comme il y en avait au Québec dans les années cinquante. Le gardien le conduit à travers un autre couloir où des avocats se congratulent et se serrent la main sans faire attention à lui, comme si en tant que prisonnier il n'existait pas. De là, le gardien le fait entrer dans un ascenseur moderne, accessoire incongru dans ce décor d'opéra ou de mélodrame néoréaliste, qui les fait monter deux étages plus haut. Le gardien le fait asseoir sur un banc dans un corridor aussi surpeuplé qu'une urgence d'hôpital, toujours accroché à lui par des menottes que Gabriel regarde avec stupéfaction d'abord, colère ensuite. Il ne peut croire que c'est lui qui est attaché ainsi à cause d'un enchaînement stupide d'événements sur lesquels il exerçait si peu de contrôle. Puis, il essaie de retrouver un certain sens de l'humour qui le ferait relativiser tout ça. Peut-être arrivera-t-il à trouver toute cette affaire d'une drôlerie irrésistible une fois que ce sera fini, mais pour l'instant il est un peu angoissé et se sentirait plutôt ridicule.

Une dizaine de minutes plus tard, un huissier les fait entrer dans le bureau d'un juge en bras de chemise, manifestement habitué à jauger du premier coup d'œil à qui il a affaire. Heureusement, il ne s'agit pas de celui qu'il avait rencontré dans le train en venant de Rome! Mais peut-être ces deux-là se connaissent-ils? Peut-être même que Franceschi pourrait lui servir de référence? Il préférerait ne pas avoir à s'en servir.

— Votre nom? demande le magistrat. Nationalité? Adresse en Italie?

Oubliant Franceschi, Gabriel se met à bafouiller, se lançant dans une explication des incidents de la gare, la via Balbo ou Balbi, il ne se rappelle pas le nom exact. Non plus que le nom de l'hôtel, d'ailleurs. Le *Dall'Uomo*, maintenant. Mais déjà le magistrat ne l'écoute plus, il se tourne vers un adjoint pour lui murmurer quelque chose à l'oreille.

— Asseyez-vous, dit-il tranquillement comme pour le calmer.

Gabriel bafouille tout en s'assoyant, dérapant de plus belle, insistant pour qu'on lui laisse la chance de s'expliquer une bonne fois, critiquant maladroitement le manque de compréhension du «commissaire» lors de son arrestation de la veille. Évidemment, il finit par se trouver lamentable encore une fois et le flot de paroles se tarit de lui-même. Mais ne fallait-il pas profiter du moment pour s'expliquer pendant qu'il est encore temps? D'un seul geste, le juge pouvait décider de le faire revenir dans quinze jours ou trois semaines, le temps de compléter le dossier, d'assigner des témoins, d'engager des avocats. Et cela sans qu'il ait rien à dire, ni à comprendre quoi que ce soit à ce qui lui arrive.

— Je suis étranger. Canadien, lance-t-il finalement dans l'espoir de l'amadouer, légèrement gêné d'avoir à revendiquer cette identité qu'il récuse.

Mais après tout, il faut ce qu'il faut! Le passeport canadien aurait bonne réputation, dit-on. Pour ce que ça lui coûte, aussi bien en profiter. Et d'abord, auprès de qui, cette réputation? Des voleurs de documents, des passeurs d'immigrants clandestins? Sûrement. Mais les autorités, elles? Comment vont-elles réagir devant ce Canadien qui brandirait son ridicule livret bleu comme s'il était rouge? Mégalomanie diplomatique? Ou s'agissait-il d'une ultime réincarnation du fameux petit livre du président Mao? Et encore, il ne l'avait même pas avec lui, ce ridicule carnet, c'était même la raison de sa présence ici.

— Je peux prévenir mon consulat? insinue Gabriel en désespoir de cause, mais il n'avait aucune envie de le faire.

Le juge se contente de lui jeter un coup d'œil sceptique sous ses lunettes. Des protestations de ce genre ne l'impressionnaient pas et ne pourraient amener rien de bon à Gabriel! Puis, une fois assuré qu'il est calmé, le petit juge se remet à son affaire, chuchotant dans l'oreille d'un greffier ou quelque autre adjoint administratif et les choses se mettent soudain à se bousculer et à aller très vite sans que Gabriel comprenne très bien ce qui est en train de se passer. Pour ce juge débordé, ce touriste naïf ne présente aucun intérêt, sauf celui de s'en débarrasser au plus vite, ne serait-ce que pour avoir une demi-heure de plus pour jouer au golf pendant l'après-midi. À moins qu'il ne s'avise de les faire chier tous un peu trop, auquel cas d'autres dispositions tout aussi efficaces pouvaient s'appliquer. Quant à l'adjoint, il s'est mis à téléphoner frénétiquement, fâché de ne pas obtenir de réponse au bout du fil....

— Durée du séjour en Italie? demande le juge, sans attendre.

— Environ cinq semaines, six peut-être.

— Vous comptez rester encore longtemps?

— Jusqu'à demain ou après-demain. La semaine prochaine au plus tard, je dois reprendre l'avion pour Montréal, dit Gabriel. «Sinon, ils me prendront pour un Croate ou un gitan. Ils vont m'expulser comme Duke!»

— Profession?

— Journaliste.

Silence légèrement incrédule.

— Journaliste? répète le présumé juge, regardant l'adjoint d'un air dubitatif. Et je suppose que vous êtes ici en... mission?

— Une interview. Pour la radio.

— Ah, la radio, fait-il soulagé. Que des avantages, la radio. Les paroles passent et pas d'images compromettantes non plus. Est-ce qu'on peut connaître le nom des personnes assez fortunées pour que ça vaille la peine qu'un journaliste canadien se déplace pour venir les interviewer à Gênes? demande-t-il en prenant un ton suave.

— Le couple Frufrullone.

— Ces foutus psychanalystes encore! Qui d'autre? répète le juge en se tournant vers l'adjoint.

À Gênes et encore plus à Rome et à Paris, les Frufrullone sont des emmerdeurs de première, mais puissants. Les regards du juge et de son adjoint se rencontrent comme pour mesurer tous les désagréments qu'ils risquent avec cet innocent dans tous les sens du terme. Si le *professore* pouvait faire un professeur d'université d'un modeste gardien de prison à cause d'une simple lettre adressée aux journaux, ne pouvait-il pas, d'une seule phrase assassine, aussi bien casser la carrière d'un magistrat, aussi puissant soit-il, s'il en décidait ainsi ?

— Continuez, fait le juge. Votre histoire commence à avoir du sens. Et d'abord, cette interview, vous l'avez déjà réalisée ou vous devez encore la faire?

— Je sortais à peine de chez les Frufrullone quand on m'a arrêté.

— Encore plus embêtant, fait le juge. Éventuellement, le couple pourrait se porter garant de votre identité?

— Appelez Alberto, ce sera plus simple, dit Gabriel.

— Alberto. Hum, toute une référence celui-là! s'esclaffe le juge.

«Qu'est-ce que les Frufrullone ont dans la tête pour s'embarrasser d'un fumiste pareil? Brigades rouges, Loge P-2, services secrets..., maffia, voire extrême droite! Avec lui, on n'a jamais su. Peut-être aussi qu'il est mêlé un peu à tout ça. Pour avoir des contacts, il en a, c'est certain! Et si c'était lui, finalement, qui tire toutes les ficelles?» À cette pensée, le juge éclate de rire:

— Ne vous en faites pas, il n'y aura peut-être pas lieu de déranger les Frufrullone. Ni même Alberto.

Pendant qu'il lui donne ces précisions, l'adjoint s'occupe d'obtenir la communication avec la *pensione* Balbi ou Balbo.

— Ce n'est pas bien compliqué, je ne vois que cette pension à cet endroit dans cette rue précise.

Le magistrat reprend l'appareil des mains de l'adjoint et Gabriel l'entend épeler distinctement son nom lettre par lettre, puis après un temps qui lui semble infiniment long, le juge remercie laconiquement la personne à l'autre bout du fil et se contente de lancer un ordre sans même le regarder. Désormais, c'est l'adjoint qui parle à sa place:

— Vous savez, dit-il, c'est très grave de se promener en Italie sans papiers.

Rien que d'y repenser, Gabriel maudit encore une fois le portier de l'hôtel qui l'avait précipité dans cet imbroglio. Mais les choses semblent tourner plutôt à son avantage pour l'instant et il lui paraît plus simple d'assumer la faute que de risquer de s'embrouiller dans ses explications:

— J'ai eu tort de me fier au concierge, dit-il. Mais vous savez, chez nous les papiers n'ont pas l'importance qu'ils ont ici. Quoique ça aussi, c'est en train de changer, malheureusement...

— Vous pouvez vous en aller maintenant, interrompt le juge, négligeant de relever la légère pointe de sarcasme dans la voix de Gabriel.

Le même gardien le prend par le bras pour l'entraîner. Un policier en civil et en bras de chemise, le revolver accroché sous l'aisselle, profite de ce que le magistrat continue ostensiblement de lui tourner le dos pour faire signe que Gabriel vienne le rejoindre.

— Vous pouvez vous en aller, nous n'avons plus besoin de vous, chuchote-t-il au gardien en uniforme, puis il entraîne Gabriel par une porte dérobée dans une pièce attenante, toute remplie de conversations bruyantes d'enquêteurs avec autant de petits malfaiteurs assis devant eux, essayant tant bien que mal de se justifier:

— Avant de vous laisser aller, je dois prendre vos empreintes et les envoyer par bélino à Rome, dit le civil. Une simple formalité. Puisqu'il n'y a rien contre vous, vous serez libre immédiatement.

Il s'empare de la main droite de Gabriel, roule chaque doigt dans l'encre grasse puis sur le papier. Une fois la main finie, Gabriel, de lui-même, tend l'autre mais le policier refuse:

— Pour ça, une seule suffit.

— On peut se laver quelque part?

— Tenez, servez-vous de ça, dit-il, lui tendant un essuie-tout. Vous vous laverez quand vous serez chez vous.

Quelques minutes plus tard, le résultat de la recherche revient, négatif. Il n'y a pas d'empreintes au fichier. Le policier ramène Gabriel vers l'ascenseur.

Les gens dans les couloirs sourient et ont presque l'air de vouloir le saluer. L'atmosphère a bien changé. On l'accueille comme s'il avait triomphé d'une épreuve difficile, comme si le fait de descendre accompagné de ce policier en civil qui le guide gentiment était de bon augure pour eux-mêmes.

— Vous avez eu de la chance, le juge était de bonne humeur! lui glisse le policier.

— Et sinon?

— Le résultat aurait été le même, mais ça aurait pu prendre quelques jours de plus.

Qu'importe! Enfin, on le reconnaissait pour ce qu'il était: un innocent et une victime!

— On va me libérer? demande-t-il.

— C'est fait, répond le policier.

Sans même avoir à s'évader comme Jean Valjean!

Dans le petit bureau du sous-sol, le gardien ouvre l'enveloppe pour lui rendre ses effets, non sans lui réclamer cependant 60 000 lires pour les cigarettes et les cafés.

— 60 000 lires!

— Cigarettes, café. Vous avez été bien généreux cette nuit.

Gino lui avait joué un bon tour. Mais il n'aurait pas été anarchiste s'il ne lui avait pas fait payer la tournée! Aussi, Gabriel ne proteste pas. Et puis, ça aurait servi à quoi? Et comme il remonte à l'étage, toujours en compagnie de son gardien, il croise Dario, qu'on emmène en compagnie de Vito et de Duke dans le bureau d'un autre juge:

— Hé! lui crie Dario, tu t'en vas? Et, se faisant suppliant: Est-ce qu'il te reste des cigarettes? Dehors tu pourras en avoir tant que tu voudras.

Gabriel lui lance le paquet et salue machinalement avant de suivre le policier.

— De toute façon, je ne fume plus. J'arrête, c'est fini, dit-il, se retournant.

Et cette fois la décision était de lui. Ce goût dans la bouche, ça lui rappellerait trop la prison maintenant.

— Eh! crie Duke, attrape ça!

Et d'un geste vif, il lui lance une chaînette qui supporte un médaillon qui doit être en or massif si on se fie à son poids. Ou en plomb!

— Je te le donne! ajoute-t-il. C'est un cadeau. Mets-le quand tu iras à la gare! Ça porte bonheur.

«Et comment s'y est-il pris pour récupérer cet objet?» se demande Gabriel. Pourtant, il avait bien vu les gardiens l'enfouir dans l'enveloppe avec le reste la veille quand ils étaient arrivés?

— Merci, Hibernatus! *Arrivederci!* le salue-t-il de loin, bien qu'il soit résolu à se débarrasser de cet objet hideux à la première occasion.

Tiens, il le vendra, un moyen comme un autre de se dédommager pour les cafés et les cigarettes!

— Hibernatus?

— Laisse tomber, Duke. Je n'ai pas le temps de t'expliquer maintenant. Et laisse les vieilles dames tranquilles, s'il te plaît! lui crie encore Gabriel avant que le policier l'entraîne derrière lui.

Ils remontent dans l'antichambre du juge. L'adjoint est là à l'attendre.

— Je dois encore vous faire signer quelques papiers, dit-il, après quoi il le fait sortir.

— Venez, dit le policier qui l'avait attendu, le précédant jusqu'au bout du long couloir avant de tourner dans un autre tout aussi long que Gabriel devine mener vers la rue. Mais ils arrivent non pas, comme il s'y attendait, à cette porte de la cour arrière par où il était entré la veille, mais dans une grande salle des pas perdus, pleine de gens affairés et criards qui vaquent à leurs querelles et à leurs procès. La salle donne sur un grand portail devant. À son tour, celui-ci s'ouvre au plein soleil du port avec la grande bleue derrière.

Une fois sur le parvis, le policier semble hésiter. Puis il se ravise:

— Venez avec moi, dit-il subitement. Je vous raccompagne.

Un soupçon de dernière minute?

À bien y penser, il aurait dû le laisser partir bien avant. Et lui-même ne s'était-il pas senti libre dès le moment où il avait mis le pied dans cette grande salle de la questure et qu'il leur avait fallu louvoyer entre les petits groupes chacun de son côté? Si le policier l'avait encore considéré comme son prisonnier à ce moment-là, il lui aurait remis les menottes.

Mais Gabriel choisit sagement de ne rien objecter au désir exprimé par son garde du corps et de monter avec lui dans sa voiture. Cette deuxième nuit de suite presque sans sommeil l'a beaucoup fatigué et le soleil du midi commence à taper dur. Et il n'a vraiment pas envie d'expliquer le chemin de l'hôtel, dont il ne se rappelle toujours pas le nom exact, à un autre chauffeur de taxi!

La voiture se faufile dans la circulation dense et le policier, anormalement aimable, en profite pour engager la conversation et lui expliquer la situation dans laquelle il s'était trouvé:

— Voyez-vous, ici à Gênes comme partout ailleurs, quand un groupe est au pouvoir, un parti politique je veux dire, il s'empresse de s'emparer des meilleures places. Alors les mauvaises besognes, et ici en ce qui concerne la police, il s'agit du quart de nuit, quand on peut, on laisse ça aux opposants.

— Vraiment? questionne Gabriel. Mais c'est seulement pour être poli.

— Ils arrêtent n'importe qui! se plaint le policier. Tout pour nous faire chier! Ces gens-là n'ont qu'une seule idée en tête: nous embêter! Écoutez bien ceci: vous avez joué de malchance en tombant sur eux. Jamais vous n'auriez dû être arrêté! Malheureusement, nous sommes les seuls véritables démocrates dans ce pays, conclut-il d'un ton amer.

Ils étaient arrivés en face de l'hôtel.

— C'est bien là? questionne le policier.

Au milieu de la circulation rapidissime, dans la lumière éblouissante réfléchie par le mur blanc, Gabriel ne reconnaît rien, l'enseigne est éteinte.

— C'est là, dit-il, se trompant peut-être. *Arrivederci!*

En même temps, l'ironie de l'expression le frappe maintenant qu'il n'a rien de plus pressé que de quitter cet homme pour ne plus jamais le revoir.

Il monte l'escalier, demande simplement sa clé au préposé. Ce n'est pas le même que cette nuit. Il pourrait faire retomber sa colère sur lui, mais à quoi bon, il n'a rien à voir là-dedans. De toute façon, il doit se sentir assez coupable, il évite son regard. Serait-ce que, par principe, il tiendrait pour peu recommandable quelqu'un au sujet duquel la police téléphone pour obtenir des renseignements? Ou parce que, mis au courant des conséquences catastrophiques du conseil donné au voyageur par son collègue de la nuit, il aurait peur que Gabriel ne lui réclame un remboursement pour la chambre?

— Vous oubliez de prendre votre passeport, dit-il seulement, pudique.

— Oh non, pas cette fois! proteste Gabriel.

Et quant à Estelle, elle ne sera plus là, il n'y a pas à s'en étonner.

— La dame est partie ce matin, répond le préposé.

— Alors je monte prendre mes affaires, dit Gabriel.

Après avoir fait couler de l'eau dans le petit lavabo pour se raser et procéder à une toilette sommaire, il ouvre les volets. Ne pourrait-on voir la mer depuis sa fenêtre, par hasard? Pour y arriver à partir d'ici, il faudrait au moins monter jusqu'au toit. Se rappelant la randonnée de tout à l'heure dans la voiture, il revoit en pensée ce port qu'il n'irait pas visiter, c'est-à-dire surtout les bateaux et les treuils qui bouchent l'horizon. Puis il referme les volets, s'octroyant quelques heures de sommeil avant de repartir.

Il dort, mal, jusqu'au milieu de l'après-midi, après quoi il prend ses bagages et quitte l'hôtel sans que le commis ose lui réclamer le supplément pour avoir dépassé l'heure limite d'occupation de la chambre.

— Ah oui, la dame! Elle a laissé une lettre pour vous, j'ai oublié de vous la donner tout à l'heure.

— Une autre lettre? Merci.

Il refait à pied le chemin jusque devant la gare de Principe, prenant un moment pour s'arrêter sur la place dominée par la statue de Colomb. Des taxis attendent au soleil eux aussi tandis que les chauffeurs discutent entre eux. Il s'approche de la voiture en tête de file et fait un signe. Un chauffeur se détache du groupe, s'approche pour lui prendre sa valise qu'il range dans le coffre.

— À Brignole, dit Gabriel.

Autant repartir de là-bas comme prévu.

Le trajet lui paraît moins long cette fois malgré la circulation particulièrement dense à cette heure-ci. Il se fait descendre devant la gare, prenant lui-même sa valise dans le coffre. Puis il se souvient du médaillon de Duke. Quant à lui, jamais il ne porterait ce genre de bijou trop voyant, sorte de pentacle universel aux signes cabalistiques. Ne sachant que faire avec, il le passe tout de même à son cou et traverse le hall de la gare, traînant sa valise à roulettes qui mène un train d'enfer sur le marbre du sol.

Rapidement, dès qu'il se trouve au milieu du hall et sans qu'il sache comment, il se retrouve entouré d'une nuée de femmes et d'enfants, des gitans qui se mettent à l'agripper vigoureusement par tous les bouts de peau découverts tout en vociférant pour appeler à l'aide:

— Le pentacle! Voleur! C'est à nous!

— Duke! crie-t-il pour toute explication.

Il s'essuie le cou, une goutte de sang perle.

— Vous n'y allez pas avec le dos de la cuiller! dit-il.

— Vous savez où il est? demande quelqu'un. Il ne vous a pas donné un message pour nous?

Gabriel reconnaît la femme qui accompagnait Duke dans le train.

— Tiens! Vous avez eu votre bébé, se moque-t-il.

— Où est-il? insiste-t-elle sans relever l'ironie.

— Il m'a seulement donné ce bijou, affreux, entre nous, en me demandant de le porter. Probable qu'il voulait vous informer qu'il va bien.

— Ça va, lâchez-le! dit la femme.

— Merci, dit-il à son tour.

Et il lui remet le bijou, soulagé quand même de ne pas avoir à porter plus longtemps un ornement aussi laid!

— Pour le reste, il va falloir vous renseigner vous-même, ajoute-t-il.

Le groupe s'éloigne, examinant soigneusement le pentacle comme s'ils allaient y découvrir un secret. «Qui sait, il y en a peut-être un?» se dit Gabriel, reprenant sa valise. Juste à ce moment, une main malicieuse derrière lui le tire par le bas de sa chemise.

— Eh! dit une voix de petite fille.

Il se tourne vers elle.

— Papa fait dire merci! Et moi, je voudrais vous remettre ceci.

Et elle lui tend son passeport qu'elle avait dû lui dérober dans le corps à corps de tout à l'heure. Et la lettre d'Estelle qu'elle avait dû lui prendre en même temps.

— Oh non, pas encore, dit Gabriel. Comment t'appelles-tu?

— Gara, dit-elle. Tiens! Prends ça aussi.

Et elle lui tend un petit chat en papier mâché, une sorte de bas-relief naïf qu'elle a dû faire elle-même.

— C'est à toi le dessin que Duke a oublié dans le train? demande-t-il.

— Vous pouvez le garder aussi, dit-elle.

— Merci, il est très joli. Je vais le faire encadrer.

Le petit chat aussi est très joli. Elle l'a peint de couleurs vives, trois pattes rouges avec des boutons jaunes, une patte jaune avec des boutons verts. Il est vraiment très content de ses deux acquisitions. Le dessin de l'oiseau, il lui trouvera une place sur un mur de son bureau. Quant au petit chat, il le suspendra dans la cuisine.

Quelques instants plus tard, installé dans son compartiment, Gabriel se rendort une dernière fois, serrant les précieux documents contre lui, le passeport et la lettre d'Estelle. C'est seulement longtemps après que la frontière eut été passée qu'il se réveille et déchire l'enveloppe.

Il a déjà sa petite idée quant à l'endroit où Estelle a pu se rendre. Il fait beau, il n'est pas si vieux et il reste encore des années et des années.

«Pour l'oiseau et le chat, il faudra que je lui explique comment j'ai rencontré Hibernatus et la fillette. Mais sait-elle seulement qui est Hibernatus? Probablement pas. Pour une fois, j'éviterai de me lancer dans une grande explication sur l'origine du monde.»

Il se cale dans son siège tandis que le train continue de filer et reste longtemps à admirer la côte déchirée.

• Cap-Saint-Ignace
• Sainte-Marie (Beauce)
Québec, Canada
1995